ON LA TROUVAIT PLUTÔT JOLIE

原以为她很美

［法］米歇尔·普西（Michel Bussi）著

张平 译

湖南文艺出版社
HUNAN LITERATURE AND ART PUBLISHING HOUSE

博集天卷
CS-BOOKY

四海之内，

谁将世界钉死在十字架上。

乔治·巴桑《祈祷》

（弗朗西斯·雅姆作词）

你会告诉我在做梦，

但是做梦的不是我一人

明天，我希望你同我一样，

世界将会实现大同。

选自约翰·列侬《想象》

谨献给探索世界的地理学家、朋友、同事。

目录
Contents

楔子

"蕾丽，发生什么事了吗？您那么美，还有三个漂亮的孩子——邦比、阿尔法和蒂安。您还把家里都照顾得特别好。"

"照顾得好？那不过是徒有其表而已，一阵风就吹没了。不，呵呵，不是，我们根本算不上一个让人羡慕的家庭。我们家缺少最根本的东西。"

"少一个父亲吗？"

蕾丽听到后笑了。

"不是，不是。一个父亲，或者几个父亲，对我们家任何一个人来说都是无关紧要的。"

"那您觉得缺少了什么呢？"

蕾丽的眼睛微微睁开，像是揭开了黑暗房间的帘子一角，射进来的阳光把飘浮的灰尘变成了星云。

"您真是不见外啊，这位先生。我们并不熟，您觉得我会跟您说我心里最大的秘密吗？"

他没有说话。蕾丽眼中好不容易打开的帘子又紧紧闭上了，她的心事都关在了黑暗无底的洞里。她转身朝向大海的方向，朝着白云的方向吐出一口烟，瞬间黑化了眼前的白云。

　　"比秘密更加秘密，好奇宝宝先生。这就是个诅咒，我根本就不是个好妈妈。我的三个孩子都被施了咒。我唯一能希望的就是他们中有一个，希望他们中能有一个人，逃脱这可怕的命运。"

　　她闭上了眼睛。

　　他又追问："这诅咒是谁施的法呢？"

　　她闭着的眼帘背后闪烁着雷电。

　　"您，我，地球上所有的人。在这件事上，没有人是无辜的。"

艰
难
的
一
天

— 1 —
6 点 48 分

一艘驳船静静地行驶在 22 路公交车下方的河道上。

公交车上，蕾丽坐在司机后面第二排的位子上，头靠着车窗玻璃，眼睛追踪着行远的驳船上一座座白沙堆成的金字塔模样的大沙堆，脑子里想象着人们把属于他们的所有东西都偷走了之后，又偷走了他们的白沙，甚至还要把出产白沙的沙滩也一粒一粒地搬走。

22 路公交车在跨过布克港市阿尔勒运河后沿着毛里斯－杜雷兹大街继续往前开，蕾丽的思绪却依然随驳船而行。在她心里，这条运河就好像一道被撕开的长长的口子，而布克港市就是被这道二十米宽的口子从欧洲大陆上切割出去的弹丸之地，一点点滑向大海。甚至也许哪天，布克港市就和欧洲大陆隔海相望了。

这想法太傻了，蕾丽在公交车驶回支线的时候停止了自己的胡思乱想。568 号国道宽阔的四车道路面和永不停息的车流，与布克港市平静运河上蛇行着的几艘慵懒的驳船相辉映，运河两侧植被茂盛，进一步加深了布克港市与世隔绝的感觉。现在还不到 7 点，天已蒙蒙亮。来往车辆的昏黄大灯不时打在公交车玻璃上，映射出了蕾丽的脸。偶然间，蕾丽觉得自己还挺漂亮的。她在外表上可是下了不少功夫的。早上 6 点不到她就起床了，就是为了把头发一撮一撮地编起来。在阳光的照射下，她的头发显得多彩亮眼。她的妈妈玛海姆以前在马里塞古时就经常这样在河边为她编头发，而且通常是在夏季太阳晒得到处都快灼烧起来的月份里。现在，她已经有好几个月都没有享受这阳光了。

蕾丽刻意地想要打扮得更吸引人。这一点很重要。帕特里斯，或者说裴勒格翰先生是福斯房屋中介的雇员，负责蕾丽的申请材料，他好像会格外注意到她的肤色，她的笑容，她的生活乐趣，她的西非背景，她的混血家庭。

22 路公交车沿着玛努契安部队大道继续前进，刚刚过了阿加仕城区。

说到蕾丽的家庭，她把墨镜架在头顶上并小心翼翼地把随身带着的照片摊放在腿上。要想打动帕特里斯·裴勒格翰，这些老招数和她本人的魅力得配合使用才能事半功倍。这些照片都是她精心挑选的，有蒂安的，有阿尔法的，有邦比的，当然还有公寓的。不知道帕特里斯结婚了吗？他有孩子？他是个耳根子软的人吗？如果是，他在中介中心说话有影响力吗？

快到站了。22 路公交车横穿过商业区，蜿蜒行驶在超大的家乐福超市、快客快餐和星巴克咖啡之间。从她上一次到福斯房屋中介约谈到现在短短几个月时间内，竟然有十几家新的店面开业了。这些方型的店面大小和格局都差不多，但一眼看过去都很有个性，比如水牛城烧烤的白色牛角，园地花店的橙色花朵，红角酒店的锥形屋顶。在影城标志性的铁和玻璃装饰的正面墙上，贴着约翰尼·德普饰演的加勒比海盗杰克·斯帕罗宣传海报；打眼望去甚至让蕾丽产生了一种错觉，觉得自己和杰克船长是同款发型。

这里的一切都很相似，与别处亦一样。

公交车朝着位于地中海和贝里池塘之间的凯龙特运河驶下，继而来到了乌尔迪-米鲁路——福斯房屋中介的所在地。下车前，蕾丽最后一次看了一下车窗里的自己。随着太阳的照射，她在玻璃里的映像一点点地被抹掉，变得模糊不清了。她必须向帕特里斯·裴勒格翰证明，她和这些没有活力的地方的人不一样——这些地方无处不在，可是她又同他们一样，身上融合着法国和西非故乡的特点。

她必须让帕特里斯觉得她是与众不同的，必须做到。但话说回来，她越是这么想着，就越怀疑自己对这个名叫帕特里斯的人的好恶判断无法确定。

— 2 —
6 点 49 分

邦比站在弗朗索瓦的面前。

红角酒店的谢赫拉莎德房间里，错落的镜子灵动地反射着屋子里的各个角落，就好像同时有十几架摄影机在拍摄邦比并把她的影子投影到墙上和天花板上，有背面的、正面的，甚至还有仰摄的镜头。

弗朗索瓦从没见过比她更漂亮的姑娘。

至少有 20 年没见过这么美丽的姑娘了。自从他不再周游世界，花几美元就可以找到泰国和尼日利亚的妓女——如果命运的眷顾让她们出生在其他地方的话，凭借自己的容貌完全可以拿下世界小姐的桂冠。但后来他就认识了索莱娜，有了雨果和梅兰妮两个孩子。他忙于监工欧巴涅独立房屋的建设，忙着每天打好了领带就去审计 VOGELZUG 协会的账目，忙着每年不少于两次的国际出差旅行。此后，他最远也就去过摩洛哥和突尼斯。

弗朗索瓦快速心算着月份，他有近一年时间没有欺骗索莱娜了。连他都没有察觉到自己变得忠心了。在 VOGELZUG 协会，在那些为偷渡者抗争的女性中，他很少有机会看到身着卫衣的姑娘，凸显上身曲线，令人想象她们的乳峰，却无法将其抚摸。

在他面前妖娆扭动的姑娘名叫邦比——西非地区的常用名，她24岁，拥有非洲公主般的身材，正在准备一篇人类学博士论文，内容是关于人类移居。她也是在偶然情况下联系上了他，他当时是50位帮助移民身份合法化的职业人之一，他们的案例是她论文研究的语料，50个小时的录音采访中就有他的。在VOGELZUG协会的办公室，除了偶尔的几个问题，一个小时里就听他在讲。

弗朗索瓦添油加醋地炫耀自己从不需要带行李出差的信念、行动和精神状态，邦比完全被他迷住了，之后又崇拜他的经历、他的年富力强、他的成功和他的魅力。15天前，她通过邮件给他发去所写的东西，请他阅读后修正。之后，他们见面，整个晚上畅谈愉快，这次她没有使用录音笔，两个人一直紧密相拥直到分开。"如果您想……就给我打电话。"

讨人喜欢的女博士之前给他打过电话，说她已经被学习任务压得喘不过气了。论文、家庭作业，实在没有时间约会男朋友，现在是没有时间。"那我们争取时间吧。"

太巧了，弗朗索瓦也是这么想的。

争取时间。

他们约在红角酒店见面。

一进房间，弗朗索瓦就躺在了床上，假装突然累得不行，因为他在主题房间下面的吧台前喝了三小瓶伏特加。争取时间？姑娘任由他长时间地抚摸。

邦比蹲坐在他旁边，有些害羞，但又毫无戒备地温柔。她喜欢抚摸他的后脖颈和脖子，那里的头发柔软如绒毛。她穿着金色非洲缠腰裙，系着腰带，裙长直到脚踝，脖子和褐色的肩膀裸露着。一条细细的项链垂在胸前。

"是一只鸟吗？"

"一只猫头鹰。您想看吗？"

可爱的女博士慢慢地褪下衣服，就像揭开面纱，在乳房处停顿了一下，之后，一下子脱到腰间。

她没有穿内衣……

她的身体十分诱人，恍惚如梦境，小小的猫头鹰吊坠在乳沟间摆动。

金色的裙子在腰间飘动，撩痒肚脐。邦比站起身来，手却还在上下抚摸着弗朗索瓦的脖子，随后解开他衬衣的第一颗扣子，一直向下摸。她就是要让他痴狂。

邦比只比他的女儿小一点。但这又怎样？他十分清楚自己的魅力、活力和给人的安全感。当然，他也清楚金钱的诱惑力。

钱在我们的关系中重要吗？

邦比在他眼前飘来飘去，微笑着，好像一只蝴蝶，随时都可能飞走。弗朗索瓦强迫自己沉住气，平静下来，不要急于扑到女孩子身上，要跟着自己的节奏。邦比会接受钱吗？不会，绝对不会。最简单的做法就是再约会她。时不时地约会她。像公主一样待她，送她礼物，请她吃饭，去一个比郊区红角酒店好一些的宾馆。他欣赏那些拥有漂亮、聪明双重优势的姑娘。他发现与只有娇好的外表的姑娘交往完全不同，这样做会使她们比其他姑娘更温柔，因为她们被挑起妒火，不得不变成非常容易相处的贴心人，而不被粗暴对待，变得朴实才能生存。

天使，很少的男人才得以触碰。

他嗓音温柔，喜欢说话，更自鸣得意地听自己说话。

他的妻子名叫索莱娜，那时他们有个1岁的女儿，叫梅兰妮。

在他的左乳头下面有一个像逗号形状的疤痕。

当邦比靠近他，手伸进他的衬衣里，解开两颗扣子，放在胸上时，弗朗索瓦的激情燃烧起来了。她抚摸了很久，第一次允许他的手触碰自己的乳房，仅几秒钟的时间，她就往后退了一下，好像触电一样。

弗朗索瓦更愿意理解为她想继续抚摸。邦比用眼神挑逗他，然后不紧不慢地转过身去。

"我去拿杯水。"

弗朗索瓦的双手不知放在何处，双眼却色眯眯的。耐心等待，他静静地思量着，每个感官都会不同。首先是视觉的享受。邦比在房间走动时，故意性感地把金色裙子脱到了脚面。

她起身离开，走过花窗玻璃，几块色彩打在她的皮肤上。过了一会儿，她拿着一杯水回来，在他的额头上深深地亲吻了一下。

"您喜欢吗？"邦比俏皮地趴在他耳旁说。

弗朗索瓦起身靠在枕头上。这是他与女人相处的秘诀。绝不能在女人面前表现出征服者的样子，更不能当你已经虏获女人心时表现出这副样子。

他用欣赏的目光盯着她，就好像接受一件期待已久的礼物，还要装出受之有愧的样子。

"我的美人，我的天使，我可爱的小燕子，你从我这样的老头身上能得到什么？"

"别出声，弗朗索瓦。"

她朝他走去，全身只剩包头发的纱巾。他们第一次约会，这条纱巾让他吃了一惊，它与这个开放的大学生一点也不相衬。这更让他不知所措。邦比大笑着问道：

"您不觉得我这样更漂亮吗？"

当然，这个具有魔力的火辣女孩说得有道理。头纱遮盖了她的鸭蛋脸上隐约透出的圆润的颧颊，如同将人的目光吸在一幅优美的油画上。橄榄叶状的双眼，如同两只珠光小船在暮色下航行，两颗黑珍珠在浓密的睫毛下传递出甜蜜。

浓烈的香水味弥漫了整个房间。喇叭里轻声循环播放着东方的乐曲。弗朗索瓦一下子警觉起来，房间里会不会安装了摄像头？

邦比随着音乐曼妙地扭动胯骨，向弗朗索瓦暗示，她已经决定了，下面就看他如何燃起裸身姑娘的欲火。她不再是他手中的一个简单的乐器，而是一个极少高手才能弹好的特殊乐器。

"您喜欢我，是因为我漂亮？"

邦比说话嗲声嗲气，不是黑人女歌手的那种沙哑的声音。

"是的。至于其他，我知道的还不多。"

"闭上眼睛。"

弗朗索瓦眼睛睁得大大的。

邦比慢慢地摘下头纱。她的头发是那么长、那么黑，辫子是那么美。

"我想让您闭着眼睛来爱抚我。"

年轻姑娘跳到床上，毫不害羞地骑在他的身上。邦比全身散发着非洲香料的味道；马里女人把它作为香料涂抹在衣服和头发上，而且她们涂抹在皮肤上来诱惑爱的人。

"我想让您在黑暗中抚摸我。"

弗朗索瓦同意这样，而且，这也不是他第一次被蒙上眼睛玩爱的游戏。他和索莱娜开始时经常这样。之后就停止了。他来约会就是为了玩这样的游戏。他闭上眼睛，邦比用头纱蒙住他的眼睛。

"您要乖哦，行政官先生。"邦比嗲声嗲气地说道。

她细润的手抓住他的手腕，如同把一个淘气男孩子的手从糖盒拿开一样。

啪！

开始，他不明白。第一反应是扯掉蒙在眼睛上的头纱。可他无法动弹，两个手腕都被绑住了。他一下子明白了，邦比用头纱打了个扣，玩着游戏就把他铐了起来。一切都是准备好的，他的双手被绑在枕头后面床头架的铁栏杆上。

这姑娘是预谋好的。妈的……她想干什么？

"听话，我的冒险家，游戏才刚刚开始。"邦比又说。

他梦想着生活在马赛高处买的房子中，就是在欧巴涅那个地方，他已经看好了一块地皮，就在拉古艾斯特公园下面。

他喜欢昵称姑娘为我的蝴蝶、我的小燕子、我的蜻蜓。

他喜欢这种香味，如果我没有熏沐香料，他会拒绝碰我。

他苛刻，有时甚至粗暴。

弗朗索瓦幻想着等邦比解完他的衣服扣子，用香香的身体撩抚着他的身体。这只是一种游戏，更加刺激的游戏！

这个姑娘想干什么？他自认没有什么可担心的。他身上只装了不到 200 欧元。她想敲诈？那就尽管来吧！现在梅兰妮和雨果已经长大成人，刚好是一个离开索莱娜的借口。他已经心安理得，完全沉浸在与这位迷人姑娘的缠绵之中。在 49 岁这个年龄，他是不会将自己置于危险境地的，当感觉胳膊有些疼痛时，他早已达到安全平衡点了……

注射！往血管里注射。这个坏女人在往他的血管里注射什么东西！尽管知道旅馆的房间墙壁都是软包，就是让来同居的情人们之间的激情互相不被干扰，他突然感到害怕，手从铐子里挣脱出来，但没有喊出声。静心一想，邦比没有给他注射什么，只是他自己的感觉……他松了一口气。姑娘只是抽了他一点血！

"别怕，一会儿就好。"邦比轻声地说。

弗朗索瓦等着。很久。

"邦比？"

没有人应声，他仿佛听到了哭声。

"邦比？"

他已经没有时间概念了。他来这里有几分钟了？他是独自待在这个房间的吗？这会儿，他必须求救了，活该让别人看见他这种状况。活该丢人。活该要给别人解释。索莱娜的小世界崩塌是她倒霉。如果女儿梅兰妮知道爸爸和一个与自己年龄相仿的姑娘睡觉，算她倒霉。其实，他对这个姑娘一无所知。也许，一开始，这个姑娘就以什么博士论文、什么调查对象、什么访谈为借口？细细想来，这么性感的姑娘怎么会做论文呢……

他感觉有人在身边，准备喊叫。

他平静下来，试图嗅出邦比身上的香味，可是密闭的山鲁佐德房间各种呛人的味道遮盖住了一切；想听脚步声、呼吸声、项链坠摩擦皮肤的声音，一切都被无限循环独奏的乌德琴声遮盖，什么也听不见。

"邦比？"

弗朗索瓦什么都感觉不到，只是觉得手腕处有些微疼，没有他刮胡须时割破皮肤那么疼。他终于明白，是一股热热的液体顺着他的右胳膊流下。

有人像剃须匠那样精准割破了他手腕的静脉。

—— 3 ——
8 点 30 分

在长长的过道上，每个入口都摆放着许多椅子，这勾起了蕾丽去小学和中学参加没完没了的教师与家长的见面会的回忆。她总是最后一个到达，而且总是预定最后一个与老师见面，就剩她一个人坐等在那里，通常要等一个多小时，然后被英语老师或数学老师两分钟就打发出来，老师也急着回家。邦比和阿尔法小时候没少给她惹麻烦。今天，她又一个人等在过道。

福斯房屋中介的办公室半个小时之后才开门，但门卫没有提任何问题就放她进去了。早上 9 点之前和下午 6 点之后，在商务区的玻璃办公室里，黑肤色女人就像一拨一拨的幽灵。蕾丽排在第一个。才 8 点半，她坐在椅子上等着，突然看见帕特里克·裴勒格翰从电梯里走了出来。

"马尔夫人？"

福斯房屋中介指导顾问经过过道向办公室走去，看见她很是吃惊，好像第一次从这里经过似的。

"马尔夫人？我不会提前半个小时开门的！"

蕾丽的眼神告诉他，没有关系，她不着急，他不用抱歉。

帕特里克·裴勒格翰还是结巴着说：

"那……好吧，不好意思……我一会儿回来，我去弄杯咖啡。"

蕾丽朝他甜美地一笑。

"您帮我带些羊角面包？"

十分钟后，裴勒格翰回来了，手里端着一个托盘，有两杯浓缩咖啡、一袋法式花样糕点、两瓶果汁，还有一个小筐子，里面有奶油、果酱和新鲜面包。

"既然你来了，进来吧。和我一起吃早餐。"

显然，蕾丽甜美的微笑、身上非洲长裙的暖色和发辫的颜色起了作用。她不敢告诉帕特里克她可以喝几升茶，但从不喝咖啡，鲁莽有时是一件不轻易使用的武器。

她把羊角面包在咖啡里泡了一下，希望能吸干全部液体。透过办公室的玻璃窗，他们将布克港尽收眼底，小岛上的楼房鳞次栉比，商业中心将它们与陆地相连，四面延伸的堤坝浮在海面上。路灯熄灭，交通指示灯交替闪亮，房子里的灯光也亮起来了。

"我喜欢比别人早起。"蕾丽低声说。

"初到法国时，我每天夜里在位于欧洲地中海城区的互助管理总部的互助救济金管理处大楼高层打扫卫生。我特别喜欢这份工作。

我有一种看护这座城市的感觉，看着她清晨醒来，第一拨窗户亮起灯来，第一拨行人走在街上，最早出现在街上的汽车，第一拨路人，早班公交车。所有的生命又开始新的一天，而我却要去睡觉了，与世界的生活钟相反。"

裴勒格翰站在窗前看着这一切幻想着。

"我就住在对面，离马蒂格不远的楼房里的底层，视野不开阔，房子周围都是侧柏。"

"至少你还有个小花园。"

"可以这么说……所以，为了享受这里窗外的景色，我早上走得早，避免马赛的堵车，早早来到办公室看材料。"

"除非一个住户来纠缠你。"

"来陪伴我！"

帕特里克·裴勒格翰是一个40岁左右、身材发福的男人，一个让人有安全感的男人，是一个被姑娘找到就不会放手的男人，而且很快与他生下一到两个小孩来确保把他牢牢抓住一辈子。当很客气地与一个姑娘说话时，他不会被认为是找艳遇的男人。

"我住在那里。"蕾丽用手指着艾格－杜斯区面向地中海一字排开的八座白色的高楼，就像排开的多米诺状方糖。

指导顾问回答："我懂。"

他们继续一边聊天一边吃着早餐，之后帕特里克·裴勒格翰就坐在办公桌后开始工作了。他抽出一份材料，请蕾丽坐在对面。可憎的清漆松木办公桌将他们隔开。闲聊结束。

"马尔夫人，我能为你做些什么？"

蕾丽也已经准备好了材料，她一边把带来的一居室套间照片摊开在福斯房屋中介指导顾问的办公桌上，一边解释着。

"我不会多说什么，裴勒格翰先生。您比我还清楚，大楼里任何一个一居室的套间，无论房号是多少，都一个样——25平方米，一个厨房兼客厅，一间卧室。这怎么能住下 4 个人？"

她几乎把那张长沙发的照片举到裴勒格翰的鼻子前了，长沙发到晚上就是床。还有那张孩子们房间的照片，邦比、阿尔法和蒂安睡在一个房间。他们的物品，衣服、作业本、书和玩具或堆放或散落。蕾丽花了好长时间来整理这些照片，但要看起来是随意拍的，要显得家里很拥挤，目的是要让裴勒格翰感到居住条件亟待改善。仅仅这一点就证明她是一位好母亲，有条不紊，学校的物品分类清楚，衣服折叠整齐，房间内整洁有序。唯一的担心，就是男孩子和女孩子同居一室。

帕特里克好像真的被触动了。

透过玻璃窗，太阳照出房间的影子，阳光洒满了整个办公室，挂钟响起，告诉人们上班时间到了。蕾丽本能地从包里取出墨镜。形状是猫头鹰，两个圆圆的镜片由猫头鹰的橙色嘴连接，上面还有两只尖尖的玫红色小耳朵。帕特里克觉得很好玩。

"阳光刺到你了？"

他没有再问什么就去放下卷帘。蕾丽很是感动。常常，当她在太阳光照不是那么强时就戴上墨镜，这副眼镜是她收藏中的一副，最贵的也只有 5 欧元。这些眼镜通常会引起一些尴尬的反响，那些爱寻衅的人把她看作爱作的姑娘，而那些沮丧的人同情她是一个不幸的女人。蕾丽不怪他们，又有谁会关心真实情况呢？

裴勒格翰好像从中看到了引人发笑的怪癖。当办公室的光线暗下来后，蕾丽便摘下了墨镜。

"我理解，马尔夫人，可是……（他看着堆积如山的各色材料，都是申请低租金住房的材料。）可是像您一样情况的家庭有好几百个呢。"

"可是我找到了一份工作。"蕾丽说。

帕特里克·裴勒格翰确实觉得不错。

"我签了一份长期合同，在布克港的宜必思酒店打扫房间和餐厅，"她补充道，"我就喜欢干这个！我下午就开始工作。如果您能为我找到一个更大的套房，我可以付房租的。我有一份工作合同，您想看吗？"

她递上合同，裴勒格翰出去复印，之后回来，把合同还给她。

"我不敢保证合同能起作用，马尔夫人，但是一个有利条件，但是……（他又看了一眼那堆材料）嗯，等有了新消息我会邮件通知您的。"

"您上次就是这么说的，我一直等待着！"

"我知道……嗯……最理想的是，您需要多大面积？"

"至少 50 平方米……"

他马上写在纸上。眉头都没有皱一下。

"在艾格杜斯吗？"

"或在其他地方，我不在意，眼下只要房子大些。"

裴勒格翰继续记下来。蕾丽无法知道她的要求在指导顾问看来是否有些不切实际。他不停地写着，让她想起一位父亲认真地记下孩子过分的圣诞节礼物。裴勒格翰终于抬起了头。

"在艾格杜斯的生活还可以吗？"

"那里有沙滩，有大海，足以忘却其他。"

"我明白。"

裴勒格翰被触动了。他又犹豫地看了看桌上的材料，这都成了习惯。也许这是他应付每一个住户的策略，那些用各种颜色分类的卷宗夹里面全是什么也没有写的白纸。

他明白，他理解。人们会说他是一个住房管理处的老油条。蕾丽不耐烦地用手指卷着发辫。

"谢谢您，帕特里斯，您真是个和蔼可亲的人。"

"嗯……我的名字是帕特里克。不过，没有关系……蕾丽，您也一样——"

蕾丽没有等他说完。

"您很和气，但看来，我更喜欢遇到一个可憎的工作人员！我同样对他献媚，而他就会把我的材料抽出并放在最上面，催促他的秘书去办，不向上司低头。而您，您可真是太正派了。总之，太他妈倒霉，让我碰到您。"

蕾丽微笑着说完这一通话。帕特里克·裴勒格翰愣了一会儿，笔举在半空，想着她是否在开玩笑，然后，大笑起来。

"我会尽最大努力去办的，我发誓。"

帕特里克看起来与帕特里斯一样诚恳。他站起身来，蕾丽也站起身来。他盯着她架在头顶上的猫头鹰墨镜看了一会儿。

"这副眼镜就像您一样，马尔夫人。您天不亮就来了，您讨厌阳光，您是夜猫子吗？"

"是的，曾经很长一段时间是的。"

他看见眼前一副忧伤的面孔一闪而过。他去窗边拉开卷帘，让太阳照进来，以便在地中海的阳光下接待外面天天排着长队的申请者。蕾丽放下头顶的墨镜就出去了。

当裴勒格翰合上蕾丽·马尔的材料并准备把它放在那一摞材料上面时，有其他几份材料将在三天后交给对等委员会讨论，但只有十几套房屋，他的胳膊举在了半空。

他清楚地知道，蕾丽·马尔的材料在三个月内不会被接受，尽管她有一份新工作！帕特里克还是不情愿地把她的材料和其他人的放在了一起。就好像把蕾丽·马尔与其他不知名的非洲裔单身母亲放在一起，她们艰难地抚养家人，为了找到居所而找一份工作，好让月末结算收支平衡。

蕾丽·马尔的情况是唯一的。

帕特里克看着眼前他和蕾丽的咖啡杯陷入思考中，杯子里漂着脏兮兮的、沾着面包渣的东西。

蕾丽·马尔的情况不知如何安排。

帕特里克首先问自己：蕾丽·马尔夫人，她漂亮吗？

是的，毫无疑问。她爽快、有活力、不幻想，可是帕特里克从她闪烁的眼睛里看到了多年生活的艰辛。在她彩虹色的长袍下，一具疲惫的身体不会再展示给任何一个男人。

他有主意了吗？太难决定了，另外一个问题困扰着他——蕾丽·马尔诚实吗？

透过窗户，他看见她坐在乌尔迪－米鲁车站等车，又起身等了一会儿，然后就上了 22 路车，车上人拥挤得就像工业养鸡场。他一直看着，直到公交车消失在海军大街拐弯处，有一种说不出的感觉。他感到与这个单纯、自然的女人会达成一种毫无准备的默契，甚至很容易爱上她。然而，不知为什么，他坚信蕾丽没有说实话。

帕特里克盯着正沿凯龙特运河行驶的卡车看了一会儿，转身合上蕾丽·马尔的卷宗。下班前，这份卷宗上会摞上其他 99 份卷宗。

—— **4** ——

9 点 01 分

裴塔尔·维里卡警长怀着吃惊与厌恶的心情，不放过山鲁佐德房间的任何一个细节。男人赤裸着躺在床上，僵硬、冰冷、苍白，如同一尊白石雕像，与红色的床单、波斯图案的红地毯和墙上的金褐色挂毯形成对比。他的眼睛停留在绑在床头支架上的胳膊上。

"他妈的！"

裴塔尔·维里卡见过无数的犯罪现场，比这个还要血腥的现场。他 15 岁时逃离铁托统治下的南斯拉夫，将一半的家人留在别洛瓦尔，不到 20 岁就进入警察学校学习，短短几个月就以倔强认死理和公正不阿而闻名。此后的 30 年里，他大部分时间都是在马赛城区各处收验尸体，性情仍没有改变。

他身边的尤罗准确地说："血在一个多小时里流干了。"

"啊？"

"根据手腕上的切痕来看，他每分钟流了 50~60 毫升的血。如果按小时计，很快就能得出，他流了近 3600 毫升血，当他的器官一个接一个停止的时候，血几乎流了全身血液的一半。"

维里卡仅用一只耳朵听助理讲话。这是硬塞给他的一位助理，是一个刚从警校出来的 23 岁耿直小伙子。他心想：是什么让这么优秀的小伙子非要加入这个平庸的部门，而且还是他领导的部门？尤罗·弗洛雷斯是一个和气，有礼貌，行动迅速，知识面广，几乎从不发火，且具有幽默感的人。这一切都使维里卡抓狂。

时不时对他的助理点头，裴塔尔·维里卡警长又观察着另外两个警察在山鲁佐德房间忙活着。思想抛锚，幻想被带到一个超越时空的境地太完美了：哈里发宫殿发生了一桩涉及礼仪的案件，惩处了一个宦官，他竟敢对宰相的宠妃动手动脚。房间内浓厚的香水味很刺鼻。没有一个人想到去关掉不知从哪个音响传出的东方音乐。警靴踩在羊毛地毯上，夜灯照着瓷茶盘和阿甘油玻璃瓶。山鲁佐德房间实至名归，警察们以为是在巴格达的市场。维里卡警长问正忙着采集痕迹的梅迪和利昂。

"我可以打开窗户吗？"

"可以……"

维里卡警长拉起窗帘，推开窗扇。

东方神韵顷刻间消失了。

窗户朝向一个水泥院落，那是放垃圾桶的地方。异国音乐被国道上空的海鸥、过道上川流不息的卡车和公交车的声音淹没。他扭过头，看见商业中心一家挨一家的招牌：星巴克、家乐福、多放映厅大楼。约翰尼·德普扮演的可怕的海盗宣传画有 5 米高、4 米宽。东方气息随着陶排气管的蒸汽散去。看不到对面的清真寺塔尖，只有楼房顶和港口的储藏罐。哈里发宫殿就是瓦楞铁皮四方体。真是现代奇迹。

"对不起，这是旅馆经理赛尔日·梯斯朗。"在他身后的尤罗小声说。

站在维里卡警长面前的是一位 40 岁左右的男人，打着领带，像是个卖沙发和壁炉的；说话如同介绍一本商品目录册一样。

"您来得正好，"裴塔尔说着，同时环顾了一下四周的紫色壁纸，"您给我讲讲这些红角酒店的经营方式，近几年怎么如雨后春笋般出现。"

"这是一种新的旅馆服务理念。"旅馆经理说。

"讲给我听听。"

"好吧。这是在世界各地发展起来的特许商标经营。底层是酒吧，楼上是房间。经营方式，说白了，就是自助。客人仅凭一张银行卡便可打开房间的门入住，就像刷卡过收费站一样简单便利。客人按照一刻钟、半小时、一小时付费。当客人离开时，卡上的费用会自动扣除，如同在停车场付费一样。客人离开几分钟后，会有清洁女工来打扫房间，之后，房间又可以租用了。无须预订，无须提供姓名，没有客房服务。警长，您看，普通的旅馆，但服务更加便利。"

裴塔尔再次环顾了一下房间的东方装饰格调。

"是……您这里的房间装饰不会与一级方程式旅馆的一样吧？"

梯斯朗脸上露出一丝职业经理人的自豪。

"红角酒店完全是另外一种风格！每个房间的主题各异。您在每个房间转了吗？我们的房间有卢克索、泰姬陵、蒙马特、沙漠客人和最贵的殿下……"

经理恨不得介绍完整个册子。裴塔尔打断了他。尤罗好像已经下载了所有相关信息。

"每个房间都有一个名称？在世界各地的红角酒店都有同样名称的客房，是这样吗？"

目录册先生又开始得意了。

"完全是一样的！无论您在世界的任何角落，同样的旅行，同样的异国情调。"

看起来这一点让尤罗感到好玩，甚至有点感兴趣了。裴塔尔注意到。不管怎么说，对那些收入低又想浪漫的年轻人不失为一种理想的模式，对他来说，这种纤维板搭建的房间装饰令他愕然。人们待的房间为什么不叫克罗地亚东部边境城市武科瓦尔，房间里，两名警察还在查找。利昂试图锯开手铐，把死者的身体抬开。

"每个房间都有摄像头吗？"

"您开玩笑吧？"经理有些不高兴地说，"我们所有的房间要绝对保证客人的私密性。安全、私密和隔音。"

啊，裴塔尔想，一个酒吧负责人敢说我们的雇员六个月不到就会替换掉。

"外面呢？"

"车库有三个，大门口有一个，24 小时拍照。"

"那好，我们调出来看看……（他盯着经理说）请关掉这烦人的《一千零一夜》音乐！"

经理结巴着说："我试试，嗯……音乐是中控的。"

"那好。联系悉尼、火奴鲁鲁或东京，让他们关掉声音！"

终于，房间的音乐停下来了，尸体被抬走后，刺鼻的香味散发了，大部分警察也离开了。裴塔尔手撑窗户边站着，除了浸满血的沙发，这是房间里唯一可以站脚的地方。警长对他的助理道：

"告诉我，尤罗。我想你已经查询了十几个网站，获取了所有的社会信息，掌握了这个倒霉蛋的全部身份信息。"

弗洛雷斯助理满意地笑了笑。

"你说对了，警长！受害者名叫弗朗索瓦·瓦里奥尼，49 岁，已婚。有两个孩子，梅兰妮和雨果。住在欧巴涅，古艾斯特路。"

他已经点燃了一支烟，朝商业中心吐了口烟。

"尤罗，你的动作太快了，不仅快，还准确。我都要相信大数据这个玩意儿的效率了。"

弗洛雷斯助理有点不好意思，犹豫了一下。

"嗯……头儿，我主要是在他的上衣口袋里发现了钱包。"

裴塔尔大笑起来。

"很棒！好，继续说，还有什么？"

"一个奇怪的细节。是利昂发现的，在死者的右胳膊上有个针眼，但不像是普通的针眼。有人……有人抽了他的血！"

"再说一遍？"

"当然还给他留了一些。（裴塔尔喜欢助理的冷幽默，在与他接触后，小伙子慢慢放松了下来。）根据各种可能，凶手在割断死者的手腕静脉前，已经用抽血器抽了他的血。"尤罗从透明塑料袋中取出一根针、一个小试管和一根带血的棉签。

"一套值 15 欧元的东西，在垃圾桶里也找到了。它方便人们不到 6 分钟就能知道血型。"

裴塔尔随手扔掉烟头。他要去找红角酒店避孕套发放箱周围的避孕套。

"你看，尤罗，可以这样概括，这家伙叫弗朗索瓦·瓦里奥尼，满怀欣喜地进到山鲁佐德房间，可能在未来杀手的陪同下，他心甘情愿地被绑上双手，然后杀人犯抽了他的血，等待结果，之后，割破他的静脉，离开后留下了一具宰杀的尸体。"

"可以这么说。"

"该死的……"

裴塔尔又想了一会儿，幽默地说：

"也许是有人要找献血者。当然很急，这关系到生与死。他测试了一个潜在的献血者，由于血型不对，他很生气，就杀了这家伙。瓦里奥尼是什么血型？"

"O 型，"弗洛雷斯说，"三分之一多的法国人都是这个血型。说不定是破案的曙光。"

裴塔尔有些吃惊。

"吸血鬼的故事。"尤罗进一步说。

"啊？你不会同大家一样说的是德古拉吧？来吧，我们先从安装在外面的摄像头拍下的视频看吧。同弗朗索瓦·瓦里奥尼一同进到房间的人肯定是位姑娘。这个有家庭的胆大的父亲不会来这个地方与男同伴冒险。"

尤罗·弗洛雷斯一直站在上司面前，又掏出两个透明的小袋子。

"这同样是从瓦里奥尼的口袋里找到的。"

裴塔尔仔细查看里面的物证。他先看到一个红色的镯子，塑料的，打眼的，就像客人在所有费用全包的旅馆手腕上佩戴的一样，然后又靠近查看第二个袋子里的东西——六个贝壳。六个一模一样的贝壳，椭圆形、白色和珠光色，3 厘米长，张开处是锯齿状。

"在这里的沙滩上从未见过如此的贝壳类动物！"警长评论道，"第二个疑点，我们勇敢的弗朗索瓦在哪里捡到的这些东西？"

"他因工作常出差旅行，头儿。"

"你找到他的记事本了？"

"没有，但是在钱包里有名片。弗朗索瓦·瓦里奥尼领导着一个帮助难民协会的资金部门，VOGELZUG 协会。"

裴塔尔·维里卡警长对这个产生了感兴趣。

"VOGELZUG 协会，你肯定？"

"我可以给你看他的工作卡，上面还有照片，而且……"

"好，好……（裴塔尔·维里卡警长的好奇心变得急切起来。）给我两分钟，让我理理思路……去，到旁边的星巴克给我买杯咖啡。"

尤罗先是吃惊，犹豫了一下，马上就明白他的上司没有开玩笑，就出去了。

当确定助理走远了，房间只剩他一人时，裴塔尔·维里卡警长掏出手机。

他的手有些发抖。

VOGELZUG 协会。

这只是个巧合吧。

他再次看着远处的楼房，港口，工业区，还有另一边不远处的游乐港——穷人与有钱人会集的地方。

麻烦才刚刚开始。

— 5 —
10 点 01 分

"爷爷，我们可以再喝可乐吗？"

汝尔丹·布朗 - 马丁同意了。他不会拒绝给孙子们可乐或者其他任何东西，特别是在他们生日的时候。他站在阳台上，拿着一杯浓咖啡，远远地看着孩子们游戏。

一切都很顺利。

他有些为难，更焦虑的是如何组织他儿子乔弗雷的双胞胎儿子——亚当和纳唐的生日会。儿子独自一人，妻子两周前去了古巴，就是为了组织欧盟边境管理局的辩论会，会议将于三天后在马赛大会堂召开。将有上千名参会者，43个参会国。有国家首脑、企业领导……好像曾经全身心为移民的斗志再也无法激起他的兴趣了。是时候移交给乔弗雷——他三个儿子中的老大，自己坐在折叠式帆布躺椅上，欣赏布克港的落日，品着不是由女秘书端来的咖啡，听着孩子们的笑声，或听着卡在出租车方向盘旁边的手机里传来的节目。

生日聚会非常成功，花了不少钱。14个孩子请了5个主持人。孩子们都是来自一所名叫橄榄树的蒙特梭利学校的小伙伴。起初，孩子们的家长并没有想来参加，但是他在泳池边接待他们时，每个人都非常高兴。泳池位于他修建在拉拉维拉别墅的5层上面，福斯海湾和罗讷河畔圣路易港尽收眼底，放眼望去可以看到普罗旺斯地区罗讷河三角洲两条主支流之间的卡马格地区，再往远处是卡罗渔港的沙滩。邀请卡上写着："空手赴生日会。不要带礼物，只需带上泳衣。"

足够的苏打水，成堆的糖果，飞来飞去的玩具，简直就是小孩子们的狂欢节。

汝尔丹的衣服右口袋里传出巴伯的慢板小提琴曲，他的手机响了。他不接电话，至少现在不接。他为主持人的创造性感到惊叹。他们一个扮演彼得·潘，一个可爱的姑娘扮演叮叮玲，第三位扮演一个印第安女人，所有的孩子扮成海盗。泳池中间是一个充气的小岛，四周被十几条塑料鳄鱼包围着。孩子们划着充气垫，在这些并没有攻击性的鳄鱼中间穿梭，只是为了到达小岛，取到金币巧克力——岛上铺满了金币巧克力。看起来，孩子们非常喜欢这个游戏。汝尔丹的目光离开孩子们，转向阳台外的风景。南边是艾格杜斯南方城市化居住区拥挤的楼房，他在那里长大。在下面，离他的别墅围栏百米远的地方是复兴港，站在高处，埃斯凯隆号和马里博尔号游船一览无余，后面这艘较小一点，更女性化一点。

相隔数百米，全然是两个不同的世界，难以跨越。他花了50年的时间。这是他最自豪的地方，在距出生的楼房不到一公里的地方发家致富，跨越社会各阶层而不被流放，可以居高临下地看着那些楼房的影子曾碾碎他的童年，就像一个囚犯日后会买下囚禁他的监狱旁边的房子，来尽情地呼吸自由的空气。

"爷爷，还可以再喝可乐吗？"

"随便喝吧，我的宝贝。"

纳唐已经喝第四杯了。他一点也不像他的同胞兄弟。体重每年增加一公斤。这倒是一个区分兄弟俩的好办法，他们的爸爸乔弗雷常常分不清他的两个儿子。为了 VOGELZUG 协会，乔弗雷常在世界各地出差，每三周才回来一次抱抱孩子们，和妻子睡个觉。他的妻子叫伊娃娜，非常漂亮的斯洛文尼亚女人，她不喜欢与孩子们一起玩，只喜欢她的豪华小游船和 F-TYPE 捷豹跑车。她日后欺骗了儿子们的傻父亲，认为他在世界各地的希尔顿酒店和索菲特酒店过得很自在。

汝尔丹在 1975 年创建这个移民协会时，世界上仅有五千万人因工作、战争、贫穷需要移民。2000 年时，移民人数达到一亿五千万，而且数字以指数曲线上升。什么物质因素，什么动力，什么财富驱使着指数曲线在近 50 年来持续上升？他希望尽职尽责的儿子乔弗雷能够担起协会的重任，有其他的事情可做，而不是常常与妓女待在一起。

巴伯的慢板小提琴铃声还在响着，他走向露台，不想被快要受不了的孩子们的叫喊声打扰。彼得·潘和叮叮玲无法将 6 个小魔鬼的注意力吸引到海上找金币的游戏里，20 分钟都没有。在蒙特梭利教育理念下培养的小家伙们随心所欲，相互扔着沙子，草莓漂浮在水池上，如同血珠，把棒棒糖变成戳向岛上可怜塑料鳄鱼的鱼镖或作为钓金币巧克力的钓钩。

汝尔丹关上露台的门，看见电话屏上显示的名字。

裴塔尔·维里卡。

这是……

"布朗 – 马丁？"

"是我。"

"我是维里卡。我知道您不喜欢我打您私人手机，但是……"

"但是什么？"

汝尔丹看着远处的半岛礁石尖，半岛延伸到大海，直到海堤，朝着布克防御工事，形成一个锚地。

"我们手上有一具尸体。您肯定不喜欢听到这些。他是一位在您那里的高管，弗朗索瓦·瓦里奥尼。"

汝尔丹在柚木折叠式帆布躺椅上坐下来，差点失去平衡。玻璃门外是海鸥的叫声，夹杂着孩子们的喊叫声。

"请继续。"

"一起凶杀案。我们今天早上发现了瓦里奥尼。他的双眼被蒙着，手被铐着，手腕静脉被割破。他躺在红角酒店的一个房间里。"

汝尔丹习惯性地扭头向布克港的商业中心看去，尽管知道从他家露台是看不见商业中心的。他曾经花费了几万欧元在别墅的北边种植了树木，就是为了在别墅北边只能看到布克沿阿尔勒运河栽种的海松。

"您已经有线索了吗？"他问道。

"更有利的线索。人们刚给我送来监控视频拍下来的片子。"

在电话这头，裴塔尔·维里卡眯起眼睛仔细分析画面：一条头巾遮住了姑娘的大半张脸，她正盯着红角酒店门口的探头，然后，迅速避开，留下一个可疑的迹象，但很难辨认。

裴塔尔对布朗 – 马丁说：

"但可以清楚地辨认出瓦里奥尼同一位姑娘进入酒吧，一位非常漂亮的姑娘。"

汝尔丹又朝远处走了一下，确认身边没有其他人，不会有海盗船长、穆什先生或印第安头领从玻璃门外的幻想地方出来。

"那么，您会辨认出她，找到她，把她关进监狱。如果她留下照片，这应该不难。"

裴塔尔纠正。

"她……她裹着头巾，有着猫头鹰奇特图案的面纱。"

水泥栏杆有一米多高，可是汝尔丹感觉要落空。

"您肯定吗？"

"您说头巾吗？是的。"

汝尔丹又看向艾格杜斯的成群楼房，都是一个模样，如同面向地中海修建的白色塔楼工事，就像一直没有砌完墙的城堡。

一条印有猫头鹰图案的头巾，布朗－马丁思考着。眼睛被蒙上，静脉被割开。

一位很漂亮的姑娘……

一种不好的预感袭来，他觉得这个姑娘还会继续进攻，继续杀人，继续引起流血事件。

在她还没有得到想要的东西之前。

—— 6 ——
10 点 27 分

当蕾丽走出楼梯，她用空着的另一只手摸索着寻找开关。她摸到一幅贝壳画上，之后摸到了艾格杜斯 9 号楼 8 层的开关。

蕾丽顺着裂缝的瓷砖攀爬着，楼梯扶手有些生锈，潮湿和发霉的污点使踢脚线有些起泡。福斯房屋中介公司去年夏天才粉刷了门面，但是没有足够的涂料粉刷楼梯走道。看着墙上画的心、骷髅头及其他器官，她想，市政府成立了一个委员会，专门讨论如何保护这些图画，它们是本世纪初城市艺术的遗产。她还有什么可抱怨的呢？几千年后，人们来此参观楼梯道，如同人们今天参观拉斯科洞穴一样。

蕾丽喜欢乐观地看待问题。也许，她的魅惑小计谋在帕特里克·裴勒格翰身上起了作用，帮她找到了梦想中的套房，也许邮件正等着她呢……50 平方米……底层……小花园……配套的厨房……

"马尔太太？"

一个声音，确切地说是尖叫，从下一层传来。一个姑娘在 20 个台阶下的楼梯道喊她。

是卡米拉。就怕见到她！

"马尔太太，"姑娘又喊道，"您的孩子们可以把音乐声放小一点吗？有人要复习功课。真希望有一天能搬离这里。"

卡米拉·萨迪是她家楼下的邻居，学心理学的女大学生。同邦比一样，上大学三年级。另外，同邦比一样，她什么都能干。因为一个偶然的机会，她两年前住到了这里，是福斯房屋管理局介绍的。公屋出租部门试图把大学生、退休的人、失业者，还有从其他区来的不得意的可又无法拒绝安排的人聚集在艾格杜斯，显得很有多样性。在精神崩溃和离开之前只能住在这里。

卡米拉认出了楼上的邻居，从艾克斯 - 马赛大学 650 多个聚在阶梯教室里的心理学女大学生中认出了邦比！在一年的时间里，她们同乘 22 路公交车，一起复习功课，吃同样的羊肉番茄卷饼。卡米拉和邦比干什么都在一起，但卡米拉有些不如邦比。卡米拉与邦比相像，同样的长发或辫子，同样的棕色杏仁眼，同样的茶色皮肤，但卡米拉没有邦比漂亮。她们考同样的科目，但只有邦比能通过考试。她们与同样的伙伴来往，但都是邦比与最帅的一个出去。她们之间美好的友情渐渐变成了可怕的妒忌。说实在的，开始时蕾丽担心邦比会搬去与卡米拉同住，担心她家的地板会变成她们的天花板。

"雷鬼舞曲歌手凯文·勃耐，卡纳多，高音歌手，"卡米拉强调说，"都很好听，但已经不是我这个年龄追的歌手了。"

蕾丽想起来，还有盖尔·法伊。她女儿邦比很喜欢这个歌手。还有蒂安喜欢的吉姆斯，阿尔法喜欢的赛特·盖科，还有不同时代的高勒德曼、巴拉维那、勒诺，当蕾丽熨衣服时，很喜欢不停地听《思念》这首歌。夜间在老板那里工作时，她就戴着耳机听，在家里同样戴着耳机听。住在25平方米的房间里，听音乐是唯一使房间变得宽敞的办法。

在卡米拉那一层，对门的门打开了，出来一个50多岁的男人，蕾丽有时会在楼梯上碰到他。他每次都是刚睡醒的样子，身上的T恤皱巴巴的，那种人们穿着上班、下午睡觉时还穿着的T恤，他的脸像衣服一样皱巴巴的，他那双亮晶晶的蓝色大眼睛还沉浸在梦中。下巴和脖子被胡子包围着，稀疏的灰色头发顶在头上。T恤裹着发福的肚子。

他说："我什么也没有听见。"

他露出奉承的笑容。这让蕾丽又想到了今天早上帕特里克·裴勒格翰的笑，今天早上男人们很热情。

他对卡米拉露出同样的笑容。

"我每天早上6点去上班，下午都在家睡觉。如果音乐声太大，美女，我会听见的。"

他的嗓音很怪，嘶哑的，就像是过度喊叫之后。没有人想反驳他，更不想继续听他说话。卡米拉耸了耸肩，关上门进房间了。陌生男人上了几个台阶，向蕾丽伸出手。

"吉……吉·勒拉。"

他伸手抓住了蕾丽提在手上的两个装满东西的购物袋。酸奶、便宜的糕点、冒牌能多益可可酱，还有在立德超市买的非常便宜的食物，好塞满家里的冰箱。吉站在门口，有些碍事，蕾丽找出钥匙，打开门。她发现这个羞涩的胖男人很激动，但又不敢明着献殷勤。

"请进来吧。"

他犹豫了一下。

"至少帮您拿到冰箱跟前。"

他走进陌生的房间。

"真的，"蕾丽一边说一边从他手里接过袋子，"音乐声没有影响到您吗？"

"我什么也没有听见，我睡觉时耳朵里塞着耳塞。"

吉的眼睛里闪着狡黠，蕾丽想到卡米拉的气恼，大笑起来。这个害人精会找到复仇的办法的。

"您知道，我在石油港炼油厂的机器上干活。他们测量出我们每天在超过一百多分贝的环境下工作，虽然有耳罩，但我们总要说话的。我们所有人的嗓子都喊坏了。他们说这是因为噪声，我们相信了，他们向我们保证说起码不是因为石棉，这是在我们退休前告诉我们的最可恶的东西……"

蕾丽点了下头，表示理解，然后朝厨房走去，开始整理买回来的东西。吉仔细查看整个套间，也就两个房间。他先看了一下小房间，门里是两张架子床。这间卧室让人感到很奇怪，孩子可能每五年换一次床，但还是上一次睡过的床。第一张下层的床上扔得到处都是毛绒玩具、闪电侠、千年老鹰模型、连环画、足球相册、希腊神话故事书；上面床上铺着绿黄红三色的褥子，墙上贴着非洲雷加音乐歌手和篮球球员的招贴画，一条烟；旁边的床头上挂着两个包，可以清楚地猜出里面是带花边的衣服，暗红色，几双饰有闪光片的鞋子。最后一张床是空的。床板上都没有褥子，还很脏，好像是留给一个还未出生的孩子。吉心里想着，在这间男女杂处的房间，其他三个孩子为什么不利用第四张床？

"您要喝杯茶吗？"蕾丽问。

吉转过身来，没有回答，好像做错事了。

"别看杂乱的房间，"蕾丽接着说，"三个孩子住在里面，您想想，蒂安10岁，你看见他每周从图书馆借来的一摞书吗？阿尔法与弟弟完全相反。"

她的目光停在上面的床上。

"学校和阿尔法……事情有些复杂……我做了所有能做的，尽可能让他去上学直到16岁，但是两年来，除了音乐、伙伴和运动……您看，对阿尔法，我不担心，他很机灵，总是能找到路子。他只需要走正道就行了。"

蕾丽有些激动，声音有些发抖。吉听着。

"至于邦比，她马上就22岁了，刚获得心理学硕士文凭，正犹豫是找工作还是继续学习，找工作也是要找与心理学相关的……她靠打一些零工帮我。（她看向厅里墙上三个孩子的照片。蒂安没有憋住笑了，阿尔法比其他两人高出一头，邦比瞪着牝鹿般的大眼睛直盯着镜头。）她没有费多大劲就在海滩酒馆找到了一份服务员的工作。哎，喝茶吗？"

吉还在犹豫。他走向主卧。长沙发非常整洁，晚上咔啪打开后，蕾丽就睡在上面。一张小桌子，四把椅子，一台电脑，一个烟灰缸。还有两样奇特的东西。一只大大的柳条筐，里面堆放着许多太阳镜，各种颜色，各种样式。另外一样就是雕像，几十个猫头鹰雕像摆在房间的各处，有木头的、玻璃的，还有泥捏的。

"这都是我的个人收藏，"蕾丽自豪地说，"准确数字是129个。"

"为什么收藏猫头鹰？"

"您感兴趣？您也是夜间工作的人？"

"主要是清晨。"

蕾丽笑着，朝火上冒气的水壶走去。

"喝茶吗？"

"下次吧。"

吉朝门口走去，蕾丽显得有些不太高兴。

"您知道吗，拒绝一位颇尔女性的热情好客是十分令人不愉快的事情？在大沙漠中，人们发现了许多被大砍刀砍死的探险者，他们的行为远没有您今天的行为严重！"

吉浑身抽了一下，感到越来越不自在。他的目光停留在电脑上方的镜框上。

一轮落日在非洲的一条河上，隐约映照着独木船和简陋的小屋。

"我开玩笑呢，"蕾丽说，"是什么让您不自在？"

"没有什么……就是……我不太习惯。"

"不习惯什么？不习惯杂乱？不习惯孩子？不习惯猫头鹰？还是不习惯像我这样性感和富有的姑娘邀请您到她的宫殿共品一杯香槟？"

"不习惯非洲。"吉回答。

他快要走出门了，站在那里，紧张得脚踢起了一块揭开的地板革。蕾丽手拿水壶站着。

"哎呀，我没有想到是这个让您不自在，我的好邻居。"蕾丽接着说。

吉好像一下子重新拾回了勇气。他接下来的一通话有点挑衅。

"我不想向您说明什么！我的青年时代是在维托尔和加尔丹纳度过的，30年来，我一直在布克港的码头仓库干活，我的工友中四分之三都是阿尔及利亚法侨，或者是阿尔及利亚法侨的儿子。我们每个周末一起去贝里池塘打鸭子，我们都为同一个政党投票，政党的颜色是海蓝色，您明白我，还有什么……您很面善，我没有想冒犯您，更不想冒犯您的孩子们。可是，狗娘养的，如何告诉您……我不是那种与阿拉伯人来往的人……"

"黑人不是阿拉伯人。"

"黑人、阿拉伯人、北非阿拉伯人，还是满脸胡须的人，您随便称呼。"

"您觉得我是大胡子人吗？来吧，坐在圆凳上，喝杯茶，小心别烫着。"

吉气恼地耸了耸肩，但也无法拒绝蕾丽的热情招待。

"您刚才帮了我，对付讨厌的卡米拉，您不能拒绝这杯茶。另外，我还要庆祝找到新工作了，3 年来我的第一份合同。今天下午开始工作。"

吉坐下来，蕾丽用另一只手拿走了电脑上的落日照在河上的镜框。他又看了一眼厨房、客厅和孩子们的房间。放心了。

她不曾留下任何痕迹，不会犯任何错误。这种烦扰总会使她不安，特别是她请人来家里的时候。她必须时刻什么都要考虑到，任何一个细节，什么都不能随意丢下，必须把一切整理得有条不紊。邀请一个陌生人进来，她要查看好，不要让别人发现什么。看起来，这个性格内向的邻居，这个胖狗熊什么也没有看出来，一直在道歉说他不是种族主义者。

蕾丽取出一把椅子，坐在吉的对面。

"这是塞古，在马里。我就是在那里出生的。听着……"

蕾丽的故事

—— 第一章 ——

塞古，我想您从未听人说起过，我亲爱的邻居。这是距离巴马科 200 公里的一座小城市。坐大巴车需要 5 个小时，仍旧是那条宽宽的沥青路，城市比汽车跑得快，即使汽车最终会跑赢，但是都消失在广袤无垠的沙漠之中了。塞古就不同，它是一条大河，尼日尔河是最大的河流，比城市还要宽，几乎是大海。我们住在河边陶窑区的一间茅草屋。我的父亲和母亲每天挖河岸边的黏土制作陶罐、陶瓶和陶瓮。我们拿去旅馆卖给游客。1991年革命之前，游客不多，只能卖给旅行的人。

吉，您知道吗？塞古最大的活动场面就是独木舟。渔民的独木舟。他们每天从河面出发去往莫菩提或者库利可可。但是在塞古，这些独木舟是横渡过去的。尼日尔河上没有桥，几千公里都没有桥。人们每天载着食物、钱、木头、石头、砖块和动物从这边划船到对岸，在河的每一边，特别是塞古这边，简直就是一个大集市，有许多驴和狗，还有什么都卖的人。偶尔有撒哈拉的图阿雷格人冒险来到这里卖骆驼，孩子们就会围上来，好像从未见过骆驼。

一只小船来了以后，就急着推销首饰、陶罐、香烟、避孕套……什么都卖。

卖东西最快的是我！男孩子们可能拿着皮球跑得快，但是要在齐胸的河水泥浆中行走，头上顶着货包，一边笑着，一边喊着，对，吉，我是最快的，最勇敢的。我卖出的陶器比旁边所有人加起来卖出的都多。渡河的人都认识我，他们看见我跳进河里，在泥水中走，感谢他们，在空中抓住他们扔给我的西非法郎，看着我把钱塞进挂在我脖子上的钱包里，他们觉得很是好玩。6到11岁，我一直是塞古海滩的公主，是独木舟船夫的宠儿，是渔民们的小情人，每日为他们递上装满清凉水的水壶、吸吮的海枣、咬着吃的可乐果，说我就是他们的太阳，光着脚叫卖的小姑娘。当他们以为我还在岸上的时候，我已经跳进了水里，其他叫卖的人刚湿了膝盖的时候，我已经从河里出来了。半人半鱼，比海潮都不知疲倦。

红斑在4月的一个早上出现，再过15天我就满11岁了。刚开始，我发现肚子上有红点，像被水蛭咬的，之后在腿上、背上、屁股上，直到我刚突起的乳房下都出现了大的红斑。然后红斑开始连成片，就像污秽洇在布上。爸爸把我带到塞古大教堂后面的诊所。医生是法国人，裤子与上衣的材质同帐篷一样，他在这里生活了30年，还是受不了这里的炎热。他看了看我，让我放心。不要紧，是皮肤过敏了，一点也不惊讶，因为在河里什么脏东西都有，应该禁止孩子们在河里洗澡，禁止妇女们在河里洗衣服，禁止家畜在河里撒尿。就是皮肤接触到河里的细菌后的简单反应，他建议我去巴马科的图雷医院。

在那里，我做了各种检查，一个女人来到我住的白色房间，面带和蔼的微笑，但我有点害怕。透过病房的窗户，我就可以看到对面的库鲁巴总统府和一所我一辈子都不可能进去的大学。这个女人与我爸爸谈了很长时间后，来到我的病床前，告诉我，由于总在河里的泥浆中走，我得了一种病，一种皮肤病。病不严重，很容易治好，红斑会自己退去，但是我不能再跳进尼日尔河游泳了，特别是皮肤不能直接暴露在太阳下。过敏使我的皮肤表层变得脆弱，我会得严重的荨麻疹，阳光会使溃烂的地方终生留下疤痕。"必须要等到你的皮肤自己修复好，"一个护士一边说，一边递给我一个印着蓝色格子的小纸条，"至少要等三个月。"她顺手给了我一个硬板小日历，一支灰色的铅笔，让我每天晚上在度过的日子上涂上颜色。

最初，我没有明白，也不清楚三个月意味着什么，更不清楚"皮肤不能直接暴露在太阳下"是什么意思。直到我回到茅草屋才弄清楚这一切。爸爸在回家的路上一直试图用猴面包树叶逗我笑，每一站都有妇女们在卖，他给在塞古的妈妈打了电话。我的妈妈和堂兄们为我单独搭建了一间茅草屋，准备了几条大床单和用纤维板制作的家具。爸爸藏起了他在巴马科市场给我买的布娃娃，等我进到我的茅草屋时再给我，还给我准备了他亲手雕刻的过家家的玩具。

"你要在里面待将近一百天，我的小公主。"

除了门，茅草屋还有一个向外开的大大圆圆的天窗。所有玩具和布头都放在不见太阳的地方。

"蕾丽，我们都会照顾你的，我们所有的人都会照顾你的。一百天很快就会过去的。你很快又能出去跑，和小伙伴们玩耍，跑得比戴着巴姆巴拉人马形面具的人们还要快。"

"就是说我要被关在这里？"

最终，所有的人都走了，剩下我一个人在茅草屋里。要谨记避开从圆天窗照在屋里地上的阳光，随着炎热的太阳节奏，我要随时挪开我的东西。

这是第一天。几个小时之后，我已经烦得要死。

那么，我如何把被关在茅草屋监狱的这几个月变成我一生中最美好的时光？

生活不会不计回报地给你提供什么，我无法料到这三个月竟会是我一生中苦难的根源。我诅咒曾经想靠近幸福。

—— 7 ——
10 点 29 分

"您想喝什么，头儿？"

助理尤罗·弗洛雷斯排在星巴克的队伍中，给他的上司打电话。裴塔尔·维里卡用半吃惊半生气的语调回答：

"从你走后，我没有改变主意，年轻人。一杯咖啡，我已经告诉你了！"

"好的，头儿，这跟没说一样。"

一阵无声的尴尬代替了尤罗等着的回答。他觉得自己就像一个老师给一个不明白意思的学生提出了一个幼稚的问题。但他还是巧妙地又问道：

"我在星巴克，头儿，有很多选择。您想要一杯危地马拉安提瓜咖啡，埃塞俄比亚有机咖啡，夏日冰咖啡，还是一杯……"

讨好失败，警长没有等他说完就发火了。

"快点！见鬼。我想喝咖啡的意思就是去酒吧要一杯黑咖，从不会问上司咖啡豆是产自莫桑比克还是在尼泊尔研磨的！"

"好吧好吧，我尽量选您满意的。"尤罗平静地说完，挂了电话。

尤罗多年不进酒吧了，但是很喜欢各地的星巴克，不同年龄的人耐心地排队等待，大学生们端着选好的套餐，打着领带的公务员一边吃着早餐，另一只手的手指不停地在桌子上敲着，爷爷们慢悠悠地选着松饼与茶。队伍越来越长。尤罗仔细地看着咖啡价目表，不知道为头儿选哪一种口味的咖啡。他太崇拜裴塔尔·维里卡了。尤罗总是优柔寡断，总是需要证据，查阅大量资料，然后形成各种假设；他感觉自己就像一台强大而有效的电脑，一台设定好逻辑程序的电脑。

裴塔尔正相反，凭直觉办事，不在乎那些客观的笔录或证明，但是一眼便能找出准确的证据，不相信心理学理论，却能用两三句话就说出嫌疑人的特征。尤罗多么想像裴塔尔一样有着艺术家的细腻和警察的粗暴去做现场勘查，而不是像一只忙碌的小蚂蚁，无头无脑地撞在一堆秘密之中，泰然自若地站着，一副不真诚的逃过难关的样子。

最后，一个扎着马尾辫、个子比戴绿色头盔的警官高的姑娘微笑着记下了他要点的东西。

斯蒂芬妮。她戴在工装左上边的工牌上写着。

"人真多，需要你等会儿。"

他喜欢星巴克的香蕉蛋糕，也喜欢星巴克的女服务生。

他笑着答道："没有关系，斯蒂芬妮。"

除了在星巴克，尤罗从不直呼女服务生的名字。这是相互的事情。他很清楚可爱的女服务生记下他点的东西后会问他：

"您的名字？"

当女服务生在纸杯上写下尤罗和裴塔尔的名字后，他便去坐在附近的一把高椅子上，打开笔记本电脑，放在膝盖上。一个放大的贝壳占了满屏。等了几分钟后，他就开始研究喜欢的软体动物，不一会儿就沉浸其中，当斯蒂芬妮大声喊着两位顾客的名字时，他都没有抬头。

"邦比，邦比和阿尔法，你们的咖啡好了！"

"那个膝盖上放着笔记本的小伙子不错呀！"

邦比的目光离开坐在柜台旁边高椅子上的男人，看着她弟弟端来咖啡。

"他是警察！"阿尔法说。

为了能坐进去，阿尔法要弯下他那庞大的身体，把腿放到椅子和桌子中间。阿尔法身高 1.9 米。15 岁时就已经这么高了，像个长长的藤本植物，整个少年时期都在健身房健身，在海里游泳，在附近所有的库房搬运纸板，为的是把瘦弱的身体练得强壮。目标达到了。17 岁时，他的身体非常强壮，90 公斤，宽松的运动服遮住了大屁股，贴身的无袖 T 恤遮住了两块大胸肌。

"你怎么知道的？"

"我就是知道。你最好不要想着诱惑他。"

邦比听了他的话。尽管她觉得这个警察很可爱，在女服务生叫到他们的名字时也没有抬头，但是她的弟弟说得有道理。她转身抓住弟弟的双手，盯着他看。

紧张的局面又开始了。

长时间的沉默后，她放开手，卸下脖子上的吊坠，把黑色乌木三角吊坠放在桌子上。在非洲人的习俗中，长角向下，表示女性特征和生育能力强。阿尔法也把戴在脖子上一模一样的吊坠卸下来放在桌子上，但是长角向上，表示男人的特征——生殖器。他把他的黑色三角放在他姐姐的黑色三角上面，形成了一个六角星。

他们的黑色星星。唯一的目的，唯一的目标。

"我不敢保证能做到。"邦比说。

这次，他把姐姐的双手握在自己那双大手中，刚才端了两杯咖啡，手还是热的。

"我们别无选择。我们轻如鸿毛，风都可以把我们吹走。"

邦比有些发抖。阿尔法走过去，抱住她。重量级大块头安抚着瘦弱的姐姐。阿尔法显然知道姐姐比他强。她一直比他强。

邦比盯着阿尔法的眼睛看了看。

"当然，我的弟弟，我们没有退路。从今天晚上开始，我们释放出恶魔。可是……我有点为你担心。"

阿尔法又用手指动了动他的黑三角，使它与姐姐的那个组成一个完美的星星。

他慢慢地端起咖啡放到嘴边，轻声说：

"我们讨论了每一个细节，胜券在握，就像航天员向另外一个星系发射了一枚火箭。我们只需要紧跟计划行事。"

阿尔法搂住邦比，抱在自己宽厚的胸前好几秒钟。

"我为你骄傲，亲爱的姐姐。"

"我们会被诅咒的。"邦比喃喃地说。

"我们已经被诅咒了。"

邦比拿起纸杯，喝了一口，一股热流沁入喉咙，顿时感觉到如同一股熔岩吞噬了荒原上疯长的野草。一场热烫的淋浴在皮肤上也会产生同感吗？她强装笑脸。

"我们是两个微不足道的人，两粒任由哈麦丹撒哈拉和西非的干旱风吹走的沙子，两粒飘在空中急于落在根茎上的花粉吗？"

阿尔法打趣道：

"邦比，不会总是这样的，不会。有许多花粉飘过几百公里后落在匹配的花蕊上，它们飘过高墙，飘过大海，穿越国界。"

邦比太清楚她弟弟的用意了，他很快就要说出风助花受孕的学术名词了，那就是风媒花。她不喜欢弟弟摆出很有学问的样子，当他谈论维基时，会通过高深的理论把概念复杂化来掩盖他文化的缺失。这也许是那些英俊且健壮的男人的通病吧，想显摆自己。阿尔法的老毛病：总想显得比别人有文化，实际上只是比别人强壮而已。她发出一声难以察觉的叹息，可还是被弟弟发现了，他忍住没有大笑。

"好吧，美女，我讲的东西不讨你喜欢。再耐心地等一会儿，我在等一个人，他会更好地讲给你听。只需要……"

他转过身看着那位眼睛一直不离电脑的警察，好像那个人对自己构成了某种威胁。邦比不解地顺着弟弟的目光看去。她感觉累了，喝过的咖啡让她有些反胃。她不耐烦地说：

"如果我们的计划失算了，如果我们进了监狱，如果我们不能侥幸逃过，那妈妈将会独自一人，永远地孤独一人了。"

她把手放在黑三角上，就像要弄碎它一样，阿尔法拦住了她。

"姐姐，不要忘记，我们做的这一切都是为了妈妈，为了妈妈。"

"那蒂安？"

"我会向他解释的。"

两个人都不说话了，女服务员的叫声打破了沉默。

"尤罗和裴塔尔，你们点了两杯咖啡？好喽！"

阿尔法的手放在姐姐手上，示意她不要说话，他们看着警察收起电脑，端起两杯咖啡，朝门口走去。当警察从他们面前走过时，邦比扭过头，之后又转过头打量警察的翘臀。他刚走出去，一名黑人就进来了，比阿尔法年龄大，身高一样。他头顶剃光，太阳穴那里有几根灰色的绒毛。

"邦比，这是萨沃尼安。"

阿尔法简单地介绍说萨沃尼安是偷渡者（无身份的人），他来自贝宁——一个邻近尼日利亚版图一角的法语国家，世界上最穷的国家之一，连柏油马路都没有，南部只有一个港口，可以从海上逃出，北部是一片森林，在穿过沙漠和到达这里之前可以藏身。萨沃尼安是两个月前到达这里的，和他一起来的有几个科托努的堂兄弟，鲍拉是一名信息员，吉蒙是建筑师，维斯莱是非洲祖克音乐人，扎艾林是农学技师。阿尔法和萨沃尼安两个人一直紧紧抱着。邦比觉得这有些做作。她的目光落在他们叠放在一起的两个黑色三角上。为了拿到黑星星，阿尔法也要想想利弊。人走在钢丝上，灵魂会被遗失的。

"萨沃尼安把妻子芭比拉与两个孩子——萨菲和凯凡留在了家乡。"阿尔法接着说道，好像要强调这是需要巨大勇气的。

邦比不由自主地看向萨沃尼安，并紧盯着他。

"这么说，你抛弃妻子与孩子就是为了变成偷渡者吗？你觉得这样做让你成为英雄了？"

阿尔法听了很生气，试图让他姐姐闭嘴，被萨沃尼安拦住了。这个男人有种苦行僧的柔弱性格。

"美女，你的梦想是什么？"

邦比不吭声，面带吃惊。

"嗯……"

"我，我的梦想，就是码字，阅读，写作。我整天就干这个。我的梦想不仅仅是成为记者、出版商、专栏编辑、小说家。不，我的美女，我要出人头地。龚古尔奖得主或什么也不是！（说完，他大笑起来）吉他手维斯莱，他梦想成为猫王或鲍勃·马利，所以，他为自己取了同音的名字！扎艾林比较理性，他只想成为农业方面的研究员，在世界范围内解决饥荒，至少在非洲，具体从贝宁着手。可是，你没有回答我。可爱的公主，你的梦想是什么？你至少有一个吧？"

邦比开动脑筋想着。有一个吗？舞蹈？音乐？时装？偶遇一位白马王子？成为亿万富翁并送给母亲一座宫殿？周游世界？

"我有……许多……"

萨沃尼安抬了一下鼻梁上的方形眼镜。他戴着眼镜，看起来更像一位教授。

"邦比，每个人都怀有许多梦想。重要的不是一一实现，而是能够相信这些梦想。相信会有机会，会有运气。你在贝宁出生，在贝宁、科托诺或波多诺伏生活过，你就埋葬了这个小小的希望。你把它彻底扔在了大西洋。在几千万贝宁人中，不可以出现一些小齐达内、小莫扎特、小爱因斯坦吗？为什么贝宁人就不能在出生时带有天才的基因？你可以告诉我一个获得诺贝尔奖的贝宁人，或是一个获得奥林匹克运动会奖牌的贝宁人吗？至少一位贝宁演员的名字？你懂吗，邦比，我们只是要拥有梦想的权利！"

邦比结巴地说：

"即使在这里……在法国，你知道吗，这样的梦想……"

"我知道，真正怀揣梦想的人太少了。他们都是掘金的人，不退缩的人，相信命运的疯子。在我的城市，阿波美，我们五个人离开了那里。（他又笑了起来，猛喝了一口阿尔法给他买的咖啡。）西方世界认为如果他们不锁闭关口，所有的非洲人都会来到这里。可笑的担忧！绝大部分人都愿意待在他们居住的地方，他们在那里出生，有家人与朋友。只要食能果腹，他们就会很满足。只有几个疯子才会去冒险。每年在一万到两万试图穿越地中海的移民中，一半人中都找不到一个非洲人，可是西方人把这叫作入侵？"

阿尔法拽了一下萨沃尼安的袖子，示意他该走了。之后，阿尔法戴上太阳镜，穿上皮夹克，俨然一副小头头的气势。贝宁人萨沃尼安却没有走的意思。

"这些疯子依然存在，"他看了一眼邦比，"他们准备豁出一切也要到大西洋对面看看山的那一边。邦比，你明白我要说的吗？就像尤利西斯寻得金羊毛，克里斯托弗·哥伦布……他们是一群脑海中充满探寻精神的人。几年前，当科学家寻找登陆火星的志愿者，明确告知无法活着返回地球时，仍然有几千名志愿者。"

这时，阿尔法站了起来，瞟了一眼四周的人，好像这群人的生死就系在他一人身上一样。他就是那个明白、有预见、快速做出决定的人。邦比笑了，她弟弟再次做得有些过了。

"最后一句话了，朋友。最后一句话。（萨沃尼安盯着邦比的眼睛）当每一个人在街上碰到衣衫褴褛的偷渡者时，眼见的不一定为实，他们并不是离开了家乡一无所有的人，也不是身无所长的人，他们是有机会赢的人，是冠军，是无数家庭选出来的冠军，是骑士，是家人把一切都给了他们、希望他们凯旋的英雄。"

阿尔法抓起他的胳膊。

"好了。冠军，多亏有像你一样的冠军，我会赢的。"

他还想继续说，被萨沃尼安拦住了。

"朋友，你一会儿再告诉我你的计划，你那万无一失的计划。我对此一窍不通。"

他的手在口袋里摸着，攥了起来，然后掏出一个绿色有孔的手镯放在桌子上。

"警察一个小时前抓住了鲍拉和吉蒙。他们难逃被遣返的命运，尤其是吉蒙。他脸上的那道长疤痕，很容易就认出来了。六个月的努力，每天担惊受怕，还是回到了原点。"

阿尔法趁机抓住他的手。

"萨沃尼安，正因如此，我们两个人才要团结一致。"

邦比见萨沃尼安站了起来，阿尔法搂住他的肩膀，再次表现出信心满满的小头头气势。力气总是最坏的建议，她想。男性的强壮造就了许多力气大汉，他们被派去干一些见不得人的事情，这些囊空如洗的勇士总是第一个被派出去，这些不怕死的人被看作神风敢死队。

阿尔法把黑色三角项链戴到脖子上，邦比也把自己的戴在脖子上，身体颤抖了一下。

"祝你好运，姐姐。"

"祝你好运，阿尔法。晚上见。不要让妈妈担心。"

"妈妈一直希望我们是优秀的一家人。别担心。"

他自信地微笑着。

"小心一点，弟弟。"

"你也小心一点，邦比。"

—— 8 ——
10 点 47 分

"头儿，您的咖啡。"

"谢谢。"

裴塔尔·维里卡没有转身，只是伸手接过尤罗·弗洛雷斯助理递给他的咖啡。其他几个警员在红角酒店一楼忙碌着。

"我给您买了一杯夏日冰咖啡，"尤罗说，"时令咖啡。柠檬、辛香料和红色水果味道。"

警长把纸杯放在嘴边停住了。

"你觉得味道还行？"

"直接来自东非。世间独一无二！"

裴塔尔皱了一下眉头，怀疑地看了看他的助理。

"您想与我交换？"尤罗说，"我这杯是维罗纳。拉美与印尼混合，略带一丝意大利烘焙的焦味。"

裴塔尔看着黑色的咖啡。

"这是情人咖啡，"尤罗又说，"配巧克力和……很好。"

他突然停下来，发现上司的手紧攥咖啡杯，正犹豫要不要把咖啡泼到饮料售卖机上方的大屏幕上。他环顾了一下房间。红角酒店里一切都是自动化的，入户门、摄像头、白酒售卖机、避孕套售卖机、按摩油售卖机。裴塔尔·维里卡很高兴地把杯子放在眼前的桌子上，然后询问跟前的警员。

"利昂，你可以帮我打开监控视频吗？"

年轻警员在连接着监控屏幕的笔记本键盘上敲了几下便好了。

"我无法告诉你他们是怎么做的，"警长对尤罗说，"这帮小伙子能够把监控摄像连接到这台电视机上。坐下，伙计。马上就可以看到监控录像了。"

他们两个人坐在清漆矮圆桌两边带有玫瑰色和金色条纹的圈椅上。不一会儿，室外摄像头拍摄的画面出现在屏幕上。裴塔尔把图像卡在弗朗索瓦·瓦里奥尼经过摄像头的那一刻。0点23分。瓦里奥尼向前走着，很放松，搂着一个比他矮的姑娘的腰。

"停，利昂！"

图像固定在那里。

"这是这位姑娘唯一一次出现在视频中。"裴塔尔解释道。

尤罗眯起双眼看着视频，上司却皱着眉头，端起咖啡放在嘴边。唯一的画面可以确定这个女人和瓦里奥尼一同进入红角酒店？不能，助理认为。姑娘头戴一条长丝巾，很宽松，丝巾几乎盖住了姑娘的脸，使人无法认出她，只能看到两只黑眼睛，提防着进来的客人，一张红唇，尖下巴。助理立刻想到，拥有天使般脸庞的姑娘不可能是杀人犯！他试图打消这愚蠢的直觉。

"头儿，这很奇怪，不是吗？"他两眼盯着屏幕，看是不是她割开了瓦里奥尼的血管。

警长还没有来得及喝咖啡，就看着利昂在圈椅中间来来去去，就像酒吧服务员来回穿梭推荐饮品。

"尤罗，只有四分之一秒。这个婊子只告诉我们她要干什么，她好像告诉我，她非常清楚戴着大黑纱巾要干什么。"

"头儿，这不是大黑纱巾。"

裴塔尔的眼光落在纱巾上。

"是面纱，如果你愿意，或者叫头巾。你愿意叫什么都行，但是……"

"头儿，您再仔细看看。"

警长转身看着他的助理，非常生气。小伙子做事情很快，效率高，还风趣，但有时很无礼。

"我看见啦。那又怎样？"

"只是……黑色头纱上有猫头鹰图案，是不是过于……"

"过于夸张？这是你想说的吗？"

裴塔尔·维里卡转了一圈，叫住利昂·埃尔法西助理。

"利昂，从古兰经教义来看，这是允许的吗，把猫头鹰画在头纱上？花的图案？动物图案？"

利昂走过来：

"关于这个，我真的什么也不知道！我的古兰经教育还是在幼儿园时期。警长，因为您是克罗地亚人，我就要求您告诉我十二使徒的名字吗？"

裴塔尔叹了口气。

"行啦，利昂。收起你的说教，再下点功夫。"

"如果您坚持，我只能说这是不允许的，但是……"

利昂再次仔细看了看屏幕上的头纱。

"还是没有答案。可能有米奇图案的纱巾，我不能说。但是，坦白地说，这个图案没有什么使人不快的。"

"你的神学知识有些骗人，利昂！"

"我们已经尽了最大努力。你把她的眼部、嘴唇、鼻子、下巴，所有你能找到的相关照片放大后给我。希望能找到我们要找的女蒙面人。"

还有一个细节困扰着尤罗。就是姑娘挑衅目标人的方式。仿佛一切都是预先计算好的，摄像头可以偷偷地捕捉她的镜头简直就是瞬间。如果不想被拍到，她本不该抬眼看，而应该一直藏在黑色大纱巾下面。不知其名的人也许想给警员们留下一点蛛丝马迹，她的一丝痕迹，但又是那么模糊不清，根本不足以辨识。如同小说中的连环杀手，尤罗心里想着，他们不断给警察发信来蔑视警察，当警察陷入困境时再给予帮助，或者把警察引向错误的线索？

"即使能辨认出来，"尤罗说，"也不代表这位姑娘就是杀人凶手。"

维里卡警长又低头看着纸杯，思索着。他抬起头说：

"她与弗朗索瓦·瓦里奥尼一同走进红角酒店。他们进了同一个房间。几个小时后，瓦里奥尼被发现绑在床上，血流不止。我不知道你还需要什么。"

"也许她只是玩了个猎人的游戏。我们没有发现任何她离开红角酒店的痕迹，任何一个摄像头都没有拍到。当她离开的时候，也许瓦里奥尼还活着，之后杀手来杀死了他。"

裴塔尔听完尤罗的推测，感到可笑，突然大笑起来。

"你坠入爱河了，我的罗密欧！我是行事冲动的人，你是科学家，你却告诉我你的靠不住的理论，因为这位姑娘有一双忧郁的眼睛、撒娇的嘴巴和娇小的身材。"

尤罗助理的脸一下子红了。这个可恶的裴塔尔简直就是警队里最细腻也最粗鲁的人。他咳嗽了几声，在裴塔尔嘲笑的眼神下一口喝完了咖啡。

维罗纳咖啡。情人的咖啡……

尤罗试图岔开。有个问题不得不说。

"头儿，与其发谵语，不如告诉我弗朗索瓦·瓦里奥尼工作的地方——VOGELZUG协会。您好像知道。"

维里卡警长的脸立刻变得严肃，像手机表情包里的苦笑表情。他显得有些慌张，一口喝完了剩下的一半夏日冰咖啡。他需要解释几句。

"VOGELZUG协会是欧洲最大的移民管理协会之一，在欧洲和非洲有几百位雇员。VOGELZUG在德语中是候鸟的意思。据说每年有50亿只候鸟飞越地中海，没有人要它们的护照或者居住证。你明白吗？VOGELZUG协会的总部设在马赛，但是在地中海周边设有许多办事处。当然，这些办事处与海关、警察局、政府都有工作联系。他们与欧盟边境管理局签署了正式合约。你可满意，罗密欧？"

"很好，头儿，我会尽力弄清楚我们的财务负责人在所有事件中干的事情。要知道罗密欧在星巴克等维罗纳咖啡时也没有闲着。"

他打开放在他们面前矮桌子上的笔记本，屏幕上出现了在弗朗索瓦·瓦里奥尼口袋里发现的贝壳。

"我反复用图像辨识软件试图辨认，但我想软件在几个钟头内会磨损。所以，我们才有了几百万张模糊人像图。"

"结果？"裴塔尔焦急地问道。

"任何结果都没有。再给我些时间，我会有答案的。我找到了这种贝壳的同物种。头儿，您知道吗？这个3厘米的壳片是世界上珍稀的宝贝，它只存在于地球上几个具体的地方。"

"地中海？"

"错！我们眼前贝壳的同类裹挟着它慢慢地顺流在印度洋上的马尔代夫岛海滩。只有在那里才能发现它们！一点没错，我仔细核对了形状、开口和染色。"

"瓦里奥尼到那里去干什么？这远远超出了 VOGELZUG 协会的工作地盘！抽的血有无进展？"

"别急，头儿，我在星巴克只有几分钟的时间，也就是美丽可爱的服务员为我们冲泡一杯爱意浓浓的咖啡的时间。"

裴塔尔不好意思地低头看看纸杯中剩下的半杯咖啡。

"我有我的一套来证实。这只被扯坏的红色手镯让我一时还摸不着头脑……"

他们被红角酒店门口的嘈杂声打断。一辆警车突然停在门口，两名警察走了下来。

"头儿，警车里有不速之客。"

尤罗又看了一眼屏幕，定睛仔细看了一下戴长丝巾的姑娘，然后跟着警长向门口走去。

一位警察指给他们坐在警车后排的两个非洲人。年纪大一点的很顺从，另一个脸上有条长长的疤痕，从额头到下巴，紧贴在车窗上的脸怒气很大，都变形了。

"两个在港口流窜的偷渡者，"警察说，"他们身上没有任何证件，看着大海，好像要横渡过去。"

裴塔尔双手挠头，又无奈地放下，好像说，我还有别的事情要做呢。

"好吧，把他们带到警局，之后再询问他们来自哪里……麻烦的是不知道要把他们遣送到哪里。"

年纪大些的偷渡者好像在想什么，脸上有刀疤的那个使劲敲着加厚的车窗。他的怒气和警察的默然都没有引起尤罗的关注。近一年来，他逐渐习惯了不再追究贫穷与暴力的界限。

049

只听见拳头砸到玻璃上，黑色的拳头，浅色的手心。

小伙子手腕上的镯子割破了血管。

— 9 —
11 点 53 分

阳光自由港两侧的梧桐树枝叶摇曳。22 路公交车按时在早上这个点到达，从广场上打地滚球的人、菜市场回来的人和在棕榈树下畅饮啤酒的海军兵工厂的工人旁边开过。当第一缕阳光照耀下来，人们在离开艾格杜斯塔楼时，布克港如同明信片上的一座乡下村庄。蕾丽喜欢乘公交车穿过这座城市。沿商业港口而过，远远看着贝里池塘，马蒂格港五颜六色的门面，穿过商业街区。不到 10 分钟，蕾丽就到了，她喜欢提前到达。

她抬起瓢虫图案的太阳镜，颜色与她的红裙黑点很协调，这件裙子是吉走了之后她穿上的，她再次读了一遍收到的通知。

录用通知

时间：12 点 30 分。

地点：布克港宜必思酒店。

生态建设区欧石楠道。

整个早上与这个邻居说话让她不去想那份长期合同：工作证的更换，换一处更大面积的住房。她曾经喜欢魅惑这个像头笨熊一样的男人，他只是在两觉之间从他那破房子出来。贪食的男人就是喜欢蜂蜜的味道，会突然仰起脸，用鼻子追着闻她这只花蝴蝶身上的味道。吉就是这样的男人。蕾丽觉得他还有些魅力。含情脉脉的双眼、有力的双臂，带着孩童的表情听她讲一些日常琐事。他还敢再来敲她的门吗？他回自己房间时把打火机和烟忘在她家了。有意的举动，笨拙的伎俩，或者就是忘了？

生态建设区站到了。

蕾丽又掏出通知读了一遍。她无法控制让自己窒息的不安。

录用通知

12点30分。

工作她不怕。在宾馆、工业区下班后的办公室做清洁工，与在学校的食堂打扫卫生有什么区别呢？她的不安来自未来的顶头上司。5年来，她签过各种短期合同，做过临时代工，打过黑工，做过夜召女郎，甚至穿梭于十几个小头目中。所有雇员工作在像一个俄罗斯套娃般的国际组织中，他们的工作地点与世界另一端相连，各种任务目标从那里像砍刀似的落在他们掌控的各地办公点。她最终可以搞定小头头们，她把他们按照危险程度从低到高分为四个等级。首先是真正善良的、谄媚的、会说甜言蜜语的人，他们不停地重复着那些令人讨厌的规章制度，告诉你他们也无能为力。其次是真正的坏人，录用他们就是让他们来做坏人的，而且他们丝毫不掩饰。接下来是假善人们，表面非常理解，愿意提供帮助，很体贴，和你称兄道弟来掩饰他们的无能，最终牺牲你来保护自己。最后是那些看起来不坏的雇员，他们最可恨，看起来工作认真，没有坏心眼，很公平、公正，表现出尽职尽责小学徒的模样，希望人们每天都会给他们更多的权利。

录用通知的签名是鲁本·里贝罗。他属于哪个级别呢？

她在工业区入口下了公交车。宜必思酒店就坐落在对面。说坐落，是因为这个方形的水泥物体像被安放在那里一样，与其说盖在那里，不如说是安放在那里。旁边还修了一个沥青铺地的小停车场。

鲁本·里贝罗就站在门口，错不了，就是他。

蕾丽远远望见一个身材修长的人，紧裹在整齐的灰色西装里。走近一看，他脚蹬一双打着鞋油的意大利皮鞋，裤缝笔直。里贝罗脸形较长，额头高，有些细细的竖皱纹，向后梳着的灰色的头发好像拉长了皱纹，头发是湿的或是打了发蜡。蕾丽心想：这人像一个探戈舞者，与这座每晚 59 欧元的酒店风格不匹配。

伪善人？真坏人？

为了保住这份工作，她要付出什么样的代价呢？

蕾丽在酒店空旷的停车场走了一会儿。人们在这里通常只住一个晚上，半夜到达，第二天中午前离开。

当她离鲁本还有 3 米远的时候，就看见他在打量着她架到头顶的瓢虫太阳镜，精心编的辫子，带黑点的红裙和脚上的轻便凉鞋。他会强制她穿侍女的工装吗？黑长筒丝袜和白色围裙。蕾丽谨慎地站在那里，低着头，准备做出保证：她会戴上丝巾，穿长裤，并把辫子收在脑后打个发髻。

鲁本·里贝罗张开双臂。

"尊贵的夫人，欢迎您来到我的宫殿。"

蕾丽突然停下，很是吃惊。

鲁本抬眼望望天空，又看着蕾丽。

"是蓝色星球派您来的，我的太阳女神？我有各种想象，唯独没有想到会在我充满灰尘的茅草屋中迎接一位五彩仙女。请进，美丽的姑娘，请，我稍后为您服务。"

蕾丽以为酒店的经理嘲笑自己。一位客人在收银台前等着，是一位商务代表。鲁本·里贝罗打量着放在客人脚旁装样品的箱子，走到收银台后，用夸张的动作递给客人账单。

"尊贵的客人，祝您一路顺利。希望您下次旅游再次下榻宜必思的任何一家店。"

他们身后是宜必思在世界各地的连锁店的地图。

"其他虔诚的经理会像我一样在世界各地期待您的到来。（他开始说悄悄话，但声音很大，蕾丽可以听到）我告诉您个小秘密，我的朋友，这个不起眼的鸟状图案招牌下隐藏着一条秘密通道，连接着1823间完全相同的房间。您入住布克港的宜必思，醒来会在吉隆坡的宜必思。您下楼在瓦尔帕莱索吃早点，却发现您的箱子已经在特古西加尔巴的宜必思。（他朝惊呆的客服经理抛了个眼色，把宜必思的宣传册子递到经理手里。）这比哈利·波特的魔术粉还神奇。这里，那里，到处都是您的家。"

客人向停车场走去，完全相信这番话也是雅高集团市场营销手段的一部分。至少，住在这里的客人感觉很温暖。送走客人，鲁本·里贝罗终于转身面向蕾丽。

"不好意思，让您久等了，可爱的瓢虫。为了营销，我有些夸张，我承认，可是，把这样一座方块建筑想象成与地球上其他几千座方块一样，不是很神奇吗？就像游牧人，由于无法把自己从一个地方变到另一个地方，于是建造了许多同样风格的房子。"

蕾丽犹豫着是否要反驳，这不是她对游牧民族的理解，更不是她对穿越整个非洲的西中部畜牧人的理解。

这时，鲁本用手轻轻搂着她的腰，请她一同参观酒店。

这是一家低端酒店，有些旧，谈不上舒适。地板革已经翘起，天花板裂缝，梳妆镜布满黑点。

"您将会努力工作，让镜子重新亮起来，"经理抱歉地说，"让墙上大师的油画（鲁本看着用图钉钉在墙上的阿尔勒竞技场和守护圣母像）和……焕发光彩。"

鲁本停下来。另外一位女佣从狭窄的过道走来。她年龄与邦比相仿，也是混血儿。

"这是努拉，你们一起打扫卫生。她性格自由，不受约束。"

努拉走过去，毫不在意。蕾丽有些吃惊，努拉可以戴着耳机，一边工作一边听电声音乐。蕾丽与鲁本又一起用一刻钟参观酒店。他把这里用小船送来，之后存放在一间冷室里的早餐与婆罗洲宜必思早餐的冷可可奶做了个对比；把207房间和213房间窗外的贝里池塘与维拉港宜必思房间窗外的瓦努阿图礁湖做了对比。鲁本·里贝罗好像收集了不下一百家酒店的资料，如果再算上他吹嘘的曾主管过的世界各地的酒店。

蕾丽开始欣赏眼前的这位优雅、不合时宜、疯癫的男人。最终，他们沿走廊的每个房间门口走过，边走边讨论，努拉在大厅用吸尘器打扫。当里贝罗问推荐给她上班的时间是否合适时，她总是要提防着。当看见这位吸人眼球的经理时，她就把他划归到"伪善良"一类。上司的礼物从来都不是白给的。

"我有……我有两个大孩子，"蕾丽说，"阿尔法和邦比。他们不用我操心，想什么时候回来都可以。但是我还有一个10岁的儿子，蒂安。我上班时，我父母照看他，但是我想尽量多陪伴他，特别是晚上。"

"我尽力而为，以加利西亚男人、海地男人、腓尼基男人发誓。男人的尊严还是值得相信的，不是吗？"

蕾丽有点要相信鲁本了。尽管她保持高度警觉，尽管与其他像她一样的姑娘在一起待了几百个小时的经验告诉她，不要放松警惕，女佣都是幽灵，要一直保持这样。夜晚真身存在，早上就消失了，乘坐单色的公交与火车。

蕾丽准备相信鲁本。

充满热情、放松心情、被诱惑了，蕾丽把手放在跟前的一个门把上。她计算好了时间。晚上回去给蒂安做饭，辅导他学习之前，她有足够的时间完成工作，还可以帮努拉一下。

当她准备开门时，鲁本拉住了她。

"哎，不用那么急，热带地方来的天使。"

鲁本的声音有些颤抖，好像他刚刚受到惊吓一样。他堵在房门前，尽力开着玩笑，可是语调一点都引不起讨论的兴趣。

"美女，这个是充满秘密的房间，你还没有被告知呢。听着，不要，永远不要打开，更不要打开 17 号房间，还有 18~23 号房间。"

—— 10 ——

14 点 25 分

蒂安把球精准地放在一小堆碎石头上，用两根手指稳住一会儿，快速离开几步远，深吸一口气，打量好史蒂夫·曼丹达的手套与电线杆（栏杆）之间的距离，瞟了一眼对面的通风窗，就是想迷惑守门员，之后一脚就把球踢进通风窗里了。史蒂夫都没有来得及做出拦住球的动作，便被这干净利落的一脚惊呆了。

蒂安在庆祝射门之前，跳了一小段舞，双眼闭着，双手交叉伸向天空，形成一个圆圈来圈住太阳。这是世界上成百上千万的球员庆祝的一种方式，当他们可能忘记博格巴、本泽马和尤塞恩·博尔特的庆祝方式时。在他庆祝胜利的时候，球已经滚到对面的院子里了。球不可能滚得太远，院子是方形的，四周是墙，一面墙外是让 - 约雷斯大街，另一面墙外是巴斯德大街，第三面墙环抱大学的配楼。第四面墙就是他家的楼，也就是穆萨爷爷和玛海姆奶奶住的楼。

海神波塞冬楼。

穆萨爷爷常常会在 3 层的阳台上看着他。蒂安对这个小区几乎一无所知，只知道它叫奥林匹斯小区，每个入口都用一个希腊神的名字命名，阿波罗、宙斯、赫尔墨斯、阿瑞斯……所有这些奇怪的名字都是他从爷爷讲的故事里知道的。这些名字他只记住了一半。奥林匹斯山的众神已经被画在让 - 约雷斯大街的墙上。史蒂夫·曼丹达的名字也是一样，所有那些他从未见过踢球的球员，但是常常听到别人说起他们的名字：让 - 皮埃尔·帕潘、巴塞尔·波利、马利乌斯·特雷索尔、克里斯·瓦德尔……当然还有他最喜欢的齐达内，尽管齐达内从未身披马赛队球衣。

蒂安去捡起墙边的足球，又放回到碎石上。踢球之前，他整理了一下球衣。球衣号码是阿卜德尔阿齐兹·巴拉达的。好吧，巴拉达的头像还没有被画在墙上，他离开马赛队去迪拜踢球了，据他的教练说，他的任意球比罗纳尔多踢得好！在马赛的两年中，他受过伤。喜欢的球员就是喜欢，不用解释那么多。蒂安喜欢的球员就是巴拉达。

"你上来吃点东西，蒂蒂？"

穆萨爷爷在阳台上喊他。

蒂安犹豫要不要再踢一个任意球。最终想想还是算了，他还是听爷爷的，小心翼翼地收好画有狮子头的足球。球上写着：摩洛哥。2015非洲足球杯。是阿尔法送给他的。他的哥哥很机灵，比所有的人都机灵，总有办法找到无法得到的东西，就像这个不可思议的足球。世界上不会有超过十个人拥有它，是哥哥告诉他的。摩洛哥本应承办2015年非洲足球杯赛事，但是因为埃博拉病毒，禁止其他国家的球员进来。这样，非洲足球杯就在另外一个国家——几内亚举办（在非洲，有好几个国家名里带几内亚），所有在摩洛哥为足球杯准备的东西都扔到垃圾箱了。海报、T恤、围巾、纹章……甚至足球！从此，写着"摩洛哥。2015非洲足球杯"、画有狮子头的足球就成了他的幸运物，他的最爱，妈妈是这样说的。他和它一起玩，一起睡觉，一起吃饭。

"你上来，蒂蒂？"

"爷爷，我马上来。"

奥林匹斯小区的院子非常适合练习足球，或者与小区的伙伴组织一场足球赛。院子不是特别大，如同一个城邦，四面高高的墙，球也飞不出去。院子只有两个缺点。首先是地窖和车库都在地下。

院子，甚至整个小区都建在车库上，爷爷告诉他车库大得像座迷宫，迷宫中有人身牛头怪兽。如果哪根下水道的铁箅子坏了，或者孩子们玩的球太小了，就会掉进排水沟的洞里，那就完啦，球就丢了。幸运的是，这样的事情从未发生过。

但是在院子里踢球最大的问题是，院子中央有一棵大树，一棵橙树。有人把这个小区称为橙树小区。周边建有房屋、道路和学校。奥林匹斯小区院子里的橙树有10米高。蒂安被允许爬到橙树的4米高的地方，因为正好是爷爷家的阳台。穆萨爷爷用几块木板和一个网子专门修了一个小的简陋棚屋，在阳台和最近的树枝间绷了一根绳子。蒂安常常会在那里吃东西，奶奶把吃的东西放在篮子里，爷爷负责传过去。爷爷在阳台抽着烟，蒂安坐在棚屋里吃饼干。

有时候，当天气特别热，太阳要烤化地上的沥青时，蒂安躲进棚屋，听爷爷给他讲故事。

就像今天。

"爷爷，你给我讲太阳的故事？"

"太阳神的传说？我都给你讲了无数遍了，蒂蒂。"

蒂安瞧瞧阳台右边的窗户。这是他在爷爷奶奶家的房间，以前是妈妈的房间。

"不是那个，爷爷。我想……听关于妈妈的故事。"

爷爷想了一下。他已经给孙子讲过一次还是两次了。蒂安是个机灵鬼，他听堂兄、邻居和同学说过。学校课堂上的话比家里的秘密更让人难以接受。他听说他母亲找到宝藏的故事，她偷了被诅咒的宝藏，并藏了起来。她受到了惩罚，而且是在她犯罪之前。他母亲之前就受到了惩罚，受到一位预见一切的神的惩罚，甚至连未来都要受到惩罚。那就是太阳神。

"还要听，蒂安？"

"好，再讲一遍！"

蒂安知道爷爷每次讲的时候都会加入一些新的细节。尽管他很难相信这个故事讲的是一个他不了解的村庄，一个他不熟悉的国家，一个他不认识的小姑娘，也就是他妈妈的故事，但这是他最爱听的故事。故事很凄惨，是那么凄惨。在他妈妈发现宝藏之前，被救之前。有一天，他也会找到宝藏的。

他睁大眼睛，沉浸在穆萨爷爷的故事中。

蕾丽的故事

—— 第二章 ——

你还记得吗，蒂安？你的妈妈曾住在塞古，尼日尔河边上一座很小的城市，离巴马科有 5 小时的路程，像其他当地人一样，她就居住在一座小房子内。除了屋顶是铁皮的，这是一座普通的房子，地面是沙子，墙是柴泥糊的，是用土、水、动物毛和秸秆混合的。如果不下雨，柴泥很结实。你知道，塞古从来不下雨，总是艳阳高照，该死的太阳。

蒂安，你必须知道，你的妈妈当时与你一样大，她很倔强，比你还犟！她总是在河里游泳，得了一种皮肤病，必须避太阳三个月。你奶奶和我就给你妈妈修了这样一座房子，让她住在里面。房子不大，但我们准备了所有必需品，使她尽量不寂寞。我用高粱填充布给她制作布娃娃，用泥捏动物，用编织的香蕉叶给她盖小房子，玛海姆奶奶给她缝制衣服。一周后，蕾丽，你的妈妈坐不住了。她属羚羊的，就喜欢光脚在灰尘中奔跑。我和你奶奶不知道该怎么办了，觉得得把须嘴鸦关在笼子里。一只鸟就要失去歌声，失去美丽的羽毛，不会飞翔。

我记得几天之后，村子里的男人们组织去巴马科，向一位他们选出的议员申诉苦情，这位议员从来都没有到村子里来过。我陪他们一起去了。我有个私念。一到巴马科，我就离开他们，直接去法国文化中心。

去借书。

蒂蒂，你妈妈认字，爱读书，她是一个好学生，尽管喜欢在田野里追逐蝴蝶，但更喜欢安静地坐在学校的板凳上读书，她对什么都好奇。法国文化中心有很多书，可是他们不允许我把书带到那么远的地方。经过长时间的商量，他们最终借给我一本书，只借一本——

《希腊神话传说》。

我自己从来都没有听过赫丘勒、尤利西斯、宙斯的名字，更不会想到有一天会住在奥林匹斯小区以海神波塞冬命名的楼房里。你看，蒂安，从来就没有巧合，一切都是设定好的。我带着这本厚厚的白皮书回到塞古。蕾丽还在赌气，不愿意打开书。我就每天早上、中午、晚上给她读一段书中的故事。书中大约有十五个故事，一周就读完了。接下来那个月，蕾丽就把所有的故事熟记于心了。

她最喜欢赫丘勒干的第十一件事情，就是向太阳神赫利俄斯借太阳战车，在背负着整个地球的巨神阿特拉斯的眼皮底下，到世界的西尽头偷窃赫斯帕里得斯守护的一种金水果。人们说偷来的水果就是今天的橙子，古希腊人不认识这种水果，因此，摩洛哥山脉就取名阿特拉斯。赫丘勒驾车一直到直布罗陀——位于非洲与欧洲之间，那里至今还看得见赫丘勒柱。

几周后，我又去了巴马科。我终于在法国文化中心借到其他几本书，放在蕾丽床边的小木架上。你妈妈开始自己读了。她突然一下子非常喜欢阅读。她今天总是说那时每天读几本书是她一生中最幸福的时光。从此，村子里的人传开了，都帮着她，从巴马科带书给她。她开始通过法国教员或技术员、村里的老师、去多页的旅游者借书。那个时候，法国人可以随意在马里旅游，法国总统禁止他们来，怕他们被劫持。

一切如常，蒂安，被关在小房子度日的你妈妈找到了打发时间的方法——通过阅读去旅行！连我都没有想到会有这样的结果。一只跳鼠变成了读书虫。从此，我便明白了。我明白是同样的好奇心让蕾丽去跑、去读书，同样的饥渴、同样的激情，可是，蒂安，你太小了，还无法理解。

蕾丽整日都在如饥似渴地读书。然而，每天早上，她都要读一遍我给她带回来的第一本书中的故事：赫丘勒干的第十一件事情，偷窃赫斯帕里得斯守护的金水果。她对赫丘勒借的太阳战车着迷，太阳神赫利俄斯的太阳战车可以从东飞到西，飞到陌生世界的尽头，有十匹骏马拉着，艾克提恩代表晨曦，阿斯忒洛珀点亮空中的星星，厄立特里亚负责日出，弗勒干负责日落，莱博斯负责骄阳，人们只能在正午时看见，皮洛伊斯负责太阳中心的烈焰……故事中存在着一些真理，蒂蒂，至少你妈妈是这样想的。

独自待在小房子里，面对世界上独一无二的开在柴泥墙上的小窗户，蕾丽放下书就开始探究太阳的秘密，随着太阳神的战车飞奔，试图弄清楚赫利俄斯的十匹骏马。早上分析艾克提恩和厄立特里亚，晚上分析阿斯忒洛珀和弗勒干，正午分析莱博斯和皮洛伊斯。每天，她根据小窗户照进来的光线记录太阳战车的路线，然后用手指在泥墙上标出记号。

一天早上，第三个月的一个早上，我第一次看见你妈妈躺在床上，手里没有书，也没有看小窗户，眼睛盯着昏暗的墙上指头画出的印记。

她只是对我说：

"爸爸，我眼睛累了。"

我把她的胳膊、肩膀、腿用一大块布包裹好，不能让她的身体见太阳，然后带她去了医疗所。我真是傻呀！伤害已经造成。伤害已经进来了。太阳改扮后接近了她，如同一个魔鬼打扮成西非歌舞艺人。我没有保护好我的宝贝女儿。更糟糕的是，我给她带来了书，我把这个恶魔带进了她的房间。

医生把我叫到旁边，花了好一阵子说服我。

"她看太阳看得时间太久了。"

我还是不明白。世界上所有的孩子、所有的男人、所有的女人都散步，都抬起眼睛看太阳，也不怕太阳灼伤他们的眼睛。医生打开一本医学字典给我讲解，让我明白眼睛内部是如何工作的。

"视觉细胞对阳光特别敏感，晶体是起放大作用的，视网膜没有疼痛神经，因此，人们感觉不到烧痛。看一眼太阳，你不能立刻感觉到热，但是视觉细胞已经受到伤害了。"

我还是不明白。所有的人都有可能被伤害，如果太阳是这么危险。还有每天都要顶着太阳出去的人们，那些不戴墨镜的人。在非洲，没有人戴墨镜。

"马尔先生，如果你的眼睛被太阳晒得睁不开，你怎么办？"

我不回答医生的话。我不知道该说什么，蒂蒂。我只是担心你的妈妈，担心而已，并没有绝望。

"你肯定是先闭上眼睛，马尔先生，因为你被光线刺到了。眼皮就是起这个作用的，如同自动门自动关闭一样。但是……"

我害怕他接下来会说什么。

"但那时你的女儿拒绝闭上眼睛。我不知道为什么，但是她表现出铁一般的意志，她对抗阳光，经常，而且是长时间的。"

"医生，那会如何？恢复需要很长时间吗？她很快就可以再开始读书了吗？"

我焦急地算了一下，可能需要30天，她不能读书和写字。医生看了我一眼，好像我是世界上最痴愚的人，我就属于那些无心造成灾难的人，而且是别人不把事情讲得一清二楚就一脸茫然的人。

"马尔先生，你没有听我说话吗？你的女儿没有任何难受，但是她的视觉细胞全死了。不好的发展已经开始了，无法阻止。"

"什么无法阻止？"

"失明。"

我不认识这个词，蒂蒂。医生可能意识到了什么，也许他有些不忍心，他又强调说：

"你的女儿会变成瞎子，马尔先生，无法阻止。"

—— 11 ——
16 点 17 分

当裴塔尔·维里卡警长上任时，整整一年的时间他都在晒太阳，看大海，与小骗子和重要的黑手党人打交道，吃着点缀着樱桃的糕点，坐在一间 40 平方米的大办公室里。仅仅 3 年后，不知道什么原因，也许只有法国行政部门知道其中的秘密，部里要求他与他的助理分享同一间办公室。减少警员人数，在警察局增加其他身份的人，这是一项创新——内政部和财政部的唯一一次联合与协同行动，也是这两个部门值得吹嘘的地方。

一年来，裴塔尔和尤罗面对面坐着，都在伏案看卷宗，就像派发邮件的工作间或者一个公司的会计室。这是为女人们发明的工作方式，裴塔尔想。方便她们一整天闲聊。而男人们需要私人空间。特别是今天早上！

维里卡警长曾在他的桌子上摊放了十几张多少有些裸露的姑娘照片，或者说露点很多的照片。她们都有化妆，非常年轻。不一定漂亮，有些动人，很撩人。警长从黑文件夹中取出这些照片：这座城市中所有妓女的照片。从临时的到职业的都有，有尼日利亚地下妓女，也有独立的高级贴身陪同女。这套照片说明要经过好几个小时的工作，需要在网上查找。这是裴塔尔基于鉴定的职业意识不断更新的数据。

"头儿，您有进展吗？"尤罗在房间的另一头问道，整个人快被电脑屏幕挡住了。

维里卡警长对视了一下助理嘲笑的目光。尤罗不太赞同警长那种传统的辨认红角酒店姑娘的办法。裴塔尔心想：你瞧不起我，我怎么知道你的屏幕上展现的是哪些图片呢？在一群妓女的图片旁边，警长放大了摄像头抓拍的图像，给眼睛、嘴巴和下巴一个特写镜头。裴塔尔自认是一个面相家，如果挽着弗朗索瓦·瓦里奥尼进红角酒店的姑娘出现，他会认出来的。裴塔尔终于抬头回答助理的问题。

"伙计，我有进展了……我一有你的情人的价格就马上通知你。"

尤罗从屏幕上方露出圆圆的脑袋。

"头儿，别开这样的玩笑。而且，您怎么能肯定这个姑娘就是妓女？"

"你看你看，我说得没错吧，你已经在为她辩护了！"

"不管怎样，当你色眯眯地看美女图片时，我的查找有了进展。"

"告诉你，小伙子，"裴塔尔又翻了一页黑夹子，"不要瞧不上这黑色的文件夹！几代警察都是从这本魔术夹里找到答案的。它陪着他们值夜班、查夜，连续几周地工作，见不到自己的妻子。起码的尊重，小家伙！"

尤罗憋着没有笑出来。有一天他会学会上司的放松方式吗？这是一种放松，高级别的运动员都这么说。这是只干活不提问题、通过自我嘲讽来缓解调查困境的能力？

"那么，比尔·盖茨，你有什么发现？"

"我仔细检查了弗朗索瓦·瓦里奥尼的电脑。他不使用匿名登录公共网页。最有趣的是，他的脸书账号的私人邮件显示，6 个月前，有一位姑娘与他联系，自称是研究偷渡潮的人类学博士生。最开始的交流很严肃，但是自从第一次见面后，博士论文准备者好像对瓦里奥尼很感兴趣。她就变得轻佻起来，不断地暗示和明确地挑逗。"

"什么？"

"微笑、明确的示意，微笑、抛媚眼、心跳、红艳的嘴唇送去亲吻……"

裴塔尔叹了口气。这并没有令他兴奋。

"这么说，是这位姑娘先联系的瓦里奥尼？"

"是的。令人不解的是，她好像很了解瓦里奥尼，提前调查过他。还有更令人吃惊的，就像她知道他的爱好、他的家庭、他的工作、他的过去。当我们把邮件按时间顺序连起来读，就会发现瓦里奥尼掉进了被设定好的陷阱里。他不是被随意选择的。戴纱巾的姑娘来找他，按照精心准备的诱惑步骤谨慎地将他俘获。"

维里卡警长看着一个靠在路灯杆上的金发高挑女子，身穿一件厚厚的毛皮大衣，只能遮住一半大白屁股。很难猜出是什么季节拍的照片。

"小伙子，在我看来这太简单了。如果这个姑娘的计划很周全，她为什么会留下很多痕迹让第一个来的蠢货很容易就辨认出来？"

"头儿，她不是准备博士论文的学生。都是骗人的。博士头衔、她的研究，包括她在学校的注册信息。"

"你至少有她的名字？"

"只有她的匿名。也就是说什么也没有得到。"

"说吧，还犹豫什么？"

"邦比 13。"

裴塔尔仔细整理好每个姑娘的信息后合上了黑色文件夹。根据尤罗发现的线索，他们无法证实这个陪伴女郎有意要把弗朗索瓦·瓦里奥尼带进一家偏僻的酒吧，做些男女之间要快速完成的事情。自从上任以来，裴塔尔确实接手过十几宗这样的案子。维里卡警长拿起一把椅子，过来坐在助理旁边，一同看着电脑屏幕。

"我猜，你没有邦比13的侧面照片？"

"错，我有十几张呢，但是没有一张可以让我们辨认出来。在她的脸书页面，只放了一些后背、脚、胳膊和头发的照片，有意回避正脸。这很常见，主要是女性，特别是那些长相甜美的女性，不想被人骚扰。"

"嗯……除非，相反，是她勾引男人。"

"照片也是她用来让瓦里奥尼上钩的计划的一部分。根据猜测，邦比13很年轻，个子高挑，身材诱人，有着混血的古铜色皮肤。如果这就是被摄像头拍到的戴纱巾姑娘，她不会刻意穿比基尼游泳。一半的照片是在沙滩上拍的，她身穿泳衣，趴在沙滩上，不露胸部……"

裴塔尔仔细观看屏幕上闪过的侧面照片。

"瓦里奥尼会这么笨吗？这陷阱也太大了，不是吗？撩人妹的年龄都可以做他女儿了，从来不给他发正面照片，却又发些在世界各地风景秀丽的地方光着身子漫步的照片。"

"不完全是这样，"尤罗补充道，"这与她研究国际偷渡潮的个性有关。很明显，这些照片拍自西西里岛、土耳其、西属加那利群岛、多米尼加、法属马约特岛，几乎都是在炎热的、偷渡者容易登陆的地方。头儿，我再查查。也许会发现她留下的蛛丝马迹，能帮助我们辨认出来，但是……在瓦里奥尼的脸书页面，有更奇怪的事情。"

令裴塔尔非常遗憾的是，尤罗关闭了邦比13的页面，打开了弗朗索瓦·瓦里奥尼的页面。出来一张背景是VOGELZUG协会的瓦里奥尼全家福，他们全家站在法国罗讷河口的卡西斯海湾前。弗朗索瓦搂着他的妻子和两个孩子。

"他妈的！这些无用的公共网络，我们把警察的调查都花在搜索上了。这些机械战警来烦我们，未来的警察是一些软件，由它们通过邮件来询问疑犯，通过推特来传唤疑犯，通过关闭疑犯的可恨链接就算将他们关进监狱了。以后再也不需要实体监狱了！"

"头儿，快看，"尤罗说，他好像没有注意警长的长篇大论，"在弗朗索瓦·瓦里奥尼的脸书页面，他发了一张昨天16点11分的照片。"

裴塔尔低头看了看。他马上认出十几只蓝色的渔船，缆绳把这些船系在方形的小码头，背景是旧城区和老港。

"摩洛哥港口城市索维拉？上帝，他去那里干什么？离他进入红角酒店被杀死不到8个小时。"

"头儿，您说对啦！是索维拉。我找出了索维拉与摩洛哥其他拥有国际机场城市的距离，卡萨布兰卡、马拉喀什、拉巴特。它们之间需要3到4个小时，还要加上到马赛的2个小时。要知道弗朗索瓦·瓦里奥尼在早上10点离开VOGELZUG办公室，这是证人最后一次见他，这期间有14个小时的时间让他在半夜到达红角酒店。在索维拉打个来回有点紧张，但是他就这样做了。"

裴塔尔还在研究十几只泊在方形的小码头的蓝色渔船。

"他去那里做什么？"

"头儿，也许是为了工作。由酒吧承担的公务舱工作约会。只需要询问VOGELZUG协会。为了一次偷情跑那么远的路。"

"罗密欧，看，快看……如果把摄像头拍到的脸部照片放在博士生的身上，完全可以让瓦里奥尼动心去到世界的尽头。"

尤罗·弗洛雷斯没有接话。显然，维里卡警长没有兴趣继续深挖移民管理机构这条线索。

"可以查查马尔代夫，他口袋里的贝壳来自那里。"警长说。

"他近 10 个月的旅行安排中没有这个地方。对不起，头儿，我不能同时做好几件事情。稍后，我再查贝壳的事。我让利昂参与调查。不要忽略抽血这件事情。"

裴塔尔·维里卡起身，看着眼前的画框。这是一张印象派风格和相片风格混合的模糊张贴画，画面上有几百个玫红色的火焰闪烁在法国南部卡马格原野的瓦卡瑞斯池塘，距离贝里池塘有几公里远。

"抽血。还真是的，我的天才，你还有什么高见？"

"哦……我也被卡在那里了。"

"你想过什么？回忆一下，我们曾经放弃了吸血鬼的线索。"

"比这要简单得多，头儿。我曾想是不是一个检测。"

"什么检测？"

"亲生父亲的检测！"

警长听了一下，不作声，分析弗朗索瓦·瓦里奥尼和假设杀人犯之间的年龄差距。尤罗继续说：

"我想得到两个人的血液之后，便可以找出所属关系。但是，经过在网上查找与对比，我终于明白这种做法不可行。只有 DNA 检测才能确定。"

"再深挖一下，"裴塔尔说，眼睛却没有离开玫红色的火焰，"我很喜欢这幅画，想着弗朗索瓦·瓦里奥尼来法国罗讷河口省的欧巴涅之前，在世界的每处移民点留下情种。"

利昂和梅迪从过道走过。接待前台传来喊声。根据尤罗听到的，是阿拉伯语。这是常事。双语警员的工作是其他人的两倍。

"头儿，是咱们的人抓住了两个偷渡者。他们说了吗？"

裴塔尔在闪烁火焰的画前快要睡着了，而且单腿站着。他猛地醒了。

"像鲤鱼一样不说话。很庆幸，就像你的黑色文件夹的资料一样，领事馆有他们的档案，护照副本或签证申请。如果你想知道情况，这两个人叫鲍拉和吉蒙。鲍拉很沉稳，吉蒙比较急躁。据使馆的同事说，两个人都是贝宁人，来自科托努北部的阿波美。"

"要把他们遣返吗？"

"是……按规定，小伙子。他们花几周、几个月的时间，使出各种人们想象不到的办法和能量来到我们这里，刚落脚便要被第一班包机遣返。5个小时的飞行，他们就回到家了。尽管耗时耗力，没完没了地争吵，偷渡者永远成功不了，这些国家戒备森严。因为，即使他们几十个人挤在一辆卡车里，上百人挤在一条船上，我们都会用比他们来时花费的时间少很多的时间把他们遣返。他们就像是不断爬到食品柜的蚂蚁。不时用海绵块一擦，人们就忘记他们了。注意哦，我说的是偷渡者，不是难民。"

"头儿，区别是什么？"

裴塔尔看了看他的助理，很好笑。尤罗猜他可能经常与人在露天咖啡馆讨论此事，而且他的论据翔实。

"很简单，年轻人！难民都很和蔼，他们逃离自己国家的战争，我们应该怜悯他们，从道德上也应该接纳他们，法国就是一个避难所！而偷渡者，他们是坏人，他们想侵略我们，他们只是贫穷。穷人，法国已经有很多了。你明白了吗？"

"所以，我们让难民进来，而拒绝偷渡者？"

"突突突，你说慢点，小伙子。法国有义务接收难民，但是，上头的指令是不要放他们进来！至少不能让没有证件的难民进来，情况通常是他们国家的独裁者很少给他们签证盖章，或者是他们很难在炸弹轰炸的城市找到一个正常运行的复印机，所以，他们冒着生命危险偷渡过来。但是，只要他们一只脚踩在法国的土地上，中奖了，他们就得救了。"

"就不可以遣返他们了？"

"理论上是这样，但这取决于他们的国家。如果他们来自安全稳定的国家，当他们走下飞机，便不会受到虐待。"

"我的理解是，我们不会遣返苏丹人，尽管那里有战争，但我们会遣返所有贝宁人？"

"你全明白啦！有幸生活在处于战争国家的穷人才能来到我们国家。我们接收政治避难者，遣返经济偷渡者。别问我为什么，我们有义务接收一个在他们国家担惊受怕的人，也不接收一个快要饿死的人。"

尤罗·弗洛雷斯助理自问，他的警长在多大程度上是真诚的。这与他有关。至少可以让他明白。他陷入了沉思，当裴塔尔·维里卡开门时，他突然想到有问题要问。

"头儿，手镯，他们戴在手腕上的手镯？"

他的上司已经出去了。

没有回答。

他没有听见。至少尤罗·弗洛雷斯是这么认为的。

不眠之夜

— 12 —

19 点 33 分

蕾丽在艾格杜斯前面的海滨站下车后以最快的速度走着。她穿过无人玩耍的区域，走过大楼前暗红色的砾石路，路两边是去年夏天市政府栽种的树，树长势不好，她不急不慢地爬上 H9 栋的 7 层，还在每个台阶上撒了一些手中抱着的长棍面包渣。终于到家了，她推开房门进去。

阿尔法、邦比和蒂安已经坐在饭桌前了。盘子、杯子等餐具已经摆好，饭菜也端上来了。蕾丽把手提包扔在眼前的架子上，把面包扔在桌子上。三个孩子没有反应地看着，她今天有些烦躁。不是针对她的新老板，鲁本是个完美的男人，比她期望的都好，这是一个令人吃惊、十分和蔼，又难以应付的男人；不是他指出的那几间她今天都没有能够打扫的有秘密的房间。都不是，她生气是因为她今天迟到了。就怪今天堵车，她没有提前出发，公交车在办公大楼区爬行，好像办公室都同时下班，好像人们不得不挤在同一个大城市居住与工作，而且要求他们同一时间下班和回家。

邦比仔细看了一眼挂在橱柜上方的挂钟。

19 点 37 分。

女儿今天沉着脸，一句问候也没有，连个笑脸也没有。她一副学校老师的冰冷面孔，如同责备小男孩课间休息多玩了一分钟。

"对不起，"蕾丽说，"今天工作了，抱歉。"

她摘下墨镜随手扔在筐子里，在桌子边坐下，倒了一杯水。孩子们的杯子里已经有水。

"对不起，"她又说了一遍，"今天是第一天上班。从 18 点起，路上堵死了。明天我要计算好时间，早点下班，我老板也同意了。"

"不要紧，妈妈。"阿尔法一边切下三分之一法棍，一边说。

邦比还是一脸倔强。蕾丽开玩笑说，你是漂亮的姑娘，梦想遇到随便什么男人都行。然而，她同情可怜的小伙子被邦比一本正经的外表迷惑。小伙子最好按时……不要忘记买面包！

蕾丽给自己的碗里盛了塔吉（摩洛哥特色小吃，不放谷物，只放肉和蔬菜）。按事先说好的，孩子们吃饭不用等她，但也是刚开始吃。不管怎么说，蕾丽想，邦比有理由给她摆脸色。是蕾丽立下的规矩，这条不可以破坏的家庭规矩——所有人一起在 19 点 30 分开始吃晚饭，不看电视，不听收音机。

蕾丽每天晚上不得不同两个大孩子斗争，他们有很多事情要做：家庭作业，还要去看同学。不要紧，妈妈，我等一会儿再吃东西，我一会儿看冰箱里还有什么吃的。他们两个在发牢骚，邦比比阿尔法更厉害，他们不再是小孩子了，不需要按点做事情，总会有事先想不到的事情，但是蕾丽绝不让步。他们成家前，还是母亲说了算。他们白天可以做他们想做的事情，看想看的人，早上晚起，更晚出去，但是必须按时一起吃晚饭。蕾丽非常清楚很多家庭的成员只是在进门出门时碰面，在楼梯间挨身站着，却没有任何交流。包括父亲在的家庭！抱怨吧，孩子们，抱怨吧，但是晚上必须一起吃饭，在 19 点 30 分，因为蒂安第二天要上学。

蕾丽就是不让步。她赢了。她从蒂安的肩上看过去，看了一眼卧室。三个孩子的衣服扔得到处都是。蒂安的篮球从窗户下的架子滚过来，可能是一阵风打翻了花盆。自然，没有人收拾。

蕾丽也许会在其他事情上让步，唯独在一起吃晚饭这件事情上是决不让步的。马尔一家每天晚上一起吃饭！一起讨论、一起笑、一起聊天。

今天晚上不够热闹。

阿尔法不停地晃动椅子，发出吱吱声。邦比一声不响地起身给瓶子灌水。

让人感觉是妈妈的迟到打破了应有的和谐。现在的气氛很凝重。就因为那7分钟吗？蕾丽不敢想之前对孩子们迟到几分钟就大发雷霆。她主动挑起话题，讲述她的一天。一家人吃饭就有这样的神奇之处，就是大家总有话说。阿尔法好像有事情的样子。邦比显得有些累了，尽管表现出高兴的样子。还好有鲁本·里贝罗让她高兴。

"他真的喊你'太阳小公主'？"邦比吃着东西问妈妈，"你说胡话吧，妈妈！"

让她惊讶的是，世界上怎么有那么多宜必思酒店，人们旅行时随便可以下榻一家睡觉。蕾丽几次发现邦比和阿尔法交换目光，这是他们两个人的习惯，密不可分的姐弟俩。但是，今天晚上，他们不仅仅是交换眼神，好像有什么秘密。她的迟到只是她女儿抱怨的导火索。蕾丽只顾着两个大的了，没有过多注意小的，蒂安。与哥哥姐姐相反，他根本就没有动盘子。家人一起吃饭让人高兴的是，每个人吃同样的食物。在这点上，蕾丽同样是不让步的。尤其是今晚蒂安根本没有动盘子里的塔吉，这可是玛海姆奶奶精心准备的。蒂安用叉子翻着已经凉了的粗面饼，小心不要弄到盘子外边，他不想招惹愤怒的妈妈，但是又想明确告诉她，饼中的粗粒同沙粒一样硌牙。

"蒂安，把盘子里的东西吃光！这是奶奶花了一个下午的时间为你做的。"

蕾丽等大家停下来，谈了她今天早上做的事情，去福斯房屋中介中心参观，真希望通过帕特里克还是叫帕特里斯的热情工作能获得一套更大的住房。她已经忘记那人的名字了。

"妈妈，"阿尔法说，"还真是，你今天碰到的都是乐善好施的人。"

邦比抬眼看了一下房顶，又看了妈妈背后放了四张床的卧室，想说他们还是一直生活在贫困之中。

"凉了，妈妈。"

蒂安的叉子滑了出去，他把粗面饼拨到了深色桌子上。塔吉里有萝卜、西葫芦和鸡肉。瞬间，蕾丽真想给蒂安一巴掌。三顿饭有一顿饭就是这个样子。她忍住了。打孩子一耳光？显然是不可能的。她必须要有耐心，再多点耐心，再多点。够了！为什么所有被搞得焦头烂额的母亲还要比其他人更要有耐心？蒂安没有吃鸡肉，邦比已经开始吃饭后甜点了，一盒原味酸奶。这时，蕾丽才发现她女儿的妆比平时更浓。她显得很着急；现在回想起来，为什么她对妈妈的迟回家发脾气了。

"你晚上要出去？"

"是的，我约了谢琳娜。我们去快乐时光夜总会，我们在那里加个班，有一场药品推销晚会。"

邦比穿着比较得体。短裙到小腿肚，一件白衬衫，领口开着，露出褐色的皮肤，头上戴着发带，乌木三角项链戴在脖子上。如果不是妆有些浓，她女儿的自然美将会让所有未来的药剂师嫉妒死。

晚饭大概在20点结束。邦比立刻离开桌子。蕾丽对阿尔法说对不起，最终原谅了蒂安没有吃塔吉，准许他离开桌子。

"我去安顿你弟弟睡觉。"

"好的，妈妈，不急。"

她不慌不忙地陪着蒂安。蒂安10岁了，但每天晚上总是像个6岁孩子一样缠着大人，一分钟刷牙，讲十多分钟的故事，抱着心爱的球要撒娇两分钟，然后才放到旁边的床上，最后一分钟要妈妈不停地亲他，还不想说晚安。妈妈，我还有事情告诉你；妈妈，我忘记准备明天的书包了；妈妈，我不让你走，再亲我一下。

邦比离开卧室，一刻多钟后，阿尔法也出去了。他都没有收拾他跟前的桌子。盘子空了，水杯是满的，桌子上有些面包渣。

突然，蕾丽觉得很孤独，孤独得使她害怕。

第一次，这样的晚上，在家里，一片寂静。蕾丽试图摆脱让人有压力的预感。这种预感她每天都有，但从未像今晚这样强烈。这是最后的晚餐，与所有孩子一起的最后晚餐。

她想打开收音机驱散寂静。她没有时间。

是巧合吗？从楼下传来一阵阿尔及利亚通俗音乐拉伊乐。是卡米拉！第六感官的嫉妒在邦比和阿尔法离开饭桌后更加强烈。当想到小儿子快要睡着了，她那自私的报复心理得到了满足。

蕾丽有些犹豫，是下楼敲门还是跺脚……或者什么也不做。

什么也不做！她还是很喜欢拉伊乐的，在房间里听不到那么大的音乐声，必须要大声喊，卡米拉才能听见。

她准备去打扫从无花果陶罐撒落在地上的土，然后再洗餐具，这时有人敲门。她不由自主地环视了一下周围。洗碗池堆满了餐具。广告单在客厅的桌子上。书架被书压弯了。她收集的的太阳镜，猫头鹰太阳镜系列。卧室，到处乱扔的衣服。她快速地查看有无漏掉的细节，微小的，但足以毁掉她的东西。

她不知道是谁敲门。这不重要。

每次有人来访，她只有一个念头，一种担心，一个萦绕脑际的念头。

保住秘密。

—— 13 ——
20 点 31 分

　　尤罗·弗洛雷斯助理看着海浪在自己的光脚边消失，快要浸泡到他扔在 30 厘米处的皮鞋。夜晚微风拂面，沙子略湿，月光荡漾在沙滩上。警员享受着夜幕降临的温馨。他想把工作往后放放。他总是最后一个离开警队，从未在 19 点前下班。裴塔尔早在 2 个小时前就离开了，去约会娜黛日——亲爱的理发师，一个有着金黄色略泛白色头发的 50 多岁的漂亮女人。尤罗在办公室多待了一会儿，然后走到沙滩，又漫步在长长的 1 月 11 号和 3 月 2 号大街，找了一家土耳其烤肉店。这两条以不知名的日期命名的大街总是引起他的好奇心，还有那些以无名英雄、被遗忘的部长、被枪杀的战士、过时的作家命名的大街。之后，他又沿抵抗大街墙向海边走去。坐在微光下的沙滩上，眺望远处的防御工事垛墙在忽明忽暗的灯塔的照耀下时隐时现。

　　尤罗很享受这种略带忧伤的孤独时刻。既不完全是沉思诗人的孤独，也不是园艺师的那种孤独，是两者的结合。艺术家的心，匠人的动作。尤罗喜欢独自一人待着，却不是什么都不做。相反，独自一人是为了清净，为了更好地思考、拼凑论据和随着思绪的节奏生活。

　　尤罗吃完烤肉，把油腻的包肉纸扔进旁边的垃圾桶，拧上夹在腿中间的水瓶盖，打开笔记本开始工作。

　　沙滩上很安静。尤罗总是期待能在这样的环境下遇到生命中的女人。在夜幕下，在长凳上，在公园里，手捧一本书，在任何空旷的地方，像他一样的独身人。一位大龄女子，有各种小手段来展示风情，而且表现出也能够接受大龄男人的习惯。比如，除了一日三餐，白天的其他时间都抱个笔记本。

会有这样的姑娘出现吗？

这位肯定不是。

邦比 13 的脸书信息出现在屏幕上。尤罗试着再次逐一分析，有 30 多张照片，都是近几个月发送的，大部分是邦比 13 联系弗朗索瓦·瓦里奥尼之前拍的。尽管尤罗仔仔细细地又看了一遍，仍然没有找到任何揭开神秘女博士面纱的有效线索。衣服、首饰、刺青都无法确定是谁。在搜索上点击邦比（Bambi）或邦比（Bamby）几个字符，尤罗得到几千个答案，几百页脸书页面，有时带着名字或姓，有时是邦比的字样；仅在罗讷河口省，邦比（Bambi）或邦比（Bamby）就有几十个词条，有宠物、女孩子、艺术家和企业。从这些匿名中能找到什么呢？也许仅仅是把警察引导到错误的线索上？

沙滩上，远处，一群小青年笑着，在月光下踢足球。至少小伙子是这样。踢足球只是借口，主要是吸引姑娘，然后把她们的上衣脱掉，和她们谈情说爱。

错误线索？尤罗一边自语，一边继续一张一张播放着邦比 13 的照片，其中几张有有效提示。他试着认真思考，不受姑娘的焦糖色混血肤色干扰。还是没有用！他的目光投身邦比 13 趴在沙滩上，脸被大草帽遮住，只露出浑圆的后脖颈，背上的水珠和后腰的迷人腰线。下一张，快……尤罗一下就被照片中近景的一杯古巴鸡尾酒吸引，远景是一家大酒店的泳池，中景是折叠式帆布躺椅的扶手，一对裸露的古铜色大长腿。再看一张。尤罗看见一位姑娘修长身影的曲线如同中国皮影出现在海滩，双手举起呈萼距花花瓣状，仿佛要把落入大海的夕阳接住。

随着一张张照片滚动出现在屏幕上，尤罗渐渐感到不安。思绪不仅被这个姑娘搞乱，主要是她身后的背景。有些事情与这些照片不沾边！

—— 14 ——
20 点 33 分

"我不得不离开你了，亲爱的。"

关闭视频比挂断电话更难。谁敢先关呢？当着另一个人的面，一个手指动作，关闭视频，独自面对黑屏幕。

让－鲁等博朗蒂娜先关视频，如同让她来承担寂寞的压力，远距离的责任。让－鲁不由自主地把礼物藏在小桌子下，不想让妻子在视频上看到。礼物是两大袋子普罗旺斯欧舒丹高档产品，面霜、精油、欢快香水；博朗蒂娜十分喜爱薰衣草和白芷的香味。他们住在斯特拉斯堡快 20 年了，可是她一直怀念在马赛共同度过的美好时光，那时，他在移民管理处 VOGELZUG 协会工作。那时，他去世界各地出差。那时，乔纳唐还没有出生。

自从让－鲁受雇于 SoliC@re 公司后，他几乎再也没有机会回去马赛了。作为销售负责人，他也常常会尽量不出差，推掉出差、委托或者电话联系客户。但是这次，他不能推掉高层代表大会。所以，他将带着装满礼物的箱子回到斯特拉斯堡。他为儿子乔纳唐选择了一架微型飞机模型，一架 A380。乔纳唐已经 21 岁，非常喜欢这类玩具。他是一个先天智障的孩子，程度几乎是白痴。让－鲁与博朗蒂娜当时犹豫了好几周是否留下这个孩子。博朗蒂娜反对堕胎，她的娘家人都是虔诚的天主教徒，全家团结一致，留下了孩子。让－鲁也同意了，但是已经预见到他们未来所憧憬的中产、小资、说走就走的生活彻底结束了。两个人、一对恋人，无拘无束的生活结束了。

20 年后，让－鲁甚至都无法回忆之前的生活，那些与 VOGELZUG 协会同事们常常在酒店聚会与吃晚餐的愉快时刻。乔纳唐的到来彻底改变了他。如同世间所有的灾难都降临在这个体重只有 50 公斤的 21 岁小男孩的身上，责任却全由他的父亲承担。他不能再在世界各地追逐生命中虚幻的东西，家里需要他，特别是每天晚上。很简单，乔纳唐就是他的生命，乔纳唐的生命就系在他与妻子博朗蒂娜的身上。

让－鲁又盯着黑屏幕看了一会儿，才抬起头来。丽笙酒店大厅面对大海。这是低调奢华酒店的特色，他将要在这里度过两个夜晚。他看了一会儿停泊在老港摇曳的船只。拨通视频，与博朗蒂娜视频，与乔纳唐通话使他心情舒畅，有益身心的休息是为了更加有勇气地生活。他不会放弃自己。他曾经差点做傻事。

他的儿子将取名乔纳唐。

他是一名智障儿，他自己也是刚刚得知。

让－鲁是一位和蔼的父亲，比其他父亲更和蔼。他性格更温和、更温柔，与他人不同。

他像其他人一样付出。他想像其他人一样爱着另一个女人。

他像其他人一样伪装起来并强暴我。

他比其他人更狡猾、更懦弱。他喜欢我仅仅是我看不见他。

因为我永远不会认出他来。

在大厅的另一端，一位姑娘身穿紧身短裙、上身衬衣，一头乌黑的头发在脑后打了个卷儿，手端香槟高脚杯正要饮酒，朝他抛去魅惑的微笑。

她从吧台凳下来，又拿了一杯香槟酒和一个冰桶，径直地朝他走来。

肯定是法丽娜。

她漂亮，太漂亮了，优雅、高贵，却轻佻，完全不像几周来互通邮件中对他所表现出的羞涩。法丽娜怀孕四个月了。在她怀孕第九周的时候就查出胎儿患有唐氏综合征。

让－鲁当时是法国唐氏综合征儿童协会的主席。法丽娜给他的私人邮箱发了邮件。他们通过很多次邮件，都是没有下文的小伎俩。直到有一次法丽娜建议见面。最终，他俩真好上了……

在丽笙酒店的两个夜晚是近几个月来让－鲁唯一的一次外出。他曾建议法丽娜来与他会合，之后又马上后悔了，之后又回归理智。两个人之间什么也没有发生，仅仅是喝了一杯，仅仅是个试探，检验他对博朗蒂娜的爱是否坚贞，检验他与博朗蒂娜为了乔纳唐共同筑起的保护墙是否坚固。

他往鼻孔里喷了些阿尔勒城味道的欧舒丹爽身水，这样他可以感觉到博朗蒂娜就在身边。可是法丽娜身上的刺蕊草香水盖住了普罗旺斯的芬香，让－鲁不喜欢刺蕊草的味道。

"按我们说的，我点了一瓶香槟和两只高脚杯。"

她把酒与杯子放在桌子上，在他对面的矮扶手椅上坐下。双腿交叉，高跟鞋，臀部光滑。是什么让他想起来邀请这位比他小30多岁的姑娘？他又如何摆脱她？就是为了看她？她又不漂亮。妆太艳，非常自信。习惯的紧身衣，略显性感，足以让与她年纪相仿的小伙子为之倾倒。

"可以吗？"法丽娜担心地问道。

"还行……"

可以看得出来，让－鲁是个随和的男人。而且大家都这么说。即使没有人意识到亲切就是礼貌的虚伪。

他们随便聊了几句，安静地慢慢喝完杯中的香槟。

"对不起，"让－鲁说，"我不善言谈，善于书面表达。我想我有点太不谨慎了，而且……"

法丽娜倾身靠近，用手指堵住他的嘴。

"不要说话。什么也不要说。不要说过去。谈谈未来吧。"

"未来？"

"您希望我预言一下吗？"

让-鲁很吃惊，把杯子放下，法丽娜已经从包里拿出一个布袋子，然后从里面倒出十几个贝壳。

"我母亲教会我用贝壳占卜。这是马里的传统。"

像人们掷骰子一样，她把十来个贝壳撒在桌子上。每个贝壳大小形状一样，圆圆的，直径不超过 3 厘米，切割成如同掰开的杏一样。大多数是白色和珠光色，有几个略带细微的红色、蓝色和绿色。就是在这些几乎看不出不同的彩色贝壳中，法丽娜可以读出命运。

她想拿起让-鲁的手，可他缩了回去。

"我看见，"她开始说，"你对工作越来越没有兴趣。枯燥、乏味。责任越来越多，比如，一堆邮件等着你回复，你却不想打开……"

"继续，"他带着讥讽的口吻说，"我告诉您，您的预测必须要更加能打动我。"

法丽娜笑了。

"那把您的手给我，让-鲁。"

"不要……"

"那预测就会不准确的。"

"谁告诉您我需要预测准确？"

她冲他眨了一下眼，他觉得这很庸俗；她喝干了杯子中的香槟，继续说：

"我看见有一个女人，您的妻子。您很爱她，毫无疑问。（她观察颜色更红的贝壳）你们很亲近，特别亲近，你们从未如此亲近，然而……"

接着，她沉默不语。让-鲁控制自己，没有把手伸给她让她抓住。他在等待。她盯着一个有绿光的贝壳。

"然而，让-鲁，您期待有什么事情发生，从天而降的事情。把您与过去联系在一起的事情，就是那些您早已抛之脑后的过去。把您与昨天联系在一起，又不会被今天的事情牵连。任何一条线都会使您成为一个完整的男人。不仅仅是那个愿意付出的男人。"

这下轮到让－鲁端起酒杯一饮而尽。他犹豫是否要鼓掌喝彩。

"精彩。说实话，真精彩。"

他用指尖拨动着贝壳，然后，把手放在桌子上。法丽娜赶紧抓住这只手，如同赶紧拾起阔绰的小费。

"太精彩了，法丽娜。您说得完全对。但是我愿意与您坦诚相待。我不会逾越，也不会抓住这条线。"

法丽娜的眼睛里透出不高兴。她生气了？

让－鲁越看她，越觉得她与那个怀孕的姑娘不一样，那个曾经与他通邮件的姑娘是那么惶惑不安、脆弱怜人。眼前的她没有一点苦恼的样子，没有一点要求助的意思，只有脚蹬高跟鞋走路时的傲气。

"我要做从未做过的事情。我要真诚，直接。也许有些过分。今晚我独自睡觉。明天晚上还是独自睡觉。我不会欺骗我的妻子。如果我们之间的来往邮件有暧昧之处，我向你表示歉意。我一点兴趣也没有。这不怪你，法丽娜。"

法丽娜抬眼笑着看看他。所有的失望立刻消失。

"很好，让－鲁。很好。您非常优秀地通过了第一道测验。但是……但是，我不是法丽娜。"

"对不起，您说什么？"

年轻姑娘轻轻地抓起他的手，指向大厅里离老港最近的一角。一位姑娘手捧一本书等在那里。她穿着一条牛仔短裙，一件饰有花边的白色衬衣。唯一的首饰，就是挂在脖子上的黑色三角坠。头上包着枯叶色的优雅大丝巾。

"我……我只是她的朋友……法丽娜有些腼腆。她很不自信。特别是，她害怕您是一个勾引女人的男人。"

她松开让－鲁的手，手在空中悬了一会儿，指向戴着丝巾的姑娘。她转过脸看着他。猛然,不是姑娘的脸的轮廓,也不是包着头发的丝巾使让－鲁完全想起了那位梳着许多小辫子的姑娘,而是她的那一双眼睛。一双大眼睛,勾魂的大眼睛。

世界上所有的苦难都聚集在这哀求的眼神中。

— 15 —
20 点 45 分

尤罗想了很长时间,想弄清楚邦比 13 发在脸书上的那么多照片中,是什么扰乱了他的思绪。他掸去手上的沙子,重新回到电脑前,任由海涛声伴着思绪,任由沙子从指缝漏掉。

就是这反差的对比让他捉摸不定。

大部分照片的拍照地点都在沙滩上。土耳其的博德鲁姆港,西属加那利群岛的兰萨罗特岛,多米尼加共和国首都圣多明各,西西里的兰佩杜萨,缅甸的额不里海滩,几乎都是在有钱人去的景点。一般人难以承受的目的地。可是,所有的天堂胜地周边就是来自世界各地的难民收容站。是偶然还是有意选择?邦比 13 自称是人权法律的大学生,斗士,来自那些被放逐到死亡营的最贫困家庭……但又扮作上流社会的轻佻贵妇摆拍。这两种形象是同一个人吗?尤罗自问。贫困与奢华度假的情感同化?是的,肯定是这样。起码任何一个旅游者都有权利追逐阳光和异域风情。

尤罗在沙子上伸伸腿,又集中精力工作。经过认真思考,不是那个对比让他对照片不知所措,他的疑问远比哲理思考更加具体。邦比 13 不是人类学的博士生!

她对弗朗索瓦·瓦里奥尼解释说,这些旅行都是由研究所支付的,与论文相关,受邀于国外的大学。然而,一切都是假的!邦比

13，20 岁，来自一个移民家庭。那么，在最近这 6 个月，一个 20 岁的姑娘是如何支付旅游费用的？而且，这么密集，钱从何而来？

尤罗无法想象邦比 13 是一个挥金如土的姑娘，一个石油大亨宠爱的孩子。也许他的直觉告诉他数字 13 与她的匿名有关联？与他谈到的那个她有关联。在罗讷河口省，在马赛，非洲移民家的姑娘常常打扫豪宅，却不住在里面。他的印象来自姑娘看了一眼监控摄像头吗？这一眼同时表示出不屑与顺从，这一眼显示出一个女人坚定地要走一条她没有选择的路。这一眼直击他的心，裴塔尔·维里卡这个笨蛋凭着他那理发馆人的心理学还是有道理的。这眼神远比无脸陌生女人的身材线条更让他震动。别忘记丝巾上印有的猫头鹰图案。猫头鹰出现在伊斯兰头巾上有些不恰当。

海水又慢慢地侵蚀了海滩几厘米。尤罗退了几步，眼睛没有离开屏幕。他打开另外一个窗口，找到一个文件。离开警队之前，他飞速查找了与猫头鹰相关的词汇。映入眼帘的这种凶残动物的双重性令他吃惊。根据对猫头鹰的解释，这是一种预示幸福的鸟，或者预示不幸。对它的解说自希腊神话到如今，是智慧的象征，是集智慧、科学和技艺于一身的雅典娜。聪明，有洞察力，敏锐，狡猾。同时，它又是魔鬼、巫师的随从，是死亡的使者。特别是它是夜行鸟。白天藏身，眼盲，只在夜幕降临后出来捕食，扑食那些迷失在黑夜中的猎物，而只有它看得见、闻得到、听得清。猫头鹰在黑暗中猎杀敌人。它的叫声告诉沉睡的家庭失去了一位亲人。新的巧合吗？尤罗心想。瓦里奥尼被杀与此的对比太清楚了。一目了然？

远处，年轻人脱掉衣服下海游泳。他们的叫喊声一点也不吓人，可是打扰了尤罗继续思考。他绞尽脑汁地琢磨，姑娘与小伙子们总是用声音相互吸引，在夜店里的狂欢，在路上吹口哨，按喇叭，大声笑。而他是一个喜静的人，恐怕一时半会儿还找不到女朋友？

或许，一只老猫头鹰，戴着眼镜，喜欢夜间闲游的女人，比较适合他吧？

与邦比完全不是一类人。

他没有加上数字 13。奇怪的是，名字本身让他有种感觉，好像曾经听到过。最近，就在前两天。

这有些荒谬。他跳出这个想法，关掉笔记本，又想起上司在办公室说的话："如果把监控摄像头拍下的脸与匿名女大学生的撩人身子拼在一起，足以撩到常常出差的瓦里奥尼将她带往世界各地。"

裴塔尔看得很准。

像弗朗索瓦·瓦里奥尼这样的男人，绝对会被神秘姑娘迷惑。

即使一切指向说明她就是杀人犯。

比这更可怕的是，尤罗有更奇怪的预感。

她还会继续杀人。

尤罗起身，最后看了一眼那群年轻人。再远处，航塔与工事那边，摇曳着一个小红点。毫无疑问，一只渔船返港了。

— 16 —
21 点 13 分

阿尔法看着小红点越来越大，随着它越来越近，人们才看清楚，那是挂在渔船舷墙上的七盏小红灯。他等了大约 10 分钟，拖网渔船才从堤坝后过来，打方向，靠岸。渔民一只手掌舵，嘴里叼着自己卷的长烟。他把缆绳扔给站在岸上的阿尔法。

"既然是阿拉让你站在那里，那就帮我把缆绳系好。"

阿尔法接过沉重的缆绳，没有想到是那么重。他起身在船壳上找到渔船的名字。

阿拉克斯。

他等的就是这条船。

渔民靠在生锈的舱门边，享受着这一时刻，终于可以大口吐烟而不被烟扑满面了。他不急着谈论。阿尔法透过码头唯一一盏灯的昏暗光亮，认真地查看仅有的、让他能够辨认的一些细节。抽烟的人右胳膊上有刺青，他看成一只和平鸽。在船首和船舱上雕刻着一艘泊在山上的船。真奇怪。是挪亚方舟吗？

"您是从亚美尼亚来？"阿尔法问道。

渔民恶狠狠地看了阿尔法一眼，把烟头吐到码头与船壳之间仅有的几毫米距离的海水中，这是很难做到的精准。

"别问这个了，有很多人已经葬身里海了。小家伙，我是库尔德人，看不出来吗？"

他解开上衣，法蒂玛的一只手在胸毛中依稀可见。

"出生在土耳其东部亚拉腊山脚下，我们都是挪亚的子孙！就是因为这个我们才四处流放。为了再次在地球上繁衍，为了帮助人们聚集和散开。我说这些是告诉你我在这片可恶的大海上的穿梭。"

在渔民诉说的时候，阿尔法已经把缆绳固定好，故意展现出他肌肉的力量。他站起身来，头刚好在船舱的高度。

"是萨沃尼安派我来的。"

库尔德人又点着了一支烟。显然，他已经卷好了很多支烟。

"对不起，不认识。"

"一群贝宁人。两个月前，您把他们送到了这里。一个音乐家、一个健谈的农学家、一个有刀疤的人……"

渔民环视了一下四周空无一人的渔港，担心有只隐藏的耳朵听到阿尔法罗列的名单。

"好了好了，航行时见过。谁告诉你我的船？"

"他们……还有其他几个朋友。"

"他们都说我什么了？"

"您懂规则。"

被打动了，渔民长长地吸了一口烟。

"如果能帮点忙……你还想……我生得太早了，否则会在战争中做一个蛇头。你看，就像牧民帮助茨冈人或者犹太人逃来瑞士。我做我能做的事。（他用拳头敲了一下生锈的舱门表示团结。）

"至少在我的亚拉腊号船上比在气垫船上安全。"

萨沃尼安告诉阿尔法，亚拉腊号船运送一次的价格，在2000欧元到5000欧元之间，差不多是阿拉伯联合航空的一个公务舱座位的价格。他提到了这个庸俗的细节。

"同意，帮助我的弟兄们离开，是责任而不是犯罪。"

库尔德人挤出一丝不信任的微笑。

"你的弟兄，你的弟兄。好吧，你比我还黑，我认识好些你的弟兄毫不顾忌地把自己撒哈拉南部的小弟弟们扔在沙漠等死。"

阿尔法慢慢地摇摇头，想想后表示赞同。

"我有个计划，"他说，"成立一个组织来帮助我们的弟兄。一个简单可靠的计划。当然，我知道有很多这样的组织，有很多都消失了，而且……"

渔民没有让他说完。

"别费力气了，我太了解那一套了。'跟着我，保证你到达一个安全的港口。'这是所有蛇头的口头语。别跟我来这种花言巧语。别费劲，我只是开船的，决不会对那些死去和活下来的人负责。我既不是英雄也不是恶棍。我只干好我的工作。"

他冷笑了好久才继续说："我无法预计他的一通大话是否会兑现。"

"我不确定那位把火车开到奥斯维辛集中营的司机受到了审判。"

一分钟前，他有些抗拒。阿尔法认为他不了解历史。因为渔民不与他交谈，只顾着整理装鱼的箱子。

"正是这样，"阿尔法坚持说，"我想见见你的头儿。负责货运的人。"

挪亚的后人忙着把冰和盐撒在鲷鱼和沙丁鱼上。

"我有我的计划，"阿尔法又说，"会带来很多钱的，比你这小破船挣得更多。我在撒哈拉以南非洲有一个关系网。我有很好的渠道，而且，我想到了一个特棒的组合，还没有人想到这个。"

阿尔法又站起来。他宽厚的肩膀挡住了唯一的光亮。库尔德人站在昏暗中，就像日食时的捕食动物。

"你知道，小伙子，"他试着反驳，"已经有很多这样的组织了。特别是，有几个垄断的组织是碰不得的。"

阿尔法挪动了一下，身影在亚拉腊号上更长了，船系在码头的低处。他的身影遮住了整艘船。胳膊有鸽子刺青的渔民浑身起鸡皮疙瘩。

"竞争，这是我的问题。你只需要给你的上货负责人打电话，就是管后勤的、管存货的负责人，随便你怎么说，我就是明天想见他一面。明天中午。（阿尔法停了一会儿）奥林匹斯老城，巴斯德大街与约雷斯大街交叉的橙树下。他不会看走眼的。一件收益丰厚的事情。如果他想拿下……"

库尔德渔民流露出些许谨慎的无所谓。他忙着挑出箱子里快死的鱼，两个两个地往外扔。一个笨蛋挪亚试图在拯救鱼。

"好吧，"他终于让步了，"我就给他打电话。不管怎么说，还是要鼓励你的才能。（他定眼看了阿尔法一下，然后把烟头吐在弄脏甲板的藻类中间。）所有我的冒险，就是使你摆脱困境，不要像香肠一样被绑着，被当作鲥的食物。"

—— 17 ——

21 点 24 分

蒂安惊吓而醒。

他浑身是汗，心跳过速，吃惊地看到百叶窗后的一束光。

刚才，他是瞎子。奔跑在迷宫中，摸索着，不时地碰到墙上，走到死胡同里，随着他的胫骨、趾骨和颅骨碰到墙壁折断的声音辨别方向。其实，他白天就是追着 2015 摩洛哥非洲杯足球跑，一直追到排水沟，在球掉到下水道前没有抓住球，并摔倒了。

活着。看得见。

被走廊尽头的一束光吸引。

金果子。

这是财宝，金果子，是巨神阿特拉斯德的金果子。天上，十匹骏马拉着浓浓火焰的战车，如同一辆奔驰车出现在集市。整箱整箱的金果子。成千个太阳。他要去抓住金果子中的一个。他的手指碰到金果子了，起码他是这样认为的。

然而，一切都消失了。

他睁开了眼，却什么也看不见。

他在过道里、死胡同和绝境里奔跑。也许他不是瞎子。也许太阳依然高照。也许门后面有一缕光。也许他会停止乱撞，停止痛苦，停止哭泣，甚至在不知道血是不是红色的时候，停止感受到流血，血的热度，血的味道。

一切都是也许。

他曾经听到猫头鹰的叫声。蒂安的心开始跳得不是那么快了。他曾经确实听到了猫头鹰的叫声。不是在梦里，他肯定。

叫声在他的窗户下。就是这声音叫醒了他，就是这声音救了他。

蒂安坐在床上一动不动，很长时间，抱着他的球。

是场梦，就是一场梦。他的足球还在。

他想要大声地喊"妈妈"，但忍住了。

他现在长大了。

在隔壁房间，客厅里，他听到音乐。还有大人们在说话。

有客人？

猫头鹰，它飞走了。也许被赶走了，或者去救其他的孩子了。

心放下了，蒂安又入睡了。

—— 18 ——
21 点 28 分

跪在堤坝上，尤罗有条不紊地擦掉脚上、脚踝上、脚指头缝里的沙子，然后穿上一脚蹬皮鞋。大龄男青年的举动！三个跑步的女生从他旁边跑过，无视身上的汗、鞋底的沙子和小石子。

尤罗悄悄地看着她们，思绪却飘向别处。他正满怀欣喜地享受一场小小的胜利，他刚才通过短信得到了证实：明天早上有重要约会。他犹豫了一下是否把短信转给裴塔尔，后来决定不转了。他想给头儿一个惊喜。他将在最晚 22 点回到警队，不敢肯定警长在那个点已经到达。他更愿意负责这一块的调查，也就是对抽血的调查，独自一人。

他穿上鞋，观察着眼前这一排楼房。

如果这个案子是闭门审判？

他总是不停地想到"13"这个数字，与"邦比"这个匿名联系在一起……罗讷河口省有两百万居民，几乎与斯洛文尼亚、牙买加和卡塔尔的人口一样。范围很大，但是，一切都要归到布克港，特别是要归属到弗朗索瓦·瓦里奥尼工作的这个地方——VOGELZUG

协会。裴塔尔在这件事情上支支吾吾，但是在马塞古城却像贝里池塘中的一条鳗鱼，对马赛城有着积累下来的经验，对它的规则、它的关系网和实力评估了如指掌。

而他，尤罗，从巴斯克的故乡来到这里，感觉是个外乡人。好像有一堵无形的墙把他与现实隔开，布克港的现实。这里就像一个大剧场，大家在这里擦肩而过，互相观察，扮演着各种角色并知道其他演员的对白。他只是个观众，无法理解邻居、亲人的默不作声、旁白和各团体之间的关系。

他走在堤坝上，朝着儿童公园的方向走去。血缘关系……明天早上，他将集中精力在血缘关系上下功夫。

尤罗最后再看了一眼面前的一排低租金楼房，有十几个白色的盒子，破旧不堪，同时又构成海面上一道亮丽的风景。奇怪的是，这个区让他想起几个月前在一份报纸上看到的一幅讽刺画：一个房屋推销经理正在把一个破房子租给一个贫穷的家庭，房子位于贫民窟，贫民窟正面对着一片别墅区，只隔着一条沟。推销经理用简单的理由卖着又破又旧的房子："您真有运气，这里的景观比对面要漂亮很多！"

确实如此。

无可厚非的理由！

除非，尤罗离开时想，人们总会在某个时间不再满足于漂亮的景观。

—— 19 ——
21 点 33 分

蕾丽抽空与吉在阳台上抽支烟，然后把他扔在客厅，让他数有几只猫头鹰、太阳镜或茶叶盒，而她去屋里脱掉瓢虫长裙，换上一件舒适的带风帽的长袍，长袍直到脚踝，脖子露出一部分。她小心翼翼地把茶盘放在桌子上，卡米拉房间传来的拉伊乐如同地震的震波，会把茶杯中的热茶震洒出来。

吉坐在一把椅子上。他带着不安的表情看着塞古的那幅画，墙上挂着的多贡人的面具，蕾丽还没有收拾的餐桌，还有蒂安踢球时打翻在地上的土，心里想，在这样一团乱的房间，自己不敢动任何东西，怕制造麻烦。不到一个小时前，当蕾丽给他开门时，就被这个男人的结结巴巴触动，他像腼腆的小男孩一样编造出连自己都不相信的借口。

"我……我以为把香烟忘在您家了。"他用烟熏嗓说道。

蕾丽微笑着请他进来，说邦比和阿尔法已经出去了，蒂安已经上床了，他可以多待一会儿。她可以给他热点塔吉或冲杯热茶，他可以先在窗户边吸烟，等她去换件衣服，因为衣服上沾满灰尘，透着漂白水的味道，请他不要在意家里的凌乱。

她换好带风帽的长袍回来后，不经意地环顾了一下。长裙比较宽松，虽没有显示出身材的凹凸感，但也显出她瘦高的体形。让蕾丽得意的是，今天这件长裙穿出了 20 年前的感觉。她楼下邻居的方格衬衣塞在牛仔裤中，腰带要撑断了，就没有她这样的好福气了。她在沙发上坐下，吉在窗户边又站了一会儿，然后走过来坐在她对面的椅子上。

"您来是想接着听故事吗？"蕾丽看着他的眼睛说。

她已经放心了。最难熬的那一刻已经过去了。今天晚上，她的秘密被很好地保住了。

"可我，我对您一无所知呀！"她补充道。

吉搓着两手。

"哦，我……没有您那么多的故事。我出生在罗讷河口省的马蒂格，50 年后才从离此不到 10 公里的地方来到这里，让您见笑了。我在同一家夜总会工作了 30 年。我与同一个老婆生活了 20 年，她离开了我，因为不愿意再为我做饭，不愿意独自一人对着空房子说话，不愿意整天听体育台的广播。我试着找一个与她一样的女人，却没有找到。看我的年龄，她们有所顾忌。您看，我是那种不喜欢变化的人。"

"那您打算怎么办？"

"我不知道……"

"我去给您热点塔吉？"

"好，您也无人说话吗？另外，您要给我打开体育台的新闻，我马上就娶您！"

蕾丽大笑起来。她喜欢他这么直接的幽默。

"即使我是黑人？"

蕾丽的长裙有些露出肩膀与长腿了。红色与巧克力色的对比让吉的两眼直勾勾地看着。

"您，不一样……您在那里工作多长时间了？4 年还是 5 年？您像一个小姑娘。人们不讨厌孩子，讨厌父母。您知道为什么有那么多的外国人在布克港吗？"

"不知道。"

她端着塔吉朝厨房走去。

"在 70 年代，军港工地关闭后，我还小，政府就宣布，将在布克港，在福斯修建法国最大的工业区。最大的，向您保证。一个巨大的东西，水上钢铁冶炼将创造成千上万个工作岗位。这是一个新东西。人们犹豫着布克港的这块土地空着也是空着，就开始盖楼房，从欧洲各地，特别是从非洲吸引来很多人，1 万多名工人在此安家，期待工厂建成就可以工作了。后来，有一个在巴黎的家伙说，决定不在此处建工厂了。福斯工业区就这样被埋葬了。但是，外国人，他们已经来了，也就留了下来。这就是我的全部故事。从此，布克港就名副其实了……宰羊节就成了这里的国庆节了！"

说完，他大笑起来，满脸的褶子像唱片，傻愣愣地看着蕾丽端着塔吉出来。

"是鸡肉的。"她宽容地看着他说。

她在这个男人身上察觉出某些柔情的东西，但又说不准是什么。他的眼睛？他的声音？他的笨拙？

吉两眼直盯着她说：

"您觉得我莽撞吗？是一个种族主义者？大男子主义者？"

"三者都有，我的船长。"

"至少，您会与我聊天？"

她把塔吉放在桌子上。

"不会的，我会教育您。听着……"

蕾丽的故事

—— 第三章 ——

我在 13 岁时成了瞎子。

您可能难以相信，今天在阳光下我有些睁不开眼，所以必须要戴黑色太阳镜。我的墨镜系列不是卖弄风情，吉，不仅仅是这样，那是我人生很长一个时期的记忆。我的黑色时期，就像毕加索经历他人生的高潮与低谷时期一样。我是如何重见光明的？这说起来话就长了。还有另外一个故事，以后再讲给你。可能比这个更让你觉得不可思议。那就从头开始讲吧。直到今天，我都无法断言。知道自己将要变成瞎子，医疗所的医生残酷地告诉我爸爸，我爸爸含着泪水又告诉我，人生第一次看见我的父亲哭泣，是好运还是厄运？

两个都有，我想。成为瞎子，当然会让我失望。但是让我适应这个现实是意想不到的。在 11 岁到 13 岁期间，我就是这样生活的，将近 30 个月，想着最终肯定是永久的黑暗。几个月之后，白天越来越短，早上和晚上更昏暗了。作业本上的字越来越模糊。一行一行的字变得像蜘蛛脚。沥青河，最后是一片墨汁。我用力睁大眼睛，无济于事，我来到了永久的黑夜之中。这是一种很奇特的感觉，您相信我，就这样眼睁睁地看着世界走向虚无，摇曳缥缈，消失了，而你，你将继续生活。这几乎是颠覆了死亡，如果你想到这些。

我接受现实并安下心来。我玩 Kim 游戏，蒙上眼睛，然后要记住所有东西的位置。天生的瞎子要比我有更多的抱怨，因为他们无法知道几千种颜色的不同之处，蝴蝶飞时的优雅，脸上微笑的美。而我，如果我幽默一点，我的失明只能算是残疾。这是一个让人专注的游戏。我只需要开发我的其他四个感官，剩下就是记住的事情了。听到喵声，我跟着猫走。闻到乳油树的黄油，我就参与到村子女人们的欢快打扮中。在这近 30 个月中，我变成了一个摄像机，拍下了一切。我给自己塞满了图像、风景、照片和电影。所有爸爸能找到的杂志，乔里巴宾馆电视台播放的所有采访，人们让我进去看电视。我的老师，法奈夫人告诉我，我变得更聪明了，比村子里其他的年轻人都聪明，是我的好运，我锻炼大脑，而村子里的男孩子在踢球练他们的大腿。是法奈夫人第一个给我起了猫头鹰这个绰号，因为猫头鹰在黑暗中可以看见，它是智慧与技艺的女神雅典娜所喜欢的动物，是智慧的动物，也是明智与战争的合体。

有一天，我 13 岁 7 个月又 11 天，一片漆黑。我彻底看不见了。那天晚上，我入睡时还能勉强看见天空的星星。次日早上，太阳没有升起来。还是夜晚，尽管在我的脑海中可以准确地说出每个星座的位置。从那以后，我全都忘了，吉。今天，我无法说出猎户座、织女座和麒麟座的位置。但是，在我 13 岁的时候，天体图，还有其他很多图都印在我的大脑里。

奇怪的是，当我变成瞎子的那一天，我身边的人都开始说我很漂亮。起初，我认为他们是为了安慰我。妈妈却拉着我的手让我触摸我日渐变长的腿，凸起的双乳，抬头挺胸的修长身子。我曾经的偶像是那些杂志封面上的模特娜奥米·坎贝尔，特别是卡图莎·尼安。妈妈给我树立了一个精神画像，说我一半是狮子，像蒂娜·特纳；一半是羚羊，像惠特尼·休斯顿。我自己无法相信，永远都不信，当我重获光明的时候，我就不是那么美丽了，而且在塞古，没有人拍照片。

人们曾说我美丽、聪慧。那是因为我是瞎子。可能是为了避免与我同龄的姑娘嫉妒我。也许是我的靓丽外表得到了她们的怜悯，这样可以保护我。人们总是可以找到与宿命抗争的理由。我从此不再认为自己比其他任何一个人都不幸。也许是拒绝承认这个，我已经非常自命不凡了。

时光飞逝。这些年来，流言不断。那年我 17 岁，12 个男人和女人（7 个男人和 5 个女人）决定离开家乡。他们来自河岸街区，将家庭积蓄全部积攒起来。作为最年轻、最强壮、最有决心的人群，他们首先穿过沙漠，向北走，一直走到突尼斯，然后他们穿过泰拜尔盖走向欧洲。

我用了 23 天才说服了父母，让他们同意我和那些人前往欧洲。在那些人当中，有 3 个是我的亲戚。我应当相信他们，他们是我的眼睛，我的手臂，我的腿。

这时他们应该是我的向导。

我应当是他们的精神引领者，是他们的翻译（因为我的法语比他们讲得要好，我还懂一点英语和西班牙语），是他们的地理向导（我对途经的城市非常熟悉，这些城市之间的距离、路线、水源的位置我都非常清楚）。所有的一切都深深刻在我的脑海中。

这会儿我又是他们的向导。

我们在沙漠中行走了 11 天，随后抵达欧洲，在踏入塔巴卡时，我们很快坐上了一个小渔船。塔巴卡和突尼斯的边境线看管得不是很严，至少我们打算动身的地方戒备并不森严。

我们一大早就到达了意大利西西里岛的马扎拉 - 德尔瓦洛城。我对西西里岛原本并不熟悉，对这个地方的认知也仅仅停留在电影《教父》中的画面，那是一张埃特纳火山的照片，以及阿基米德时期的锡拉库萨雕塑。剩下的，还有城市巴勒莫、马尔萨拉葡萄酒，阿格里真托和塞利农特废墟、奥提伽岛、陶尔米纳阳台，但这些我都没有亲眼见过。在 3 个海关人员的护送之下，我们走过了最后 1 公里，并成功到达了马扎拉德尔瓦洛城，在那里，意大利的宪兵正在等待我们的到来。我们一行 13 人连同一些非洲来的偷渡者被带到了一个帐篷中，等待着宪兵检查我们的证件。第二天，我们逃离了，但是我们未能跑得太远。我所有的塞古亲戚都被一个一个地抓回来了，可以说我的这些亲戚还不是很擅长玩"捉迷藏"。

我不一样。

我蜷缩在一个黑暗的角落，一动不动，但也就是这样我才能在捉迷藏中取胜。不能动，不能说话，甚至不能呼吸。凡是按捺不住的人都会被抓出。法蒂雅，我母亲的侄女，每天给我带一些吃的和喝的东西，她想方设法偷偷摸摸地将我们解救出来，但是最终，她也被抓了起来。

我一个人躲在黑暗的角落。这是一个被废弃的同阿格里真托古城一样高的公寓。公寓里有一间房，一个厕所，散发着烧焦的废铁味道和制作陶瓷底部冒出的硫黄味。我知我只有两个办法，要么被抓起来，要么饿死在这里。

我犹豫着，挣扎了很久，还是决定选择第一个办法。我觉得也许这样做就会有奇迹出现。

奇迹出现了。吉，如果你相信我的话，奇迹已经出现了。

有一天，我藏身地点的门被打开了。

我猜可能是意大利宪兵，或者是一个强奸犯（也许他们认为我能让男人们感到愉悦），或者是一个小偷（但是他能从我这里偷走什么呢？），或许是一个杀人犯。

如果他是前来杀害我的，这让我感到很吃惊。他有温柔的嗓音，说话就像唱歌一样，有点女性化。

我感觉到他的手放在了我的手上。

"女士，不要害怕。"

这是一个让我们不会怀疑，选择相信的声音。

我相信这个声音，哦，我是多么相信这个声音。

哦，我是多么相信这个奇迹。

流
血
的
一
天

—= 20 =—
6 点 52 分

坐在俯瞰布克港的复兴港的柚木天台，汝尔丹·布朗－马丁准备用十分优雅的动作享用这份由萨菲图（一位服侍了他将近 20 年的人）准备的早餐。他将一小碗咖啡放在一张亚麻桌上；将毛巾和每日的《解放报》整齐地对折，使它们在外形上呈现出一张没有一丝褶皱痕迹的长方形图案；将一小杯红色无花果的果酱和三片含有碎芝麻屑的面包沿直线整齐排列。

汝尔丹·布朗－马丁观察到远处的布克港有人在叫卖，但那里逐渐变得空无一人。冷藏车已经朝马赛折回，捕鱼人继续朝港口走去，几只游艇也朝外海驶去，他们的行动已经预示着炎热的一天即将到来，一个在密史托拉风来临之前出现的酷热天气即将来临。

汝尔丹·布朗－马丁正在摆弄手机，此时，萨菲图将带有蛋壳的鸡蛋摆在他的面前。鸡蛋被放进沸腾的热水中，持续精准地加热了 2 分 53 秒。从天台到厨房要花 7 秒钟，汝尔丹·布朗－马丁等萨菲图离开天台后才开始阅读最后一条信息，然后他将电话拿起，贴在耳上。

"裴塔尔·维里卡警长？"

电话那头是一个喘息的声音。

"你是？"

"汝尔丹·布朗－马丁。"

裴塔尔·维里卡的声音开始显出惊恐的状态，就好像"汝尔丹·布朗－马丁"这个名字有一种经历短暂夜晚后突然被闹钟惊醒般的效果。

"我就是想通知您，我们正在调查弗朗索瓦·瓦里奥尼的谋杀案，我们的进展很不错，但是听说……"

汝尔丹·布朗－马丁的左手稍微用力，用汤匙敲打带壳鸡蛋的底部。身旁的"手下"急忙献殷勤，这更使他恼火。裴塔尔·维里卡曾经就是这些"手下"当中的一员。布朗－马丁对其手下的行为感到恼火，但应当承认，没有这些"手下"，就没法成就他今天的事业。

"维里卡，我给您打电话是为了别的事情。我的一些可靠朋友通知我说今晚一个罪犯将会联系他们，这个罪犯似乎想要谋划一次非法行动，其想法已经萌芽，很快，对郊区的小伙子们来说，做蛇头将会比做贩毒者更加时髦，每个在非洲撒哈拉沙漠以南地区有叔叔的小孩子都会认为他们借助充气船会大发横财。"

裴塔尔·维里卡不安地问道："您想从我这里得到什么？"

"这个罪犯在北区准备了一个约会。我知道约会的地点和时间，请您去阻止他，吓吓他，让他放弃这个犯罪的想法。简而言之，您去警告他一下。"

"汝尔丹·布朗－马丁先生，此事并没有这么简单。在没有掌握犯罪证据的情况下，我们无法将他绳之以法。"

汝尔丹·布朗－马丁的象牙汤匙在圆形鸡蛋的顶部划了一下。很快，蛋壳开始裂缝，白色乳状的蛋白掉了下来，黄色黏性的蛋黄慢慢沿着蛋壳流出。汝尔丹·布朗－马丁感到很烦躁，他本可以出于这无足轻重的恼火将这个警察杀死。对汝尔丹·布朗－马丁来说，每天早晨将鸡蛋壳完美地打碎就像进行了一次瑜伽运动，身体的每个动作都得到了放松。这种操作有助于细细地品味鸡蛋。他开始捡起每一个碎裂的蛋壳皮，试图拼凑起来。但他并不是那种因为没有完美地剥出鸡蛋而生气一天的城堡主人。

这不是他……

"维里卡，您肯定能解决问题，您总能找到办法，让这个罪犯的摩托车瘪气，或者身份证照片的图像和他本人不符。您想怎么样都可以，您随便一个借口便能教训他一顿。"

"先生，如果我们没有掌握犯罪证据或目击证人，这样做是不合法的。"

维里卡对汝尔丹·布朗－马丁的建议表示反对，他并没有想要在这个街区扮演教育他人的角色。显然，汝尔丹·布朗－马丁并不这样认为。"难道这个警察今天早上还有其他的事情要去处理吗？"他将热乎的蛋黄放到嘴边，慢慢吸吮着汤匙上的味道，直到汤匙变得闪闪发亮。

"到目前为止，我觉得您都没有考虑一下我提供的情报。VOGELZUG 协会和警察的合作完美无瑕，不是吗？如果没有我，您还能摧毁几个邪恶组织呢？"

"当然了，先生。没有您，这些街道非法组织总是试图以各种方法侥幸脱逃，但是……"

布朗－马丁打断维里卡说："我甚至建议您采取进一步的行动。您应当把这小子送入监狱，哪怕只有一晚。我在那里已经安排好了，几个之前进去的罪犯会给他上一课的。"

维里卡低声嘟囔："那我们拭目以待。"

听见电话那头的嘟囔声，布朗－马丁似乎很恼火。但是维里卡可不是那种把早餐拿到窗前细细品味，让子孙绕膝然后贪婪地独自享用羊角面包的人。

"我相信您的警告措施，维里卡。别忘了，我们应当重视这次警告行动，应当将罪恶的根源连根拔除，让这小子在监狱待一晚也许还能避免他在监狱度过余生。"

布朗－马丁暂停了一下，小心翼翼地将蛋壳内部的白色黏膜刮掉，这样整个蛋白就可以精准地掉落在象牙汤匙上了（因为他认为，象牙做的汤匙会让鸡蛋变得更加美味），银汤匙会使鸡蛋有不好的味道。布朗－马丁喜欢每天早上在开工之前游泳一公里，他转过身去透过阳台玻璃观察游泳池，他的左手解开了睡袍，右手将电话贴近耳边。

"维里卡，欧盟边境管理局座谈会将在3天内召开，我被邀请在大会开幕式上发言，那么您忙吧，我也得准备一下演讲的细节问题。在座谈会开始之前，请将杀害弗朗索瓦的那个女孩逮捕，您有她的照片，找到她应该不是难事。"

— 21 —
8 点 22 分

学校就在街道的尽头，笔直的长街道旁种了很多橄榄树，它们使得路人能够巧妙地避开早上太阳的光线。但是蒂安并不想享受这些阴凉，他流着汗，穿着短运动裤和紧身衣小跑着，背着书包，脚踢着球，并盘球。路边尽管有这些橄榄树，也丝毫没有减慢他跑步的速度。

有一棵橄榄树，树龄不超过百岁，可以让一个未来的瓦拉内或者坎特做出假动作，但它嵌入人行道的"可怕"的根部甚至不利于铲球，还可能用它钩形的树枝将人们的运动衣钩住。蒂安试图解决阻碍他前进的最后一关，脚下的球却逃脱了，向前方几米开外的地方滚去。

球被一双篮球鞋钩住后停下，蒂安朝那双鞋看去。

鞋是耐克牌子。

一双上面有黑色对号图案的红色耐克鞋。

鞋号非常大，至少是 47 码。那人穿上这双鞋子像玩杂耍一样，用左脚将摩洛哥 2015 型号的足球提起。于是蒂安抬起了双眼。

"阿尔法！"

蒂安飞快地冲进哥哥的怀中，随后这位有近两米高的"巨人"将怀中的弟弟放开。

"惊奇吗，小蚊子！告诉我，这不是我的球吧？"

他将蒂安放下，然后将这个球夹在他的臂下，就好像一个学监没收了球。

"你说这球是你的收藏品？"

"我明白你想说什么，阿尔法……我不会和它分开的。别人都很羡慕我！"

"不要被别人偷了，蒂蒂！我已经跟你说过了，如果有人烦你，就跟我说。"

蒂安知道他永远都不可能像哥哥那样高大威猛，也不可能像哥哥一样那么有勇气。他似乎运气不太好，他和阿尔法是兄弟，有血缘关系，却是同母异父的关系。蒂安的生父是一名戴着眼镜的老师，但是他从来都没有见过生父，生父的外貌也是他根据穆萨爷爷和玛海姆奶奶的讲述自己勾勒出来的。蒂安的母亲从来都没有讲过生父的事情。

"你知道，我会保护好自己！"

"小生物，我对此表示怀疑。再说了，我需要你。"

蒂安的眼睛闪闪发光。他的哥哥真的需要他吗？

"放学后，蒂蒂，你爬到橙树上面好好看着奥林匹斯城。"

"爬到能够看到爷爷奶奶的住宅的高度？"

"爬得再高点。我希望你爬得越高越好，这样就能看到所有的住宅。希望你的眼睛能成为鹰眼，这样你就能看到整个街区，然后将危险情况及时通知给我。"

"哪种危险？"

"警察。那些难以捉摸的人群，或是那些非正常的事物。"

蒂安问如何才能将身着便衣的警察认出，以及如何才能辨认出鬼鬼祟祟的人。在这个街区，举止怪异的人比比皆是。想到这里，他突然对自己与生俱来的大胆感到诧异，觉得可能在他的内心深处，也存有"不法分子"的遗传基因，而这一基因正来自他的妈妈。

"我又能得到什么呢？"

阿尔法惊讶地看着蒂安，但是蒂安还是从哥哥的眼睛中看到了钦佩的目光。蒂安感觉自己好像一下子长高了5厘米，虽然还是不能触及阿尔法臂下的球，但是足以让阿尔法大吃一惊。

"亲爱的，蒂蒂……给你一件巴拉达亲笔签名的球衣怎么样？"

蒂安并不满意这个答案。

"要去迪拜才能得到？你呢，你又能获得什么？"

"钱啊，蒂蒂。很多钱。"

"我们不需要钱，我们已经得到了母亲的一大笔财富。"

"你知道这笔财富在哪里吗？"

"大约在……我再找找。但是我有一个想法。"

这一次阿尔法的眼睛闪着金光。

"很好，蒂蒂，很好。"

阿尔法将球扔出。

"小心点，这种球世界上只有三个，其他两个属于梅西和罗纳尔多。我把这个球看得比你还要重要。"

阿尔法消失了……

蒂安希望日后也能像哥哥那样。

—— 22 ——
9 点 07 分

"您想象一下，宁静的早晨就可以看见一群美丽的星星，看我是多么了解首尔啊！"

6 个穿着庆北大学校服的韩国女大学生等着向正在回忆过去的酒店经理鲁本付房费。鲁本说着一口英法混杂的话，几名韩国学生也能够完全听懂，并觉得很有意思。

"那时，我负责明洞大酒店的事务。那个酒店有 36 层，1500 个房间。"

女学生们笑出了声音。在她们后面，蕾丽右手拿着吸尘器，等着亚洲房客将钥匙交还。她 9 点就上班了，等着打扫房间呢。但是她不生气，听着鲁本讲故事感到很开心。房间应当在中午之前就被打扫干净。

"不要感到惊讶，我的晨曦小公主们，我本人就是总统夫人的情人。她想要学习跆拳道，而命运弄人，我那时已经受崔泓熙将军邀请去教武术。一个牵制着另一个，我最后只好答应了第一夫人的请求，谁叫她和她那个有 23 个情人的丈夫一样有野心呢？"

从这几个韩国学生的行头中可以看出，她们本是来参观罗讷河畔圣路易港的港口设备的，但此时她们听着鲁本的讲述心潮澎湃。蕾丽试图打断鲁本，她只想拿钥匙，但是鲁本滔滔不绝。

"跟你们说我以前的私事你们可能会觉得我很烦，我们还是说点正经的吧，贪吃鬼。我得问你们一些冒失的'问题'了，这个问题让我世界各地的朋友都感到很尴尬。（空气一下子变得安静了）你们把房间里的小冰柜都清理干净了吧？德茨香槟？地道伏特加？豪达白兰地？嗯，我的小可爱们，如果不喝酒的话，那可就是你们的错了。（他朝女孩们会心地一笑）我什么也不会说的，你们要保证对我和你们第一夫人的爱情故事只字不提哦！"

蕾丽已经止不住笑了。当然，在宜必思的标准酒店里是没有小冰柜的，也没有笔或者一次性洗发露。她从女孩们中间穿过朝前台走去。

"尽管我和第一夫人的爱情是众所周知的……你们还年轻，还不太适合听这些荒唐的事情。但还是有一个《韩国每日新闻》的坏记者拿我们的事情大做文章，报纸将我描述成一个卑微的服务员，配有这样一张图片：我的道服裤腿挽到脚踝处，第一夫人帮我把道服的黑色腰带整理了一下。当时，《韩国每日新闻》的报纸仅发行了670万份，但是今天，这一张照片在推特上已经被浏览10亿多次了。很可惜我可能没有时间和你们继续讲了……"

在他身后，打印机正在打印着住宿发票，女学生们对将要离开宜必思酒店感到失望。为了安慰她们，鲁本给每个人发了酒店传单。

"既然你们将要参观世界上最大的港口，你们就在巴拿马拉斯塔布拉斯的宜必思酒店住下吧。我的同事埃斯泰班·罗格里格将会告诉你们，我们在旅途中如何和30多个马萨纯洁少女在集装箱中相处。这些马萨来的女孩子都是在阿比西尼亚地区（今埃塞俄比亚地区）因美貌被挑选出来的，她们必须学会用英语与他人沟通，这样才能参加在纽约凯悦大酒店大厅举办的美国黑人小姐选美比赛。"

蕾丽放弃了打断鲁本，她直接去拿放置在前台接待处的钥匙，随后便离开了，也听不见鲁本跟那些韩国女大学生讲述的捧腹大笑的故事。

11号房间。

开着。

13号房间。

开着。

15号房间。

开着。

蕾丽在楼道里灵活地穿梭着,将房间的门一一打开,推着小推车将每个房间的床单和毛巾收走。

17 号房间。

开……

蕾丽听见鲁本的脚步声,才意识到 17 号房间是鲁本经理禁止入内的房间。

实际上,她刚才在前台已将其他房间的钥匙也一并拿来,只不过鲁本并没有注意到。

但是蕾丽那时已经打开了房门,她用力旋转门把手,推开了门。可能她没有将门再次关闭吧,或许是她刻意将门半掩着,也有可能她压根就没有看屋内的东西。

是的,她肯定一无所知,什么都没看见。

但是她已经听见了里面的声音。从此以后,世界上再也没有人敢推开那个房门。

走进 17 号房间,于是,她发现了其中的秘密。

— 23 —

9 点 22 分

"尤罗没有来吗?"

维里卡警长愤怒地将他的皮夹克挂在衣帽架的挂钩上,就连衣帽架都晃动了好一阵。其他在场的警员赶忙将衣帽架扶正,警长今天早上可算是显现了一次官威。

"尤罗没有来吗?"警长怀疑地问着。

通常来讲,尤罗是最后一个离开特警队的……也是早上第一个来到特警队的。和娜黛日鬼混还能准时来到办公室实属裴塔尔·维里卡的运气。办公室的窗帘已经拉起，咖啡冒着香气，电脑也发出了工作的声音。今天早上，在娜黛日爬到他身上之前，汝尔丹·布朗－马丁给他打了几秒钟的电话，这些都足以让他生一整天的气了。汝尔丹·布朗－马丁受够了自己的女仆，他站在拉拉维拉别墅风景秀丽的象牙塔之上，牵着一群圣伯纳狗，心里盘算着如何妥善处理所有不法行动：围捕蛇头，使那些即将成为蛇头的人闻风丧胆，同时，还要抓到杀害 VOGELZUG 协会财会部长的凶手。

"这小子去哪儿了？"裴塔尔焦虑地问道。

利昂回答说：

"他说他得去医院。"

"医院？"裴塔尔问。

该死！

尤罗·弗洛雷斯在医院那头应该已经狂喜不已了吧。

尤罗·弗洛雷斯助理在阿维塞纳医院的庭院里悠闲地漫步，庭院里充满了曼陀罗和茉莉花的花香，这种香气让该机构最著名的血液学家、主治医师、热带病和免疫学专业医生——瓦克宁教授神魂颠倒。瓦克宁教授曾受邀在十余所大学演讲，他是一个冷静的，有素质的，上了点年纪的，快退休却不想退休的人。他说话和走路一样慢。他也是一个教育学家，能够向学生们普及科学常识和治病的知识。当接受别人的问询时，他总是十分热情；但是在阶梯教室授课时，他的话总能让听众感觉很无聊。

瓦克宁同意在两场约会之间挤出时间接待尤罗·弗洛雷斯助理，他建议可以在花园中漫步 5 分钟，感受灿烂的阳光。戴上一顶巴拿马草帽，并不妨碍享受花园小径的阴凉。

"助理，在和您解释血液和血统之间关系的时候，我得和您说几件重要的事情。血型分为 A 型、B 型和 O 型，这些血型群体在地球上并不是均匀分布的。这些血型的形成源于祖先和外部环境之间的关系，这些血型的生物范围主要是根据食物和当地的疾病免疫程度进行划分的。首先，我得和您说一下史前时代，人类从一开始都是属于 O 型血。A 型血和 B 型血出现在公元前 10000 年到 15000 年之间，该血型人群主要分布在亚洲、中东和喜马拉雅山脉地区，随后这几个地区有大批人群朝欧洲偷渡，于是出现了 AB 型混合血。此时距离现在大概已经有 12 个世纪了。"

尤罗不想打断教授，他只想问一个类似"我们可否通过抽血验明血缘关系"这样简单的问题，但这个问题可能需要追溯到侏罗纪时期。

"今天，尽管人口开始融合，不同血型的人群在这个星球上还是不平均地分配着。因此，假如所有的美洲原住民都维持原本的 O 型血的话，我们就无法在中国找到负 O 型血的人群了。相反，我们在非洲能够发现很多种不同的血型。例如，在颇尔人当中，我们就能发现 A 型血人群的大量存在，但是很少有 O 型血和 B 型血人群的存在，与他们临近的族群，情况则恰好相反。"

尤罗很快地回应教授的讲解。

"这表明从抽血中，我们能够判定一个人来自何处？"

教授惊愕地看着他。尤罗在医院中心的花园里溜达，身旁这个穿白大褂的男人陪着他。尤罗突然觉得自己好像是一个病人，需要得到医生的诊断，瓦克宁教授讽刺的语调更加深了这一想法。

"不，助理。这是多么荒唐的想法啊！在史前，人类混居，这您也是知道的。筑墙是最近才发生的事情。尽管人类最发达的时期表现在吃汉堡、土耳其烤肉和比萨的时代，但是我们西方人的血液系统还是无法适应这种新型的饮食方式。"

教授很得意自己的聪明玩笑的效果，然后又变得严肃起来。

"助理，您知道，这些混杂的偷渡者是我们在医疗方面需要重点医治的对象。我们发现来自世界大城市的不同血型的男人和女人在献血方面的表现特征不尽相同。献血还和心理、社会、宗教有关。具体来讲，马赛血源供应不足，巴黎也是一样，在世界各个大城市情况都是如此，人们在这些地区实行献血奖励钱的政策。"

瓦克宁教授放慢步伐，似乎被九重葛的香气吸引，对花香赞叹不已。尤罗突然想到可以通过研究血液破案，这条线索也许能解释凶手在割断弗朗索瓦·瓦里奥尼的血管之前在他的手腕处抽血的行为。尤罗基于此展开了第一个假设。

"但是，教授，我们回到最初的问题：从血液研究的角度来讲，我们难道不能推断出一个人与他人的血缘关系吗？"

"当然可以。我给你带来了一些东西帮助你进一步理解。"

瓦克宁教授从他斜挎的皮包里拿出了一张纸巾。

"这样一张完整的图表却展现了很多不可能之处。您日后就会明白，这不是魔法，我的学生们，哪怕是最愚蠢的那个学生也能从中发现不可能之处。"

他坐在一个灰色石头喷泉旁边，并且邀请尤罗·弗洛雷斯也坐下。

"看，这上面有一张只有 8 条竖线和 8 条横线的图表，它们构成了正、负型 A、B、O、AB 型血。竖线表明是来自父亲的遗传，横线表示来自母亲的遗传，竖线和横线交叉形成的格子则是父母生出的孩子不可能出现的血型。比如，两个正 A 型血的父母（世界上只有三分之一的人群是这种情况），不可能生出有 AB 型或 B 型血的孩子。两个有正 O 型血的父母也是不可能生出有 O 型血的孩子的。对于那些有罕见血型的人，我们的这种计算会更加精确。两个 AB+ 血型的父母（世界上只有 3% 的人群是这种情况）不可能生出 O 型血的孩子……因此，父母的结合是不可能随意生出某种血型的孩子的。"

尤罗仔细盯着这张图表。

"因此，教授，简单地说，如果我能知晓母亲的血型，我就可以辨别出我的父亲是不是我的生父？"

教授向他投来钦佩的目光。他是第一个！他是我的学生中悟性最高的一个！

"好样的，助理。您已经完全理解我想表达什么了，您可以根据这张表格判定您的父亲到底是不是您的亲生父亲了。即使他的血型与您计算的结果相匹配，您也不能断言他确实是您的父亲，因为这世上有数以百万计的男人拥有相同的血型。"

尤罗大概在 10 点后到达特警大队。其他的警察，比如利昂和蒙迪正在院子里走来走去。尤罗助理将图表中呈现的种种不可能的关系图复印一份，然后呈给了裴塔尔。

"关于抽血的问题，我已经有了眉目，您呢？"

"什么都没有发现。这些偷渡者的故事不仅让我一筹莫展，还耗费了我很多时间和人力。当你在玩夏洛克·福尔摩斯游戏的时候，我被困在这里，在外交部和内政部之间扮演秘书的角色，为 15 个大使和十几个组织服务。"

尤罗朝他上司的办公室走去。

裴塔尔埋怨道："关于瓦里奥尼事件，我今天早上的唯一进展就是，人们允许我在红角酒店那里安排人员。"

尤罗坐在办公桌上，看着上司，非常惊讶。

"您觉得会有一起新的谋杀案吗？"

"是的……"

"为什么？"

"凭直觉啊！这个凶手在向我们挑衅，她设下陷阱算计瓦里奥尼。我倒是要看看这个包着长丝巾的女人是何方神圣，怎么，你不同意？"

裴塔尔的话让尤罗助理考虑了好一阵。尤罗也有过裴塔尔的想法，只是他一直不敢说出来罢了。

"我当然同意了，"助理说，"但是为什么要在红角酒店前安排一个人？如果邦比13想要再犯罪的话，她不可能再回到原来的地点吧。"

裴塔尔紧张地敲击着电脑键盘。

"小伙子，你的问题还挺多啊！倘若炸弹在垃圾箱中爆炸，到时候你可不要过来问我，为什么我们要安排一个人在红角酒店那里待一周。因为我们可能会遇到一个在同一个地方犯案两次的愚蠢的恐怖分子。"

"如果某个愚蠢的恐怖分子这么做了，而我们又没有派人监视这个垃圾箱，这样就显得我们很无能。这是人之常情啊，头儿。人们总是习惯指责别人，而不是包容别人。这样的一种预防措施是可笑的。我们的想象越是疯狂，我们的理智就越是约束这些想象。"

裴塔尔用惊讶的眼神看着尤罗。

"自以为是的坏家伙，你知道我这些年来一直头痛垃圾箱的事情，你现在来跟我讲这些大道理，搞得我好像很无知似的。"

尤罗耸耸肩，对裴塔尔的话置若罔闻。

"头儿，我会继续发挥夏洛克·福尔摩斯精神的。我更想知道关于这些讨厌的手镯的事情，想要知道瓦里奥尼在索维拉做了什么，也想了解马尔代夫岛屿的贝壳。"

"这需要时间，夏洛克。"

尤罗先是把衣服的一个袖子脱下，然后停了下来。

裴塔尔建议："要不我们去放松一下双腿？"

每当弗洛雷斯助理坚持谈论 VOGELZUG 协会的话题时，他的上司裴塔尔·维里卡总是转移话题。难道每一次都是巧合吗？尤罗将眼神投向裴塔尔被蓝色衬衫紧紧包裹的肚皮上。

"您建议我去海边慢跑是吧？"

裴塔尔跳了起来。

"要做一些更有意义的事。去抓获一个试图通过非法交易发财致富的年轻人。"

"他做了什么？"

"什么也没做！"

"什么叫什么也没做？"

警长穿上皮夹克。

"不用想太多，这仅仅是预防措施而已。（他将目光投向梁上挂着的红白蓝三色的盾形纹章）一种谨慎的预防措施。"

尤罗犹豫要不要继续听上司说下去，但很明显，裴塔尔不让他做出选择。裴塔尔只要一醒来，就能将他所有讨厌的事情打包讲述一上午，然后部署防御军队，进行尸检，这就是他一天要做的事。尤罗将自己的眼光不自觉地转向裴塔尔的电脑屏幕上。他看见一个非洲城市的大图展现在电脑上。这是一座布满灰尘的，全是沙子的，既没有混凝土也没有柏油的荒芜城市。

"头儿，这城市在哪里？"

"科托努，在贝宁。我们今天逮捕的大部分家伙都是来自那里。大使馆的文件让我们很反感，并且……"

"我能看看吗？"

尤罗把脸靠近屏幕。

"你打算去那里度假吗？"

弗洛雷斯助理没有回话。他不相信眼前的这个画面，有一个细节使他好奇。科托努的风景是由矮矮的房屋、铁皮房顶、脚手架和几个楼层构成，只有一个塔，这塔似乎要碾碎整座城市。尤罗转向拿着两件蓝色凯夫拉背心的利昂。

"这是什么，利昂？"

利昂赶紧看了一眼。

"是西非国家中央银行，非洲金融共同体银行。该银行组织共包含8个国家，数百万客户，西非货币使用的是欧元……西非国家中央银行是一座天主教堂，是这些国家的首都中唯一的摩天大楼，这个摩天大楼可以俯瞰整个达喀尔、阿比让、瓦加杜古、巴马科、洛美，似乎在向那些食不果腹的穷人示威……"

警长打断了埃尔法西助理，然后转向尤罗。

"这是什么，你的新想法？"

尤罗并没有将头抬起，他靠近电脑，用鼠标将照片放大，这样就能够看到西非国家中央银行的全景图了。

"看，头儿。"

裴塔尔看着。利昂也看着。

上帝的名字……

两个警察睁大眼睛，看着眼前这个难以置信的景象。

这个西非国家中央银行的外形上呈现出4条竖着的白色线。

尤罗继续放大这张照片。

这一次，他们将这个17层混凝土建筑物的外观看得仔仔细细：4条竖线、13条横线构成了52个小贝壳形状，这同弗朗索瓦·瓦里奥尼口袋里找到的那个贝壳模样十分相像。

这个本来在马尔代夫岛屿再平常不过的只有几厘米的贝壳，竟然与科托努随处可见的50多个1米高的雕塑图案惊人地相似。

"该死的，这些乱七八糟的都是什么啊？"裴塔尔转向尤罗。

"我也不知道，"利昂将凯夫拉背心扔出去，"但是如果我们不能及时前往奥林匹斯城的话，我们就会错过约会。"

— 24 —
9 点 29 分

鲁本·里贝罗的手放在蕾丽的肩上，准备阻止。

太晚了。

布克港的宜必思酒店的 17 号房间的房门已经半开着。里面的 6 双眼睛盯着蕾丽，他们见到蕾丽也一样感到很吃惊。

6 双惊讶的眼睛。

四个男人、一个女人和一个青少年。一个男人上半身半裸着从浴室出来，另一个男人倚靠着吉他，其他两个男人在看书。青少年坐着，女人在编辫子。蕾丽一眼就认出了努拉。

他们是非洲人，撒哈拉沙漠南部地区的人。茶壶在枕边的茶几上冒着热气。

鲁本倚着门对蕾丽说："我的沙漠公主，我的秘密被您发现了。"

蕾丽走进房间，试图朝努拉微笑，但努拉面无表情地看着她。

"请坐，美丽的姑娘。"

蕾丽选择了一张床坐了下来，听着鲁本的解释。

"我的旅馆的入住率准确来讲是 58%，这个数字是根据雅高酒店集团的准确财务报表计算出来的。夏天的时候，客房入住率是 87%，冬天是 30%。这意味着每晚平均 13 个房间就有 27 张床是空着的，世界上每 50 万个房间就有一间房是雅高酒店的房客在用水。我的美人，您真的觉得鲁本·里贝罗会让自己的客房闲置，而让那些数以百计的游客露宿街头吗？我每天晚上都会让露宿街头的客人免费来我们的酒店住宿，他们可以免费入住一天，一周，并且毫无抵押，他们要是饥饿难耐的话，还可以和我们一起饱餐一顿。"

蕾丽盯着鲁本，他身穿灰色的西装，戴黑色领带，黑色头发上还抹了发膏。谁能怀疑这优雅的仪表和整洁的服装里藏着一颗强大的心呢？鲁本继续长篇大论。蕾丽突然发现鲁本的狂妄自大背后还掩藏着娇羞。鲁本巧言善变，但是他的多言掩盖了真实的内心。他其实是一个英雄，他善于在谎言中藏匿真相。

"我的小可怜，蕾丽，不要用这种小羚羊的眼神看着我，不然的话我会立马将我所有的朋友赶出门外，只和您一人享受这1001间房。我本人就是一个普通的员工，一心为公司的声誉着想，尽管露宿街头的男人和女人并不满意我对他们的安排。1978年，我曾让53个柬埔寨家庭住进河内宜必思酒店；1993年，让27个图西族人住进基加利宜必思酒店……"

有一个戴着深色眼镜，穿着一条肥大米色裤子，年龄最大的矮个子男人打断了他：

"基加利根本就没有宜必思酒店，我的兄弟。"

鲁本笑了出来。

"扎艾林，你这个固执可笑、忘恩负义的家伙！我冒着有损名誉的风险收留你，你竟然在两个非洲美女面前将我说成一个虚伪的人物。"

蕾丽和努拉笑着。

鲁本毫无保留地继续讲述他借助晚会筹集资金帮助那些偷渡者的故事。一个家庭住一个房间，一个男人一张床，或一个女人一张床。即使夜晚到来，兄弟姐妹或者人口多的家庭也可以睡在一个房间或大厅里，聊天、唱歌、玩音乐。

"或者简单地听着鲁本·里贝罗滔滔不绝地讲故事，"一个眼神不怀好意的人如是说道，"每天晚上，这个老疯子只是把我们当作他的听众而已。"

鲁本又笑了。

"我知道凯雷库主席曾10次试图刺杀你，你这个老不死的坏蛋。"

鲁本朝蕾丽转过身去。

"您知道美丽的努拉和您一样，也得负责让这个漂亮的城堡闪闪发光（努拉用冰冷的眼神看着他）。我给您介绍我很珍惜的一位朋友，萨沃尼安·阿扎奈。"

萨沃尼安站起身来，他蓝黑色的眼睛和动作中都流露出乖巧温顺的一面。他的特殊魅力，完全可以和曼德拉、奥巴马相比较。

"你是蕾丽？"萨沃尼安问道，"蕾丽·马拉？"

"是的。"蕾丽惊讶地回答。

"我昨天遇见你的女儿邦比了，她遗传了你的美貌。"

蕾丽用友好的眼神一直注视着萨沃尼安，但她还是感觉到了努拉在旁边锐利和嫉妒的眼神。年轻的努拉喜欢萨沃尼安，这是一种暗恋，努拉希望用她的身体语言而不是话语表明对萨沃尼安的爱恋。

萨沃尼安对努拉的身体语言坐视不理，说："我更了解你儿子，我经常碰见阿尔法。他总想帮助我们。我们……我们得考虑考虑……"

蕾丽犹豫要不要打断他。萨沃尼安刚才说"我们得考虑考虑……"。她觉得可能萨沃尼安想说的是"我们还是再看看吧"或"我们不是很相信他"。尽管蕾丽不知道他们之间具体发生了什么，但是她似乎瞬间明白了一切。阿尔法是一个有雄心、有决心的男子，他诚实、忠诚，不喜欢别人做出好与坏的评判准则，唯独自己却可以，可能是因为他喜欢这种如履薄冰的感觉，喜欢这种在智慧与暴力之间徘徊的感觉。

安静笼罩了整个房间。蕾丽借此时机仔细观察着 17 号房间的每一个细节。香烟在烟灰缸中被熄灭，啤酒瓶变空了，比萨的盒子被打开了，玻璃杯中放着几个贝壳。枕边茶几上的茶壶继续冒着热气，每个人面前都摆放着一个茶杯。吉他弹奏者的手腕上戴着蓝色的手镯，那个青少年的手腕上戴的是红色的手镯，扎艾林手上什么都没有戴。蕾丽注意到了萨沃尼安无名指上的戒指。

那是一枚结婚戒指。

她还注意到了一旁的努拉和青年人，这房间里的所有人都超过了 30 岁。但是在这里找不到任何能够表明孩子存在的物体。

"您的家人呢？"蕾丽问。

萨沃尼安将茶杯拿到嘴边。

"我的家人都在这儿呢。你坐下，好好看看。"

这个贝宁人从他的钱包里拿出一张照片。从照片中我们可以看到一个有着顺滑闪耀长发的女人和两个年龄不到 8 岁的孩子。

"芭比拉是我的妻子，是一名护士。凯凡是我的儿子，非常喜欢火车，他的梦想就是有朝一日能开上高速火车。萨菲是我的小公主。她想开一家时装店，一间发型沙龙，总而言之就是想让女人们变得更美。"

努拉突然站起来。她受不了萨沃尼安看到家人的照片时温情的眼神。她从挂衣壁橱上拿下了扫帚，瞪了一眼蕾丽，然后朝门外走去，并利用高跟鞋发出的声音暗示他人自己并不只是在那里无聊地看着照片、喝着茶而已。

鲁本突然打断了努拉。

"我们还有时间，努拉，我们有的是时间。但心中的怒火可比家具上的灰尘要来得快。"

努拉耸耸肩，走出门外。气氛突然变得安静。蕾丽转向了萨沃尼安。

"让您的家人一起偷渡应该很危险吧？"

萨沃尼安笑着，然后开始解释，就好像他是其他三个男人的代言人。

"想象一下，蕾丽。想象一下。尽管我有正式文件，也有官方居留证件，你知道要花多久才能让我的家人来法国吗？"

蕾丽不作声。

"可能要花一生的时间。对一个加拿大人、瑞士人或日本人来说，获签只需几天，但对一个非洲家庭来说，就算是耗上一生的时间也无法获签。达流斯，你来讲讲。"

达流斯坐在椅子上，拿着书。他大概有 50 岁。

"我是陪我兄弟过来的，但我不是偷渡者。我 7 年前就来到法国了。我的妻子和四个孩子都生活在多哥。我在马赛公共交通部门工作，每个月挣 1200 欧元，这笔工资是向省长提出和家人团聚请求的最低收入标准。当然，还存在另外一种与家人团聚的办法，那就是包括孩子在内，每人设法获得至少 10 平方米的住房面积。这些年来，我一直朝 60 平方米的房子努力，尽管这会扣除我每个月四分之三的工资。但是谁愿意把一个三室的房子租给一个只享有法国最低工资标准的人呢？"

萨沃尼安拿着茶壶朝房子中间走去。房间里的人坐在两张床上，就像住在学生公寓里一样。年纪最大的扎艾林继续说道：

"法国人是狡猾的。他们不是让我们的妻儿不能来，他们向我们敞开大门，他们是如此爱我们，以至于他们想要风光地迎接我们。但是调查人员还是会调查，发现我们的房间要么数量不够接纳全家人，要么就是下水管道老化，要么就是淋浴器水太冷，阁楼太潮湿，楼梯太直（扎艾林的眼睛透过眼镜已经泛出泪光）。蕾丽你说，这些难道不是他们精心策划好的吗？他们不让我们和家人团聚，借口说我们的房间还不具备让家人应该享受的舒适，可是他们从未见过这样的舒适。而且是我们的家人不会要求的舒适？"

萨沃尼安沉寂了一会儿，说道：

"那些调查者都是市政府指派的。哪个市政府愿意让那些没有投票权的外国人来他们的城市呢？他们把包袱甩给了……36000 个市镇……法国政府将他们的人权分成了 36000 个部分。"

鲁本倚靠着房子中间的枕边桌。

"法国人将他们的包袱甩给了'人权',甩给了那些还相信'人权'的人。"

他从口袋里拿出一瓶利口 43 酒,分享给其他几个人。萨沃尼安拒绝了,其他三个人接受了。

"我的朋友,"鲁本说,"让我们举杯敬法国,敬 1971 年我离开弗朗科后向我敞开怀抱的这个国家,敬这个在 1848 年欢迎波兰人,1915 年欢迎亚美尼亚人,1917 年欢迎俄罗斯人,在我之后又欢迎葡萄牙人、希腊人、柬埔寨人前来的法国,敬这个于 1793 年颁布宪法、为受压迫人群争取避难权益的国家。"

他举杯一饮而尽,接着把杯子倒了过来。

空了。

扎艾林也喝完了自己那杯,拉开裤链,向厕所走去。

"好吧,我要在这土地上撒尿,这土地那么陌生,尽管这些非裔兄弟如此热爱它。对生活在法国的 30 万的非裔难民来说,这土地剥夺了他们受庇护的权利,相反在西班牙、意大利和德国,有几百万同样的人,已经获得了合法的承认。老龄化的法国无力支付人们的养老金和护理费,它要求这里的居民工作到 70 岁,与此同时,在它的国门前,那些非洲国家却有许多年轻人未尽其用。"

扎艾林的身影消失了,他进了厕所。萨沃尼安放下他的茶杯,接着说了起来。他这次转向了蕾丽,就仿佛移民法是由她来负责的一样。她不敢回答。在他们之间谈论起这种问题是非常非常罕见的,她切实地面对着这类问题,却从来不与任何人讨论。像她这类外国劳工,过去是被孤立的。他们早出晚归,在无人的办公室穿梭,每天乘坐乘客稀少的头班和末班地铁。蕾丽的思绪飘得很远,她想到了自己喜欢的左拉和斯坦贝克的作品,里面的劳苦大众齐心协力,自行组织联合会并上街游行。而现今,这些移民工人只有松散的组织,很难抵抗剥削和压迫。所有这些想法在蕾丽的脑子里激来荡去,她并不敢表达出来。她只是听着。

"我们不是来窃取法国人的财富的。"萨沃尼安摆着手解释着，"我们甚至都没有要求与他们分享这些财富。我们创造了财富，我们工作，消费，结婚，生子。我们只是想要自由。他们到底在害怕什么？害怕一旦敞开大门，所有人都会蜂拥而来吗？移民的时代已经结束了！这些人根本没有钱来支持他们的迁移。这些没有教养的穷苦人被困在他们的小角落里，成为孤独的囚徒。更糟的是，有些人穿越了边界线，来到一个更穷的国家，只为躲避战争和饥荒。"

维斯莱坐在靠窗的床边，轻轻弹奏着吉他，伴着乐声的是萨沃尼安接连不断的抱怨。

"先行者是很少见的，蕾丽。那些敢于穿疆越土的人不是被抛弃在路边的成群结队的饥民，而是那些大胆的、有野心的、轻率鲁莽的、绝望的、被驱逐的人，那些疯子和梦想者，那些自由的人，但几乎从没有女人，有家庭的男人也很少见。还有越来越多的孩子参与。"

萨沃尼安最终闭上了嘴。他低下头来，眼睛湿润，看着芭比拉、萨菲和凯凡的照片。

"一群疯子。"他缓缓地重复着。

扎艾林从厕所里出来了。鲁本顺道将瓶子里的酒倒进了他面前的所有杯子里。所有男人都喝酒了，甚至包括萨沃尼安。小孩子退在一边，仿佛对谈话内容一点都不感兴趣，他们用班巴拉语随着维斯莱的吉他节奏低声唱着。

"世界上的大部分国家都签署了儿童权利公约，"扎艾林又一次转向蕾丽去求证，"但这种公约不庇护非法越境的未成年人。这类人的到来，似乎会加剧财政的亏空，因为社会需要供养他们直至成年，这些人的权利被踩在脚下。人们会给这样的孩子重新找一个国家，把他转寄在一个看似合适的家庭，让街道来负责教育，等他成年之后，在 15 岁时，就又把他驱逐出去，因为人们会认为他在年龄上说了谎。"

长长的沉默笼罩了房间。鲁本把酒瓶子颠倒过来，瓶子空了。三个贝宁人把自己杯子里剩下的一小口酒喝完，蕾丽顺势站了起来。扎艾林手里拿着吸尘器，一把拉住了蕾丽。

"你看，蕾丽，我们唯一的力量就是我们总是离不开彼此，团结在一起（他转向了鲁本）。这些话我可不是说你，老蠢货，你就只是个初级剥削者，为了减轻良心的不安，就请我们喝酒，可是你连一升劣质的西班牙烧酒都拿不出来了（鲁本又一次大笑起来）。我说的是那些大剥削者，这个星球上富裕城市里的管理者们，就是他们总需要我们来做苦力，用美国人的话来说，就是让我们做那些肮脏的、危险的、乏味的工作。谁能代替我们做这些工作？谁希望我们从这个城市里消失？我们像幽灵一样存在，却让早晨城市的街道一尘不染。当新的一天开始，这些社会的'害虫'回到他们肮脏的沟渠里。可离开了这些所谓的害虫，任何生态系统都无法持续下去。"

蕾丽朝门口走去。她调整了一下自己的丝巾和罩衫。勇气，她曾经拥有。时间太久了，她的储备已经耗尽。

她走了出去。

过了一会儿，吸尘器的声音盖过了吉他的乐声。在走廊里，蕾丽遇到了抱着床单的努拉，这个混血儿没有抬起头来，沉浸在让人动容的乐声中，她仿佛没有察觉到蕾丽的存在，也没有听到吸尘器的轰鸣。

蕾丽从她身旁走了过去。一个短语总是在她的脑海里激荡——"松散的组织"。

—— 25 ——
12 点 03 分

蒂安没有完全爬到橙树顶去，他很难计算自己爬了多少米，于是用有阿瑞斯和雅典娜的建筑做参照物。他大概爬了 3 层楼高后，停了下来，骑在一根结实的树枝上。他好像靠太阳特别近，于是尽量借助树叶遮挡自己。他可不像伊卡洛斯那个蠢蛋，妈妈给他讲过伊卡洛斯的故事。最难的事情不是爬树本身，而是如何不被穆萨爷爷和玛海姆奶奶发现。他要等到一个准确的时间，那时他的外祖父母都坐在沙发上看电视。阿尔法什么都计算好了，他是个聪明孩子，最聪明的一个。

从这个观察点上，蒂安可以监视整个巴斯德大街和约雷斯大街，直到那所大学，还有远处的海。如果往脚下看，他会看到阿尔法的头，就在橙树下。

"你要吹口哨，蒂蒂，"阿尔法对他说，"如果你看到一辆以上的车停在这个区，就打个口哨。"

蒂安很喜欢阿尔法叫他蒂蒂。

"你打口哨，我就会听见。"

蒂安已经不记得自己到底有没有打口哨了。

蒂安感到自己似乎等到了某种永恒，当他看到两辆小卡车从巴斯德大街的圆形广场开出时。他首先发现这两辆车像双胞胎一样。接着，车子慢了下来。最后，车顶上出现了警灯，没亮起的警灯。

是警察，是警察的两辆车。

幸亏，蒂安的脑子可以像光速般运算，警车需要两分钟时间停好，巡视阿瑞斯和阿波罗大楼，然后来到奥林匹斯城的庭院。他试着让自己不慌乱，把手指放进嘴里，就像阿尔法去年夏天教他的那样。当时，他们坐在码头上，看着穿裙子的女孩走过。蒂安打了个口哨。女孩子们转过来，有些生气。阿尔法笑起来，蒂安垂下了眼睛，女孩子们最后也笑了起来。

一声长长的口哨，尖锐又有力。那响声让蒂安觉得橙树的树枝都在颤抖。

他成功了。

他低下头。

阿尔法没有动。

警察在周围散开，其中一个个子很小但身体结实的警察指挥着其他人，他穿着皮夹克，流着汗。他们好像有6个人，但蒂安可能没数全。他们开始绕过建筑物，如果他们从庭院的两边包抄，阿尔法就会被围住。

很快，蒂安把手从树枝上松开，将手重新放在唇间。突然，他觉得腿滑了一下，蹭在了粗糙的橙树树皮上，他想着自己要掉下去了。他离太阳太近了，就像伊卡洛斯一样。

他条件反射般地抓了一把，一双手像钳子一样抓住了树枝。他重新恢复平衡，将背紧紧靠在树干上，他诅咒着被浪费的时间。接着，他的口哨打得更响了，那声音让这个区所有的鸟儿都心生嫉妒。

一些邻居出现在了波塞冬楼的阳台上。是因为他的口哨声，还是因为警察们的反常行为？

阿尔法在原地不动。

他可能没有听到？

也许是蒂安的口哨声还不够响亮？

可能是口哨声传得太晚，阿尔法认为已经于事无补了？

这些问题在蒂安的脑海中纠缠了很多小时，很多天。

太晚了。

于事无补。

警察从封闭庭院的不同角落围了过来。阿尔法一个人背靠树干站着，就好像是被这些警察、这些小偷逮到的第一个囚犯一样，没人愿意徒劳地来解救他。

蒂安犹豫着要不要吹响第三声口哨。但他知道，即使吹了也起不到什么作用。警察的枪口指着他哥哥，如果他吹了口哨，警察一定会抬头发现他，邻居们会过来，爷爷奶奶也许也会出来。

蒂安看向波塞冬楼3层的阳台，和他的藏身处差不多高。

他不愿意看到阿尔法被逮捕，更不愿意让爷爷奶奶看到阿尔法被抓走。

另外，警察们为什么要抓走他的大哥呢？

是因为毒品吗？他有可能和毒品扯上了关系。可能他只是售卖，并不吸毒。

两个警察用枪指着阿尔法，是那个穿皮衣的汗流浃背的胖子和一个阿拉伯人。阿尔法没有动。他只是把手举起来。

这让蒂安放心了些。

他们会把阿尔法抓上车，讯问他，把他控制起来。阿尔法很聪明，明天他就会被放出来的。如果他心甘情愿地被抓，那一定是没有什么把柄可以被抓住。

于是，阿尔法穿过庭院，戴着手铐，由两个警察押送着，警察的衬衣外面都穿着蓝色的防弹背心，蒂安当时脑子里只想到这些。阿尔法是故意被抓的，他是故意的。

很快，他就自言自语，告诉自己这样想没什么意思，他想象出这些只是为了推脱自己没有完成好放风任务，他没有在该吹口哨的时候吹，他根本没有完成哥哥嘱咐给他的第一个重要任务。

阿尔法上了两辆警车其中的一辆，没有任何反抗。

穆萨爷爷和玛海姆奶奶阳台上的窗帘没有拉开过。

蒂安不禁一颤。

他感到肚子里填着一颗巨大的圆球，当他看到两辆一模一样的警车最终消失在巴斯德大街的尽头时。他有一种比想哭还要强烈的冲动，就像再也不能忍住小便的那种焦急。

他再也不能成为蒂蒂了，他是蒂安，一个稚气未脱的孩子。

他永远不会像阿尔法一样。

如果阿尔法就那样任由别人抓走他，那一定是他想被抓走。就像电影里一样，他有一个计划。他比所有警察加起来都聪明。阿尔法曾经告诉蒂安自己要去挣钱，挣很多钱，比母亲始终藏起来的那该死的宝藏还要多的钱。

—— 26 ——
14 点 52 分

太阳沿着沙丘爬上来，那曲线温柔的纹理让人想到金色的皮肤。在沙漠里不断变化的山丘中，我们仿佛看到了脚背的弓起、乳房的起伏和臀部的浑圆。这一定是哪个匿名摄影师的意图，他创作的海报就张贴在布克港宜必思酒店的早餐餐厅里。在红色的天空中，像云一样的候鸟群在偷渡。

等收拾了剩下的羊角面包、黄油和黏腻的果酱后，蕾丽在海报前停了一会儿。条件反射似的，她戴上自己的黄色圆形墨镜，每个镜片上都画着一张笑脸。

房间突然变得更暗了，她没有感觉到鲁本·里贝罗正从她身后走来。

"这是酒店经理人的纪念品，纪念努比亚的沙漠。所有来这里停留的旅行者都会被沙漠的迷人诱惑，没有人注意到与天空融为一体的鸟儿们，那是埃及圣鹮。这个小笑话让我拿来自娱自乐……也算是对这种小生物的一点帮助吧。在古代，它们曾被埃及人崇敬，而如今在法国，却被当作入侵物种，抢占其他鸟儿的巢穴，毁掉其他鸟类的蛋，杀死幼雏。尤其是红鹳备受这种指责。"

"是真的吗？"

"当然是真的。在离此不远处的卡马格，当然在法国其他地方也一样，公园的维护者为了保护我们珍贵的自然遗产，打落了企图移居到湿地上的圣鹮。"

他们并肩坐着，一起看着那海报，突然鲁本转过脸问蕾丽：

"我不知疲倦的王妃，明天可以早点开始工作吗？6点左右就开始，努拉向我请了一早上的假。"

蕾丽想了想，把她画着笑脸的黄色太阳镜推到头顶。

"我要送蒂安去学校。叫醒他，为他做早餐……"

"我理解，我的公主，我理解。"

鲁本不是那种不达目的不罢休的人。蕾丽本来也不想给努拉帮忙，但她想到了17号房间的那场对话，想到他们谈起的"松散的组织"。

她最后妥协了。"我可以想想办法，晚饭后让他外公来接蒂安，之后就睡在外公那里，这样明天早晨外祖父母就可以照顾他了。我给他外公发个短消息。"

"谢……"鲁本有些口齿不清了。

这个词的尾音似乎卡在他的喉咙上。

蕾丽脸色发白。她的眼睛直盯着手机屏幕。

"阿尔法，"她说，"阿尔法，我的大儿子，他被逮捕了。已经有一会儿了，就在他外祖父母的公寓前。我父亲看到他被铐上了手铐，押上了警车……"

鲁本把一只手放在蕾丽的肩膀上。

"没事，没事。"

面对蕾丽惊恐的脸，他试图用玩笑话让她放松一些。

"他没有做什么坏事。警察会释放他的。最坏的结果，他成了司法错误的受害者，他也会逃脱的。我曾跟你们说过，我妻子是怎么担心我的。1974 年，因为一场误会进了监狱，最后我还是从曼谷的监狱里逃了出来……"

"够了！"

蕾丽哭喊着，眼泪从眼眶里掉落，在脸颊上留下暗色的泪痕。

"住嘴，鲁本，您住嘴。"

酒店经理让蕾丽坐下来。他们长久地这样待着，一言不发。努拉的脚步声响起，又快又嘈杂。还有纸巾下面蕾丽沉重的鼻息声，那是鲁本递给她的印着鹦鸟的纸巾。

"我很抱歉。"经理最终开口说。

"不，抱歉的应该是我，我不应该那样喊叫。您是我遇到过的最友好的上司了。"

"我的员工们常常这样说，当然是在我试图拥抱她们之前。"

蕾丽笑了。鲁本比她大 20 岁。他不是个严肃的人，至少蕾丽这样认为。鲁本非常有风度，就像中学里那些羞涩又礼貌的学生，他像那些男孩子一样温柔体贴。

"然后，当她们拒绝我的时候，她们很少会生气。她们觉得这也算一种恭维，并且想确认我并没有因为被拒绝而生气。之后，我都变成了她们可信赖的人，尤其是那些绝望的女人。你知道在西洛杉矶时，我曾是梦露的知心人吗？就在她自杀的前几个小时。还有珍·茜宝……歌手达丽达……罗密·施奈德（他短暂地犹豫了一下），还有埃及艳后。"

蕾丽露出一点微笑。这一次，鲁本握住了她的手。

"蕾丽，我建议你跳过那个我想要吻你又被你拒绝的步骤。如果我们跳过这些男孩女孩变为朋友之前的有些愚蠢的前戏，你是不是就不想接受我？相信我，蕾丽，相信我，如果你愿意的话。所有人都认为我最喜欢讲故事，他们错了，虽然我翻来覆去地讲同样的故事，而我最爱的，是倾听。"

蕾丽把他的手握得更紧了。她等着努拉的脚步声在走廊里越来越远。

"我的知心人啊，听着，只需要听我说，永远不要告诉其他人。"

蕾丽的故事
—— 第四章 ——

我独自一人，孤独又看不见，躲在阿格里真托这间死寂又臭气熏天的房子里。所有的朋友，所有我塞古的亲人都被士兵抓走了，他们将被遣返回马里。我只有两个选择，要么死，要么自己去警察局。正在这时，门开了，伸进来一只手。

"别害怕，小姐。"

阿蒂尔。

他叫阿蒂尔·翟利。

接下来他说的话都围绕着"太美了"这个词。他说的是我，太美了，不应该死去，他说我太美了，不该待在这儿，说我美得让他不由自主地爱上。阿蒂尔将这些话对我重复了十多遍。他对我一见钟情。在接下来的夜晚里，他还找到了其他形象来形容我，一只生病的鸟儿，被遗弃的小猫，搁浅的美人鱼，他总会回到同一个出发点，即我的美貌。

阿蒂尔是从邻居那儿听来的这个消息，他住在楼下，听到了这个传言，说有个女人住在4楼，一个被抛弃的女人。阿蒂尔便走了上来。

他显然没有预料到我是个盲人。当他的话语飘来，而我只用空洞的眼神回应时，他就明白了。我相信我也是，我很快爱上了他。不仅仅是因为在我生命的暗夜中，他像救命稻草一样，相反，我像一只多疑的雌虎，不相信那些誓言，我像一只猫头鹰，轻微的声响都会把我惊走。我想我坠入爱河是因为他是一个爱开玩笑的人。我对他心生怜悯，而他跪在我脚下。

"您真的是个盲人？"他很快就问我，"您什么都看不见吗？"

当我胆怯地回应了一声"是的"以后，我听到他哎哟一声，便松了口气。

我保证他当时说的就是这个词，鲁本。

哎哟。

他用悦耳的声音重复着，哎哟，接着他说："您永远不会知道我有多丑。"

我大笑起来，但他并不是开玩笑说的，不是真的开玩笑。接下来的几个月，他总会提到，他会对我说，他不帅，他唯一的幸运就是与他梦中的女孩做爱，而这个女孩是个盲女！他的手指抚过我的大腿，我的双乳，我的脊背，他不停地重复，我是这样完美。我喜欢，我喜欢抚摸他的脸，那张我并不认为比别人丑的脸，他那无比柔软的腹部，还有坚硬的下体。

但是，有一天晚上，他对我说："如果有一天你重见光明，你一定会离开我。"那时距离我们的相遇已经有几周，那时，我仍然坚信，他在开玩笑。

阿蒂尔是个法国人，他在一个帮助难民的机构里工作。他在地中海周边进行了很多次旅行。我总是跟着他。我在酒店的房间里等他。我什么都不做，就是等他，在贝鲁特、尼科西亚、雅典、巴里、的黎波里。早晨，与我做爱后他就离开，他甚至都不碰我准备的那些早餐，就放在那儿一整天。他晚上才回来，很少说话。奇怪的是，反而是我总向他讲述我无聊的一天，讲述我看不到、猜不到，也不理解的这些城市，讲述街道上的声音。

他说得很少，爱我很多。至少，他常常是爱我的。女人们很轻易就会混淆两者，男人们却不会。

有一天晚上，我们睡在瓦赫兰港的一个房间里，他默默地读着报纸，我听着海滨处水果小贩的叫卖声，他突然停下来：

"听，我的小猫。"

阿蒂尔从来不给我读什么，他不喜欢读出来。我很想阅读，我会想到那些故事与传说，我在脑海中反复记忆它们。如果阿蒂尔在黑暗中为我读故事，就像在塞古的时候我爸爸做的那样，我一定会很喜欢。阿蒂尔更喜欢做爱，这很正常，我是他的妻子。如果有一天我们能有一个孩子，他可能会读给他的女儿听。

"听，我的小猫。"

这天晚上，他为我读了一篇很长的专业文章，是关于角膜移植的，可以让人重见光明。文章里说，不论是在北方还是在南方的地中海，这类手术已经很常见了。我们之后确认了我失明的状况和手术的可能性。有可能只需要一个小手术，只需要在医院住几天就可以了。

我不敢相信。这就像我想都不敢想的奇迹，就像有人给了我一瓶不死的药水。我依偎在阿蒂尔身边。他告诉我可以让我重见光明的这个可能性，就是他爱我最好的证据。

"你不害怕我恢复视觉后就离开你？"我抚摸着他的胸膛，慢慢地，让他明白我了解他身体的每一寸肌肤。

他亲吻我。

"我一开始骗了你，我的小鸟。这是为了迷住你的一个小计谋。我是理查·基尔的化身。"

我笑了。阿蒂尔常常能逗我笑。虽然我不知道这个男演员长什么样子，只在广播里听到过他的名字。我的手指沿着他的胸膛向下，我想我知道他身上每一根毛发的位置。我想他就是拔掉一根，我也会有所觉察。接着，我问了个蠢问题。

"那这个手术要多少钱？"

"3万法郎。在摩洛哥会便宜一些，如果我们用迪拉姆来付钱的话。"

一大笔钱，很多年的工资。我从来没有挣过任何钱。我的手指碰到了阿蒂尔的下体，这次他没有勃起。

"我们忘了这事吧，亲爱的，"我低语着，惶恐不安，"我们忘了吧。"

我们再没有谈这件事。在接下来的几周里，我越来越多次走出房间，天黑了，我和阿蒂尔的朋友，和他的同事一起吃饭，或者我们俩一起去酒吧里喝一杯，对着大海抽根烟。一天晚上，我想可能是在苏萨，当我们回到房间的时候，阿蒂尔把我紧紧抱在怀中。无花果烧酒的味道很浓，我不喜欢这种酒，也从来不喝。我有些失神，虚弱，透不过气，但酒精麻醉了我的感官，我的听觉、嗅觉。

"萨米觉得你很美。"

萨米是一个突尼斯裔法国船商。他雇用着几十个人。他幽默，有钱，很吸引人。

"他……"

阿蒂尔在继续往下说之前，把我抱得更紧了。

"他愿意付2000第纳尔来睡你一晚。"

当时，我没理解阿蒂尔并不是在开玩笑。我笑了，阿蒂尔也没有再坚持说下去。我忘了这事。几周后，阿蒂尔又提起了这件事。当时我们在苏萨，阿蒂尔在协会里找到了固定的职位，负责难民身份的合法化。但他没跟我说这些。

"萨米又提到你了，他可以付3500第纳尔。"

我当时坐在床上。透过窗户，可以听到海鸥围着船飞的声音。

这次，我明白阿蒂尔是认真的。

"我不能让你错过这次机会。"阿蒂尔嘀咕。

猛然间，我没能反应过来。我需要他给我解释。

"你可以重见光明，蕾丽！就这么简单，再过几个月，或者几年，可能你就会重见光明。角膜手术要一大笔钱，我们俩都知道。但……但是很多男人已经准备好了钱，就为与你睡一晚。"

我哭了，阿蒂尔也是。这是第一次。

"我想要你幸福，"阿蒂尔重复着，"我想要你过正常人的生活。"

"我不能，阿蒂尔，我不能。"

他长久地沉默。

"为了我去做，蕾丽，为了我们。我希望有一天，蕾丽，你能看到我的脸。我在你的眼里能察觉你爱我的面容。"

我为阿蒂尔才这么做的，我发誓，鲁本，我为阿蒂尔才这么做，为了爱。我脑子里一切都乱了。如果我能复明，对他来说，我就不再是一个负担。他的爱让我意乱情迷。他任由我与别的男人一起，无视自己的嫉妒，只为我的幸福，我的幸福，我这自私的幸福。如果换作我，我可以做出这样的牺牲吗？不，我不能。我永远不能接受阿蒂尔和别的女人做爱，即使他的生命受制于此也不行。至少，我是这样想的。

我和萨米上床了。一周内，又发生了三次。后来萨米厌倦了，去其他地方处理事情了，但阿蒂尔向我保证，我很美，他会找到其他朋友，其他同事，其他邻居来付钱的。

他从来不用"顾客"那个词。

他找到了想睡我的人。

他们付了钱。

到底多少钱，我不知道。在我的指间，那些钱一张一张都一样。但通常，阿蒂尔的朋友都是事前付款。我试着在脑子里计算。10次

1000 第纳尔的，20 次 50 法郎的，30 次 100 美元的，我想数清楚，这样地狱般的折磨有多少次。

阿蒂尔开始嫉妒。我花时间安抚他，向他保证："你的胸膛是最结实的，阿蒂尔，你的鼻子最精致，你的皮肤最甜。"我坚持让他找同一些朋友与我见面。我们把这种事叫"见面"。就几个朋友，那些付钱多的，我这样跟阿蒂尔说，事实上，是因为我偏爱让我熟悉的男人抚摸。我讨厌把自己交给一个陌生人。每次遇到陌生人，我都要战胜内心的巨大恐惧，而那些常来的，我已经习惯了。

我很少说话，总是让他们来说。这也是他们喜欢的，倾诉。也许我给这些男人制造了幻觉，通过我的臀部和双乳，让他们觉得我与我记忆中的娜奥美·坎贝尔或卡图莎·尼安一样诱人。

但有件事是确定的，鲁本，尽管我延长对话的时间是为了拖延，拖延他们碰我，再碰我的时间。他们向我倾诉，讲他们的人生，他们的妻子、孩子、恐惧和孤独。跟我做爱之后，他们这样对我诉说，像孩子一样。

刚开始的时候，我都能记住。后来我听得多了，事情就混在一起，我试着去想怎样能让我的记忆力好一些。我做不了笔记，即使记了，也没办法去读，于是我想问一下娜迪亚，她是汉尼拔酒吧的服务员，我的那些大部分的"见面"都是在那儿发生的。阿蒂尔在那儿租了一个大房间，面朝市场，这样我就可以整天听到外面的生活，他拥抱着我这样对我说，他这类的关心让我明白他是爱我的，甚至，他都不介意我肮脏的身躯。

我让娜迪亚去买了个小笔记本，有时，在云雨之后，我会向她述说这些情人的秘密。他们从不对我说他们的姓氏，但我知道他们的名字，他们妻子的名字，孩子的名字，我知道他们的恐惧、幻想和梦。娜迪亚记下一切，当我要求的时候，她就读给我听。她喜欢嘲笑这些男人，她独自抚养才几个月的女儿。笔记本保存在我身边，她是唯一与我共享这秘密的人。这件事成了我的执念，因为我永远不能知道我睡过的这些男人到底什么样，我想知道他们的一切。

我一直保存着这本笔记本，在艾格杜斯，在床垫底下。有几个月我都没有把它取出来。我不知道该不该和您分享这个秘密，鲁本，和您说这些黑暗的年岁。我在您的眼睛里看到了怜悯。但是，鲁本，除了您能想象到的，失明、卖淫，都不算是最糟糕的时光。

沉锚之夜

—— 27 ——

19 时 23 分

姓：马尔。

名：阿尔法。

1999 年 5 月 20 日生于摩洛哥乌季达市。

"你年龄小，个子高。"裴塔尔这样说着，又看了一遍这个坐在警局办公室的男孩的出生证明，"但看来这并不能阻止你做蠢事。"

利昂站在头儿的边上，穿着一件无比整洁的海军蓝制服。到目前为止，这个少年并没有做出任何反抗，不论是当他被捕的时候，还是被抓上警车的时候，甚至他被两个警察讯问的时候都没有。他一点都没反抗，非常配合。他表现得就像一个被父母忽视的顺从的孩子，他只用简单的词回答着，脸上始终挂着微笑。

裴塔尔和利昂在阿尔法面前踱步，阿尔法坐在房间的角落里。在房间的另一个角落，电脑后的尤罗在听，在观察。他的注意力不是很集中，伴随着裴塔尔和利昂自言自语似的讯问，少年顺从地点头，在一个问题结束后的停顿处，有时能听到一声"是"，或者"不"。弗洛雷斯助理的眼神在两个警察、嫌疑人（到底是哪儿有嫌疑，他永远不知道）和墙上画着咸水潟湖红鹳的海报之间徘徊。在警察们背后，一个巨大的电视屏幕挂在墙上，透过玻璃窗可以看到。作为给他们加班的补偿，这些公职人员让电视就那样开着。

足球之夜！

阿斯特拉对阵马赛奥林匹克。

尤罗得知这是一场三十二分之一决赛，马赛奥林匹克主场对战迷人的罗马尼亚小城，它就在保加利亚的边界，多瑙河流经之地。至少，足球让这个地方证明着它的存在！年轻的阿尔法，当他停止点头的时候，便抻长了脖子。比起警察没完没了的训斥，他对球赛的比分更感兴趣。

"拘留你。"裴塔尔反复说着，似乎他挣钱的多少是按照他每天说这个词的次数来算的，就是拘留。

"总是这样，我的头儿。"尤罗消遣道。身高近2米的小伙子，他知道警察没有一点证据，他的兜里干净得连干粪末儿都找不到。最后结果肯定是撤销指控。尤罗怀疑裴塔尔和利昂的拿手好戏没效果了，尽管他们这一套运用得很熟练。

他们的头儿还是信赖那些数据，那些自己卖毒品的人已经没什么位置了，他们互相之间的竞争极端又激烈，这一点对偷偷贩毒的人和专业毒贩子来说都是一样的。他可以举出十几个例子。那些男孩有着健壮的大腿肌肉和胸脯，像树干一样强壮，但两眼之间的那颗6毫米的子弹，让他们永远没有机会去用完自己的健身年卡。能活着的女孩就更少了。

利昂扮演神父或者伊斯兰教教长，召集那些大男孩，告诉他们走正道。总而言之，就是为了让这年轻人想到自年初开始就溺死在地中海的家庭，那些人有可能是你的叔叔、堂兄、姐姐、父亲；利昂列举了一些名人的名字，尤索·恩多，还有一系列说唱明星、足球明星、民乐明星。尤罗一个也不认识。

裴塔尔点着头，听着，回应着。

上司的精力让尤罗惊讶。裴塔尔以前没有适应这种充满同情的问话方式。这让他觉得这讯问任务是一种使命，就像一个商人费尽心力一定要把自己的汤卖给一个顽固的顾客一样，而这仅仅是因为所有讯问内容都会被录下来。

奇怪……每次利昂和裴塔尔走动时，嫌疑人就在椅子上扭动自己的身体，好让眼睛能看到电视屏幕，尤其是裴塔尔走动的时候，因为他比助理的身形要厚壮两倍。

"阿尔法·马尔！说，你听我说话了没有？"

是的，他在听呢。他的注意力就像个少年，在学监训话的时候，眼睛透过窗户，瞟着院子里走过的女孩。

阿尔法·马尔。

尤罗在脑海里反复想他的名和姓。这几分钟，他脑中似乎有个细节闪来闪去，但他始终没能确认。这名字和他曾经看到的、读到的、听到的东西有某种联系，时间不多了，但他想不起来。

倒霉。尤罗俯身向电脑屏幕，那儿一如既往只有一只大贝壳的照片，还有科托努西非国家中央银行大楼。他至少解决了这些马尔代夫贝壳和西非国家中央银行大楼之间的谜题。一回到警队，他只需要在电脑键盘上敲几下就可以，解决谜团的途径是一个简单的名字：子安贝。尽管这些信息并没有让他想通多少，关于为什么这些贝壳会出现在瓦里奥尼的衣兜里。他需要在维基百科上查到更多的信息。他想告诉裴塔尔，他只是不知道怎么打断裴塔尔正在参与的教导课，他已经没有任何耐心等到课间了。他继续在电脑上查询，并很快找到了能够回答这个问题的专家的名字，穆罕默德·陶菲克，非洲当代史教授。他有三部作品是关于殖民与反殖民的，在历史期刊上发表的文章列出来有十页之多，脸书上有整整一页展示了这些专业的学术信息，还留下了邮箱地址，可以用来联系他。那些历史学家不再是他想象的那样，是档案馆里的幽灵。很快，他就给穆罕默德发了一封电子信，表示有紧急的事情要约其见面，他希望他联系的这位大学教授能够有回应。比起那些电视真人秀的明星，大学的研究人员应该不会收到那么多留言吧。

文件拍在桌上的响声吓了尤罗一跳。裴塔尔使劲扔下了他记录的从年初开始就要处理的名单和清算的事件。

"我们怎么办，阿尔法·马尔？"警察头儿喊着，"如果我们把你放归自然了你会怎么做？回答一下这个简单的问题。我们下次会在哪儿见到你？在太平间？在地中海中央的渔网里？"

尤罗继续想着，他的头儿有些过了。但是，另一个问题钻进了他的脑海，让他头晕，难以掌控。

这个名字，阿尔法。

这个姓，马尔。

如果裴塔尔能停下来他的嘶吼，哪怕一秒，尤罗都有可能让自己的记忆恢复运转。他没办法让他的记忆确定在那个位置，因为他有一种奇怪的印象，好像同时读到过、听过这个名字，或者是见过这个姓，听到过名，或者相反。昨天，他确定是昨天。两段记忆转瞬即逝。

裴塔尔终于闭嘴了，尤罗松了口气。下一秒，震耳的喝彩声震动着走廊玻璃。裴塔尔离开了房间，砰的一声关上门。

不到10分钟的比赛中，马赛奥林匹克队赢了罗马尼亚人1分。

助理埃尔法西似乎根本不在意比分。阿尔法看起来一副沮丧的样子。这房间里，头一次，一片寂静。利昂给嫌疑人递过去一个杯子，向他示好。

"给您来杯咖啡，马尔？"

突然，尤罗都没明白是哪块装置突然对上了，他的记忆连上线了，光明出现了，一切简单得就像他靠在了一个开关上……只是摸索着找开关费了些时间。

马尔。

他见过这个名字！

很快，尤罗垂下眼睛望向电脑，点击瓦里奥尼的材料。然后是底下的文件邦比 13。继续双击，他打开了文件夹，里面下载了罗讷河口省所有叫邦比或邦比什么的人名字。233 个人名，去掉年龄比较大的妇女及小孩，剩下 192 个。他滑动名单，昨天他花了很长时间去确认每一个名字对应的细节，他寻找对应的照片或者是有关每个名字的蛛丝马迹。这项工作还远未完成。

邦比·勒费布尔。

邦比·吕兹。

邦比·马尔。

有了，尤罗心中一阵狂喜。在这 192 个罗讷河口省的叫邦比的人中，有一个和他同事正在审讯的年轻人是同一个姓。尤罗继续在网上疯狂搜索，但并没有找到邦比·马尔的任何一张照片，他只在领英网找到一个出生日期，1995 年 3 月 27 日，21 岁，正相符！

有没有可能那个著名的邦比 13，杀人嫌犯，就是阿尔法·马尔家族的一员？是他的亲戚？堂姐？可能是他的姐姐……助理努力让他慌乱的心平静下来。这信息并不能说明什么。不论是邦比·马尔，还是这 192 人中其他叫邦比的人，即便他们和邦比 13 有什么亲属关系又能怎样，她的兄弟或表兄弟在警局办公室被讯问也不能带来任何改变……

除非尤罗不相信巧合。他不由得被这种奇怪的直觉指引（职业病，裴塔尔可能会这样开玩笑说）：他锁定这个姓并不是出于巧合，在 192 个名字中，他本能地将阿尔法的名字和邦比联系起来，就像有种无意识向他说了这个名字，就像第二个回忆，更久远，但它就藏在第一个记忆之后。

尤罗说："利昂，你可以把他的资料给我吗？"

助理将包括出生证明和简历的打印好的材料递过去。阿尔法第一次注意到弗洛雷斯，并用焦虑的眼神看着他。这让尤罗更坚信自己的推断。

警局的人工作做得也是很好的，阿尔法没有任何犯罪记录，也没有文凭，16 岁就辍学了，没有工作经历，没有被捕过。但材料中有些重要的细节，他家有三个孩子，他是大儿子，他有一个 10 岁的弟弟，蒂安，还有一个姐姐，邦比，21 岁。

他姐姐……对了！弗洛雷斯抬起眼睛，心脏跳得厉害。阿尔法·马尔用冷冰冰的眼神看着他。那无法穿透的眼神，没有任何恐惧，或者也许这少年很快将恐惧掩藏了起来。尤罗犹豫要不要直接问他。你有你姐姐的照片吗？你随身带着没？你知道她昨天晚上在哪儿吗？

他忍住了想问的冲动。

现在还为时过早。他需要先和裴塔尔商量一下。他需要找到邦比·马尔的照片，进行确认。之后，如果他的直觉没有骗他的话，就可以审讯这个少年了。只需要做到一点，绝不放虎归山。

于是裴塔尔又一次进入房间。尤罗看了几行阿尔法·马尔的补充材料。

监护人：蕾丽·马尔。

住在布克港，建筑 H9 栋，艾格杜斯。

没有父亲？

布克港，尤罗的心跳得越来越厉害，难以想象，有一个新巧合。

裴塔尔转向阿尔法说："我跟你说，伙计，如果你不拖延的话，你可以和朋友们一起看到球赛的结果！我没能给你找到一个特殊房间，但至少里面是有电视的。车已经准备好了，在监狱里关你一个晚上对你是有好处的。尽管尤罗对司法机关和警察那套还不是完全熟悉，但是在没有一点点证据的情况下，监禁他看起来是完全不合法的。但没有人提出异议。利昂没有，阿尔法·马尔也没有。"

他也没有。

而且，这个阿尔法·马尔似乎已经准备好进监狱了。

警察们从房间里出来了。尤罗也不再看电脑屏幕。外面，夜幕降临。他的眼睛看向海报上的湿地和卡马格芦苇荡里成百上千的红鹳，如同一支色彩柔和的支持者队伍，在他眼里，比其他真正的穿着蓝白色衣服的喧闹的支持者更加热情。尤罗知道，他将要迎来一个新的不眠之夜。那海报让尤罗想要逃离这闷热到令人窒息的城市。

另一个看似没透露出任何信息的名字在他的脑中萦绕。

VOGELZUG 协会。

一群候鸟。

这群候鸟可能比他的头儿还要吵闹吧。

几分钟之后，当尤罗准备关闭电脑电源时，有提示灯闪烁。

有新邮件。

穆罕默德·陶菲克，那个非洲历史专家回复了。

明天早晨，在阿·艾斯拉中心见面。

阿·艾斯拉中心？一所清真寺里的伊斯兰学校？

裴塔尔一定会喜欢的。

—— 28 ——

19 点 30 分

准时。

这次，蕾丽没迟到，她离开酒店有 2 个小时了，但完全没有心情吃晚饭，更没有心情去准备晚饭。从离开鲁本的酒店起，她只是依照习惯做了平常会做的事情。她每天重复这些动作，就像是为了一直照样做下去直到失去意义。她坐上 22 路汽车，在海滨站下车。在利多买些日常所需——面包、鸡蛋和生食，她推开楼门，上楼梯，再推开家门，这日常饮食也没什么，不过是在回来的路上遇着的那些东西。

沙拉放在桌子上，就是用货架上面找到的和冰箱底下翻出来的食物做成的，就这样漫无目的地做成了。

在她面前，邦比和蒂安像她一样，没有动碟子里的菜。

蕾丽如鲠在喉。她把餐具数来数去，三个碟子，三个杯子，三套餐具，比昨天少了一套，就好像有一个人死去了，蕾丽这样想着。他们的餐桌上空出了一个位置，那是一个丈夫，一个父亲，或是兄弟，他对你们来说从来没有此刻这么重要过。

围绕着桌子的沉默越来越沉重，比葬礼前夜的气氛还要沉重。甚至连椅子或叉子的响动都没有。阿尔法没有死，蕾丽强迫自己这样想。他明天就出来了，他明天就会在那儿，但是，她无法摆脱那种恐怖的预感。10 个小时以来，她一直想着自己在失明前看到的那本书，在她塞古简陋的房子里，那本侦探小说，十个黑奴，他们被邀请去吃晚餐，然后一个接一个地消失，十、九、八、七、六、五……直至最后一个。

昨天还是四个人，今天只剩三个。

那种只剩自己一人的恐惧感缠绕着蕾丽，邦比和蒂安知道阿尔法的事情，被捕，进监狱，但没有人敢向母亲提起。蕾丽曾多次给警察局打电话，可她没有得到任何信息。下午 4 点，太早了，阿尔法的信息还没有录供，5 点左右，太晚了，秘书处关门了。她没有任何怨言，太早了，太晚了，不在这儿，在旁边，她已经习惯了被从这个窗口推到那个窗口。

邦比当然知道是谁在计划着一切，也知道警察指责阿尔法什么，他信赖他的姐姐，蒂安可能也是如此。阿尔法喜欢在他弟弟面前把自己伪装起来。即使这样，蕾丽也没有过问什么。她不想让他们感到为难，也不想把他们牵扯进来。实际上，除了阿尔法从警局出来这件事以外，她什么也不想知道。

自从阿尔法出生以来，蕾丽总是在思考，是遗传谁的暴力倾向将使他遭遇不幸。暴力最终让你们倾向某一边，好或是坏，聚集在你们优点上的目光也在悄悄发生着变化。决心变成了预谋，策略变成了阴险手段，最终变成了邪恶行为。小头头们变成了毫无同情心的董事长兼总经理，众多贪婪的零售商像勇敢无畏的消防员一样寻找着刺激。每个家庭的父亲，昔日还精神紧张，如今已变得平和。阿尔法的父亲就是这样的人，如果她注意到的话，阿尔法可能会走他父亲的道路。

她疲惫的目光从沙拉上转向筐子里的一堆眼镜上，从堆满衣服的箱子移到了系列猫头鹰上。她看见到处都是灰尘，一片狼藉。毕竟，鞋匠是最不会做鞋的，老师的孩子是最不会教学生的，为什么清洁工的房子不可以是最杂乱无章的呢？蕾丽的目光最后又停留在她的孩子们身上。

"邦比，你不吃饭吗？"

蕾丽打破了宁静，漫长的餐前祈祷结束以后，她觉得有必要说点什么，让气氛活跃起来。

蒂安问："妈妈，如果比赛还没结束的话，我能和爷爷一起看下半场足球赛吗？"

蕾丽心里想，谢谢你，蒂蒂，你和爷爷一起看球赛，我就不用操心你了。她明天早上要接替努拉的班。早晨4点半起床，6点就要到宜必思。晚饭后，爷爷将要补偿蒂安，和他一起看球赛。

"再说吧，蒂安。"她有些让步地说。

"邦比，你不吃晚饭吗？"

"我今晚要出去和谢琳娜吃肯德基，已经和她约好了……我不会吃两次晚饭。"

"你已经下定决心要去了吗？"

"就在下半场的时候，妈妈？"

蕾丽回答说："不可以，真不知道应该管谁。"

对蒂安来说，她的话语没有任何影响，因为她一转身离开，爷爷就会让他看比赛。

"好了，我要走了，妈妈。"

邦比站起来，她穿得比昨天还要性感。短裙，光着腿。敞开的皮夹克里穿着一件紧身的白色短上衣，被文胸挺起来。这是她第一次穿胸罩。

"已经到点了？"

邦比什么也没有吃。她只是喝完了饮料，吃了几口面包。她兴奋地跳起来，既紧张又兴奋。

已经是 19 点 52 分了。

蕾丽估计她女儿再待不到半个小时。还要多久蕾丽才能再次把孩子们聚在餐桌前？还要多久邦比才能找一个好借口？

就像今天晚上的阿尔法。

她笑了。忧伤竟然驱走了她心底的阴霾。

至少，哥哥的缺席并没有影响蒂安的胃口。突然，这个男孩狼吞虎咽地吃起来，很快便吃完了盘中的菜。蕾丽十分伤心地想，对他来说也一样，在中场休息结束以前，想要尽快离开餐桌。

邦比出门了。蕾丽听见她飞快地跑下楼梯，轻快的脚步声随即回荡在楼道里。

激烈的说唱节奏爆发出魔力。在斯托米·巴格西的声音响起之前，鼓槌有节奏地敲着。

去嘲笑……

我失去了……

是卡米拉！就好像她已经鼻子贴近那扇门在等着，等邦比风一样经过时就会启动扩音设备。蕾丽叹了一口气。她靠近蒂安，说话声音更大一点，在吃奶酪和甜点之间引出聊天的话题，学校，朋友们，最终还是学校。蒂安回答问题时就像在玩"是"或"不是"的游戏，"有点""有几次""还不错""没有那么多"；蕾丽持续着这种状态，假装没有看到她儿子一直抬头看向挂钟，可能他心里在埋怨妈妈在吃饭时不开电视。

19 点 56 分。

距离运动员出场还有几分钟。

"安下心来，蒂蒂，慢慢吃甜点。"

无论如何，爷爷 20 点之前不会来接走蒂安。

已经是 19 点 59 分，当有人敲门的时候，楼下巴格西的歌曲里总是发出"asse"的音。

每一次蕾丽都会惊一下。

自从离开宜必思以来，她的一切思绪已经乱套了。阿尔法被捕，她明早代替努拉的班，蒂安沉迷于足球，邦比总是悄悄溜走。她把买的东西放下，脱下外套扔在沙发上，眼镜放到筐子里，急急忙忙地整理一切。如同每天都要做的那样，认真检查是否留下什么痕迹。

有人敲门，一直敲着。

蕾丽尽力保持沉着冷静。每次有人试图进入她的内心时，她都无法抵抗这种诱惑。

她的秘密，她孩子的秘密都处在危险当中。秘密轻而易举就会被进来的人发现。

— 29 —

20 点 10 分

"你……你与这里的氛围很搭，法丽娜。"

"谢谢，谢谢你，让－鲁。"

她微笑着回应他的赞美。匹配？和简约、热情装饰的映像美食酒店相一致？这是著名的酒店之一，拥有星级主厨皮埃尔·加尼耶。和盘子里五彩缤纷的东西，船形盒里装的虾，涂有胡萝卜汁的鸡油菌，辣洋蓟及红柚相匹配？

她穿了一件收腰的皮夹克，白色的短款女上衣，有花饰的短裙和平底轻便女鞋。她的打扮非常淳朴，也显得她很有女人味。很搭吗？

仿佛这盘菜的原料像艺术品一般，一切都取决于细节。两只蓝羽毛耳环，头发散发着勿忘草的味道，她的眼线画得很重。

"很抱歉，让－鲁，我还需要一点时间。"

她低下头，用放在膝盖上的手机打字发短信，她的长发披散在低领衣服上。脖子上戴着一条养殖珍珠做成的项链，和她的肤色形成了鲜明的对比，像挂钟一样在胸部摇摆着。

嘿，亲爱的，

这儿比肯德基好多了！

谢谢，随时与你保持联系，明天早上给你打电话。

她在发出信息之前哆嗦了一下。没有她的朋友，她的另一半，她爱的人，什么都是不可能的。不会有这顿饭，也没有她脸书主页上的照片。如果今晚她成功将让－鲁带到红角酒店的一个房间的话，那真是朋友的功劳。朋友的忠诚，朋友的协助，即使她没有向朋友袒露任何真正的目的。这只是一个简单的勾引计划。朋友最好不要知道太多。

她重新坐直，注意力集中在盘子上，集中在让－鲁身上。这个50多岁腼腆的人不敢打破饭局的和谐气氛。他呆若木鸡，叉子举在半空中，似乎从头道菜开始品尝，就已经犯下了通奸罪似的。品尝美味真的是欺骗吗？

让－鲁从刚开始吃饭，就只谈论一个主题——关于他儿子乔纳唐。他的染色体，他的与众不同，他的天真以及他生活的意义，然后，他又讲唐氏综合征协会，协会的主席和父母应不应该照顾孩子的问题，话题再次转到法丽娜身上，他试图不把她看作一个女人，而仅仅是一个肚子里孕育着一个生命的母亲。肚子里的孩子是一个残疾人，受这个选择的折磨，无从评判谁对谁错。

他们今天晚上聚在一起是这个原因？为了这个她创造的机会，而且让－鲁对此有些相信，至少装着相信，否则，为什么要把它创造出来呢？她一边想着一边调整了一下她滑落在肩上的短上衣。他对她是出于同情吗？

让－鲁是她认识的人当中最友善的。在娜迪亚看来，他很可爱。她喜欢他那温柔似水的眼睛和触动人心的皱纹。如果我要求他不要碰我，我相信他会同意的，就像他花钱来这里是为了看我。

另外，他和我做爱只用几分钟，剩下的时间他和我谈话，他因孩子的出生而感到困扰。他很害怕，尤其是当他得知孩子是残疾人的时候。

我觉得他并不想抚养这个孩子。

当他带着同情的口吻说"残疾"这个词的时候，我感到一阵厌恶。可能他会出于怜悯抚养这个孩子。

可能他对我的关注也是出于一种恻隐之心。可能他和我做爱也是因为同情。

我觉得，在这个世界上，我最痛恨的就是同情。

一位酒务总管来介绍酒单，背书似的向让－鲁表达了一连串的敬意，仿佛服务员和葡萄酒工艺之间的行话是值得卖弄、炫耀的一部分。让－鲁语无伦次地说："非常好。"他大概对酒一无所知，也从未踏入过星级酒店，甚至很少和30岁漂亮的女郎一起出去。

这不是让－鲁的主场，更不是她应该待的地方。

最后，他一言不发地开始用叉子叉红柚吃。

即使她脑里思绪混乱，她也应该清楚地知道自己的计划。她发现让－鲁非常迷人且由衷地流露出一种不安，完全不像她所料想的那样是一个卑鄙的家伙，也不像弗朗索瓦·瓦里奥尼一样是个下流的人。她和他在一起非常惬意。她情不自禁地去想，可能是让－鲁隐藏了他所有的手段，就这样吧。

难道他没有邀请她参加等于她一半工资的烛光晚餐吗？让－鲁比其他人更加虚伪。她应该思考的唯一一个问题是如何让他掉入自己的陷阱。她毫不掩饰地把自己的手放在桌布上，他一次也没有抓她的手，甚至都没有靠近过。让－鲁是个很难驯服的人。他是那种第二次约会才会拥抱的类型，他也会逃离那种对他无礼的女孩，即使是那种他为之倾倒的女孩。但是，她无法期待十次约会，她只有一次机会，只有一次，就是今天晚上。

"法丽娜，我有一个礼物要给你。"

让－鲁表现得越来越不自在，他吃掉了自己盘子里的"艺术品"，刀叉交叉放着，好像在向服务员示意，他已经用餐完毕。他紧紧盯着法丽娜。他从自己的包里掏出一个小盒子，从大小和款式来看，像是一个首饰盒。

她很真诚地笑了，但不是为了吸引注意力。她笑，是因为让－鲁如她所预料的那样表现。他送给她一份珍贵的礼物。他的用意显而易见，他想要拥有她，拥有所有的一切：美丽、女人和爱情。

在我所有的情人当中，让－鲁是最慷慨的。

他经常给我送花。这是唯一让我欣喜的礼物。

阿蒂尔从来没有给我送过花。

有时候，我认为自己能够依赖让－鲁。

"法丽娜，打开它。这不是什么贵重的东西，这是我昨天在飞机场买的一个纪念品。"

她打开了，拆开纱纸，发现是一件珠宝。太惊喜了……让－鲁送给她一个小小的玻璃吊坠。一个 5 欧元的小玩意儿！一个孩子喜欢的小玩意儿。

她惊得背后一颤。这个傻瓜让－鲁用一个不值钱的东西就触动了她，简单而幼稚的一份礼物。正如她喜欢有一天善于行动的男人会送她集市上买的长毛绒玩具，一个面包店的点心，一个会让无照小贩开心的、俗气的、贴有亮片的粉红色埃菲尔铁塔。突然，她有了一个想法，一个在她脑海里闪现的想法。

让他走吧？

晚饭还在继续。

叉牙梭、海马齿、杏仁贝和森里鳕鱼汤。

服务员的话，她一句能听懂半句，介绍是无可指责的，即使他一直盯着她看。

熏制的金枪鱼和紫红色的金枪鱼。

这次，服务员完全是用外语讲的！

意大利酸柑蛋黄酱，金橘柠檬浸制。

让－鲁几乎没有喝酒，法丽娜几乎没有说话。让－鲁的话题总是回到他的协会上，他对此过于关注了。他是一个积极分子，一个参与者，一个被约束的人。如果她没有在网上逼问他的私生活，她就会认为他是在虚张声势，穿皮埃尔神父式套装是为了引诱她。实际上，情况并非如此。他花一整年的时间了解唐氏综合征。他花费了巨大的精力筹集资金，而不是仅仅局限于募捐活动。

这完全是一个圣人。

如何引诱一个圣人犯罪呢？更确切地说，还是犯肉欲罪。

— 30 —

20 点 22 分

尤罗咒骂自己愚蠢，继续欣赏着这张瓦卡雷斯湖的招贴画。他向往卡马格的红鹳，这激起了他离开酷热的城市去欣赏候鸟的梦想。半小时后，他坐在自然公园的长凳上，观赏着壮丽的湖面。禽鸟倒映在静止的水中，构成了一幅雄伟壮丽的印象派画作。但是很快，他就失望了，夜幕降临，静止的水面吸引了数千只蚊子！尽管酷热难耐，尤罗还是穿着长袖羊毛套衫，戴着一顶帽子。

他对昆虫最主要的担心不是它们会吮吸池塘里的水，而是它们会扑到屏幕上。

当他打开笔记本电脑的时候，蚊子、蛾子和其他萤火虫都飞向屏幕。尤罗卷起袖子挥手赶走它们，却徒劳无功。它们在屏幕的光晕周围飞来飞去，就像在夜晚亮着的灯泡周围飞舞一样。对它们脆弱的翅膀来说，屏幕没有那么烫，而且如同理想中的停落点一样平坦。

尤罗怨恨触屏的发明者，他们在冷气十足的实验室构思，却没有想到这个明显的事实：屏幕居然无法区分手指和苍蝇的爪子。一个小时以来，尤罗和这些隐身匿迹、爱捉弄人的"敌人"做斗争。他尝试在屏幕上写一些句子，但是这些昆虫总是乐此不疲地在句子中增加或删掉一些字母，有时候会点击窗口或打开另一些菜单。

他想尽办法不去注意身边这些嗡嗡作响的昆虫，尽力把注意力集中在调查上。

裴塔尔刚刚回复了他，他接受明天清真寺的约会，非洲历史系教授会给他们讲那些著名的小贝壳，雕刻在非洲银行的墙上的马尔代夫贝壳。裴塔尔确切地描述了它的外形，这可能是他对非洲教授表示感谢的方式。明早之前，裴塔尔的胡子是长不出来了。

尤罗收到了领导的答复，他似乎对 VOGELZUG 协会网站的评价过高。最终，这个听起来奇怪的名字显现出了它的全部意义。偷渡者是地球上唯一的无国界旅游者。VOGELZUG 协会在地中海盆地拥有众多分支机构。它的活动范围很广：为避难者修建住所，提供求职援助和法律援助服务，提供保护措施及对一些机构的游说。VOGELZUG 协会考虑录用了几百个职员，并承认他们是权威机构重要的合作伙伴。另外，在它的庇护下，两天后将在马赛举办欧盟边境管理局大型座谈会，欧盟边境管理局其实就是欧洲边境署。尤罗徒劳地读了这些句子，他没有估测到管理局所处的确切地位。实际担保对国家来说，能减轻由马尔萨斯政治迁移政策造成的社会损失？或者这是一群令人恼火的独立人和军方，像国际特赦组织和其他人权监察站那样？他在协会创始人、主席汝尔丹·布朗－马丁的选项卡上停留的时间有些长。当时的外省人，布克港的孩子，来自艾格杜斯街区，这就是简历里的五行信息。这个主席不像是会培养个人崇拜的那种人。

蚊子安静了一些。可能青蛙已经吞掉了一半的蚊子。它们的呱呱叫声吵醒了蚊子，惊动了禽鸟。助理弗洛雷斯离开了 VOGELZUG 协会网页，来到了邦比 13 的脸书主页。他在金龟子的嗡嗡声中浏览着她的网页，并被漂亮的、穿着比基尼的匿名女大学生吸引。

邦比 13 真的是邦比吗？在离开警察大队之前，尤罗试着和领导分享他的困惑：一个名叫邦比的女孩，是今天中午被捕的偷渡者的姐姐？她住在艾格杜斯街的布克港。

"这真是有很多巧合，不是吗，头儿？"

"我们明天再看吧，小伙子。"裴塔尔一边反驳，一边穿上夹克衫，联系他的理发师，"修复这些照片一点也不难，我们可以看看黝黑的美男子的姐姐是否和你心向往之的姑娘是同一个人。另外，以我对你的了解，你会在这里过夜。"

"不难"二字伴随着两声蛙叫,尤罗嘟哝道,一点也不难。

他在网络上并没有找到邦比·马尔的任何照片,即使他明天能找到,他也无法得到证实,因为监控摄像头拍出来的图片过于模糊了。

在邦比13的脸书页面,尤罗继续从博德鲁姆跳转到圣多明戈,从额不里跳转到兰萨罗特岛。他也不知道自己为什么要这样做,要知道这个漂亮女孩从来没有露出过她的脸。

因为他喜欢上她啦。裴塔尔傻笑着。

尤罗为自己辩护,因为任何一个细节都会折磨着他。

邦比13的脸书图片和邦比·马尔所生活的社会阶层相悖。艾格杜斯区被划分到敏感区,蕾丽是一个单亲妈妈,据她儿子说,她母亲没有稳定的工作。那么这个郊区女孩怎么能化身为环球旅行的活跃分子,驻足于一个又一个酒店,而且这些酒店一个比一个豪华?总之,尤罗的推论是,邦比这个简单的名字并不能证明什么。真正的凶手用假名把嫌疑引到了住在布克港的女孩身上,调查者这样的猜想使他们离真相又近了一步。另外,不妨认真考虑一下,为什么凶手仅仅改变拼写,便把自己的真名用作网名?改变名字拼写其实是毫无意义的。

"这是一个身材高挑的漂亮女孩,不是吗?"尤罗在这个荒凉的公园突然这样问。他不知道自己是否可以向附近飞来飞去的金龟子、逃离青蛙魔爪的蚊子,或者那些从热带地区回来的红鹳咨询这个问题。

马尔,阿尔法,邦比,蕾丽。助理弗洛雷斯在网上查找过,从这个家族的姓氏和名字看,他们是典型的颇尔人。他想起瓦克宁教授今天早上刚给他讲过这个人种的血统,这又是一个新的、奇怪的巧合。

他从口袋里拿出一张记录血液型号的复杂的图表,展开图表的时候他回想起了关于血型的谈话:与其他非洲种族相反,颇尔人有更多的 A 型血，这占他们血型的 40%。其中三分之一的人是 Rh 阳性 A 型血。邦比、蕾丽、阿尔法的血型可能是 A 型血。他想，事情还是没有进展，同时，他的手指在字里行间滑动着。虽然目前一无所获，但是他相信事物之间都是有关联的。

—— 31 ——
20 点 55 分

蒂安躺下得很早，却没有睡着。

马赛队在上半场的半小时里进了两个球。在中场休息之前进了三个球，事情因为这个罗马尼亚人而进展得很快。他没有要求爷爷晚一些看比赛结果。透过房间的窗户——以前是他妈妈的房间，他看到了橙树的阴影在舞动。

蒂安还是没有能够成功入睡。他在想被拘留的阿尔法。以前，当他爬上橙树的时候，阳光几乎就在手边。他的哥哥在警察局里并没有听见他的哨声。对他妈妈、邦比、爷爷和奶奶这些成年人来说，他们并不愿意在他面前谈起阿尔法，他们不愿意回答他的问题。他们谈起他的哥哥时，永远都在窃窃私语，就好像阿尔法做了一件天大的蠢事。蒂安不喜欢属于成年人的沉默。他不喜欢感受到这种距离。他觉得自己就像一个婴儿被别人保护着。他觉得自己就像一个孩子，人们总对他说善意的谎言。

公寓内很热，即使他让爷爷打开窗户，也热得无法入睡。透过玻璃窗户，蒂安看到爷爷把散发着香味的驱蚊条放在阳台上，它的火苗还跳动着。这些火苗使人看着眼花。他把头转向另一边，但是火苗的阴影又在他的被单上跳动闪烁着。

蒂安尝试着不去看这些火苗，然而另一种恐惧却阻止他入睡。

自从再次见到穆萨爷爷和玛海姆奶奶之后，蒂安不停地在想今天晚上来自己家里的男人，他还吻了妈妈，他有着可怕的嗓音，蒂安一点也不喜欢他！他不得不去爷爷家里，他不得不让妈妈和这个男人单独相处。妈妈叫他吉，但是蒂安想叫他弗雷迪，就像自己那些从未看过，但是大人们消遣的时候讲的恐怖电影里的那些名字一样。他不喜欢这个男人。无论如何，除了阿尔法和他自己外，他不喜欢妈妈和其他男人在一起。

他使劲闭上眼睛，不去看床单上一闪一闪的黑色和冰冷的火苗的影子。他记住了穆萨爷爷讲的故事，当妈妈失明的时候，在靠近河边的茅屋里，她不得不直视太阳。这会让她变得更强大、更漂亮、更聪慧。然后，她会重见光明，成为最好的妈妈，一个能够感知一切、猜测一切、了解别人想法的妈妈。失明于她而言只不过是一个必须要经过的考验而已。

蒂安蜷缩起来，更用力地闭上眼睛，前额起了皱纹，眼皮也皱在一起，这使他的整张脸看起来圆乎乎的。他自己这样来回练习着。爷爷曾给他讲过他的妈妈是如何通过听声音来辨别方向，如何使她的记忆运转起来，然后在脑海里重构一个比人们白天看到的更为精确的世界。

他闭着眼睛站起身来，试着去猜卧室的壁橱在哪个方向，门窗又在哪里。他扶着墙一点一点地往前移动，猛然睁开眼睛，然后又立即闭上。

他向爷爷和奶奶请教了一些建议，然后他开始日夜不停地练习这种能力。他蒙住眼睛踢足球，并尝试通过街道的噪声辨别去学校的路，他也试着通过音色来识别操场上的小伙伴们。

他变得敏感、迅捷，并能通过直觉辨认东西了。

就像齐法内和巴拉达一样。

他把手伸到身体前面，在屋子里摸黑行进。一股微风引导着他走近了窗户，他的腿轻轻地颤抖了一下，但是他努力朝着空地走去。我们猜这很容易，吹在脸上的风是从开着的窗户处刮来的。窗台很高，没有任何危险，可能也没有那么高，不至于会让他摔下来。至少，他自己是这样认为的。他不睁开眼睛，应该也能记起这扇窗户，他脑海中形成了这扇窗户的视觉形象，然后继续往前走，往前走。他要变得比他妈妈更有勇气，如此一来，如果有一天他妈妈陷入危险之中，他就能够拯救她。

他要拯救阿尔法，保护邦比。

新鲜的空气拍打着他的脸，他身体的其他部分，从脖子到背都被汗水浸湿了。夜晚的风是那么柔和，那么吸引人，而且有益健康。他应该继续向着风走去。

在这个特殊的时刻，他听到了猫头鹰的声音。猫头鹰就藏在高大的橙树上。

他没有睁开眼睛，而是高兴地听猫头鹰的叫声。他知道猫头鹰出现预示着危险的存在。他想起爷爷给他讲的故事，他喜欢神话故事，尤其喜欢女神雅典娜的故事，他把她想象成妈妈的化身，就像《哈利·波特》中的阿尼马格斯。

他停了下来。

他应该在窗户前停下，或是在橙树前停下。

他停下来，轻轻地说着什么。

在夜晚，猫头鹰见证着一切，倾听着一切，了解着一切。

"告诉我，因为你知道一切。告诉我阿尔法是否能够出狱，告诉我他为什么不逃跑……告诉我妈妈是否会爱上弗雷迪，告诉我有一天我是否能够找到一个和邦比一样漂亮的爱人。

"告诉我一切你所看到的。告诉我当气球落在地狱下面的时候，它去了哪里。告诉我妈妈的珍宝藏在哪里。我向你发誓，我不会去偷的，我也够不到，我只想知道这该死的珍宝是否真的存在。我只是为了照看它，你可以相信我，你看，我的眼睛是闭着的。"

—— 32 ——
21 点 07 分

蕾丽闭着眼睛淋浴，任由热水刺激她的皮肤。浴室发霉了，墙上的图画已经脱落，接头处漏水，管道也生锈了，但是这并不重要，至少水还流着，和那些大理石宫殿镀金水龙头里流出来的水一样热。她情愿在淋浴头下待几个小时，但是，吉还在沙发上等她。等了将近一个小时，他去敲了浴室的门。

手里拿着两杯啤酒。

在楼梯间，卡米拉播放的说唱声音更大了。蕾丽的首要目的是把他关在门外，或者毫不含糊地回绝他。

吉，现在不是个好时机，再晚一点，晚一点再来吧。

很奇怪，她不敢这样做，最后还是让他进来了。

她立刻又为自己的行为感到后悔，她不想让蒂安看到吉，这种感觉只持续了几分钟，在穆萨领回外孙之前的这段时间，蕾丽还是很担忧的。吉看起来并不机灵，但他能理解她的秘密，也会怀疑其中的一部分秘密。然而，他并没有提任何问题，他也很高兴地和蒂安打招呼，就像什么事也没发生过一样。蕾丽胆战心惊地想着，绝不，她永远不能让一个陌生人知道真相。

为什么呢？因为吉身上有些东西吸引着她？除了一双忧伤的蓝色大眼睛外，他并不十分帅气。她相信女裁缝肯定为他毛茸茸的庞大身躯缝制过衣裳。他看起来并没有那么滑稽。一旦蒂安离开，他就把目光停留在这台 20 年前的古老的电视上，它几乎和终端机一样厚。

"你不要担心，我不会要求你关掉，给马赛队打气让我很沮丧。

如果我计算自己从出生以来花费在看欧洲杯比赛的时间，并抱着法国队能走到最后的信念的话……"

他在说下一句话之前哈哈大笑了一声：

"开始，半场休息的时候，我打算上来看你。但是，我认为这时间太短了，很难得出结论。"

他继续哈哈大笑。吉所有的话语几乎都以机械的笑声作为停顿，对他来说，这起着代替省略号的作用。

"我很高兴，蕾丽，我很高兴。无论如何，于我而言，你太漂亮了。"

这次，他并没有笑。蕾丽也没有揭穿他的谎言。他为了化解这个小尴尬，把两瓶啤酒拿到蕾丽面前。

"我带来两瓶啤酒，但是你不想喝的话，我也不会生气，我愿意为你效忠。"

吉再次笑起来。他从电视制片人那里得到一笔财富。蕾丽高兴地笑了笑，她犹豫着要不要去热一杯茶。吉总是注视着公寓里这些杂乱的东西，因为有所发现而把眼睛睁得大大的，就好像当他寻找城市赛马赌场的时候，误闯进了一条杂乱的小巷一样。他的目光停留在书本上、彩色的猫头鹰身上和挂在墙上的尼日尔河落日图上。

"你的装修风格很奇怪。"他边说边用力熟练地打开了啤酒。

在喝酒之前，他的目光移到了非洲面具、绿茶盒和塑料袋上。

他的目光总是处在游移不定的状态，最后，他将目光集中在蕾丽身上。他张着嘴盯着她的拖鞋，盯着她那些发辫和乌黑的皮肤。

这次，一句粗话代替了省略号。

"我他妈的怎么这么傻！"

蕾丽突然哈哈大笑了一声。吉很同情她。

随着时间的流逝，他的面容皲裂了，由于生活的艰辛，他的身体机能也衰退了。他是种族主义者，也是个酒鬼。尽管如此，她还是喜欢他，甚至比"喜欢"的程度更深一些。

她觉得这个男人有一种奇怪的吸引力。不是一见钟情，应该说是日久生情，即使她无法准确定义这种变化。这是一种似曾相识的感觉，不会因为光阴变化而消逝、改变或者过时。显而易见的是，它一直存在。

蕾丽渴望能够吸引他，也渴望自己被吸引。

就是这么简单。

她关掉热水壶，事先没有想到，对吉说她要去洗澡了，他可以坐下来，在阳台上抽根烟，打开电视，或拿一本书看。她身上散发出藿香和漂白水混合的那种难闻气味。自从在宜必思的工作结束以来，她没有时间花在浴室里。她把吉留在客厅里，锁上了浴室的门。她脱了衣服，在布满黑色小点的、有裂纹的镜子前观察自己。

她值得用更好的镜子，她应该用比发霉浴室更好的浴室，住比这个废弃街区公寓更好的公寓。她把自己的手放在和以前一样高耸坚挺的褐色乳房上，她喜欢的男人曾经抚摸它们，亲吻它们。他们曾经抚摸她优美的身体曲线，抚摸她平坦的肚子，至少它看起来是平坦的，如果不摸，还感觉不到有一点赘肉。如果她努力保持的话，她还是很漂亮，还能激起别人的情欲。

蕾丽从浴室出来了。她花了几分钟时间用阿甘油涂抹身体，重新化了妆，熟练地把发带系在她杂乱的彩色发辫上，然后，快速地穿好了内衣，把马里的礼服裙从头上套下去。裙子长又窄，是紫色和蓝色的麻纱材质，像包礼物的纸一样，既不会过于柔软，也不会显得僵硬。不用紧紧地裹着也完全贴合她的身体曲线，忍不住让人猜测意想不到的形态，剩下的就让想象力自由驰骋。裙子滑过她棕色的身体，到了胸部的地方又柔和下来，到臀部和髋部之前先滑过了她的肚子。蕾丽轻轻地提起它。裙子像渔网一样滑到小腿处。

她最后一次俯身照了照镜子，她欣赏着自己玲珑有致的曲线，然后自言自语：

"我们来看看你是否喜欢异域的东西。"

蕾丽接过一杯啤酒，她喝了一半，坐在沙发上，脑袋有点昏昏沉沉的。

吉一直盯着她。她的衣服有点暴露了。现在，她因自己大胆的服装选择而后悔。她像猫一样蜷缩成球状，双腿合拢，双臂交叉抱在胸前。楼下公寓里的音乐声停止了。再没有任何声音传上来，好像卡米拉已经出去一样。为了继续听音乐，蕾丽在 CD 光驱里放了一首西萨莉亚·艾芙拉的音乐。

异国风情的东西！吉对此不做评价。

吉说了很多，但好像没有说出个什么。蕾丽心不在焉地听着，思想飘浮不定，总是走神，她的注意力偶尔才落到客人的话语上。对她来说，这种感觉如此奇妙，如此让人向往。这是一种似曾相识的感觉。但是她今天已经体验了两次，今晚和吉在一起的时候体验了一次，今天下午和鲁本在宜必思时体验了一次。如果算上昨天在福斯房产中介办公室里帕特里克那坚定的微笑的话，那么可以说她已经体验了三次。

好事连连？就像坏事不断？仿佛恋人应该同时到场，不买票，不用互相等待。生活好像就应该放浪形骸，以欺骗的手段把幸福当成不幸打包在一个盒子里一次性送来，然后让我们来打开里面的一切。

吉坐在沙发的另一端，以一种笨拙的方法不断向蕾丽靠近，他好像在玩一种"一，二，三，太阳！"的游戏，当蕾丽不看他时，他慢慢地、一点一点地移动自己的屁股，就像鳄鱼、河马、大象的移动那样看不出来。

吉前进一步，蕾丽就后退五步。他的用意显而易见，这是一个理想的夜晚，但蕾丽并不想有更进一步的发展。他们两个人单独待着，蕾丽向吉解释目前的情景，她的大儿子阿尔法被拘留在警局，她的儿子蒂安住在爷爷家，她的女儿邦比瞒着她在外面过夜。

今晚，吉让她笑了，这就足够了。吉把她逗笑了，这在当晚已经足够了。

吉喜欢玩文字游戏，他也承认这是自己的专长，他以1001种方式谈论着布克港衰退的街区生活。他就是布克港的密使，又谈到阿拉伯人、意大利人、葡萄牙人和其他4年前来到这里的波兰人，他们增加了贝里池塘的失业率。

他彬彬有礼的笑声……就像一个不会讲法语的人进了一个酒吧，成了这里的第三者，布克港一样让我失望。

尴尬的笑声。

吉从书架上拿起一本短篇故事和神话故事，继续着个人秀。

书架。

她的最爱！

一直在听的蕾丽很欣赏，感觉很好，很信任他。酒精起了作用，当吉词穷的时候，她想向他倾诉心声。

吉没有演讲的才能。

但是我们不能因此而否定他：当他沉默的时候，他拥有倾听的天赋。

蕾丽的故事

—— 第五章 ——

吉，我希望让你知道，我是妓女不会刺激到你。应该用"妓女"这样的字眼形容我，不是吗？即使和阿蒂尔在一起的时候，我们也不谈论嫖客，仅仅谈论一些朋友或者偶遇的人。即使当一切结束，娜迪亚在我的授意下写出了这个本子的最后一页时，我也只有3个常客，我从他们那里获得报酬。如果我是盲女，我愿意为了重见光明而与这些人交欢，这或许是出于对阿蒂尔的爱，或者因为害怕他，然而这无法改变客观事实。

我是个妓女。

我希望我的孩子们永远不知道这件事，我希望除我以外的任何人永远无法看到这个记事本。我不会告诉你它藏在哪里，吉，不要在这件事上打任何主意。你知道的已经够多了，比任何一个人知道的都多。

我记得我知道自己怀孕是在1994年7月25日，正是突尼斯共和国日。街上到处都是爆竹声，我担心这会伤害到肚子里不到3周的孩子。

我等着把这个消息告诉阿蒂尔。我考虑了一遍又一遍。不是在分娩前几周，不，我计算过钱的数目，约会的次数或者情人们给的礼物，他们并不总是用第纳尔、法郎或美元支付，有时也会给手表、金币或者珠宝。阿蒂尔都把它们保存起来。

然后，一个月后的某个晚上，我们做完爱后——我们几乎每晚都做爱，我下定决心要采取行动了。我在心里盘算了一遍又一遍。

"阿蒂尔，我认为我们有足够的钱支付角膜手术的费用。我觉得我可以停止接客，逃离这里，去找一名外科医生。"

阿蒂尔和气地回答，温柔地抚摸着我的身体。他跟我解释说他不想承担任何风险，他想为我找最好的医生，最好的医院，想让我们几个月后再离开。为什么要着急呢？

好吧，我向他承认了一切，用一句话，一句清晰明了的话。

"阿蒂尔，我很着急。我想在4月之前动手术。因为7个月之后，我的宝宝就要诞生啦，我想，我想看见他。"

阿蒂尔一言不发，我只是感觉到他的身体绷紧了，他的手僵住了。他的心脏跳动着……跳动着……跳动着……

第二天，我受到了第一次打击。他没有理我就去睡了。他醒来也没有问我问题，没有问我孩子的父亲是谁（我怎么能知道呢？），只是亲了亲我，就好像什么也没有发生，就跟我宣布："弗朗索瓦今晚想来看望你。"当我回答我不去的时候，他第一次打了我。他一个耳光把我扇倒在地上。

然后，他哭起来，赶紧道歉，并祈求我原谅他："蕾丽，知道你每天晚上和除了我之外的男人睡觉，我是什么感觉吗？对我来说承受这一切容易吗？我是为了你而忍受，是为了你，蕾丽。"

后来，他再没有跟我提起过宝宝，而我心里想的只有宝宝。

每次我拒绝和他睡觉的时候，他仍然会打我。我的脸颊、胳膊上都留下了伤痕。我的情人们肯定注意到这一点。然后没有人对此进行过细微的思考。甚至所有人当中最善解人意的让－鲁也一样，他和其他人一样视而不见。

另外一次，他用自己的半筒靴打了我的背，我当时为了保护自己的肚子，在厨房的地上缩成一团，他就坐在我身边。很久以来，他打了我以后不会再哭泣了，但是他仍然会抚摸我的头发。

"亲爱的，如果你停止接客，你以后如何谋生呢？你除了做爱还会做什么？如果你重见光明，你以为一切会更容易吗？说实话，男人是为了爱你才给你付钱吗？"

"阿蒂尔，我怀孕了，"我鼓足劲回答，"我怀了一个孩子。"

"然后呢，蕾丽，然后怎么办呢？只要我的朋友们不知道这件事，那又会有什么改变呢？"

3 个月过去了。阿蒂尔不再打我了。他没有任何理由打我。我又变得温顺听话。我感觉自己的肚子慢慢变圆。我认为所有的事情都会自然而然地顺利解决。当我无法掩饰自己的大肚子时，当没有人愿意和一个怀孕 6 个月，7 个月，8 个月的女孩交欢时……我在脑海里计算着时间。我的宝宝把我从水深火热之中解救了出来。

娜迪亚是汉尼拔酒店的女服务员，是我口述、帮我记录的一个姑娘。有一天晚上，她来与我会面。她关了酒吧的门，确保除了在我们脚下玩塑料长颈鹿、不足 1 岁的她的女儿外，就只有我们两个人。我清晰地记得，她女儿有胖乎乎的外形和卷曲的头发，我觉得她女儿非常可爱。那天，她摸着我的肚子对我说，她要改变我的生活。我希望自己能生一个女儿，一个可爱的宝贝女儿。

"蕾丽，阿蒂尔会抛弃你。他给亚那、弗朗索瓦讲过这件事情。他给自己预订了一张周六去马赛的船票。他想让两名强壮的、有武器的人同他一起走。（她冷笑一声）我想他会把财产都带走，我不认为他打算给你留一半财产。"

一切都崩塌了。

这些年来，我的内心深处一直知道会是这样的结果，只是一直不肯承认罢了。这些年来，阿蒂尔糟蹋我的唯一目的就是填满自己的腰包。角膜手术仅仅是为了说服我、控制我而编造的一个幻想。这个孩子阻碍了他的计划，所以当他还有机会的时候，他选择逃跑。

从一开始，你听我的陈述就明白了一切，你对我这个傻瓜有一种莫名的同情。

爱情使人盲目，和我在一起的时候，阿蒂尔甚至不需要再被别人爱。

"谢谢。"我对娜迪亚说。

"如果你需要什么……"

实际上，当我回想一切都已改变的这一天时，我觉得我从来没有证据证明它变了。我无法使自己摆脱这种试图原谅一切的能力。有时候，我觉得阿蒂尔可能不打算卷走一切，独自离开。这一切都是娜迪亚杜撰出来的。这一切都是我造成的。

那个周五晚上，他离开的前一天，我躺在他身边，把他抱在怀里。

"阿蒂尔，我受够了。我厌倦所有的情人，我只想和你做爱。"

我的言论和我的温情都让他感到惊讶。我想如果他打算明天离开的话，他不会拒绝与我做爱，男人的傲慢让他最后和我欢愉一次。正是这一点毁了他。当他在我身下完事以后，我斜坐在他身上，再次和他强调：

"我只想和你做爱，阿蒂尔，我这周做了一个决定。我预订了一张去丹吉尔的船票，我在马拉喀什的太阳诊所找到了一个床位。（我没有胡编乱造，它真的存在！）我通过电话联系了一位医生，他给我传真到邮局一份估价单，职员已经读给我听了，还有……"

他打断了我的话。

"你怎么做的？"

我不会向他承认是娜迪亚帮助了我。他认真思考以后，肯定能猜到这一点。但实际上，我知道他在嘲笑我。不出所料，他什么都没有多说，只是说：

"我们明天再讨论这件事吧。"

阿蒂尔半夜就起床了。我没有睡着。几个小时了，我一直在等待这个时刻。我昨天跟他讲的一切只是为了营造出一种紧迫感，从而成为一系列事件的主宰者。

阿蒂尔准备在晚上悄悄地动身，但是我对屋里的一切声音都了如指掌。在外面，在城市，在街上，我走丢了，无助绝望，但是冷静下来以后，我能自己找到回家的路，就像我没有失明一样。

我仔细聆听着正在发生的事情。

我知道他把钱和每次接客得到的礼物都藏在屋里，藏在厨房的某个角落，在某个隐秘处，或在某块板砖下面。即使我听过十来次他撬动它的声音，我也无法准确定位这块砖在哪里。它被完好无缺地封住了。摸索着寻找也只能是徒劳无功。我应该逼迫他拿出藏匿起来的战利品，然后，开始按我的计划行动。

我听见阿蒂尔在收拾他的包，是我和他一起买的一个黑色的阿迪达斯大背包，这里面装满了我们的回忆，一切稍有价值的东西。随着时间的推移，我信任他，也以他为荣。从我们相遇的那一天起，他就开始实施这个完美的计划。我给他带来一大笔财富，我悄悄算过，有数万法郎，即使如此，我也不知道他到底是谁。我看不到他的脸。他可以抛弃我，然而我永远也认不出他。

我从床上起来。

我赤身裸体地往前走，这也是我计划中的一部分。尽管我右手持刀，但是我想办法让他继续相信我比想象中的更脆弱。这是娜迪亚给我的刀，我把它藏在床垫下面。这是一把老旧的、有些生锈的柏柏尔匕首，它的手柄是用动物角做成的。

我靠近他，他一言不发。

我假装在空中摇摇晃晃地把刀挥了几下，就好像一个疯子试图撕碎看不见的幽灵一样。他发出厚颜无耻的笑声，然后退到足够远的地方，"欣赏"我那滑稽的动作。好像我用毫无威慑力的拍子在黑暗中驱赶蚊子一样。他不知道我能通过他窸窸窣窣的步伐声判断出他的位置。我可以估算出这房间里的每一厘米，我也知道自己所处的位置和他所在的地方，我身体内部的雷达能像蝙蝠一样精确计算出我俩之间的距离，我在脑子里计算我胳膊的高度和他脖子的高度，我花了几个小时的时间练习对准看不见的目标，就像马蜂猛扑向放在家具上的橙子或苹果。

我继续了几个梦游般混乱的动作，突然，我向前走了两步，快速准确地刺了一刀，柏柏尔刀已经插在阿蒂尔的喉咙里了，我不知道有没有伤到他的静脉。他没有叫喊一声便瘫倒在地。

所有的一切发生得太快了，我穿好衣服，拿上阿迪达斯背包

（它真是意想不到地重），联系娜迪亚，逃去了她家，她把我藏在家里几个小时，然后帮我联系了去丹吉尔的渡船。

阿蒂尔死了吗？

我不知道，我永远也不会知道。

他是我的第一位爱人。

我甚至不知道自己是否杀死了他。我甚至不知道他的外貌。

—— 33 ——

21 点 29 分

尤罗在屏幕前打盹，他的思绪可能因为火烈鸟的迁徙，飞到了一个乐园般的沙滩，邦比 13 在沙滩上懒洋洋地躺着。炎热和青蛙夜间的歌声抚慰着他。他沿着潟湖走向一个看不见脸的陌生美女，她的手托着头，这是通过模糊的底片和简单的 3D 打印机制作出来的图。她的上半身是赤裸的，猫头鹰的丝巾迎着信风飞舞。

突然，一声刺耳的警报声吵醒了他。他说了句粗话。一只巨大的、酷似夜蛾的蝴蝶，刚刚落在他的笔记本电脑上。

躺在浴巾上的邦比 13 的臀部和柳腰的照片突然一下消失了，出现了一个约会的地方。这是一个淫秽色情的地方，被一个大红十字架拦着。尤罗骂骂咧咧，关了电脑。因为这些小虫子不会给他片刻安宁，他又开始用传统的方法，至少这个方法不会让他打瞌睡。

他拿出那张瓦克宁教授用来记录血型的纸，同时拿出一支笔，微弱的灯光照映在池塘上，拉长了那些黑色鸟儿的身影，足够把它们照亮。失去了光源后，这些夜间活动的昆虫便远离此处，尤罗想，它们就跟极客一样。当人们关了屏幕，打开书的时候，他们就离开了。

他把纸放在笔记本电脑上，自言自语道："一切都是有联系的。"入睡之前，他想重新整理一遍案件线索，他越在脑海中拼图，越觉得这些错综复杂的问题只有一个答案。

他急迫地从最显而易见的事实写起。

为什么有人谋杀弗朗索瓦·瓦里奥尼？

在瓦里奥尼被谋杀的前几个小时，他去索维拉干什么呢？

他的死和 VOGELZUG 协会之间有什么联系呢？（写完，他就用力地用笔画出这一行，害怕不小心忘了它，他要在上司面前提起这件事。）

他与马尔家庭之间到底有什么样的关系？尤其是他们的妈妈蕾丽和她在布克港的邻居，出生在艾格杜斯的汝尔丹·布朗－马丁主席之间有什么关系？

他继续写与谋杀有直接关系的问题。

如果不是为了确定亲子关系的话，凶手为什么要抽弗朗索瓦·瓦里奥尼的血？

瓦里奥尼口袋里的贝壳有什么用处？

（贝壳的存在让此次事件变得更加扑朔迷离。）

红色的手链意味着什么？我们在一个无名者手腕上找到了一条一模一样的，颜色分成了绿色和蓝色。

尤罗已经有 8 个无法回答的问题了，但是他有一种强烈的直觉，这些问题都无法解决，除非我们能回答最后一个问题：为什么那条一模一样的手链戴在此邦比或者彼邦比手上？

邦比·马尔真的是邦比 13 吗？

为什么她的兄弟阿尔法那么容易就被捕入狱，就好像是有意为之？

邦比 13 如何能随意地周游世界？

为什么邦比 13 在红角酒店的监控摄像头下露出她的部分容

貌？是邦比 13 杀了弗朗索瓦·瓦里奥尼吗？

邦比 13 会再次杀人吗？

什么时候？

在哪里？

他收起笔，轻轻地闭上眼睛，再一次沉浸在青蛙的歌声中。邦比 13 的美貌使他陶醉。邦比·马尔的命运让他好奇。

她们是同一个女人？

两个女人？还是更多人？

— 34 —
22 点 01 分

"法丽娜，这真是一个完美的夜晚。"

半个小时前，星级酒店的服务员送来咖啡，目光扫过法丽娜的大腿。让－鲁从容地喝完他的咖啡，仔细品尝着餐后甜点，这是一种香草味的饼干，产自塔希提岛，由柑橘、甘草和他喜爱的干果做成，他还在讨论明天等着他的无休止的会议。话毕，一切又恢复静寂。

他看看手表，把椅子推开，站起身，刚好用了一分钟。

这曾是一个完美的夜晚，法丽娜。

根据法丽娜的分析，他没有说"我们一起走吧"。让－鲁没有留下以后可供怀疑的地方。对他而言，用未完成时"这曾是一个美好的夜晚"意味着这已经是完成时了。

法丽娜也紧随其后起身了，调整了一下她的裙子，穿上她的皮夹克，站在和让－鲁相距十几厘米的地方。他很有绅士风度，让她先过，而且留心不要碰到她。她向前走，心里想着他肯定会把目光集中在她这个阳光女孩的屁股上、腿上和脚背上。

她走出酒店，让－鲁在柜台前结账的时候，她点了一支香烟。

微弱的路灯光线照耀着街道，她看着他。他的裤子有点太短了，他的衬衫下摆皱皱的，而且沾上了污迹。他的头发也没有收拾整齐。

让－鲁是我所有情人中最笨拙的一个。

他抚摸起来太用力，不知道该如何拥抱，高潮来得很快。

这些他都知道。这让他变得很不幸，有时候甚至会让他哭。

星光之夜，风吹灭了烟蒂，她试着冷静下来，总结一下目前的处境。接下来她该采取什么措施？

她明白让－鲁是不会主动迈出第一步的。她敢迈出这一步，但是她觉得让－鲁又一次选择当一个正义的角色，而把不讨人喜欢的角色留给她。他会满怀柔情地承认，他觉得她很漂亮，很有魅力，但是他仍然爱着他的妻子和年龄与她一般大的儿子。他仅仅在她的脸颊上亲了一下，然后满足地离开了。他在旅馆想她的时候可能会手淫，可能他一回到家里就激情无限地和妻子做爱。利益驱使！幻想不会让他们厌恶。一顿星级酒店的晚餐，得到的回报是达到性欲高潮。

她倚靠在小巷角落里的砖墙上，吸了一口气。她心里五味杂陈，但是最多的还是失望。这滑稽的勾引行动让她一无所获。她曾经检验过她抛媚眼吸引男人的能力，这一晚却对这种能力有了怀疑。让他收紧裤带，这就是你的失败。她的身体感到一种剧烈的痉挛，这也是她的失败。这一切都为了什么？冗长而又细致的准备工作就此半途而废？

她扔掉了烟头。

是的，一种强烈的挫败感席卷而来，她笑了，就像我们努力复习后，考试失败了一样。

然而，一簇小小的火苗还在燃烧着。

希望的火光在她思想的最深处重新燃烧起来，她很久以来都不相信这件事，就像让－鲁故意不想被她吸引，她不仅想拯救让－鲁的生命，她更想拯救所有男人的生命。

她用脚踩碎了烟头，想找出一些庸俗的解释。可能让－鲁有另外一个情妇，正在丽笙酒店的房间里等着他。或者是他天生的性缺陷，他喜欢男人⋯⋯算了，她应该为了成功尝试一切办法，拉他的手，告别吻的时候亲他的嘴角。这样做的结果又会是什么呢？即使她成功得到他的吻，今晚想把他带去红角酒店似乎还很难。

她毫无头绪，没有看到让－鲁从加尼耶家餐厅出来了。

她也不打算靠近他了。

她只看见地上让－鲁的影子，昏暗的街道上只有他们两个人。

让－鲁一言不发，不给她留时间做任何一点动作。他满意地观察到没有人看见他们，然后全身靠在她身上。他贪婪地亲吻着她，他的右手按着她的胸部，几乎野蛮地蹂躏着它。他的左手沿着她赤裸裸的大腿向上移，停留在裙子周围。

她任由他摆布。她让他亲吻自己。

毫无疑问，她赢了。

让－鲁像其他男人一样，该死。

—— 35 ——
23 点 52 分

杰拉尔·库图利耶疲惫地下了床。

刚开始，他以为他的邻居在收听法国海外广播电台或法国文化台和非洲的爵士乐，造成线路断了。不是，音乐不是从隔壁房间传出来的。能听到吉他声、手鼓声，声音大得就像邻居猛击墙隔板一样，但是，这个声音应该来自更远一些的地方。

杰拉尔大着胆子去了走廊。

震耳欲聋的音乐声好像来自走廊的尽头，更确切地说，它来自早餐室。吉他声里混合着一个女孩唱歌的声音，她用一种他听不懂的语言唱着歌，动听的歌。随之而来的是掌声、叫喊声和舞步声。

这是一场音乐会？

在布克港的宜必思开的一场午夜音乐会？

杰拉尔·库图利耶简直不敢相信自己的耳朵。

这个女孩的歌声比他在别处听到的歌声好听，重点不是这个。他打了一个哈欠，隔着草绿色的短袖衫挠了挠肚子，这是他园艺用品店里大胆而明快的颜色。明早8点销售经理等着他，刈草机的销售数量并不理想，同比减少30%。在法国南部，气候炎热，干旱缺水，草地被炙烤着，草长得很慢，真是一个恶性循环……他觉得这是一个灾难性的打击，就像乌戈利诺泉水干涸后的情况一样。

杰拉尔·库图利耶不急不忙地穿上鞋，不到一分钟，他又回到了早餐室的防火门前，门紧紧关着，他接连敲了几下，胳膊酸了。不一会儿的工夫，酒店经理鲁本·里贝罗出现了。

杰拉尔先声制人。

"这吵闹声是怎么回事？"

经理转着滴溜溜的眼睛看他。

"吵闹声？音乐会？吵闹声？请进来吧，朋友，快进来……这是Whendo乐队，非洲大陆上最好的大型爵士乐队。我在1994年遇见他们，那时候，他们正为我的友人纳尔逊·曼德拉的上任表演。我和曼德拉在监狱里一起住了27年。Whendo乐队是法国的朋友。当密特朗发表拉博尔讲话的时候，正是他们表演了《马赛曲》。雅克·希拉克要求他们在他的葬礼上演出，这是写在遗嘱里的……"

杰拉尔惊讶地看着酒店经理。门再次打开的时候，他大声喊着："您不是在嘲笑我吧？"刈草机代理人杰拉尔有时间观察这个梳着辫子弹吉他的家伙，房间里的 30 多个人都对非洲手鼓非常感兴趣。

一个身材高挑、四肢纤细、浓妆艳抹的女孩从房间里出来，她穿着短裙和皮夹克，看起来美极了。她出来以后就没有任何歌手唱了。杰拉尔坚信，她就是那位女歌手。

"努拉，你就要离开了？"酒店经理问。

"有人等我，明天 9 点之前我不会到。你的老朋友可以接着唱。"

她用力地吻了一下鲁本，就离开了。

经理把门开大。

"请进，我的朋友。"

杰拉尔·库图利耶踌躇着。他对爵士乐的了解并不多，甚至对非洲音乐也知之甚少。但是，借此机会他可以盯着排成直线的朗姆酒看，它就放在之前放玉米沙拉的位置。有一个人阻挡了杰拉尔的视线，身形巨大。来人友好地拍了一下他的背，算是跟他打过招呼了。

"兄弟，来和我们喝一杯吧。我是萨沃尼安。你有孩子吗？"

杰拉尔接受了他们的提议，但越发显得窘迫。

"你不应该以自己奇怪的职业经历去看待他们！我的家人明天就要来了，我的妻子芭比拉、我的儿子凯凡和我的女儿萨菲明天就要到了。来，进来，我们一起为此庆祝。"

优美的音乐再次响起。同第一个女孩一样漂亮的另一个女孩被邀请来唱歌。总之，他讨厌他的上级——商务经理卡尔。他在回去睡觉之前如果再喝一杯的话，刘草机的销售额也不会变得更坏。明天，他要在猫头鹰网站[1]上给酒店五星评价，之前，他只给了它欧洲宜必思酒店一半的评分，他从来没有见过这样差劲的接待。

---

1. 一个国际性旅游评论网站，提供世界各地的饭店、景点、餐厅等旅游相关信息，也包括交互性旅游论坛。

—— 36 ——
23 点 56 分

上铺的一个家伙在打鼾，震落一些灰尘落在下床。

阿尔法看了看手表，又等了几分钟，然后起床了。他的上半身与上床铺一般高，摇晃着叫他同囚室里的同伴。上铺这个家伙突然醒了，惊得跳起来，如同监狱的墙塌陷在他身上一样。

他睁开双眼，惊讶地看着这个凝视着自己的巨大身影，这应该是一个 18 岁的小家伙。

"你干什么？"

虽然没有任何一件武器，但他的眼睛就像注射了毒药。

"我需要你。"阿尔法说。

上铺那个家伙眨了下眼，好像眼光能变成长焦距。

"他妈的……你在胡说八道什么？你就因为这件事把我叫醒了？小伙子，我会教你规矩的。白天，我已经被折磨得非常厌烦了，如果晚上我再因一个蠢货不能睡觉的话……"

这个家伙有点像美国演员丹尼·德维托。圆润而强有力的身体，头发长在脑袋两边，仿佛它们是从耳朵边长出来的，而不是长在脑袋上。

阿尔法沉稳冷静地说道：

"我要见管钱的人。"

德维托揉了揉太阳穴。他的头发竖起，看起来像一个白色的鸡冠。

"只是想见管钱的人？我希望你为此付出沉重的代价。你想见到管钱的人而残忍地杀害了一个警察，并用大砍刀肢解了一位女士。这样的罪行够让你在监狱里待一段时间了。"

"我明天早上就出去，我需要提前见到管钱的人。"

"你想要梅斯林的亲笔签名作为奖品？像邦妮和克莱德一样制订三人计划？"

阿尔法突然向前俯身，用一只手抓住了德维托的睡衣领子。阿尔法抓住德维托脖子周围的布料，用一只胳膊的臂力把他提起来，被单滑落下来，露出他肥胖的肚子。

"你知道吗？我有一件事要跟管钱的人说。我被关进监狱就是为了遇见他。不要问我其中的原因，我知道警察会为我保留这项特殊待遇。明早，当大家出去活动的时候，你要做一些必要的事，能让我走到他身边。"

阿尔法把他放下来。德维托咳嗽了几声，调整了一下他的睡衣，然后打着哈欠。

"你的胡说八道让我非常厌烦，如果你觉得我和管钱的人会因你的蠢事而变糊涂的话。"

阿尔法尽力克制自己不去擒住这个家伙的脖子，不去用力地勒住他，让他的圆脑袋变得通红。这个家伙会随便允诺他，等他一放手，这家伙就会向他报仇。最好还是圆滑一些。

"听我说，小滑头。我进来是向管钱的人提出这件世纪大事。如果你不充当中间人，如果管钱的人得知一切都是因为你而失败的话，那么就是你受罚了。你知道希特勒的将军们做了什么事？美国人登陆诺曼底，大家都不敢叫醒他。结果他下令枪毙了这些将军，118个将军，也可能是斩首。历史学家关于这个说法是有分歧的。"

阿尔法放下烟盒，但这个动作似乎没有引起德维托的注意。

"从来也没有听人谈起过你说的这家伙，希特勒，更没有听说美国人的毒品通过诺曼底。"

他遇到了监狱里最愚蠢的伙伴！

阿尔法把双手放到德维托的胳膊上。他的双手与德维托的肩几乎一样高。他的手指沿着德维托瘦弱的肩膀绕了一圈。他没有摇晃德维托。但是，阿尔法抓住肩膀，让德维托站在脸前，再次试探一下。

"我会尽力使你明白你会玩多大。你知道吗？在日本，大概一年前，一个工程师向索尼递交了一份文件，要开发一款名叫Pokémon Go[1]的游戏。秘书未能转达这个消息，文件丢失了，没有人告诉上司，这个工程师便去了任天堂株式会社，并在那里一鸣惊人。索尼一下损失了3000亿，近百个员工剖腹自杀。"

与武装亲卫队[2]的复仇相比，德维托似乎更害怕Pokémon式的报复。阿尔法慢慢松开禁锢着德维托双臂的十个手指。

"小家伙，你太让人讨厌了！毕竟，这一切与我无关。好啦，我会安排让你和管钱的人有机会交谈。但是现在我要睡觉，把我的被单递上来，轻轻地把它塞好，在爸爸的额头上亲一下，然后回去睡觉。"

— 37 —

0点25分

"喂，是您吗？头儿？您不睡觉吗？"

尤罗吃惊地拿起电话，裴塔尔的号叫声从电话里传过来。

"你说呢，同你一样，我也把工作带到家里！我不得不从婚床上起来，脑海中一直反反复复思考一个问题。"

"只有一个问题吗？警长，您真走运！"

"别再胡说了，小伙子，午夜后不要这样说，尤其是你怀疑我。"

---

1. 由任天堂、Pokémon公司和谷歌Niantic Labs公司联合制作开发的现实增强（AR）宠物养成对战类RPG手游。
2. 纳粹德国亲卫队领导下的一支准军事部队。

"与明早要去清真寺做关于贝壳讲座的老师有关？"

"不，是和你的马尔家有关。和你一样，我不太相信巧合，在同一个地方遇到两个邦比，实在过于偶然了。"

尤罗又回想起当阿尔法·马尔入狱后他与上司的谈话。邦比 13。邦比·马尔。（是一个人吗？）最终，还是警长反应快。

"我很抱歉让您失眠了。"

"没有关系！我明天早上可以多睡一会儿，相信我能做到。娜黛日不喜欢我早上或晚上把她单独留下来。你不是今天晚上我联系的第一个人，我会在一刻钟之内处理好的。我向几个懂信息技术的朋友打听过，但是在互联网上没有找到邦比·马尔的任何踪迹。没有流传出她的任何一张照片。"

"我知道，因为我已经找过了，头儿。"

尤罗为他蛮横无理的行为感到抱歉，裴塔尔没有任何反驳。他陷入沉默之中。

尤罗想象警长可能在挠头，或是挠他穿着睡衣的肚子，如果没有穿睡衣，他可能在挠胯下。

"聪明的家伙，你是否还有其他想法？"维里卡说。

尤罗立刻回答了警长，好像他已经预料到这个问题了。

"在我们的文件里存着蕾丽·马尔的地址，我们明天早上去向她了解情况。只要引起她对这件事的重视，并让她给我们提供她的家庭相册，我们的目的就已经达到了。"

警长沉默不语。

"你是认真的吗？你认真阅读过材料了吗？"

"当然了，为什么这么问？"

"你没有注意到一种不可能性？"

"没有什么东西是无法逾越的，头儿。我们代表着内政部，不是吗？我们的势力范围很广。一切问题总会有解决的办法！"

"小伙子，说起来容易，一切是以相对平衡为前提的，一个没有破绽的狗屁计划……你让我这样向中央司法警察局解释吗？"

"您有一个晚上的思考时间，然后找到一个说服他们的方法。我相信您，警长。"

裴塔尔·维里卡的声音很小，拖着音，好像他刚刚正脸贴着一个枕头。

"好吧，不管邦比是不是同音异义词，我不会给你一个推测，我们恐怕要放弃与蕾丽单独会面。为了让中央司法警察局下定决心调查此案，我们手上至少要有一起谋杀案。"

"没有什么危险，警长。塔莱博队长还在红角酒店监督着，不是吗？"

"哦，你说得有道理。"

—— 38 ——

0 点 47 分

让-鲁从来没有进过红角酒店。他像大家一样，只是听说过这个地方。在出租车上，他发现住在中心商业区并没有想象中那么浪漫，他的住所被局限在园艺用品店、修理店和家乐福超市之间；或者被环城大道包围，目之所及，唯一的风景就是巨大的混凝土停车场和像旭日一般交替的红灯。

他跟在法丽娜后面，他们拉着手就像两个普通的游客，他由她带路，悄悄地穿过冷清的自动售卖酒吧；爬上楼梯，把他的公务银行卡插入沙漠旅行队客房的电子付款终端，门打开了，法丽娜先进房间。

时间静止了。

迎接他们的是一首美妙的柏柏尔乐曲。他往前走，一头钻进草黄色的化纤毯中。毯子如此柔软厚重，以至于让人以为自己是被流沙吸进去了。房间里没有墙，更没有天花板。他们进入了一个巨大的沙漠旅行帐篷之中，熟练地把帐篷搭在房间里，并调整它的形状，只留下几个开口欣赏夜晚星空的逼真画，欣赏墙上着色的沙丘和绿洲，在帐篷下，欣赏通过巧妙的镜子游戏增至无穷多的地毯，欣赏那些坐垫以及丝织品。在帐篷入口处，两个火炬在门帘布景前燃烧着，像被两根金线控制着似的。

一个活脱儿《一千零一夜》中的场景。

让－鲁想，这是一千个夜晚的幻景，而一千夜中只有一夜幻觉能够实现。

在一个不引人注目的壁橱里，挂着一些客人的衣物和配饰，有浴袍、女式头巾、面具、男式头巾、腰带和扇子。让－鲁在垫子上躺下来，没有任何想伪装成东方王子的欲望。法丽娜没有坚持说服他，但她一心想着玩角色扮演，她为了更完美地出现，把自己关在浴室几分钟，从头装扮到脚。法丽娜用长长的、紫红色或金属光泽的头巾包住脸、脖子和肩膀，只露出胭脂红的嘴巴和黝黑的眼睛，然后束住胸部和上半身，并把双腿及至脚踝的部分绑成像美人鱼那样的尾巴样式。

一位木乃伊公主诞生了，等待着他重新赋予她生命。

让－鲁闭眼沉思了几秒钟，就像是在思考一些没有料到的事情。他的脑海一片混乱，已然失去了自控力。从加尼耶餐厅走出来以后，他发誓今晚的肢体接触只限于亲吻，离开之前的一个告别吻就足够了。他和他的行为都违背了自己的诺言，法丽娜也没有采取任何行动阻止他。其实，只要一声拒绝便足以驱走他隐藏在脑海中的邪念，他认为是这个邪念鼓动他去品尝这个女孩口中的馥郁香气，用手掌窝感受她胸部的质感。

仅限于此吧。

她迈着小碎步，摇晃着朝他走来。

让－鲁咒骂自己，他骂男人们意志薄弱。他骂可恶的上帝以及他那天使创造者把他们设计成这样，在面对一个诱人的姑娘时忍不住犯忌，并在他们脑中植入了一种病毒，能在极短的时间内将人生中通过教育和道德建立起来的防卫一举击垮。

当然，不能就此打住。他建议法丽娜跟他去丽笙酒店的房间，但是她还有其他想法。

一个更好的主意。

法丽娜用她身体部位中唯一没有裹住的右胳膊轻轻地解开裹在头上的头巾，她的头发像雨丝一样垂落下来，然后她打开头巾，露出下巴、项背和肩部。

"帮我转一转。"她低声说。

她走向他，他拉紧了头巾的末端。他明白了她的用意，她是让他帮忙脱掉紫色头巾。漂亮的法丽娜像一个陀螺一样旋转着（无法登大雅之堂的陀螺），直到另一端的头巾脱落，直到她全裸为止。他缓慢且坚定地拉着头巾。美人停止旋转了。这个游戏她还没有玩够，她想再加一些色情的内容。她娴熟地用一只手抓住让－鲁的手腕，用头巾把他的手腕绑在帐篷的支架上。

"如此一来，我们两个人就息息相连了。"

法丽娜让头巾滑落到让－鲁的手掌心，为了让他被束住的手指头，只需简单动作便能够打开头巾。她重新站起来，像礼拜时身体旋转舞动的伊斯兰教托钵僧一样。隐藏在帐篷外的高音喇叭播放着节奏渐强的东方音乐。让－鲁心想，这个播放列表的节奏根据人们嬉戏的进度设定。他转得和法丽娜一样快了。

博朗蒂娜什么也不会知道，他不断地敲着自己的脑袋，同时，他的手指却一直抓着头巾，就像他被淹没在井底时，紧紧抓住一根绳子一样。一根不断下落的绳子。他不断地拉，不再想其他任何事情。

揭掉头巾的法丽娜露出她高耸的胸部，裹在紧绷的头巾下，让－鲁每拽开一厘米，就是帮她又多松开一部分。他怀着一种难以言明的情感，看着她的身体从宽松的头巾里慢慢露出来，或者可以说从中盛开，就像巢中出现了两只浅色的小鸡，伴随着害羞的表情，每一次旋转又让它们变得更加浑圆。

博朗蒂娜不会知道这一切的。这个想法压倒了其他一切想法。

法丽娜的肚子露出来了，同样赤裸平坦而且紧致，轻轻地触及敏感区域，好像到了罪孽的深渊，尤其当美人再次俯身倾向让－鲁的时候。

"总是你拉着我，但是你不能离我而去。"

她抓住掉落在地毯上的一米头巾，它像蛇蜕皮一样悄然滑落，正好可以用它把让－鲁的左手腕和帐篷的第二根支架系在一起，她再次抓住头巾。

"继续，不要停，我的小王子，我想为你起舞。"

让－鲁用手指头艰难而笨拙地继续着。他无法沿着面纱继续拉，但是这并不重要，小提琴的声音逐渐变强，法丽娜以一种十分精确的慢速旋转着，掉落的头巾瞬间挂在她的胯骨上，在敏感地带若隐若现。她的胯部挡住"丝绸腰带"的掉落，曲线毫不保留地呈现出来。绛红色的面纱不再裹着身体，而从她浑圆的臀部飘落下来。

让－鲁从来没有这么兴奋过，然而，他也无法摆脱深深的负罪感。

博朗蒂娜可能会知道，她能猜到。

这种糟糕的感觉破坏了一切美好，甚至当他与美丽的女孩做爱时，这种感觉也挥之不去。这无可非议的二重性将他从自己的身体中解放出来，这时多情、自信的博朗蒂娜独自一人在床上的全息影像出现在眼前，她在照顾乔纳唐，令人陶醉的景象在他面前旋转起来。可能在他的余生中，没有这个夜晚的艳遇，他可能不再爱博朗蒂娜？

法丽娜悄悄地退出来了。她手上的绛红色面纱又一次收紧。

或许，这是相反的，让－鲁尽力地想着，另一方面，他又认为在天鹅绒坐垫下，他的双重道德不复存在。他的这种负罪感一直持续到第二天，持续到他睡醒的时候，因为他归根结底只是害怕被抓住。第二天早上，他只要给博朗蒂娜和乔纳唐打电话，天空再次放晴，他记忆里便不再保留这个开心的偶遇之夜了。这是他的秘密花园中最光彩夺目的一棵树。

帐篷入口的两片帘子在这个特定的时候拉住了。在接下来的时间里，让－鲁只注意到布景后面两把火炬的亮光，它在布景上形成了一个阴影，然后突然一下窗帘拉住了，火炬的光芒被熄灭了。

四周一片漆黑。

"法丽娜？法丽娜？你在这里吗？"

没有任何答复。这是一个新游戏？一个圈套？碰到了陷阱？有人为了破坏他的家庭要给他拍不雅照，录视频？这个人是谁呢？为什么这么做？这一切让他毫无头绪。

"法丽娜？法丽娜？"

他思绪混乱。他试着拽头巾，但是他的手腕被牢牢地固定住了。

谁会如此憎恨他？他从未欺骗过博朗蒂娜。至少近20年没有欺骗过她。自从他离开 VOGELZUG 协会，自从乔纳唐出生以来，他就没有欺骗过她。在乔纳唐出生之前，他出去几周的时候，他只是满足于去地中海另一端看几个妓女。那已经是很久以前的事情了。

让－鲁疯狂地拽着绑着他的头巾。

我相信让－鲁能够帮助我。

他知晓一切，甚至不用我和他说，他也知道我怀孕了。

他肯定也会有一些疑虑。或许他准备承担一切？他爱我们？

至少是出于同情的爱。

好几周以来，我都相信他是爱我和我肚子里的孩子的。直到他的妻子，真正的妻子怀孕了，而且怀的是一个残疾的孩子。

然而，他与别人一样，甚至比别人更卑鄙，他抛弃了我。他抛弃了我和我的宝宝。

让－鲁不知道时间过去了多久。他只看到黑暗中有一个影子在前进，一个夜视生物，不知道是母猫、公猫，还是蝙蝠。他扭曲着肢体，成功地把束缚他的头巾松开了一些。不是完全松开，但是他能够动一动手腕，转一转。他等待着，窥伺着。

这个生物距离他很近了。

她在他的胳膊上扎了一下。

很快。粗暴地。让－鲁不假思索，用尽全身的力气拉着头巾制成的绳索，像瞎子一样想要挣脱，他咬着在他前臂上扎针的手。

他听见了一声喊叫，当针头被那只手迅速拔掉时，他也叫喊了一声。玻璃摔碎的声音一同汇入叫喊之中。让－鲁立刻想到他曾给法丽娜送过玻璃吊坠。

法丽娜？

在帐篷布景后，在火炉熄灭之前，他的脑海里出现了两眼看见的最后一些图像。他以为自己辨别出了那两个阴影，但这可能是由光的双重来源产生的幻象。袭击他的人是法丽娜，但是他的理性拒绝相信这个事实。一个陌生人可能进到房间里了。一个善妒的情人袭击了法丽娜，然后向他挑衅。

他仍然等待着。他努力在脑海里计算着时间，从他击退袭击者开始，已经过去 6 分钟了，他口中的血腥味开始消失。

他先是觉得右手腕很疼，接下来左手腕也开始疼。血不是流到他的咽喉，而是沿着胳膊往下流。

他的血。

这次，凶手悄无声息地靠近他。黑夜里出现了一个身影，一个细长的，也可能是一个刮胡刀片，他的两只胳膊上的静脉血管被割破了。

"法丽娜？法丽娜，我求求你放过我。"

无人应答，几分钟以后，他听见红角酒店沙漠旅行队客房里的门开了，然后又重重地关上。

一切都结束了。

他会死在这里。

那些有两重经历、三重经历、谎言经历的，悔恨的情人在他们的死亡之床上相安无事。而他却因第一次错误被判死刑，这是多么讽刺的事情！

清晨，人们将在房间里发现他的尸体，可能是被清洁女工或者是下一对住在这里的夫妻发现。人们会发现他口袋里的手机，并通知他的妻子博朗蒂娜，她不相信已经发生的一切，不相信他的死亡，不相信惨不忍睹的犯罪现场，也不相信他的背叛。

警察会进行调查，去他在丽笙酒店的房间搜寻线索，翻遍他的行李箱。他们在他的行李箱里找出一架 A380 的小飞机模型。警察把他的东西归还给博朗蒂娜，妻子又把飞机模型送给乔纳唐，并对乔纳唐说爸爸已经升入天空了。

乔纳唐一点也不伤心。由于飞机的存在，他的脸上呈现出天真而灿烂的微笑，他对爸爸最后的评价是，爸爸非常友善，当离开的时候，总会为他带来惊喜。因此，他跑到花园里，跑着把飞机举高，嘴里模仿着飞机发动机的声音，他看向天空寻找爸爸，想对爸爸说一声谢谢。

接着，很快，他将忘记一切。

起风的日子

—— 39 ——
7 点 03 分

管钱的人和本·金斯利长得很像。

长长的秃顶脑袋，又小又圆的眼睛，一笑就露出所有牙齿，就像键盘一样，还有前额那深深的皱纹，细长得如同测量线一般。此外，阿尔法觉得监狱里所有这些被监禁的人都像美国演员。他见过布鲁斯·威利斯从小汽车里走出来，衰老的罗伯特·德尼罗在院子的角落里自言自语，小罗伯特·唐尼和休·杰克曼利用晨间散步的机会做腹肌运动。

管钱的人紧跟着阿尔法的步子，慢慢地靠近他，为了躲避刮风，他们肩并肩沿着监狱的墙走了几米。他只说了三句话，甚至都没有看阿尔法一眼。

"你说吧。"

阿尔法在讲话之前喘息了一下，借此斟酌他的用词。他听说过管钱的人，和自己一样，也是自愿被关进监狱里的，阿尔法的这几个小时，对管钱的人来说有几年那么长。因为需要一个家伙在监狱管理业务，就像多民族混合体需要派一个管理人员深入撒哈拉沙漠的中心阿尔利特。像管钱人这样的人接受了这个任务，因为这是暂时的，并且能够得到很高的报酬。阿尔法三言两语陈述完他的计划，最为重要的是分发密码，得到储存在 Dropbox[1] 的文件。他们会在这里找到所有的详细情况，包括财政计划、人员往来和所有的票据。一切已经准备就绪，一切已经明确。接下来，阿尔法特意强调利润，为了得到巨大的利润，应该尽快行动。

与德维托的漠然态度不同，管钱的人似乎立即对这件事产生了兴趣。他向阿尔法露出了一个银行家般的微笑，想着是否应该握下手。

"我会转达信息，大家会认真研究的。"

阿尔法决定再推进一步。

"事情的进展确实应该快一些。自由之船不会持续很久。"

接下来的一秒，他为这件事感到遗憾。管钱的人已经离开了。他们会面的时间不超过一分钟。管钱的人掌握着话语权。

"我们不习惯办实事拖泥带水。在我们这里，信息传播得很快。它已经开始发酵了，早上，一切都会被成功解决。"

—— **40** ——

7 点 04 分

谢谢。

这个简单的词，汝尔丹·布朗 – 马丁刚小声说完，便已筋疲力尽了，他在潜意识里不停地重复这个词。当他打开电脑的时候，正是早上 7 点，屏幕背景，他通常设置为布克港的三桅船这样的地方，这次的背景是他母亲的照片。他花几秒钟时间来理清思路，为了不忘记这个日期，他想起了几个月前的一次策划。

---

1. Dropbox 公司的联机存储服务，通过云计算实现互联网上的文件同步，用户可以存储并共享文件和文件夹。

10年前的今天，他的母亲靠着他的肩膀，睡在索塞莱潘[1]的房子里的大床上，这所房子位于蓝色海岸大街，面向弗留利岛[2]。这里宁静悠然，清晨星星退去、阳光初升时的情景十分迷人。或许她从来没有像此刻这般幸福。

在闭上眼睛迎接黑暗之前，她小声对他说谢谢。

谢谢，汝蒂。

布朗－马丁想，这是他妈妈说的最后的两个词。这也是最后一次，一个人能叫出他的真名。

自从母亲离开以后，所有人都叫他汝尔丹，包括他的600个职员、15个董事会成员、3个儿子和他的妻子。

这是布朗－马丁第三次把他的指示发给秘书。不要忘记给圣罗克公墓[3]送一个花环，再为圣－恺撒教堂[4]在11点举办的弥撒送一个花环。

他使劲在记忆深处搜寻，只保留了青年时代和母亲的少部分回忆。他的脑海里出现了几个景象和母亲带他参加示威运动时的噪声，就像麻田街的小矮子，孩子在法国工会的队伍里。他的母亲阿奈特·布朗是一个积极分子，一个女战士，一个受社会争议的女激进分子。她是共产党人，和她的父亲一样，而贝尔纳·马丁是无党派人士。他是中立人士，不过问政治，不追逐权力。布克港船厂关闭之后，他觉得没有什么值得为之奋斗的，成了实实在在的虚无主义者。

汝蒂成长于大海和艾格杜斯的房屋之间，他上过维克多·雨果小学和弗雷德里克·米斯特拉尔中学。开家长会的时候，只有他母

1.法国南部罗讷河口省的一个市镇。马赛是罗讷河口省的首府。

2.法国的群岛，位于地中海，由4座岛屿组成，距离马赛约4公里，是一个度假旅游胜地。

3.法国北部瓦朗西纳的第一座公墓。

4.位于阿尔卑斯滨海省和普罗旺斯－阿尔卑斯－蓝色海岸地区。

亲是为了抗议才参加，他是一个不引人注目的小伙子。汝蒂？汝蒂什么？是汝蒂·马丁吗？等一下……老师虽然不记得他的声音，但给他的评语还是不错的。

在打开文本文件之前，汝尔丹两眼盯着母亲的照片看了许久。别墅里非常安静。在萨菲图准备好早餐之前，他还有一点时间，如果他集中注意力，足够找一些明天法罗宫举办的对外边境署主题研讨会开幕式上的发言稿。欧洲代理处为了它的荣誉，采取了向协会泄露会议开场白这样的冒险策略。

自由选择权。

布朗 – 马丁不会让他们失望……

开始在键盘上敲字之前，他让自己休息了一下，试探性地将目光瞟向游泳池，然后移向柚木露天平台，最后，停留在港口。汝尔丹喜欢把布克港的停泊场比成猛兽的下颚。他从别墅的高处望下去，如同海市蜃楼一般：河堤的一端弯曲成完美的钩状，然而，河畔的船坞，从娱乐港到北面，从油船到南面，船在裂开的大海湾中前进，就像驶向很多尖利的牙齿。今天早上起风了。他仍然坐着，不想去检查埃斯凯隆号和马里博尔号游艇以及港口的其他船只是否安置妥当。

他的开场发言将会成为经典，也会得到一致的认可。这会让当地的组织者甚为满意，也会让国际来客感到安心。汝尔丹回忆起1947 年夏天发生的这个插曲，当时的布克港上了世界新闻版面的头条。4500 名避难者，犹太人，大屠杀中幸免于难的人，《出埃及记》中被放逐的人都被英国人关押了。在 3 艘监狱般的船上，在这 3 周里，不人道的生存条件引起了世人的愤怒。

布朗 – 马丁要强调的并不是这一历史，而是布克港人自发组织的一系列团结连锁行动，他的妈妈属于其中最活跃的阵营，比起英法当局的拖延，他们的效率高得多。此外，他在布克港建立了

VOGELZUG 协会网站，以此纪念这段载入集体记忆深处的插曲。他在道德方面头脑简单，但是政治家们通过民意调查很欣赏他。他决心要以布克港人朴实的英雄为榜样，当处于绝境的外国人在离他们国土不远处伸出求助之手时，布克港的男人和女人们是第一批伸出援手的人，但是他们拒绝与移民、逃难者分享国土。似乎他们的种族主义仅仅是一件反对他们宽宏大量的盔甲。人道主义的忠告刚刚开始，从布克港的市长到土耳其的代表，塞浦路斯人和匈牙利人，他们都很满意。

他笑着再次阅读了自己写的发言稿，随后露出不满意的表情。他对"种族主义"这个词持犹疑态度，他本想找到另一个更恰当的词来表达移民的恐惧。他很难再集中精力，今天早上，他母亲的忌日又把他带回了昔日的时光。

汝蒂·马丁。

1971 年 9 月，他进了艾克斯－马赛大学的法学院。在第一节宪法课的 200 个学生当中，汝蒂不认识任何一个布克港的年轻人。他觉得所有的学生都来自富裕的区域——艾克斯和马赛南部漂亮的市镇，由于他的姓和他的出身，他不属于 5 年后将走出困境的 15 个学生之列，也无法读硕士或是参与高级公务员的考试。当老师让大家传递课堂作业登记表时，汝蒂用模糊的字迹写出了名字。

从此，汝蒂变成了汝尔丹。

在同一张列表里，他把父母结婚前的姓联结起来，阿奈特·布朗和贝尔纳·马丁。奇怪的是，把这两个平淡无奇的姓重新组合起来，这个新的姓氏读起来就像某个王朝贵族的姓氏。

从 1971 年返校开始，对从今往后认识他的同学来说，他就是汝尔丹·布朗－马丁。

汝尔丹热衷于儿童法、战争受害者法、自然灾害法和非法移民法。他相信专攻贫穷法和专攻商法一样，会使他变得富裕起来。几年以后，他是一个人权法和人道主义法的硕士，并创建了 VOGELZUG 协会。

布朗 – 马丁最后又朝向大海看了一眼脑海中的地方后，很快重新投入工作。在这个谨慎的开场白之后，参会者期待他能有力地揭露偷渡者的违法行为。他们通过贩卖黑人取得几十亿的利润，同时也造成了数千人溺死在地中海。

他不会给他们讲这些陈词滥调，他们邀请他来演讲的目的也不在于此。参会者拒绝枯燥乏味的数字陈列。对外边境署安排处理移民问题的特权由欧盟授予。换句话说，代理机构负责定义危机水平和财政协商，财政消耗在 10 年内翻了 7 倍，其间还买了几架飞机，增补了直升机。尽管他没有对对外边境署进行过任何正面指责，但是大厅里总有几十个积极分子想披露它的私有化和军事政策上的偏差。他更倾向于引用斯蒂芬·茨威格的无法辩驳的一句话来说服他们。他经常引用这句话，并产生了很好的效果。

"没有什么比一战以来世界遭受的退步更让人痛心，一战也限制了人们的自由，在 1914 年以前，地球上的土地属于所有人。每个人想去哪里便去哪里，想住多久便住多久。"

接下来，他再次提醒，人类以往的生活中，并没有护照的存在。人们在一战期间才发明了这张纸，在战争过后的和平年代，护照很快就被取消了。在 60 年代，也就是取消护照之前，这项约定在不同的种族社会和联合国引起了争论。人类自由通行在大地上，这项具有历史意义的基本权利，在 50 年前的乌托邦世界出现过，最大胆的理想主义者也不敢相信这能成为现实。

他为自己的这个想法鼓掌欢呼！他将重复向大家解释，近年来，世界上的移民数量趋于稳定，移民人数占总人口数的百分之三，比 19 世纪的移民数量少了三分之二。但是，全球化社会中也存在一个悖论：本世纪的金钱、信息、能源、文化比上世纪流通传播得更迅速，一切发展得越来越快，而移民速度却变慢了。民主政体筑起了心灵的藩篱，并在"9·11"事件后不断蔓延。建造藩篱不是为了自卫，而是为了进行筛选，严格筛选出受欢迎和不受欢迎的人。没有什么地方比美国和墨西哥之间的边界拥有更多的军事力量、费用更高而且伤亡更多，可是，每年仍然有几千万辆汽车穿梭于蒂华纳和圣地亚哥之间。

汝尔丹再次校阅了自己写的东西，心里由衷地满意。今天早上，他充满激情，心里寻思着，在这件事上，即使无法再进一步，他也可以提出取消边界的意见。边界不存在，便不会再有偷渡者。问题已经解决！边境机构就没有存在的理由。这是经过实践检验的真理，尤其是随着柏林墙的倒塌和申根国家的建立：人们越来越倾向于自由往来，定居在别国的情况越来越少。

他抬起头。只有他能把争论向前推进一步。他建立了和对外边境署一样性质模糊的 VOGELZUG 协会帝国。秘密偷渡行为养活了他们公司的几百个员工、董事会以及他的家庭，而且他们生活得很好。

在远处，在卡罗岬角的那边，他看到了蓝色海岸的小港湾，山上种植的树林对他 1995 年送给父母的索塞－勒－班的农场起到了保护作用。这是一座建在陡峭处的宅邸，它的一个浴室比他们在艾格杜斯的公寓还要大。他的母亲难以接受这样的奢华，但是她心爱的汝蒂让她引以为傲，拒绝接受这份豪华的礼物像在蔑视汝蒂的成功。父亲因心脑血管疾病去世以后，她一个人在这里住了 9 年。

随着父母的逝去，小汝蒂也消失了。

离开时一无所有，现如今荣誉加身。他的目光落在艾格杜斯的一排楼房上，房子面向大海，但是又因为死胡同错综复杂的道路而与城市的其他地方分开。他的孩子永远无法体会这种升迁，即使几个月后，几年后，乔弗雷将继承协会主席之位，他也不会有这种一步登天的感觉。他在椅子上坐直身体，艰难地估算别墅的护栏高度和花园中墙的高度，后者的高度与他的孩子们位于埃吉耶、卡布列斯、卡里勒鲁埃的住所高度几乎一致。他们出生的起点高，以后想要突破自我会很困难。

汝尔丹看了看表，他还有半个小时的时间来完成任务。他还有很多要准备的东西。这些备受争论的主题要一个一个去解决。几十万难民的拥入会造成法国社会的动荡不安吗？法国接收了 400 万黎巴嫩人和 150 万叙利亚人，他们聚集在这片小小的领土上，这里的人口密度是法国的 6 倍。这对法国的公共财政是一个灾难性的打击吗？所有的经济学家一致认为，接收外来劳动人口对法国的经济来说是一次机遇，他们创造的劳动成果远比他们消耗的要多。那些受过良好教育、没有退休的人会创造更多的经济效益。

当巴伯的音乐铃声打断他的时候，汝尔丹·布朗 – 马丁正为一个新的假事实费脑筋。他从口袋里掏出手机。

这是裴塔尔，裴塔尔·维里卡的来电。

一种不好的预感使他喘不上气。警长绝不会在这个时候给他打电话，通知他抓到了杀害弗朗索瓦·瓦里奥尼的凶手。他站起身，看到密史托拉风摇曳着泊在复兴港的船只。

"是布朗 – 马丁吗？"

"是我本人。"

"我不会拐弯抹角地说话，我们又发现了一具尸体，是让 – 鲁·库图瓦。这两次谋杀的作案手法一致，凶手紧紧捆绑住受害者，并且划破后者手腕上的静脉血管。谋杀发生在红角酒店的一个房间里。这次是沙漠旅行队客房，而且……"

"你事先没有在那里安插人手？"布朗 – 马丁震惊地问。

"不，当然安排了。这在你看来似乎不可思议，但是……"

"无论如何，警长的借口找得并不高明，"主席打断他的话，"让 – 鲁·库图瓦在 20 年前就不为 VOGELZUG 协会工作了。我们有充足的理由说明协会并没有参与到这件事当中。我相信您会调查清楚的，维里卡。"

— 41 —

8 点 21 分

风吹得红角酒店沙漠旅行队客房里的窗户咯吱作响，但是裴塔尔·维里卡坚持要开窗户。在他看来，这是唯一一种避免在绝境中自以为是的方法。他在四层面对市郊和商业区的窗口待了一会儿，然后转向绘画天花板和沙墙的房间。这栋楼的负责人，赛日·提斯朗衣冠整洁地站在他面前。在东方帐篷下面，深深浅浅的脚印嵌入可移动的地毯中，好像殖民地官员负责向贝都因人宣布说有人刚刚在地下找到了石油，他们应该放弃了。

"红角酒店的每一间房在世界的每一个角落都一模一样吗？"裴塔尔询问。

提斯朗点了点头。

"给我们说明一下。"警长说，"如果我们和一个连环杀手打交道，她每天早上在世界的某一个角落给我们留下一具尸体，而她仅仅是每天晚上换一个房间，我要能够想象她第二天会在哪里杀人。"

他转向正坐在刺绣布料凳子上的尤罗·弗洛雷斯助理，这个年轻人正老实地等待着上司的指令。

"我去酒店主人那儿转转，你给我准备一份详细的总结？"

尤罗沮丧地看着长官走远了。

裴塔尔将手搭在主管肩上，和他讨论着事情，好像他是房产代理人一样。

"所以告诉我，赛日，在'粉红莲花'房间里，墙上覆盖着日本色情版画，抽屉里装满了艺妓球？而在卡里奥克，我们发现了一系列的细带泳裤、丁字裤和其他巴西的三角裤？朋友，您就让我去看看，展示一下给我看。"

半小时后，裴塔尔一个人回来了。他和尤罗在红角酒店见面，抽出一把椅子，和他的助理面对面坐着。助理已经放了一瓶水在桌上，另一瓶在自己面前。

"怎么样？"

尤罗迅速地说了一下大致情况。信息不断浮出水面。

受害者让－鲁·库图瓦好似一个不惹是非的父亲，投身于协会，是一家唐氏综合征患儿父母支持协会的主席。他和弗朗索瓦·瓦里奥尼唯一的联系就是 VOGELZUG 协会，在递交辞呈前，他已经在这个协会工作了快 10 年。

裴塔尔·维里卡没说错。

"剩下来的，"尤罗接着说道，"瓦里奥尼杀人案的大致情况也是一样的。法医早上会给我们寄来第一份报告。我们正在通过监控录像来确认这是不是同一位女孩。"

这一次，裴塔尔的眼睛亮了，他转头向红角酒店的出口处看去，塔莱博队长正在那儿打盹。

他是负责在红角酒店前整夜执勤的。

然而一无所获。他们又如何相信这个杀人凶手，在不经过宾馆唯一一个大门的情况下，成功杀死了沙漠旅行宾馆房间内的受害者？

"警长，"尤罗呼喊着，略微提高了嗓门，"犯罪现场和弗朗索瓦·瓦里奥尼的相比，有两处新迹象。我向您详细说一下？"

"我听着。"

"首先，我们在库图瓦尸体附近的地毯上找到了一些玻璃碴。检测队认为这是一个小宝石，不值什么钱，但是他们仍旧没能把它恢复原状。"

"好的，他们会在完成拼接后告诉我们。你说的第二条线索是？"

"血。让－鲁·库图瓦成功地咬到了对他抽血的人，根据法医的说法是咬到了手。我们在他的衣服上、嘴唇上以及门牙上都发现了血迹。混着他自己的血，我们肯定会把这些都交给遗传痕迹国家数据库，但是我不是很相信这是她的 DNA。"

"啊，好。那你指望靠什么知道呢，机灵鬼？"

"血型。不到 5 分钟就可以知道了。"

"然后呢？"

"AB 型，很稀有的一种血型，世界上仅仅 4% 的人是这种血型。"

"好极了……我们就有几百万的嫌疑对象呢。"

弗洛雷斯助理看看手表，拿起瓶子喝光了水，准备起身。

"我不是催您，头儿，但是 15 分钟后在阿·艾斯拉中心有个会面。不好意思，我这次没时间帮您去星巴克买咖啡了。"

"他妈的，"警长抱怨道，"没了埃塞俄比亚的夏日冰咖，我这一天可怎么过啊？"

尤罗笑着起了身。裴塔尔·维里卡警长慢悠悠地跟着他，明摆着一副不乐意去见古非洲专家的样子，而不是对见面地点不确定。如果现在这些大学老师开始假装成应接不暇的明星……在他们朝着雷诺塞夫兰方向的人行道上走着的时候，尤罗准备趁着这阵沉默的工夫告诉上司最后一个信息。

"我们有时间去核查让－鲁·库图瓦的手机，联系的代码和瓦里奥尼的是一样的。他曾和犯罪嫌疑人在脸书上长达数月私信长谈。是嫌疑人来找他的。"

"不是用假名邦比 13？"

"不是。这一次，她自称为法丽娜 95。"

"95？瓦勒德瓦兹？不一定是马赛边上的那个门。"

"至少 95 不是一个省的编号，而是她的出生年份，21 岁，正好符合。"

裴塔尔在塞夫兰蓝色金属牌那儿停下了。

"什么？你怎么确定这个法丽娜 95 和你亲爱的邦比 13 是同一位女生？"

尤罗也在人行路旁的车子前停下了，盯着他的警长。

"您知道谁是法丽娜吗，警长？"

"不知道……一位歌手？"

"一个荡妇，头儿。"

维里卡怪异地看着尤罗，重复着他说的话，就好像自己没听清一样。

"一个荡妇？"

"法丽娜，是邦比的情人。"

"妈的……"

警长在警车前停了一会儿，然后，突然把钥匙扔给了自己的助理。

"开车，夏洛克！这下有好戏看了。我给利昂打个电话，让他替我正式调查邦比·马尔，确认一下他们是否还没放了那个小兄弟阿尔法，特别是让他为我们安排和蕾丽——那两个小可爱的妈妈见一次面。这一次，法国司法警察总署可要为我们铺好红地毯了。"

—— 42 ——

8 点 27 分

"睁开眼睛啊，蒂安！"

"不需要，爷爷。"

当他垂下眼睑时，就刚走过圆形广场那儿，蒂安意识到自己不需要看路就可以找到去学校的路。他的大脑从他小时候起就已经把所有的都记录下来了，而他对于这个一点也没察觉。他的脚步穿过公园踩在沙砾上的声响，让－约雷斯大道橄榄树上的鸟鸣，直到巴斯德大街拐角处的面包香，他在红灯亮起时停下，听见汽车停下的声音。通过。

"睁开眼睛，蒂安！"

蒂安拒绝了穆萨爷爷抓住他的手。不管怎样，他需要一只手拿着他的球，另外一只手帮他摸索着扫除前方的黑暗。他任由爷爷的手搭在他的肩上，好让他穿行而过。

"注意人行道，宝贝！"

蒂安抬起了脚。如果人们留神每一个声音，在黑暗中行走倒是挺容易的。他已经听见了远处孩子在院子里课间休息时的喊叫声。他只需要沿着马路走就行了。他听见爷爷走在他身旁，想象着爷爷绷直的胳膊随时准备抓住他，就好似在看护着刚学走路的婴儿。

一个婴儿。

蒂安不是很想伙伴们看到他这个样子。当估摸着距离学校大门还有数十米的时候，他睁开了双眼。

成功了！他刚好到了12号，就在一家阳台上挂着鸟笼的人家门前。

这一次，爷爷攥住了他的手腕。

"小家伙，我本不应该和你说让你妈妈失明的太阳的故事！"

"多亏了你啊，穆萨爷爷，我将会和她一样强大。我会继续训练，直到像导盲犬一样闻气味，像猫咪一样在黑夜里看东西，像老鼠一样在黑暗中移动。"

爷爷重新帮他的孙子整理了一下衬衫的领子。

"这对你有什么用呢？"

"为了重新找到妈妈的珍宝。然后好好保护它……"

墙那边传来了喊叫声，球碰上了砖石发出爆击声。蒂安抓紧了自己的球，夹在胳膊下。他急着去找小伙伴们了。爷爷满怀柔情地看着他，没松开手。

"我就像你一样，蒂安。在你这么大的时候，我和你一样，脑子里只有这些珍宝的故事。"

蒂安扭过脸，很是好奇。

"你也是，你的妈妈也有一个宝贝吗？"

"不是我的妈妈，是我的外公。一个没有人可以保护的宝贝。如果没有人把它偷走的话，可能任何一个坏运气都不会降临到我们身上。"

课间院子里爆发出一阵阵喊叫声。两支队伍有一支刚刚输了。这一次，蒂安迫不及待地朝学校大门跑去。

他的眼睛睁得大大的。

"今晚接着给我讲啊，穆萨爷爷！"

—— 43 ——
9 点 17 分

努拉站在鲁本面前。

"你给我加一倍薪水？"

宜必思宾馆的经理睁大双眼，看着这个非洲女孩。像她所说的那样，她今早9点才到，短而卷曲的头发已经竖起来了，活像一个在找扫帚的女巫师。她已经焦躁一刻钟了，最后气冲冲地出现在柜台前。

"天哪，我的大明星，是哪里不对了？"

努拉是个异类，就像靠电池运转一样。

晚上，她唱歌跳舞，为了尽可能让那些偷渡的乘客开心；白天她戴着耳机，在宜必思走廊和房间走来走去，就好似一个电子设备正在充电。这天早上，耳机还绕在她的脖子上。

"鲁本，理论上应该是两个人负责打扫的。"

努拉是个奇怪而且……妒忌心重的人。她抱怨在宜必思的活儿太多，但是又不能忍受他雇用蕾丽，更受不了的是这个新来的人比她经验丰富，也比她干得好，更加有活力，有效率。更糟糕的是，蕾丽很可爱，也总是很快活，是那种会不经意间温暖人心的类型，活活一个"小太阳"。

"亲爱的孩子，蕾丽从早上 6 点就到岗了，她是步行来的，因为那么早还没有公交车，她得走一个小时，她还得照顾她的儿子，她……"

"别扯她的私生活，只要她在这儿就得工作，没什么可说的。"

努拉长舒一口气，然后就好像微弱的电量信号在她脑袋里闪烁一样，迫使她重新戴起耳机，抓紧扫帚走开了。

鲁本发现蕾丽坐在 23 号房间的床上哭。她一直在哭，脚下一堆毛巾还有白色的纸巾让人感觉她已经用了几千克的餐巾纸了。在鲁本还没说话的时候，蕾丽把脸转向了他。

"我被布克港警察局传唤了，今天 16 点。"

"为什么？"

"这次是关于邦比。他们正在找她。"

"那阿尔法呢？"

"他给我发了条短信。他今早已经出去了，比预计的要早。"

"您的女儿邦比，她在哪儿？"

眼泪又一次开始流起来，先是沿着蕾丽的脸慢慢流着，串珠般的眼泪接着迅速地落到她塑料的蓝色围裙上，最后在她的双腿上崩裂。鲁本没有再接着问了，他就说了一句：

"如果您的女儿有麻烦，我能帮助她。"

蕾丽给他看自己孩子的相片。邦比很漂亮，和努拉一样美，高挑的个子，一副跳舞的身材，曲线完美，古铜色的脖子好似天生低音，那红润的双唇更是给人柔美的感觉。

鲁本坐在蕾丽身旁。

"传唤是在 6 个小时后，我们还有时间……您想要一杯咖啡吗？"

蕾丽接受了。

"我是从印度尼西亚哈马黑拉岛带回来的。独立分子送给了我 3 小车，为了感谢我在 36 个月的时间里秘密地藏匿了他们的头儿约翰·苔泰利萨，他一直被雅加达的各路民兵追捕。"

蕾丽笑了。鲁本起身去办公室取马鲁古的美酒。

"等我回来的时候，"他转向蕾丽说道，"您再和我讲述。您的生活比我的有趣多了。"

蕾丽没吱声，但是她的沉默已经表明自己没被说服。鲁本直视她的眼睛，没能掩饰住极度的忧伤。

"至少，您，您没有编造生活。"

蕾丽的故事

— 第六章 —

我于 1994 年 9 月在丹吉尔下车。娜迪亚帮我联系上了摩洛哥明爱机构，这是一个关照怀孕妇女的协会。很多撒哈拉以南的非洲地区移民在前往欧洲前就已经怀孕了。大部分是在被强奸后，其他的恰恰相反，是故意在排卵期做爱而怀上的，这是让男人们在 9 个月内不再碰自己最好的办法了。另外一个好处就是，当偷渡难民的聚居地被摩洛哥或阿尔及利亚当局拆毁的时候，女人们是受到社保部门优先保护的，避免了搜查、殴打和在沙漠边防站监狱内发生新的强奸。对这些新晋的单身妈妈而言，在摩洛哥明爱机构排的队伍很长，但是盲人或是肢体残疾的人们有机会受到优待。我是在讲我的故事，仅仅略去了说那个一直没离开我的阿迪达斯包里面到底装了什么。包里装了钱，很多钱，我的钱，但是不仅仅是这些。其他的，我还带着属于阿蒂尔的那部分赃物，鲁本，我只能对您说我既不可能花了它，也不能摆脱它。就是如此，鲁本。没有什么财富是不受到诅咒的。

在摩洛哥明爱机构的护士那里，我不停地说想做角膜手术，一个移植手术。我有钱，我说过我家已经为这个存够了钱。我相信明爱机构也调查证实了我的说法。我还知道了阿蒂尔·翟利不是我想象的那样的恋人。他在难民移民组织中很有名，在帮助移民的机构时玩两头的把戏，为了赚点外快还非法让一些地下的难民偷渡。一些女孩沦陷于他的怀抱里，她们最后都成了妓女，然后被抛弃，但是没有人像我在他身边待得那么久，可能相较其他人他更加爱我？可能我花了更多的时间来弄明白事实？没有人知道他最后怎样了，或是他幸存下来了，或是蛇头们把他的尸体抛到苏斯港了。

我才不管呢。我只有一个执念，在分娩前恢复视力，看见我的宝宝出生。我央求那个要给我做角膜手术的外科医生，那是个嗓音粗暴而尖厉的家伙，就像一只被宠坏的小狗。我哭着，咒骂着，但是他只说了寥寥几句来安慰我。

"这对宝宝很危险。"

他谈到局部麻醉，有排斥的风险，感染还有大出血。

我只记得一件事。

"这对宝宝很危险。"

1995 年 3 月 27 日，我在拉巴特的布雷格莱诊所成功分娩。罗盖医生已经同意 4 周后为我做手术，还是在拉巴特。手术进行了差不多1个小时，天知道当我知晓一切后是如何向医生吼叫的。甚至没有全麻，没有住1周的医院，9万迪拉姆就是那两刀！

他强调，这对宝宝太危险了。

我恨死罗盖医生了。我的孩子从出生起就睡在我身边的摇篮里，我都不知道她像谁，我给她奶吃，给她换衣服，给她洗澡，吻她，她娇嫩而芬芳的气味让我幸福得要晕过去了，可就是没有看到她的肤色。

但是这个外科医生说得对，我只有在手术后才明白。

我睁开眼第一个看到的就是邦比。

自此也没法合上双眼，仅仅这一个画面就足以让我聊以此生了。

邦比，我的珍宝，我的小美人，我的奇迹，我的至爱。

几周后，我同父母、兄妹、邻居回到了塞古。用剩下的一部分钱，我在河边买了栋小别墅。

邦比在成长。就像沙漠的一朵花，娇弱，好似她混血的浅色肌肤让她比同龄的男生女生更加脆弱。好像她少了层乌木铠甲。邦比不喜欢赭石色的河水，讨厌看到自己的裙子被泥土弄脏，她还害怕一头骆驼经过，完全不像我在她这么大时的假小子样子。邦比一下子就爱上了学校，50多个学生挤在一间教室里，只有早上上课，老师是一位年老的教员，说班巴拉语比法语要多。方圆30公里内就没有其他学校了。

渐渐地，一个疯狂的念头萌生了。

再次出发，去欧洲，让我的女儿去那儿。

我曾经去过欧洲，到过马尔萨拉、马赛、阿尔梅里亚。

我从来没有看到过地中海的另一岸，但是我知道那一边。塞古人会收到住在巴黎地区的蒙特勒伊的姐妹们寄来的信件和一点钱。我对她们还有点印象。

那儿的女生没有我儿时在一起的那些人那么恶毒，根据她们的消息，她们是在市政大厅工作的，每个月挣好几千法郎（我都不敢计算这个相当于多少非洲法郎），她们同家人去图书馆，去电影院看电影。

如果像纳罗和比奈图傻瓜都能够做到，她们可以给孩子提供这样的未来，那么我又有什么理由放弃呢？我曾经在失明的状态下成功通过一次，我也将会用我的双眼再次胜利。如果一切进展顺利，我又有足够多的钱的话，我会把邦比留给我父母，然后独自一人进入欧洲几周。用来找工作，立住脚，然后再带着邦比过来。在法国，她会有机会。我的女儿是一朵娇花，她太脆弱了，无法在沙漠生长。在这里，她最后会长成仙人掌，而在法国，她会是玫瑰、鸢尾，抑或是兰花。

我越想到这儿，我的决定就越显得像铁铮铮的事实。

我应该为了邦比尝试偷渡，留下就意味着抛弃她。我也决不会原谅自己这一点的。您可能觉得奇怪，鲁本，我如此想，认为待在女儿身边就是抛弃她。但是因为您已经到处旅游过，您应该理解我不是唯一一个，在世界上，在非洲或是在别处有成千上万的母亲同我一样感受到这种迫切，也接受了相同的牺牲。抛下她们的孩子，为了给他们带来更好生活的机会，甚至不是更优越的生活，仅仅是另一种生活，第二次给予他们生命。

这次旅行花了 3000 法郎，从通布图出发，穿越撒哈拉，到达纳祖尔，然后在 Gourougou[1] 森林扎营，距离梅利利亚有数千公里。那里是一个在摩洛哥的西班牙飞地，面向地中海。那时候，人们还没有建起特别高的墙，也没有很多的西班牙士兵。至少导游们是如此告诉我们的。休达和直布罗陀已经关闭了，但是我们可以从梅利利亚走。只要到了梅利利亚，就得救了。

---

1. 摩洛哥里弗山脉的一座山峰。

我的父母，不管您信不信，鲁本，他们甚至都没有尝试劝阻我。他们知道我是为了大家而冒险的。为了我可以从法国给他们寄钱，有一天也可以接他们来法国。

我想略去说穿越沙漠的细节，鲁本，4000 公里的小路，坐boulboules 车（当地一种交通工具），汽车取代了单峰驼，车的防水油布下挤了 12 个人，夜间气温 0℃以下，白天 50℃以上，50℃以上时，缺水，而且汽油罐子埋在沙漠里需要花好几个小时去找。无穷无尽的等待，到加奥，到撒哈拉入口，然后又前往基达尔。车抛锚了，在伊弗加斯的阿德拉尔里我们只能徒步继续行程。有同伴被丢下，因为他们肚子疼或是染上了疟疾。我们出发时是 35 个人，到达廷扎瓦滕，过阿尔及利亚的时候只剩下 19 个人了。

坦扎，非法移民者的聚集地，是一个边境城市，那里聚集着撒哈拉以南的移民。到达的人和被驱逐的人混在一起，阿尔及利亚警察安置在这儿的被驱逐的人有数百人之多。在卡车之间等待了好多天，又给其他蛇头钱，逃离军队的直升机追踪，我们朝着塔曼拉塞特——沙漠首都的方向疾速行走。

在那里睡了几个晚上，最终，我们换了辆更旧但是有阿尔及利亚牌照的车。为了离开这个城市，我们和每个关卡的人商量，一次又一次给钱，直到巡逻队越来越少。大家在北面，在茫茫沙漠中，2000 公里的前行，甚至不喝水，不喘口气，司机们日夜接替轮流开着车。又是 4 天的恐慌生活，只有最强壮的才存活下来，鲁本，只有最强壮的，假如法国人能够明白这一点就好了。4 天以来，我们受尽折磨，倾家荡产，睡在一片恶臭间，任由风吹来尿液和胆汁的气味，最终到达了摩洛哥边境乌季达市。

等待，比在坦扎等的时间还长。交钱给不认识的人，每天夜里都做好准备，突然就被叫醒，徒步出发，约有 15 个人，随行的还有一些被贿赂的士兵，朝着摩洛哥东北部纳祖尔市的方向前行，那是在梅利利亚南部 150 公里的地方。6 天的行走，穿越了雷达，我们被恐惧感侵袭着，我们的导游对着沟壑的边缘开枪，我们遇上宪兵队的吉普车，所有人都停下了，这一切都让人害怕。难以忍受的疲劳，强烈的求生欲望和疯狂，丧失理智的希望，使我们神志不清，直到我们最终抵达 Gourougou 森林，这个可以俯瞰梅利利亚和地中海的山林地区。偷渡者的酒店，这些移民这么称呼这里。森林式的宿舍。欧洲天堂的大门就在不到 1 公里处，仅仅一座 3 米的墙等待翻越，但是难民们一天天地在准备攀登，削剪杆子来组装梯子。我们不能功亏一篑。上千的移民，基本上全是撒哈拉以南的，尼日利亚人、科特迪瓦人、刚果人、加蓬人，都在等着绝佳的时机，找到突破口。这是一支满怀信心的军队。

天堂的大门，鲁本。我对您所说的是真的，但是这个天堂也是一片如地狱一样的地方。

森林里有一些女人，不过比男人要少。这一次，我不是失明的，鲁本，我看得见。我看见一些女人去稍远的地方洗漱或者去上厕所，我看见一些男人跟着她们，我看见女人们脱下了衣服，男人们也脱下了。我看见那些女人任由男人摆布，为了防止被殴打，被一个、两个、三个男人摆布着而且没有安全套。

6 月的一天晚上，一些男人看到我离营地远了，他们有 5 个人。

我离第一个帐篷有 1000 多米远，他们把我团团围住，就像一群狮子围着一只羚羊。第一个人是一个科特迪瓦人，他对我用法语说：

"我们不想弄疼你，如果你听话的话，一切会很顺利的。"

另外 4 人已经解开了裤子的扣子。

"你很幸运，"那个科特迪瓦人接着说，"你本可能会遇上比我们还糟糕的人，我们可是绅士。"

他没有说谎，鲁本，当其他人的裤子已经脱到脚踝时，他从自己的口袋里掏出了装有 10 个安全套的盒子。

— **44** —
9 点 25 分

塞瓦斯托波尔是一艘长达 30 米的游艇，原来属于一位乌克兰富翁，在摩纳哥停泊了很久。自从这位商人想投资一支保加利亚足球队，这艘游艇就准备被卖了。娱乐网登的广告上说的价格为 250 万欧元。

贾维尔·布京每天收取 70 欧元放 1 小时的水，让马达运转，擦亮外壳以及船舱，向可能的买主展示这艘游艇，如果买主想出海的话还会多加 150 欧元。

他对于那天早上的访客很是吃惊。一个黑人壮汉，身穿牛仔裤，脏兮兮的 T 恤衫，皱巴巴的外套，胡子拉碴，球鞋的鞋带松垮地系着，好像刚从牢里出来，跟着一位系着领带的矮个子，面色苍白，就像牛奶工，一头白发梳得无可挑剔。

洛海勒和哈迪，黑与白。

贾维尔带着他们绕游艇转了一圈，他们进到内部的大厅、冷藏室、厨房，在巨大的船舱大厅停留了很久，大厅大约有 80 平方米。那个黑人壮汉好像在盘算着什么，扭头朝向天花板像在估摸着高度，以防人撞上去。

"完美，您让我们单独待一会儿。"这个黑人最后要求道。

贾维尔同意了，他上了甲板，眼睛还是盯着洛海勒和哈迪。不是他想去监视他们，他只能从他俩的对话中听来只言片语，但是命令是具体的：如果客人还没有付款的话，我们是不能把他们留在船里的！贾维尔难以想象在这个船主把家具都搬空了的破壳里面有什么可偷的。他紧紧抓住舷窗，看那层积云延伸，直到分解成长长的碎片，让人不禁想起一艘闹鬼船只的船帆。起风了，他默默祈祷着他们千万别向他要求说要出海逛一圈。

"250 万欧元，这可是笔不小的钱。"

"是一种投资，"阿尔法纠正说，"一次很好的投资。"当对方在思考的时候，阿尔法又想起了自今早起的一连串事情。管钱的人的确效率很高。他不知道今早他出狱为了什么事情，但是当他一被释放，就有一辆出租车在对面的人行道那儿等着他了。它朝着港口的方向开去，还有个看样子同管钱的人相当的人物，不过是在高墙之外的。马克斯 - 奥利维耶，这是个有魅力的男人，50 岁左右，白白净净，就是可以信任的那种银行家，带您绕绕柜台就可以获得一笔房产借贷。一个很有同情心的人，仔细听取您的需求，然后向您详细解释 30 年的借贷的种种后果。一个善解人意的家伙，会在您没有钱支付并沦落街头之际，毫不犹豫地提醒您"我已经和您说过了"。

银行家满心疑虑地评价着弥漫着灰尘的货舱和被蜘蛛网罩着的木制品。

"马尔先生，我已经仔细研究了您的投资方案。老实说，我还有些疑虑。"

他的声音在空旷而没有家具的船舱内回荡。阿尔法又提高了点嗓音。

"您和我一样了解这个价位。乘坐橡皮艇的每个移民付 3000 到 5000 欧元，随时都有可能沉没，也不可避免被海岸巡逻队发现。3000 欧元乘以 50 个乘客，就是说每个汽艇可以得 15 万欧元，免税，为了一次自杀式行动。我建议还是选择另一种投资模式。"

银行家从牙缝里挤出：

"只有这样了。"

"您知道我想说什么。移民市场和其他市场一样，会根据供需变化而变化。欧盟边防局的工作越出色，通过的偷渡者就越少，价格也就越高。我不想在您面前班门弄斧谈您的工作，马克斯－奥利维耶。是有了海关才有了走私犯而不是反之。美国通过禁酒在流浪汉那里赚了一笔钱，没有禁令就没有艾尔·卡彭。"

阿尔法对自己的这番说辞沾沾自喜，他几周来可是一直在精心润色着这句话，但是看起来这并没有给银行家留下什么印象。

"我懂边境的生意，马尔。大家都同意，每个人都在从中获益，海关和走私犯们。让我感兴趣的是，你们怎样比别人挣得多？"

阿尔法稍做停顿，吐了口气。这个巨大的船壳有了教堂的韵致。

"我的想法很简单，给移民们三个保障。安全，舒适还有度过关卡的最大可能性，也就是传统的偷渡商不能保证的。有了这三个许诺，我确定很多移民都准备付很多钱，比现行的市场价高很多的价格。"

"多少？"

"1万欧元，1.5万欧元？想象一下。我们在夜色中大家放松警惕的时候，让移民们上游艇，大概在非洲沿岸的地方。他们下到船舱里，稍做安排，我们可以在这里摆上50多张床，不用叠放，洗手间、浴室，喝的和吃的东西，在甲板上，如果遇见海岸巡逻队经过，我们安排几个身穿泳裤的金发女郎，端着 mojito（莫吉托，古巴的一种鸡尾酒）的黑人服务生，身穿水手服的健壮领航员。丝毫没有沉没或是被检查的风险。一靠岸，不管是欧洲哪个游乐港，阿雅克肖、圣特罗佩，还是圣雷莫，只要等着夜色降临，雇几个人盯梢，移民们就像贫民区的猫一样一个接一个消失了，神不知鬼不觉。"

"这样的把戏不能长时间保密。"

"是的。但是算一算，马克斯－奥利维耶。每50位乘客1.5万欧元，就是说，就是说每艘船挣 75 万欧元，这艘游艇的钱三趟就挣回来了。"

"每个乘客 1.5 万欧元，您认为移民们会付吗？"

阿尔法激动起来。这个银行家没有什么理由辩驳他。

"您看文件了吗？"他高声回答道，"您读过那些意愿声明了吗？这些家庭，马里的、科特迪瓦的、加纳的，他们已经准备好尽可能去借钱，只要我们确保结果。我有地中海那边的各种团伙组织，有点子，有人，有船，我只缺钱。"银行家沉默了很久，降低了音调，好像想去平复阿尔法的兴奋状态。

"是的，这是您的主意，您的团伙。但是如果我们给您出资，您就是我们的雇员了。坦率地说，如果您愿意的话。一旦您偿还了我们的借款就完全独立了。"

"您放心好了，"阿尔法夸下海口，"我不会给您空头支票的！"

银行家露出模棱两可的微笑。

"实话实说，马尔，我不确定是否可以相信您。您太过自信了。而我的直觉告诉我，您向我们隐瞒了一些事情，但是您的材料我们已经研究确认过了。太好了！我的特权只有这个，我将会尽可能让您在本周末之前成为这艘船的主人。"

银行家上了甲板，和负责保修以及驾驶塞瓦斯托波尔的人交谈了整整一刻钟。那是一个胡子奔拉、头发稀疏的家伙，缺了两颗牙，右眼一直眨巴着，阿尔法想象着他可能是省钱买木腿和铁钩吧。

当银行家走远了，阿尔法走近那位缺牙的驾驶员，抬头看看塞瓦斯托波尔驾驶舱深色的玻璃和天窗。

"现在问题都解决了，我们可以试试船吗？"

—— 45 ——
10 点 05 分

站在达扎奇的露台上，面向阿·艾斯拉中心的位置，裴塔尔·维里卡骂着——见面的时间已经过去 5 分钟了，还是不见大学教授的影子。警长试图在这些男人中间发现身穿吉拉巴进出的人，可能背着书包，戴着眼镜，或者甚至是一套西装。他无法猜测阿·艾斯拉中心是清真寺、学校，还是培训中心，或者三者都是。

尤罗好像对此嗤之以鼻，盯着手机屏幕。本可以在中国街区进行网络传送的，现在他也不会如此不自在，无法上网，好像周围的人仅仅是穿梭不停的虚拟背景，与他毫无关联。利昂一无所获，刚刚打电话告诉他，邦比·马尔暂时没有找到。她的兄弟阿尔法今早在撤回原令到达之前就被释放了，只有他们的母亲蕾丽·马尔确认说是 16 点会在布克港警局。只能是这样了！利昂已经像疯子一样地做好了准备工作，劝服检察院、法国司法警察总署和法官。马德林今早还在犹豫不决，裴塔尔现在期待的则是这一天风平浪静，没有新的尸体，也没有新的证人从尤罗的脑袋里冒出来，不至于推迟见面。

裴塔尔轻轻晃动了一下助理的电话。

"喂，喂，这里是麦加，你对这个老师到底了解多少？"

"什么都不知道！我只是读了他发表的一些文章。稍稍上网一查，就会发现他是这方面最好的专家了……"

"是不是专家不知道，我等他要浪费一个早上了。"

就在裴塔尔起身的工夫，一辆摩托车在人行道那边缓缓停了下来，差点没把他碰倒。骑摩托的人熄了火，放下车子的撑子，把头盔取下。那人 30 多岁，充满活力，笑容满面地向他们伸出了手，同时摆弄着自己的一头黑色长发。

"我是穆罕默德·陶菲克，不好意思，迟到了，今早在学院里上了一节练习指导课，11点又去上了一节前古兰经阿拉伯文学课。"裴塔尔盯着陶菲克，很是吃惊。他完全就是个毛头小子，右耳戴着一颗巨大的钻石。更让警长吃惊的是，他眼睛周围还有睫毛膏的痕迹。

"您就是贝壳方面最权威的专家？"警长戏谑着问。

"我仅仅是一名博士生，3年级。但是现在要是在答辩之前，每年不发表5篇文章，出版1本英文书、1本法语书还有1本阿拉伯语的书，就没有被录用的机会。"

他大笑起来，露出雪白的牙齿，像奥马·沙里夫一样的眼神，一副令人讨厌的面孔。

"您要是急的话，正好我们也赶时间。开始吧，和我们说一说这些有名的贝壳的事情。"

穆罕默德·陶菲克明白自己没时间点一杯茶、抽根烟或仅是问一下为什么这两个警察想来问他。尤罗做了个平复心情的手势，把弗朗索瓦·瓦里奥尼口袋里发现的贝壳和类似的贝壳摆在了桌子上。穆罕默德依次看看裴塔尔、尤罗，还有贝壳，然后陷入了长久的自言自语之中。一副聪明、认真的学者样子。甚至连裴塔尔·维里卡都已经忘记了穆安津（在清真寺中宣布礼拜时间并每日做5次的礼拜者）的高喊声和周围那些阿拉伯人的交流声。

"这些贝壳是一个特殊的贝壳种类，主要来自马尔代夫，这一点也让它们显得尤为稀有和好辨识。这些贝壳最早是在公元前1000年用于商业贸易的货币。我们也可以认为这些贝壳是世界上最早的货币。既然时间紧迫，不好意思，那我就跳过两千年的历史，直接说公元1000年。这是国际贸易的开端，尤其是西非和亚洲，经由阿拉伯商人，贝壳成了大洲之间主要的交易货币。不容易造假、方便运输加上好称重，堪称理想货币。在奴隶贸易中继续发展，荷兰人、法国人、英国人运输了百亿个贝壳，有手镯、项链，有高达 1 万篮子的贝壳！

"殖民时期，欧洲人逐渐采用了我们今天知道的国内货币系统，但是贝壳在西非仍然很流行。除了主要的交易货币，它们还是繁殖力的象征，用于占卜、装点服饰和仪式的工具。逐渐，欧洲人发现贝壳成了反殖民的象征。很快，1890 年到 1900 年，法国人、英国人还有葡萄牙人约定禁止使用贝壳。一部简单的法令在一夜之间使贝壳变得一文不值。您难道不觉得这是一种强力施行新的社会秩序的方式吗？整个社会体系坍塌了，波及所有人，从可能会用几个贝壳支付点小钱的底层民众到穷尽一生通过堆积成吨的贝壳来积累财富和社会威望的富人。卖主、商人、工匠，已经习惯于称重和计数成袋、成壶、成罐的贝壳，面对新货币则无法估量。自此，税费、罚金都是用法郎、英镑或是里亚尔支付。欧洲的资本主义取得了胜利。"

"如今不再用贝壳支付了吗？"尤罗问。

在回答前，陶菲克的目光落在了两位进入阿·艾斯拉中心的姑娘身上。两个伊斯兰的"玛丽莲"，广场上的风吹起她们的头巾和长袍。

"是的，一个多世纪以来，它们已经没有任何货币价值了。但是抵制国际货币市场以另一种形式进行着。如今非官方货币原则从未像今天这样盛行。"

这一次，裴塔尔第一个有反应。

"请您解释一下？"

"随着世界移民的趋势，散布世界的聚居地和群体间的经济交易，到处都有多样的交易形式。阿拉伯世界的哈瓦拉、印度的 hundi（洪迪，源于古代印度的汇票的凭证）、菲律宾的 padala（汇款或支付方式）……没有实质流通的资本交易，不通过官方银行，提取率也很低。然而，这些交易占世界货币交易的大约 50%，同时不受任何管控……整个系统基于经纪人和中间人之间的信任、荣誉、团结和民族。没有任何的司法保障！就像贝壳，就是传统方式的现代变形，以防非洲或者亚洲在路上或者市场上运输黄金的风险。"

"不好意思，"裴塔尔打断说，"我和你们的先辈一样对经济一无所知，不知道如何把贝壳转成法郎。但是我没有看到你们的哈瓦达和我们的贝壳间的关联啊！"

陶菲克打量着摆在桌子上的贝壳。

"这很简单，您马上就明白了。想象一下 1 个贝壳假如等于 100 美元，但是它仅仅是在一个封闭的流通中值这么多钱，而且只有内行知道。如果您带着 500 美元，尤其如果您必须不带行李横渡非洲，您就有很大的风险被谋杀。但是会有谁想为了 5 个贝壳杀您呢？"

他任由两位警察思索着，眼光没离开这些贝壳，好像它们每个确实值 100 美元，他趁机起了身。

"我走了，还有课。"

他们看着他走远。他一踏出阿·艾斯拉中心的大门，两位警官就看到一群女生，背着书包或是手里拿着书包，戴着面纱，激动地紧紧跟在他身后。

助理尤罗·弗洛雷斯也起了身。

"我去要杯茶。"

"你问一下他们有没有啤酒。"

他回来时，手里拿着冒着热气的银茶壶和雕花杯子，警长立刻叫住他。

"利昂刚刚打电话过来了。他们刚刚完成了沙漠客人房间找到的玻璃碎片的拼接。你稳住啊，知道他们拼成了什么吗？"

"一只海豚？一只猫头鹰？一个贝壳？"尤罗一个个猜着。

"一座塔，哈利法塔，世界上最高的塔，一种只在迪拜机场有卖的小玩意儿，他们已经确认了。"

尤罗思考着。这个细节加上在让－鲁·库图瓦的箱子里找到的阿联酋航空 A380 的模型，又是一个谜团。让－鲁·库图瓦，自从他离开了 VOGELZUG 协会，基本上不会或者说尽可能少地旅行了，就是为了不离开他患有唐氏综合征的儿子。然而迪拜却是解答问题的要素之一。一件新的烦人的事情，比那些等着重新粘贴的玻璃要更难。

他吹了下自己的茶，犹豫着是否推荐给上司，想试一下茶温，却烫着了舌头，接着开始了交谈。

"我也有一个信息。"

裴塔尔羡慕地看着马路的另一边，一家餐厅宾馆的露台那儿好像有酒水供应。

"除了对蕾丽·马尔的一些常规检查，工作、犯罪记录、邻居走访，还有同伴，我还查了她的血型信息。这并不是很难，只需要给布克港唯一的一个实验室打个电话就行了。蕾丽在那儿有一份文件。正如我预料的那样，她的血型是 A+。"

"A+？这就是你的信息？ 40% 的人的血型可都是 A+！"

他稍稍抿了一口滚烫的茶水，然后从口袋里取出瓦克宁教授提供的复杂血型的分析表格。

"远比这一点微妙，头儿。要知道蕾丽·马尔是 A+，法丽娜 95，就是杀害让－鲁·库图瓦的犯罪嫌疑人是 B+。假如说凶手就是邦比·马尔，蕾丽的女儿，那么……（他的手指沿着表格的线移动）她的父亲只能是 AB 型或者 B 型血，而绝对不可能是 O 型或 A 型血。"

裴塔尔失望地看着表格，就像一位 3 年级的学生面对着一张三角函数图表。

"不好意思，伙计。今早脑袋不灵光，但我没明白你想干吗。"

"我想，更确切地说是回到最初的假设。这个女孩，邦比 13、邦比·马尔或者法丽娜 95，在找父亲。如果她割开血管并取了血的人是 O 型或者 A 型血，他就不可能是她爸爸。世界上 90% 的人都是 O 型或者 A 型血，这就大大缩小了范围。假设邦比有三四个可能是她爸爸的名单，根据可能性法则，她就只需要取个血样，然后得到确认。"

—— **46** ——
11 点 03 分

"娇花？"

她笑笑以示确认，没向他表露出自己已经等了 30 分钟。亚那·谢阁兰应该已经把迟到当作一种生活的哲理了。在他到了戈敦咖啡店，站在她身旁的时候，她把他从头到脚打量了一遍。赭色帆布裤，同色帆布短袖上衣，毛式白衬衫，这全副的装备仿佛在说：对不起，我刚从狩猎远征地回来，穿着时尚而令人吃惊的冒险家的服装。亚那用自己热带特有的蓝色双眼审视着她，用手持着他金灰相间的头发和稀疏的胡子。50 岁左右，有活力和动力，保养得好，即使他的宽大衬衫让人想着 VOGELZUG 协会后勤负责人的轻微发福。早上腹肌运动，中午吃餐馆。

"不好意思，娇花，我没太多时间。"谢阁兰厚颜无耻地说。

她没说话。事实上，她都没怎么觉察到，为等这个招聘面试的人而半小时很快就过去了。看着眼前的圆肚瓶子，她已经有些昏昏欲睡了，时不时抬起头看看莫诺路和烈士广场的景象，一派大城市的生机盎然。这也是她当初到马赛时吸引她的地方。各个民族的人聚集在这里，带风帽的长袍、面纱、领带、鸭舌帽、小推车、小短

裤、头巾、长袍、肥大军裤、纱丽、无边圆帽，还有旗袍。当然，
她早知道夜幕降临时每个人回到了自己的住处，但是她第一次漫步
在麻田路上，一片欢愉的场面，聚集着多种族人的妓院还是吸引
了她。

"我先告诉您，"亚那·谢阁兰接着说，"我不想让您参加一个
传统意义上的招聘面试。我不在乎您想为了人道主义而工作，也不
需要您对我说什么马内利修女信徒那些司空见惯的花言巧语。就
回答我这个问题：为什么我必须要录用您？为什么录用的就是您
呢？您？"

> 亚那总是迟到。
>
> 他一到就会补上落下的。
>
> 他脱衣很快。他喜欢我触碰他的身体。
>
> 他觉得我也是这样想的。
>
> 娜迪亚说他很帅，因为我无法想象。
>
> 我想象着，我只知道他为了占有我而躁动起来的肌肉。

她做出思索的样子。她说亚那提供给她一份在后勤部门工作 3
个月的长期合同的活儿，很可能就是在一个仓库里包装纸箱，然后
运送到全球的动荡地区。之所以后勤的负责人亲自过来，可能是因
为他对她简历上的照片很敏感，注意到了她的金发刘海、形成鲜明
对比的晒黑的脸和小圆形眼镜片后那翠绿而放肆的双眼。

为了这次见面，她有意打扮成这种暧昧的状态。一件普通的长
袖衬衣，但是扣子刚好解开到她俯身喝圆肚瓶子中的水时，亚那就
能看到她白色胸衣的花边。一件朴素的过膝直筒裙子，双腿交叉时
绷紧的料子还是会露出大腿跟。

"嗯，"她娇媚地说，"我有动力，我喜欢感觉到自己有所用处。
这个世界上有太多的不公正……"

她不安地用吸管搅动着杯中的柠檬片。亚那突然抓住了她的手。

"停！小姐，这恰恰是我不想听到的回答。"

他松开手，任由手指滑到她的手腕处，然后挥挥手叫来服务员。甚至都没有征求她的意见，他点了两杯姆萨城堡产白酒，然后转向自己印有非洲图案的皮制公文包，取出了两页纸。她认出来是自己的简历。亚那凝神看了几分钟她全部造假的相关条件，然后重新放好。他的目光不再留在她的大腿或是胸部，他要从内里发掘她。这个男人是个捕食者，最危险的捕食者——他试着去弄懂坐在他对面的这个女人，就好像这是必须的一样，在脱光她的衣服之前让她一丝不挂。她想知道他是否对他引诱的女人全都这样，或者如果他的本能告诉他，有些东西并没有写在这个极其美丽的羚羊的简历中。

"不好意思，让您失望了，但是您看起来不像特蕾莎妈妈的模样……而且，您的简历里是这样写的，能说多国语言、高学历，这样的简历我一天能收到10份。您还得进一步说服我。"

服务员端来两杯姆萨城堡产白酒。

亚那给她一杯，自己拿了一杯，碰了个杯。

"敬命运，娇花。该您展示了，说些能吸引我的东西。"

他有意地看看表。

"您有5分钟时间。"

她想着再次举杯，碰一下。

"敬不认识的人，亚那。敬那些美丽的邂逅。我认为这是在人道主义组织工作吸引我的地方。同女人、男人、形形色色的人相遇。这份工作充满变数而富有魅力。"

亚那沿着杯子边缘轻轻吮吸着，注视着她。

"这好多了，娇花。但是还是有点空，需要说一些事实，举一些例证和做过的事情。"

他最后一次浏览了一下她的简历，做出要把它放到公文包里的样子。她突然提高了嗓门。

"亚那，等等。请您给我一次机会！我应该做些什么让您相信我？如果我说我比看起来更加勇敢、决绝，我准备好了冒险……（她稍做停顿，试着迅速抓住他的目光）任何风险。"

亚那已经起身了，好像他没听见一样。

一个捕食者，她仍然这么想。一个可怕的捕食者。

"我得走了，娇花。但是您成功了，我会给您另一个机会。您有空第二次面试吗？（他甚至都没去查看他的日程）这里，今晚，可以吗？"

"好的。"

这一次面对他，她眼里充满了自信。他在说"今晚"时稍稍加重了语气，她则拖着长腔说"好——的"，直到喘不上气来。

他任由一片沉默的气氛蔓延开来，突然不再那么匆忙了。又一次，他注视着她，为了试图弄明白如何让这个比自己小 30 岁的姑娘万无一失地上自己的床。这是他的武器，无法逃避的武器。

"我先提醒您，娇花，我准备用一整天构想这个第二次的面试。我相信它应该有模有样，更加深刻。"

"我准备好了，准备好挑战所有的风险。这个我已经说过了。"

看她毫不犹豫地回答，他认为自己能够更进一步。

"我宁愿说实话，娇花。希望我们之间没有什么误会。即使这次的私人见面进展得很顺利，也并不一定说您会被录用。我可不是这样子行事的……"

她举起自己那杯姆萨城堡产白酒，喝完，然后挑衅地看着后勤负责人。

"走吧，亚那，您要迟到了。我先和您说，即使我们的私密交谈一切顺利，但我可不保证一定会接受您给我的这个岗位。"

他笑出声来。败了。

不一会儿，他就消失在烈士广场光怪陆离的人群中。

她等了一会儿，然后取出了手机。刚刚他们在说话的时候，手机一直在振动。

你应聘的面试怎么样？

成了，走了啊。

照顾好自己，我的小可爱。

谢琳娜

她笑了。

和亚那·谢阁兰的见面不到一刻钟。吸引他就像过家家，与勾引让－鲁拜倒在石榴裙下长期的艰苦相比，这次就是走个过场。

亚那·谢阁兰是一个易得的猎物。

太容易了。

她的脑海中闪起了警告灯，一切都进展得太快了，以至于没时间思考。

罢了……

这样更好。她没时间再等下去了，警察们已经把拼图一张张组合起来，编织着他们的网。

在起身前，她喝光了杯中的巴黎水以去除酒气，拉拉她的裙子，调整了一下假发。

今晚，今天夜里，明早，所有的都将结束。

对她而言。

也对阿尔法而言。

—— 47 ——
12 点 18 分

喝吧，我的胸口，风在涌动！
风浪中奔跑，重新活过！

贾维尔吃惊地看着那个黑人壮汉站在塞瓦斯托波尔前，面向大海，像莱昂纳多一样，吟唱着自己的诗。他想让谁震惊呢？他在练习吗？为了准备好吸引那些姑娘进入货舱？

贾维尔紧紧抓住舵柄。他们还没有到公海，但是海岸已经消失了好几分钟。黑人继续在荒芜的地平线哼着那花言巧语的调子。

起风了！……只有试着活下去一条路！
天边的气流翻开又合上了我的书。

然而他没有说错，的确起风了。他迅速返回。洛海勒和哈迪想买这艘破船的话，他们也会看到的。黑人洛海勒可以对他兄弟说这事，兄弟是有支票簿的。塞瓦斯托波尔漂起来了！但是在这之前，贾维尔想自己再努力一下。他提高了嗓音，为了盖住马达和波浪的声音。

"在船上背诗，这是您今后乘船游览的一部分喽？"

阿尔法靠上来，手放在外套口袋深处，肩靠着船舱。

"不，纯属娱乐。"

娱乐？

贾维尔又有了个想法。黑人洛海勒好像从贾维尔缺了几颗牙齿的微笑中明白，贾维尔并没有被说服。所以他解释说：

"我背的是保尔·瓦雷里的《海滨墓园》，是我很小的时候，在上小学的时候学的。您不认为大海就是一处巨大的墓园吗？"

贾维尔耸耸肩。他开始切断燃气让船慢下来。马达的隆隆声一点点减弱，但是响声并未由此变小。虽说塞瓦斯托波尔前后基本不颠簸，但是海浪在不断地冲击着船壳。

贾维尔咳嗽几声，好像轮到他朗诵诗了。

"您刚才和同伴说的关于裸身金发女郎的事情是真的吗？"

吃了一惊，阿尔法差点失去了平衡。他抓住了旁边的救生圈。

"我不是去听你们说话了，"贾维尔结结巴巴地说，"我只是听到只言片语，话落到我耳朵里，就像不经意溅到脸上的浪花一样，如果您看得到的话……您说到甲板上穿着无胸罩泳衣的姑娘们，端着莫吉托的黑人服务生，身穿水手服的舵手。如果您买船是按照这个计划的话，我准备好了。自从在地中海上领航以来，我只载着一些老年人沿着一家橄榄油厂、两家餐馆，还有三个希腊庙宇游览。我办事谨慎，驾驶娴熟。如果您为了顾客需要的话，我能够重整旗鼓。"

阿尔法向前走了一步，手又插到口袋里。

他本来戴着帽子的，但是风还是扑打着他的脸。

"您不用急着回复我，"贾维尔坚持说，"15年来，我一直在这艘30多米长的游艇掌舵，我还从来没看见过甲板上有轻佻的女人！我知道您要重新安排船舱，放置床、淋浴间……（他对阿尔法眨眨眼）如果这是想藏一些高级妓女或是放些黄色电影，我也可以的。"

水手的信念，我就是一个坟墓！一个墓园的水手！

塞瓦斯托波尔现在在海上停下了。贾维尔好像在等着回复，重新启动发动机，转舵返回海港。

"还有燃料吗？"阿尔法担忧地说。

"环球航行都够！"

贾维尔又等了几秒钟，但是洛海勒已经重新转向大海，手放在兜里，帽子戴得紧紧的，看着远方。

谵狂天灾的大海，

在阳光的照射下斑波粼粼，

绝对的海蛇怪，为你的蓝色肉体所陶醉，

搅起表面寂静般一片汹涌。

　　他不把我的话当回事！领航人心想。他很是生气，一边大叫着，一边假装用胳膊比画冲击着绳索的记号位置。

　　"开足马力！我们要回家了。不到一小时就到了，您会看到塞瓦斯托波尔肚子里装了什么！"

　　贾维尔俯下身子去拉动燃气的手柄。当他一抬眼……

　　一个手枪的枪口正对准他。

　　领航员吞吞吐吐，浑身颤抖，面色扭曲，挤出几个字。

　　"我……我不知道什么妓女……我……我没听见……我……"

　　"冷静，朋友！如果你船开得好，一切都没事。我只需要你掉转船的方向。"手持着枪，吟诵保尔·瓦雷里的诗的黑人，镇定自若的声音一点都没让他放心。这家伙好像立马上演了一部昆汀·塔伦蒂诺的电影！贾维尔越来越恐慌，满眼疑问，好像自己遭遇了波音747飞机上的一位恐怖分子。他傻傻地看着寂寥的大海，希望看见海上出现一座岛屿可以用来自行撞毁船只……

　　"我们……我们去哪里？"

　　"笔直走，去对面，地中海的另一边。"

—— 48 ——
16 点 01 分

尤罗被迷住了。

蕾丽·马尔一走进布克港警局，站在三位警察面前，立刻让人印象深刻，一位对自己的才华很自信、能够坦然面对种种经历的女演员。尤罗已经爱上她了。

谈不上触电般的感觉，蕾丽·马尔是可以当他妈妈的年纪了，但是这个女人身上散发着一种难以埋没的能量，一种复原的能力，用文雅点的话来描述，她的意志力"就像是一群无论发生什么都会继续赶路的蚂蚁，它们绕过障碍物，路变长了，但是总会到终点，即使是背负着比自己还要重的重物"。

这是一只不会拒绝美的蚂蚁，如蜂蜜般芳香，如迎春花的花瓣一样艳丽。她全身上下的色彩，眼线的淡紫色，头发间的小红卷，还有橘色的紧身衣，好像护身符来抵抗生活的阴霾。

三个人审问她，裴塔尔、尤罗和托尼·弗雷迪亚尼警长，后者特别熟悉马赛，尤其熟悉该地的非法移民组织。马德林法官坚持要参加这次会面。自从今早第二具尸体被发现以来，瓦里奥尼和库图瓦事件的严重性已经上升到国家层面。各方面都在采取措施，还需要几个钟头的工夫让有关部门——检察院和法国司法警察总署的人平息事态，确认责任方。

蕾丽坐到三位警官面前。

"我的身份是合法的，"她开始解释，"我有一个10年的居民身份，有就业合同，我有……"

裴塔尔打断了她，没有提高音调。

"我们知道，马尔女士，我们知道。"尤罗确认。他已经迅速浏览了蕾丽·马尔的材料。她确实在到法国后数年间属于非法移民，但是几乎没有停止工作，甚至是交税。（尤罗没能搞懂这些没有证件的非法移民，他们随时有被驱逐的风险，又是如何依法被雇用和交税的。）

蕾丽已经有合法身份三年了，一直在工作。她刚刚获得一份长期合同的活儿，无可挑剔。

"您带来您女儿的照片了吗？"维里卡警长问。

当蕾丽翻自己那个大的背包的时候，尤罗任由思绪驰骋。他已经看过了法丽娜95和邦比13的脸书主页，和邦比13的一样，法丽娜95的页面上有几张挑逗的照片，但是没有一张正脸照。然而，和邦比13不同的是，法丽娜95的照片背景都是在马赛地区，在伊斯塔克沙滩，面对着弗留利群岛，临近古德海湾，位于红角酒店的市游泳馆……

吸引让－鲁·库图瓦的方法是一样的。一种虚拟的表达爱意的方式对那些拥有美貌的年轻姑娘来说是无趣的。泳衣照，光影下裸体的线条，性感肉体的特写。

法丽娜95和邦比13看起来一样美丽。

一对双胞胎，混血，未成年的孩子。

和裴塔尔一样，尤罗已经花了一个多小时寻找她们之间的不同，却什么也没有找到。

所有的迹象表明，邦比13和法丽娜95是同一个女生。但是还不能确定。

照片已经送到实验室了，尤罗不知道那些技术人员通过模糊或是过度曝光的底片能够确定一些皮肤上的近似，测出骨盆的大小、大腿的长度或是胸部的渐进曲线值。即使他们做到了这些，也不能够证明脸书上的照片没有被修过。如今，无论是谁都能对一张图片造假。

当弗洛雷斯助理沉浸于思绪中，蕾丽·马尔已经让他们传看了几张她女儿的照片。

和邦比13、法丽娜95不同的是，邦比的照片展现的是一位很自然大方的女孩，淡妆，球鞋配上牛仔裤和宽大的套衫。裴塔尔和托尼查看了好久的图片，又递给尤罗。弗洛雷斯助理对红角酒店的监控摄像拍到的模糊影像印象深刻，印有猫头鹰的面纱遮住了她的半张脸。只露出两只眼睛，一张嘴巴。他沉浸在第一直觉中，一个不容辩驳的事实。

就是她。

邦比·马尔就是监控里拍到的那个女生，即使她的虹膜很深，目光挑衅且夹杂着难以名状的忧伤。一种很容易让人坠入爱河的眼神。

就是她。

尤罗继续查看蕾丽·马尔带来的三张照片。渐渐地，他慢下动作，疑问慢慢产生了。

怎么如此确认一种相似性，几乎不容置疑的，而这仅仅基于一个目光？不是录像中不清楚的鼻子或脸的形状。如何确定说不是幻觉，而是化妆伪造的或是模仿？

裴塔尔什么也没看出来，尤罗想起自己的上司花了好几个小时将这个模糊的影像和全城所有妓女比较，而没发现任何一致的地方。

警长得出的也是相同的结论吗？

就是她，邦比·马尔！尤罗现在80%确定是，甚至90%……但是这并不能作为正式证据，也解答不了最初的问题：这个优先城市化地区的女孩怎么可能是环游世界的邦比13呢？

裴塔尔又开始说了。他温和地表述着，就好像怕惹蕾丽·马尔生厌。这一点也不像他。可能是托尼·弗雷迪亚尼的在场吓住他了。

"如果您同意的话，我们想留下您女儿的这些照片。我们一直尝试通过您留给我们的手机号联系她，自从今早就一直没回复。马尔女士，您最后一次见到邦比是什么时候？"

蕾丽毫不犹豫地回答：

"昨晚，19点30分……19点30分到20点之间，准确地说。"

这样详细的回答让三位警官都不寒而栗。

就像她说了不一致的时间安排。

如果蕾丽·马尔撒谎，她可是有一种令人咋舌的镇定。

"马尔女士，"裴塔尔继续说，"您怎么如此肯定呢？"

"我的女儿和我一起吃的饭。我们每晚 19：30 吃晚饭。警长，请说一下为什么我的女儿被指控了呢？"

警官们相互看看。裴塔尔做出了决定。他没吭声，打开了瓦里奥尼和库图瓦的卷宗，给蕾丽看。

里面主要是两起凶案现场的图片，流光血的尸体，还有被害人的图像。一种直接而粗暴的方式，让这位母亲知道自己的女儿为何被告！

尤罗看着蕾丽的一举一动，脸部的每个表情，当她打开文件，当她拿起相片，一张接着一张，当她看的时候；当她双手颤抖着合上纸板卷宗夹的时候，他看到她都愣住了。

这不仅仅是一种简单的吃惊反应，也不是面对这些可怕的图片可以理解的反感情绪。

蕾丽·马尔的脸在这阵恐惧中僵住了。很快，她恢复了平静。

裴塔尔一边道歉一边把文件收起来。

"女士，不好意思给您看这些证据。我们还没有任何客观的理由认为您女儿犯罪了。"

趁裴塔尔说着令人费解而出乎意料的礼貌话的工夫，尤罗重现了一遍刚刚的场景。蕾丽·马尔恐惧的表情瞬间就控制住了，但是是在一个具体的时刻。不是当她低头看尸体照片的时候，也不是在看到弗朗索瓦·瓦里奥尼和让－鲁·库图瓦照片的时候。之后。对，之后。

就好像她不认识他们的脸，但是她知道他们是谁。

裴塔尔也注意到了吗？或者他沉浸在一个女人面对可怕照片的

自然情绪之中？一想到自己可能是唯一发现这个关键细节的人，尤罗感觉到一丝自豪。

"警长，"蕾丽镇定地说，"我不傻，如果你们认为我女儿和这些谋杀案无关的话，是不会把这些照片拿给我看的。但是你们错了。我女儿昨晚有不在场证明。"

警察们互相观察着，他们等着蕾丽自己和盘托出。

"实话和你们说，我不知道女儿20点30分到午夜去哪里了，她和我说自己要和一位女生朋友去肯德基，但我没有证据。但是，从半夜开始，我的女儿就一直待在伊科泼利区的宜必思酒店，就是我工作的地方。"

裴塔尔挠挠头。谈话的形势变得让他难以掌控了。

"马尔女士，您的女儿半夜在那里干什么呢？"

"她唱歌。"

"什么？"

蕾丽·马尔回答前犹豫了一会儿。她的手抓紧了包的肩带。

"最……最简单的就是联系酒店的经理，鲁本·里贝罗。我想您大概不会相信一个护着女儿的母亲的话。但是里贝罗先生会对您确认全部事情的。"

托尼·弗雷迪亚尼警长第一次开口了，他的马赛口音加重了语气中嘲讽的意味。

"我想您女儿不会半夜为你的老板一个人唱歌吧。她的小夜曲应该还有其他证人吧？"

"是的，"蕾丽说，"十几个。可能更多。"

裴塔尔取出一块手帕，擦擦汗。他记下了宜必思酒店的电话，又程式化地询问了蕾丽·马尔几分钟，然后向她表示感谢。

她刚收好包，尤罗就赶忙说：

"我送送您。"

他先蕾丽出了办公室，不再看自己的两个同事。在走廊里只有他们两个人的时候，他关好门，直接对蕾丽说：

"如果您有需要的话，打电话给我。"他把自己的工作名片递给她，尤罗也不知道是什么驱使自己这么做。

"如果您还想再说点什么，关于您的孩子，两个被杀的男人，关于他们工作的……VOGELZUG 协会。"

蕾丽接下名片，长久地注视着他，仿佛在判断自己能否信任他，然后一声不吭地走远了。

在推开警局的门之前，她用手抬了抬大红色的太阳镜，镜片上有一枝玫瑰花点缀，刺和叶子沿着花枝生长着。

一个奇怪的女人……

看着她出去和进来的时候一样坚定自豪，一点也不惊讶，就像一位儿子忘记在有轨电车上打卡而被传唤的母亲一样，他知道自己为什么确认说邦比·马尔、邦比13和法丽娜95是同一个女人了。不仅仅是因为监控拍到的一种模糊的相似性，这种直觉基于蕾丽·马尔的每个动作中、每一句话里传递出来的一种野性的决绝，和那个神秘的女凶手如此相像。一种死里逃生的人的生存本能。就像从地狱走了一遭，没有什么能击垮她。

几秒钟后，他推开了办公室的门。

"那么？"托尼有点不耐烦地说。

尤罗还没来得及回答，裴塔尔抢先说了。

显然，他在等着三人聚起来，再说自己的结论。

"那么，"裴塔尔评论道，"很显然，她女儿就是我们的当事人！毫无疑问。她的小邦比照片和我们凶手的相似性很明显。更绝的是，这个女人知道受害人的姓名。"

尤罗咬咬嘴唇。裴塔尔也发现了蕾丽恐怖的转瞬间的表情！即使他很讨厌警长一副玩世不恭的语气和对待蕾丽·马尔的细致态度形成的强烈对比，但他不得不承认，警长的确是个好警察。

"除了，"维里卡接着说，"她的不在场证明，可以让我们陷入该死的困境。"

他看看手表。

"我们有 30 分钟去宜必思看一下这个鲁本·里贝罗，大概有两公里远。"

尤罗总是站在门前，等着回复。

"如果蕾丽·马尔认识受害人，她和 VOGELZUG 协会之间有什么联系呢？"

听到 VOGELZUG 协会的名字，托尼·弗雷迪亚尼竖起了耳朵。裴塔尔已经站起来了。

"你到底想说什么？"

"上帝呀，头儿，这已经很明显。蕾丽·马尔在法国的数年间是没有证件的，所有相关的线索把我们引向那些看不见的人——地下偷渡者。我们在瓦里奥尼的口袋里找到的他们戴的手链，用作非洲货币的贝壳，还有阿尔法——想帮人越境的蕾丽的儿子。我们在布克港，在这座城市里有几个重要的移民救助协会之一，也就是弗朗索瓦·瓦里奥尼和让－鲁·库图瓦工作的协会。在这里，警局和宜必思酒店之间就住着 VOGELZUG 协会的大头目汝尔丹·布朗－马丁。"

裴塔尔走过他的助理，将手放在门把上。

"看看吧，小伙子。咱们先找到'是谁'，再去解决'为什么'的问题。"

裴塔尔打开了门，托尼·弗雷迪亚尼认真地估摸着这两位同事之间的交锋，没插话。尤罗接着说：

"您不认为我们应该去拜访一下汝尔丹·布朗－马丁先生？"

警长已经走了。在紧跟着他的脚步之前，尤罗看他走远了，就好像他几分钟前为蕾丽·马尔那样做的一样。他才弄明白为什么他要给那个女人自己的工作名片，而没向领导说——因为裴塔尔没问她关键问题，没有询问她的过去。

因为，如果他问了的话，蕾丽·马尔也不会回答的。

因为蕾丽·马尔害怕他。

他紧赶几步，为了跟上自己的上司。

因为他脑海中产生这样的假设：蕾丽、邦比，还有阿尔法可能有需要他的时候。他觉得自己陷入了严重的精神分裂之中。

—— 49 ——
16 点 15 分

"爷爷，爷爷，爷爷！"

蒂安站在橙树下绝望地叫着。

"爷爷，爷爷，爷爷！"

最终穆萨爷爷的脸出现在 3 楼的窗口，他头发乱蓬蓬的，就好像刚从午睡的噩梦中惊醒。

"怎么了，亲爱的？"

"我的球，我的球，我的摩洛哥球……丢了！就在那下面……"

蒂安指着环绕奥林匹斯城市庭院的一个下水沟口。穆萨爷爷揉了揉眼睛。

"你是怎么弄的？"

"我……我刚在玩……眼睛闭着……想练习一下……我没看见它滚动……"

爷爷叹了口气。

"等着我，就下来。"

过了一会儿，他们俩都伏在黑洞口上面。爷爷往黑井里面伸出手，然后用胳膊，然后是棍子，都没有结果。

"亲爱的，你的球跑到地狱里去了。"

"那么我们去找吧！"

"这可不容易，蒂蒂。我们叫它地狱，就是指这座城市的地下，几千米的长廊，地下室，一栋楼有一个，还有停车的地方，管道，下水道。"

"你说过了，妈妈很忙，她可能回来得晚。我们有时间！"

"明天吧，蒂蒂。明天，你不上学。你的球不会飞走。我们得有装备，一人带上一盏灯。"

"不需要，现在我可以在黑暗处看清楚，就像妈妈一样！"

爷爷摸了摸孙儿的头发。他喜欢蒂蒂充满想象的时候，给人一种无比坚决的想象力。赢世界杯，解救安铎星球，回到印第安时期去解救野牛。这种无忧无虑的勇气让这个 10 岁的小男孩显得如此动人。

"我还要带上绳子，"爷爷接着说，"就像阿里亚那一样，防止我们在地狱的迷宫中走失。"

"妈妈的宝贝也藏在地狱里面吗？"

爷爷低头望向刚刚吞噬了球的黑洞口。

"可能……"

蒂安突然起身，双脚跳起来。

"那你爷爷的宝贝呢？你今早答应我要和我说的。"

"好的，蒂蒂，好的。"

他们走了一会儿，背靠橙树树干坐了下来。蒂安很喜欢，天空中，风快速地推着云朵，好像要把它们吹成碎纸屑，但是在奥林匹斯的庭院里，他们有了保护。有一刻蒂安认为爷爷睡着了，但是没有，他只是在思考，好像他在大脑里下载他爷爷的故事。有些慢。
头脑里不应该再有太多的错综复杂。最终，穆萨爷爷开始说了。慢
慢地，这是爷爷的习惯，就像妈妈一样，慢慢讲述故事，为了让他
睡着。但是蒂安不会睡着了，现在长大了就更不会了。

"我的爷爷叫加利。他是做瓦罐子的。罐子呢，"穆萨爷爷解释
说，"就像大的罐子，那些放大花的花瓶。但是你曾曾外公的罐子
不是用来养植物的，而是用来放贝壳的。那个时候，贝壳代替了钱。
每个罐子都能装进上千个贝壳，加利只会称罐子来猜测是不是少了
一个贝壳。托莎，你的曾曾外婆，也很厉害，她比别人数贝壳都要
快。这是他们的工作，数贝壳，看管，归还，再用贝壳去交换物品。
你的曾曾外祖父母都很有钱，但是最重要的是，他们很受尊重，因
为他们从不去偷一个贝壳。相反，他们经常给穷人贝壳。然后有一
天，一位先生来了，说贝壳今后仅仅就是贝壳了。"蒂安不是很懂这
一部分故事，穆萨爷爷试着向他解释人们有一些奇怪的权力，比如
决定一个贝壳是否值很多钱，就是一粒沙子的价值或者庭院里的一
颗石头。

"但是那一天，"爷爷接着说，"加利什么都没了，然后他就动身
上路，带着家人。一顶帐篷、几头牛。他成了饲养员，几年间和孩
子、孙儿们踏遍沙漠，直到在塞古的尼日尔河畔停下了。就在那儿，
我出生了，还有你妈妈。"

"不再有财富了吗？"蒂安问。

穆萨爷爷更加舒服地靠着橙树树干说："当然有。听着，听着我
的话，蒂蒂，绝不要忘了我要对你说的话。你会找到宝贝的，真正
的宝贝，那里有根。"

—= 50 =—
17 点 14 分

海滨站的站牌在抖动着。密史托拉风好像已经积蓄了一整天的力量。蕾丽一只脚刚迈出公交车，她就感觉风涌进了自己的上衣。蕾丽好像为了抵抗暴风雨做好了准备，每只手都拿着沉重的购物袋。牛奶、橘子、一只鸡、土豆……

每只手提着 3 千克的东西！

深一脚浅一脚，她沿着人行道走向建筑物艾格杜斯的 G 号和 H 号，沿着关门商店拉上的铁门走。和危险的风潮无关，很多商店肯定已经都提交了资产负债表。灰色的店面充当了涂鸦人的石板。温暖的色彩和原始的形式让她想起了马里北部的多贡人在邦贾加拉峭壁洞穴里的雕刻。它有时非常成功，就像市政在大海和建筑物之间修建的广阔游乐区域。喷泉、猴子桥、秋千、小拳击场、迷你游泳池，孩子们可以被艾格杜斯每个带有护栏的阳台保护着，面对大海，没有危险地玩耍。8 栋 8 列公寓，每栋都是 9 层。

一个利于成长的地方。即使建筑物内部随着时间有些破旧了，对讲机坏了，信箱裂开了，可有哪家住户愿意搬走呢？

蕾丽绕过了 G14 大楼拐角。风雨打在她身上。在楼下面，密斯脱拉风就像歇斯底里的马路清洁工。风刮飞了塑料袋、纸箱、聚苯乙烯制品、烟头、罐头盒，所有垃圾箱里的垃圾。垃圾没有清理干净，就由风来驱散它们。气流就像强力清洁工具。所有的都会被吹到海里，明天一早，街道的水泥马路会焕然一新。

蕾丽提着重物，躬着腰，低头顶风走着。

她没有看到奔驰 C 级轿车停在距离她几米的人行道旁边。她没有看到那个男人出来。她只看到他锁上车的时候车灯在闪烁。一个 60 岁左右的男人。身材高大、气质优雅。穿着和他的轿车一样无可挑剔的西服。属于那种选举前几个月才回来街区冒险的人。当选议员？公务员？商人？蕾丽从未遇见过他。

"蕾丽·马尔吗？"

显然，他认识她。

"汝尔丹·布朗－马丁。"

蕾丽停下了脚步。他上前很自然地同她握手，并且提议帮她提两个包。她没拒绝。

汝尔丹·布朗－马丁。

VOGELZUG 协会的主席，曾经是这个街区的童星。蕾丽当然知道他是谁。

"我已经听说了您的很多事，马尔女士。"

"真的吗？"

她语气里透着一丝讽刺。

"我可以陪您一直到楼梯间。"

"您也可以把我买的东西送到 8 楼！"

尽管他回答敏捷，蕾丽还是保持警惕。汝尔丹·布朗－马丁不是偶然和她攀谈。他迟迟没有摊牌。走在她身旁，他气质迷人、满脸微笑、很是殷勤，但是她一向不相信什么天上掉馅饼的事情。

布朗－马丁抬头看着建筑物最近的楼面，看着飘荡在阳台上的毛巾，摇晃的天线，破旧的晾衣杆。

"我就是在这儿长大的。G12 号楼，维克多－雨果小学，接着念的是密史托拉中学。50 多年了，确实都没怎么变化。"

"您知道什么？"蕾丽近乎粗暴地反驳，"您可以理解今天住在这儿的人们？"

布朗－马丁良久地沉默了，望着汹涌的大海。

"您说得对，蕾丽。我住在离艾格杜斯 1000 米的地方，最后一次来这儿是 20 多年前，帮妈妈搬家，搬空她在 G12 区的房子，然后住到索塞－勒－班高地上的别墅里。我替她决定了一切，妈妈从来没对我承认过，但是她经常怀念这里。她对任何形式的财富都不感兴趣。她轻蔑金钱，拥有难得而绝对的幸福感。"

他们停下了，都转过身去，背后一片昏暗，9层高的楼如同大坝压顶。

"您到底想让我干吗，布朗－马丁？"

蕾丽先松口，主席长舒了口气。

"来提前告诉您，帮您。我知道您的故事，故事的每个阶段。我知道您受了多少苦才走到今天这一步。我知道您所遭受的经历，您做出的牺牲。您的经历堪称一场战争，蕾丽（他特意沉默了一会儿，眼睛没离开拥挤的阳台），我知道您必须抛弃身后众多的死者。"

蕾丽盯着他，没能抓住他躲闪的眼神。她犹豫是否拿起自己买的东西，把他砸死在那儿。提前告知别人危险经常就是一种隐性的威胁。

"我不需要您的帮助。"

布朗－马丁总是不看她，但是他的目光停在了 H9 栋 8 楼的位置。她的阳台。布朗－马丁知道她住的地方！他继续虚情假意而略带讽刺地倾诉着。

"您喜欢说您的故事，蕾丽。谁能够责备您呢？您的事迹很卓越，激动人心。何等的勇气！了不起的楷模！谁能够对这样的命运无动于衷呢？"

蕾丽随着风的推动，坚定地朝 H9 栋电梯间走去。VOGELZUG 协会主席跟着她，在她身后 1 米远拿着沉甸甸的东西。蕾丽扫视着大楼的正面，想看看 7 楼的吉是否在阳台，或者卡米拉。没人！因为密斯脱拉风，每个人都闭门不出。到了楼下，她转过身。密斯脱拉风吹打着她的脸。

"再问一次，您想让我干吗，布朗－马丁？"

"看好您的孩子们。"

"什么？"

"我无意冒犯您，蕾丽，但是您必须帮我们找到您女儿邦比。您的女儿邦比和儿子阿尔法。"

蕾丽没回答。她绝望地等着有人从楼梯间里出来，她的毛衣随风飘起来，布朗－马丁的话就和这风一样给她一记重重的耳光。她伸出手去，等着主席还给她购物包。

"我赶时间，布朗－马丁。我得去接小儿子。"

"蕾丽，您弄清楚，邦比和阿尔法现在很危险。"

"我女儿和凶杀案无关，我儿子也没有，他就是个小混混。您不是警察！我一点也不明白您的言外之意。"

她强力把两个塑料袋抢来，布朗－马丁抓住她的手腕。

"我再说得详细点，我知道您的秘密。我知道您不是自己对外宣称的那样，人们敬佩您、爱您。您吸引人，从您的邻居、老板、父母、孩子、房东、债主，直到警察……他们怎么会料到被您玩弄和掌控着呢？"

"您疯了！"

"不，蕾丽。您没有，我也没有疯。您对这个比我要清楚，您的谎言设计精巧，但是在您孩子的大脑里，已经撒下了疯狂的种子。"

"您在胡说！"

蕾丽尽可能快地躲进了黑暗的楼道，不想听到布朗－马丁的最后几句话。

"好好考虑，蕾丽。我就说一句话：您所苦心经营的都会功亏一篑。"

—— 51 ——
17 点 17 分

"先生们，请坐，只有这个简陋的沙发给你们坐了，也没什么别的饮料。饮料是由这个有个性的机器做的，它做什么都只随着自己的性子，通常两杯咖啡只有一杯加糖。"

裴塔尔·维里卡警长和尤罗·弗洛雷斯助理惊讶地看着布克港宜必思酒店经理。他们坐在接待处的亮红色沙发上，被一连串的话弄得烦心。

"你们让我想起来亚特兰大北部邓伍迪的两位检察员——戴维·布朗和弗雷德·亚特，在一位白人农场主杀人案后，他们过来保护住在我的旅馆避难的一位可怜的美国黑人。阿拉莫酒店，被两百号白色蒙面人挥舞着点火的十字架包围。因为我的诚意，她晚上是和我一起度过的。布朗和亚特都为克罗蒂雅辩解。我甚至认为弗雷德，那个小检察员爱上了她，他们现在还幸福地生活在一起……"

鲁本·里贝罗盯着尤罗好久，好像他就是那个美国警察的再现，然后取出些零钱走近咖啡出售机。

裴塔尔仔细确认了一下面前这个化装成探戈舞舞者的人不是逃出来的疯子，确实是布克港城郊这个不起眼的宾馆的经理。

"好的，里贝罗先生。我们很急。您能向我们证明您员工的女儿邦比·马尔昨晚午夜是在您这儿吗？"

"我可以很明确地确定。"

他丢进饮料出售机里几枚零钱，然后用手掌猛地一拍，让杯子下来。

"不好意思，里贝罗先生。但是她半夜在您这儿干什么呢？您的员工，她的母亲蕾丽说她……在唱歌？"

"警长，我能相信你们会保守秘密吗？"

裴塔尔咕哝了几句，没说可以也没否定。鲁本接着说：

"您是守信的人，警长。相信我，我认得出那些用心去遵守命令的士兵。"

鲁本靠近两位警察，故作审慎地简要说，他有时会接纳一些非法移民的人，为他们准备一些音乐晚会，一些经常路过的顾客也会参加。

"您的聚会午夜才开始？"裴塔尔问。

鲁本·里贝罗递给他一个杯子。

"拿着，警长。卡布奇诺。相信我和这任性的机子很长时间的相爱史吧，卡布奇诺可是它能为您准备的唯一能喝的东西了。"

趁裴塔尔拿着滚烫的塑料杯，他接着说：

"我们微不足道的晚会一到夜里就开始。老实说，我由此有了一位女歌手努拉，一个年轻的姑娘在身后一会儿出现一会儿消失，有时候骑着一把扫帚，有时候挥舞着她的鸡毛掸子。但是我需要她帮忙在早晨核对那些天一亮就走的游客。然后我们的夜莺灰姑娘在午夜12点前会离开我们，邦比这时候就会出现。即使她的音色不如努拉的美妙。（他低声和警察们说着，眨着眼睛，最后一句低声说着）我相信你们，不要和她妈妈说这一点。"

尤罗忍不住朝身后看去。在等着下一次舞会的时候，灰姑娘确实得回去做家务。一个漂亮的混血儿趁着入口大门吹来的风把床单掸得一尘不染。

努拉。

尤罗在大脑还没提示自己别去相信巧合时就建立起了关联。努拉和邦比是如此奇怪地相像！相同的青年人身形，相同的晒黑的皮肤，相同的优雅举止，相同的动作，相同的姿势，透出知道被欣赏、被渴望得到时的骄傲感。

裴塔尔被鲁本·里贝罗令人抓狂的话弄得很沮丧，转过身去。

他的手指紧紧地抓住杯子的边缘，杯子满是白色化学的、巧克力味的泡沫。

里贝罗又走到卡布奇诺售卖机跟前。

轮到给尤罗一杯。

裴塔尔看看手表，准备加快速度了。

"这样的话，里贝罗先生，我想您有足够的证人来证实您的话了？"

鲁本花光了手中的零钱。第二杯又出来了。

"很少……警长……很少……最多 20 个……您知道 1988 年的时候，我在特尔戈维什泰的宜必思那里聚集了超过 150 个人来听一位茨冈小提琴家演奏，他当时正被齐奥塞斯库的罗马利亚秘密警察追捕。这是一场难忘的……"

"20 个证人够了。"裴塔尔打断了他，"我去哪里可以联系到他们？"

警长为了保持冷静，使出超人的忍耐力，这让尤罗感到有趣。鲁本·里贝罗递给他一杯一样的卡布奇诺，然后往前台走去，回来的时候带来了 20 多张用回形针别好的纸。

"给！警长。这是证人陈词真实性申明，他们能证实午夜到早上 6 点钟在我的小音乐厅里听了邦比·马尔唱歌。您可以找到他们的姓名和签名。总共 19 份。"

裴塔尔偷偷瞥了一眼证词。

"我想您有所有这些勇敢的人的地址、手机号，所有的这些，让我们能够叫他们到警局来吧？"

尤罗最后脖子都扭痛了。他一边不停地转头去监视着正负责晾干房间被子的努拉，一边又试着不漏听一点酒店经理那吸引人的电话号码。

"警长，您认为一个现在在法国尚处于非法境遇、随时面临被驱逐的风险的人，会跑去警局为自己的上司证明吗？如果这些证词不够的话，我可以给您一个录像，关于表示证词真实性的录像。"

裴塔尔将自己的卡布奇诺放下，他没喝。他早就知道会这样几个小时，毫无进展。鲁本·里贝罗赢得了时间。他开心地领着他们闲逛。这属于经典的势单力薄的战士面对绝对的权力而采取的游击战方法。

"如果这些声明不够详细，警长，我可以向你们解释：解释部分的列表，音乐会具体的开始和结束时间。在一项杀人的指控中，我猜想……"

裴塔尔·维里卡快要爆炸了。他突然提高了嗓门。

"不用了，里贝罗先生。"

"我觉得您不会相信我编造了这些证词。证人们都是在他们国家有身份的人，被追捕的反对派的议员、法官们、教师，还有医生。"

警长感觉到自己被经理的客套完全打败了。如果他不阻止的话，经理就会继续花言巧语。他决定彻底结束这一切。

"我们会证实您的证词的，相信我，我们会仔细调查每一个名字。但是唯一对我们重要的，是邦比·马尔小姐，如她母亲和您向我们证实的那样，她昨晚是在布克港。里贝罗先生，您知道邦比涉嫌的杀人案案发现场在哪里吗？"

尤罗又站了起来。他也放下了令人讨厌的卡布奇诺。

他感觉到身后的气流也停下了，好像是努拉停下了手中的工作在听他们说话。

"完全不知道，"里贝罗承认说，"蕾丽只是说……"

让-鲁·库图瓦杀人案，这是受害者的名字，他在红角酒店的沙漠客人房间被杀。根据法医的说法是早上 5 点到 6 点。

"我知道您想说什么，警长，"经理吞吞吐吐地说，"布克港的红角酒店，老天保佑我让我能在一家这样的机构里做领导，距这里有 2000 米远，步行 20 分钟。您猜想邦比·马尔会失踪半小时，然后……"

"我一点都没想象这个，里贝罗。"

在维里卡警长继续说之前，酒店里一片寂静。

"让－鲁·库图瓦没在布克港被杀。世界上有上百个红角酒店，几乎都是一样的，就像您的宾馆宜必思。"

就在裴塔尔·维里卡又停顿了一下的时候，鲁本·里贝罗转向了法国的宜必思酒店分布地图。光在马赛地区都有十几家。警长的最后一句话让他跳起身，震惊不已，思绪横飞，脑袋里想着各种确信的可能。

"让－鲁·库图瓦是在迪拜的红角酒店被杀的，距离这里 5000 公里！"

鲁本·里贝罗转动着怀疑的眼睛，一句话也说不出来。警长咳嗽了一下，好像突然累了，对发生的事手足无措。他转向自己的助理。

"告诉他所有的细节，尤罗。"

弗洛雷斯助理镇静地开始说：

"让－鲁·库图瓦在迪拜参加他工作的国际协会高层代表级会议。他在迪拜的丽笙酒店住了两晚，酒店位于迪拜湾上老港口对面。

"他到的那一天，在迪拜的机场免税店给自己的妻子买了一些普罗旺斯欧舒丹的产品，给儿子买了一架飞机模型，还买了一个哈利法塔的玻璃坠子，可能是给凶手法丽娜 95 买的。他第一晚在丽笙酒店大厅和她喝了一杯，第二晚和她在一家星级餐厅共进晚餐，餐厅叫映像餐厅（10 家皮埃尔·加尼耶开办的餐厅中之一），午夜他和她一起从餐馆出来，搭了一辆的士到红角酒店。迪拜的司机是除了法丽娜 95 之外最后一个看见活着的让－鲁·库图瓦的人。我们今早开始和迪拜的警察，尤其与驻阿拉伯联合酋长国的法国大使馆国际合作处密切合作。我们正在研究这与我们的红角酒店沙漠客人房间有什么相似之处，他们给我们寄来了案发现场的照片和血型分析，希望能建立起这个姑娘的嫌犯素描像。我们已经知道她是混血，还在等着其他信息。"

鲁本·里贝罗起身抓起两杯卡布奇诺，甚至都没把它们倒了就直接扔进了最近的一个垃圾桶。

"调查员先生们，"他高兴地说，"希望你们不是很急，我去把这个讨厌的饮料换成一瓶有酿造年份的香槟。如果案发现场距离我这儿有 5000 公里，我想这一定可以认为，我们的朋友邦比·马尔是无罪的。"

狼藉的夜晚

—— 52 ——
19 点 30 分

直面相对，蕾丽心里嘀咕着。家庭生活对她而言可以用和蒂安的一对一谈话来概括。

"阿尔法和邦比什么时候回来？"

"我也不清楚啊，亲爱的。"

蕾丽没有骗他。从今天早上开始，她就没有收到关于她大儿子和女儿的任何消息。她打过电话，在他们的自动答录机上留下过数条长长的语音，还给他们发送过好多条问号比字还多的短信，却没有得到任何回复。

蒂安拨弄着已经凉透的通心粉。他用餐叉把赫塔牌肉肠圆片都叉起来，蘸上番茄酱，毫无食欲地慢慢嚼着。蕾丽尽全力让自己纷乱的思绪平静下来，或者起码暂时不去想它们，转而询问起正在吃饭的儿子："今天在学校怎么样？课间休息得如何？和同学们相处得怎样？"恐怕世界上每一个孩子放学回家后，都得经历这么一套问题，而提问的大人们自己却什么都不用回答。

"看好自己的孩子。"

但是今晚，她实在做不到保持平静。她脑中汝尔丹·布朗－马丁的威胁挥之不去。

"我就说一句话。您所苦心经营的都会功亏一篑。"

布朗－马丁是不是在诈唬人？

"您必须协助我们找到您的女儿邦比。"

布朗－马丁看起来认定了杀死红角酒店两个男人的是邦比。连警察局的警察都是这么想的。开什么玩笑啊！她昨天晚上才看到邦比没吃东西就离开了桌子，声称要去肯德基与谢琳娜约会。同一时间，她从警察的记录里看到过，杀死让－鲁·库图瓦的凶手明明是和他一起在迪拜一家美食餐厅吃饭的人。那这个人不可能是邦比啊！可是嫌疑人母亲的证词又能有多少可信度呢？而鲁本的假证词又会被怎么看待？女儿又为什么不和自己联系呢？照理说，她可从来没有毫无消息地彻夜不归过。蕾丽脑中渐渐堆满了这种没有答案的问题。不要去想了，蕾丽下决心必须走出这种思绪。不要再去想了，照顾好小蒂蒂。

"你怎么了，亲爱的？"

"我把球弄丢了……阿尔法的球。"

"你是说你的玩具球吗？"

"说了不是我的玩具。"蒂安不满地说道。

蕾丽内心对自己的笨拙也很生气。等蒂安长到和阿尔法或者和邦比一样大的时候，肯定会疏远自己。她做的一切都是反效果，她根本不配当个母亲。

"它……它掉到洞里去了，妈妈。"

"穆萨爷爷明天会帮你找的。现在吃饭吧，专心吃饭，宝贝。"

蒂安终于睡着了。蕾丽给他念了一段他最喜欢的故事：大力神赫拉克勒斯的十二项英雄伟绩。他在听到第四项的时候呼吸还平缓，在听到第七项的时候忍不住闭上了一次眼睛，又在听到第九项——战胜亚马逊女首领的故事的时候醒了过来，在听到第十一项——著名的获取赫斯佩里得斯圣园里的金水果的故事时，他的眼皮已经打架，最终在听到大力神下地狱碰到看门狗刻尔柏洛斯后，他彻底睡着了。

蕾丽看了好一会儿儿子起伏的鼻翼，她累坏了，心里复杂的情绪一下子就把她淹没了。她看到儿子的被子没有盖好，犹豫着又怕儿子感冒，又怕把儿子弄醒了。她轻轻地走出房间，并用指尖关上了房间的灯。

蕾丽冲去拿起了手机，却还是没有任何消息！

一次次的失望就像酸性溶剂似的滴在蕾丽心上，一点点蚕食着她。她多希望能像自己睡着的儿子一样，浑身瘫软地倒下去来释放所有的压力。她转身朝阳台走去。邦比和阿尔法的毫无音信让她无可避免地又想起了布朗－马丁的威胁。她有一种深深的无力感，类似那些被告知如果孩子再不回学校念书，政府就会取消给他们的社会保障金的母亲。比那个也许更糟，糟糕得更多。

她打开了落地窗，并拿出一支香烟。

她多想忘记这个布朗－马丁。当然，最好也忘掉她脑中不断涌现的弗朗索瓦和让－鲁这两个名字，还有和这两个名字关联紧密的却直到今天下午都一直被她忽略的它们主人的姓氏，弗朗索瓦·瓦里奥尼，让－鲁·库图瓦。这两个阿蒂尔的老朋友，这两个客人——好一个让她至今都感到反胃的称呼方式——被杀了，都死在了酒店房间里。

这一定不单单是个巧合，她从来没有和任何人提起过她之前的客人。她跟鲁本或者吉可能提到过，但仅限于他们的名字而已。全世界只有那本她曾经口授让娜迪亚写成的红色记录本里记录着更多的细节。但是有人能凭着一个瞎子的回忆就引述出细节吗？世上除了她自己，没有人见过那记录本，它藏在她的床下很多年了。

这就是个巧合，巧合，巧合，蕾丽不停地在脑中重复着，试图说服自己。警察毫无进展，既没有犯罪动机，也没有嫌疑人。她不断地在脑中搜索印象中和两个受害人有关的过去，不放过一点蛛丝马迹。她和这些男人是什么关系？任何长期住在酒店的男人都会经常招嫖的，她不过是众多姑娘中的一个罢了，何况她也就做了几个月的时间。更别提那些事都过去 20 多年了，简直是上一辈子的事情了。

她掏出打火机并点上，惊奇地注意到了火苗的抗海风能力。吹拂着艾格杜斯的密斯脱拉风终于停了。它逃回了大海。在月亮的倒影、布克港的标志圆球以及港口岸边路灯的光晕的映衬下，大海仿佛变成了一幅轻轻晃动的漫无边际的黑色布幔，海洋生物们就躲在这布幔下求欢，低沉地嚎叫、叹息，追逐远处进入福斯港的邮船。

燃烧的香烟刺激了蕾丽的鼻子，随着她吐出一圈烟雾。

温和的烟的味道飘来。在楼下的阳台上，吉也在抽烟。蕾丽探出身去。

"是中场休息吗？"

"连中场都没到。今天我只能在飞镖世界杯和全美女子棒球锦标赛这两个体育节目里选。"

吉沙哑的声音还没有海浪的声音大，蕾丽只能把身子再探出一点才能听见。就像平时在家里一样，她穿着非洲缠腰布款裙子，但是今天的裙子特别宽松，领口也开得很低，蕾丽可能不知道的是身处暗处的吉基本上能分辨出她赤裸的身体，也许什么都看不真切，也许全都露出来了。她也没工夫想这个问题。她只想让密斯脱拉风这股自然的力量好好抚慰自己。

"那您这会儿在做什么？"

"跟您一样吧，我在看海。（吉突然停止了说话，就好像可以留出时间让蕾丽能好好看看眼前这无尽的海岸全景。）至今更大尺寸的等离子电视屏幕竟然还没问世！"

海风吹拂到阳台上，带来一股若有似无的碘酒的味道。蕾丽被衣服包裹着的皮肤柔软又湿润。她想要享受欢娱的温暖。

"从我这层看景色更好。上来吧！"

"我带点啤酒吧。"

"还是带红酒吧。越多越好。"

蕾丽想要被人爱。

吉和她其实很像，一样被生活折磨着。

在他还没得及把外套挂好之前，蕾丽就急着要拥抱他。她让他把酒瓶放下，他带来的是一瓶利博龙地区产的红酒，蕾丽没听过。他就开始讲如何区别红酒的好坏、栽培的品种、单宁数、葡萄的颜色，而蕾丽抱着他亲吻。

"来这里。"

她把他带到床边。吉还穿着他的牛仔外套，里面是织花羊毛套头衫，当然还有衬衣和汗衫，下身穿着天鹅绒长裤，脚上是袜子和野马牌的大靴子。穿得这么厚，要是打脱衣扑克的话，输一整晚都脱不完啊！蕾丽任由他把手伸到她裙子下面摸索，也任由他亲吻自己的胸口。

他的手挤压着她的胸部，他的嘴亲吻着她的肩膀，他的手指滑过她的肚子，他的嘴吮吸着她的脖子。

他把下身贴向蕾丽，嘴也紧贴着蕾丽。

他拱起身，充满贪婪地，想要压紧全身。

"脱衣服吧……"

吉脱衣服简直花了半个世纪，他坐在床边，拼命想解开野马牌靴子的鞋带。他激动又慌张，像个都6岁了却忘记怎么解鞋带的孩子。

蕾丽抱着身体坐着等他，膝盖贴在胸前，眼角却往蒂安的房间门口瞟，确保门是关好的，又看了看架子上的电脑是不是关机了。等她确定好一切后，才把等待的目光转向了吉。

他终于脱掉了一只鞋子，好像还在等着把气喘匀了后才开始解决另一只脚的问题。也许他没那么着急脱衣服。也许他有点不想让蕾丽看到自己全裸的样子。蕾丽的身体微微颤抖，她的皮肤感觉到被抚摸过重有点疼，还有吉湿乎乎的吻，她期待着。好几个月没有做爱了，甚至过去 10 年都不算有过。

吉终于脱掉了第二只鞋。从现在开始一切节奏都快了起来，裤子、内裤和袜子。

她过去的大部分情人都没有怎么露出过脸……直到今天下午。在蕾丽眼中，弗朗索瓦·瓦里奥尼和让－鲁·库图瓦的脸和她房间里的装饰重叠了，像个终于除去了罩在身上的布的幽灵。他们和蕾丽在服务他们的时候想象中的一样，弗朗索瓦，英俊又自负；让－鲁，脆弱又容易感动。

吉脱掉了上身，牛仔布、羊毛和纯棉，整整三层。他的手臂交叉着护着肚子，好像在为自己没办法脱掉最后一件而愧疚。大概因为下面都是脂肪吧。

粗壮，笨拙。

我希望在你的眼中我是美丽的。

在弗朗索瓦和让－鲁的脸闪过后，阿蒂尔的话又浮现出来，那是他最初见到她时说的话，那句话让她接受了他残忍的爱情勒索，并臣服于这种令人厌恶的诉求。

这就是为什么她变成了妓女，这就是为什么她杀了人。

让－鲁和弗朗索瓦的脸渐渐消失，取而代之的是他们的尸体。原本的动情突然转变成了反胃。她的感官已经不听使唤了。吉的身体已经无法激起她的兴趣。他平凡的脸让人索然无味，他弯曲的背和后颈完全不能触发激情。但他面带微笑，带着歉意，已经准备好穿回衣服了。

蕾丽起身，试图拯救一下这短暂的爱情，或者说这段无论怎么称呼都行的关系。她手臂交叉着，双手抓着裙子底端往上提，提到腰，提到肩膀，提到头发，再把裙子像张死皮一样扔到床上。

她赤身站着，面对着他。她知道自己还非常诱人。她的胸部饱满，她的一把细腰，她的小腹如平坦的山丘连接着一座秘密森林。

这样的女士是他这种级别的男士接触不到的。

蕾丽在吉的眼神中读到了欲望，像年轻男孩那样无法控制的浴火。他崇拜她。

她前所未有地感到了自己很美。吉浅色的眼睛突然闪烁起了泪花。

她觉得这倒是很美。

他站起来，拥抱着她。他懂了。

这是两个被生活折磨得面目全非的人。

她最后一次确认了一下蒂安的房门是紧闭的，然后轻轻地耳语："来吧。"

哪怕不到一晚，哪怕只有几个小时。

不再孤单。

蕾丽找了一张毯子裹在身上，跑到阳台抽烟。

吉躺在床上，身上盖着毯子。他们俩刚才太着急了，毫无章法。他想再来一次，好好地再来一次，他就想证明给蕾丽看自己是可以表现得更好的。

蕾丽则在阳台上哭了起来。吉想安慰一下她，却鬼使神差地和她说起了敬语。

"蕾丽，发生什么事了吗？您那么美，还有三个漂亮的孩子——邦比、阿尔法和蒂安。您还把家里都照顾得特别好。"

"照顾得好？那不过是徒有其表而已，一阵风就吹没了。不，呵呵，不是，我们根本算不上一个让人羡慕的家庭。我们家缺少最根本的东西。"

"少一个父亲吗？"

蕾丽听到后笑了。

"不是，不是。一个父亲，或者几个父亲，对我们家任何一个人来说都是无关紧要的。"

"那您觉得缺少了什么呢？"

蕾丽的眼睛微微睁开，像是揭开了黑暗房间的帘子一角，射进来的阳光把飘浮的灰尘变成了星云。

"您真是不见外啊，这位先生。我们并不熟，您觉得我会跟您说我心里最大的秘密吗？"

他没有说话。蕾丽眼中好不容易打开的帘子又紧紧闭上了，她的心事都关在了黑暗无底的洞里。她转身朝向大海的方向，朝着白云的方向吐出一口烟，瞬间黑化了眼前的白云。

"比秘密更加秘密，好奇宝宝先生。这就是个诅咒，我根本就不是个好妈妈。我的三个孩子都被施了咒。我唯一能希望的就是他们中有一个，希望他们中能有一个人，逃脱这可怕的命运。"

她闭上了眼睛。

他又追问："这诅咒是谁施的法呢？"

她闭着的眼帘背后闪烁着雷电。

"您，我，地球上所有的人。在这件事上，没有人是无辜的。"

蕾丽没有继续说话。她又一次赤身贴着吉躺回到自己的床上，一边爱抚着他，一边告诫他不能留下来过夜，因为她的儿子快要醒过来了，更直言哪怕他想留宿在客厅的沙发床上也是不可能的。吉听明白了，就算是每晚都要听到阿拉伯王后讲新故事才能让对方活下去的东方苏丹国王，此刻都能想明白接下来故事的发展。

他自己的故事。

蕾丽紧紧地抱住他。她的体重可能还不到他的一半。她轻轻地推开了他试图放在她胸前的手臂，也推开了他试图轻抚她两腿之间的手。

"乖一点，听话……你还想继续听我说我的故事吗？"

今晚汝尔丹·布朗-马丁隔着电梯围栏说的话，依然撞击着她的心。

您喜欢说您的故事，蕾丽，谁能够责备您呢？

您说出来的话就有人信，大家还特别相信您本人。而您到处招摇撞骗。

您的邻居……孩子……，直到警察……

他们怎么会料到被您玩弄和掌控着呢？

她转身朝向吉，浑身止不住地发抖，看着吉脸上发自真心的微笑，她似乎又找回了一点信心。

"我可没骗人啊，嗯，您得相信我。接下来要说的就是我的真实经历，我生活里最私密的部分。我需要完全的信任，不想别人质疑我说的哪怕任何一个小细节。我说的都是实话。"

蕾丽的故事

—— 第七章 ——

我就是被施了咒的人。

无法逃脱的魔咒。

不管我多大声地呼喊，不管我多卑微地祈求，都没有人会来救我。在 Gourougou 丛林里，人类其实并没有比别的生物更有优势。偶尔我们中一个人离开了人群去赴死，剩下的人就只能更拥挤地聚在一起。

一个科特迪瓦人径直向我走来，炫耀地招呼我看他那个装满了避孕套的盒子。他吹嘘着避孕套的作用，说跟用了麻醉剂似的，我不会有任何感觉，又说跟请来的法宝似的，用的人也不会带有任何感情，并且在法宝的作用下迷失心志，会忘记一切却还想不断再来。

我倒是想起了苏塞，我在汉尼拔酒店和一些陌生人一起度过了好几个晚上。这其实已经不是我第一次被强奸了，吉，但那是我第一次看清了强奸我的人的脸。

科特迪瓦人始终和我保持着一米以上的距离，看上去不是很自信的样子。

"你要是同意的话，我们会给你钱的。"

另外四个人，裤子都脱到脚边了，听到这话显得很吃惊，好像这些都没和他们商量过似的，一副并不打算出钱的样子。我能分辨得出他们汗水里隐藏的味道，一种混合着害怕、羞耻和反感的味道，他们既反感自己，也挺反感我的，但是没有人叫停得了人的兽性。这些恶狼哪怕有一个人萌生退意，其他的人就都会撤。

"给钱也不是给到我手里。"

我尽量用听上去就很傲慢的语调回答那个科特迪瓦人，鄙视他这头猪连碰都别想碰到我。我鄙夷的眼神却把他逗乐了。

"不给你？那给谁？"

"给维吉尔。"

我瞎说的，这谎话说得太大胆了。没来得及细想我就脱口而出这个名字了。这些晚上我听了很多外来小姐妹的故事，她们大都是尼日利亚来的，梦想着找到一个未婚夫，一个能保护自己的朋友。她们找到的人身体强壮，但也很暴力，更不怎么和她们谈心。她们却变成了这些人温顺还很有利用价值的奴隶，她们得洗衣做饭，随时满足这些人的性需求，还得砍柴挑水。我内心的骄傲还是让我无法允许自己走上她们的路。在我身处困境的情况下，我慌不择言地说出了当地最让人害怕的男人的名字。维吉尔是利比里亚人，他在人们心里是个巨人，是应该被刺青刻画在身上的那种，属于被供奉起来敬仰的形象。

那四个强奸犯吃了瘪似的有点想叫停。科特迪瓦人死死地盯着我。

"你是他的人？"

"不信就去问……他可能会给你开个价格。"

他们都犹豫起来，却不忘威胁我，声称如果我编了瞎话，他们会让我狠狠付出代价的。但最终他们还是暂时放过了我，说他们一回去就会打听虚实。我没的选了，必须去维吉尔的帐篷走一趟。

他在睡觉。但一秒钟后他就猛兽一般压着我，手里攥着的刀紧紧逼着我的喉咙。

"你想干啥？"

"保护我。"

我详细地和他说了事情的经过。他一直看着我，我知道我是很漂亮的，但维吉尔不用费力就能得到任何他想要的姑娘。

"我在布坎南已经有老婆孩子了……"

"等你到伦敦了就能和老婆团聚，当然还有你的家人，你们还可以有更多的孩子。而在你去到梅利利亚围栏的那一侧之前，让我来照顾你吧。"

他把刀从我的喉咙边拿开，我就明白了，他一直想要找一个像我这样的姑娘。

"我可不打算在这个地方多待。"

"那就别浪费时间了，维吉尔，抓紧吧，抓紧享受我们在一起的时间。"

我把披在身上当衣服蔽体的脏布脱掉，躺在他身上，我们就开始做爱。到他主动的时候，我拼命地娇喷着，就想声音再大点，最好让大家都听到，这样那些试图猥亵我的恶狼才能知道我是谁的人，一劳永逸。

吉，希望你听了我刚才一股脑说的话别太吃惊，不管我看起来多么不像经历过这些事的人。虽然我和维吉尔之间并没有什么深厚的感情，甜言蜜语或者山盟海誓，只有一个简单的约定，但我想他是我唯一爱过的男人。两个失了魂的人，两个生活压迫下的破落人，您应该懂的吧，吉。维吉尔在利比里亚和总统泰勒的军队打过仗，那可是西非历史上最血腥残忍的内战。他的人头可是赏金猎人的目标，所以他可以说得上是名副其实的政治避难者。我记得他已经详细地计划好了他到达英国以后的生活，先干巡夜人的活儿，从仓库管理员开始做，然后去做夜店的保安。安保维吉尔，简直像是漫威动画里英雄人物的名号。但他真正的秘密计划，是给人提供安保，比如某个明星的保镖。他像个孩子似的搜集明星的照片，都放在他外套的内兜里，有麦当娜、凯莉·米洛、宝拉·阿卜杜、茱莉亚·罗伯茨……维吉尔这个人看起来很威风、有力气，他肯定会成功的。作为他的情妇，我都感到与有荣焉。其他的头头，那些丛林里的其他团体头目，都把精力放在拥有更多女人身上，思考的都是怎么卖掉这些女人，把她们出租一个小时或者一个晚上。这些女人的苟活都是有代价的。维吉尔从来没有这么要求过我，都是我主动献身给他。

我们就这样在 Gourougou 林中相处了 4 个月，这段时间里我们一起谋生，一起躲过摩洛哥警察有规律的放火执法，一起筹划逃脱计划。终于在 1998 年 10 月 3 日，我们的计划正式实施，数百个流亡人士一起冲击梅利利亚的隔离网，那种气势就好像僵尸从墓地里爬出来要把活人踩在脚下似的。一群乌合之众的大军就要和守卫森严的城堡较较劲。城堡里的人倒没有像故事里一样往我们身上扔烧烫的油，但残酷程度也不相上下。

两方势力比较起来，警方当然有高科技了，我们的优势就是人数。

绝大部分人都会被抓住,只有个别人有幸可以逃脱。

至于回到原点的那些人,过不了几个月他们会再次发起攻击,而且聚集到的人数更多,毕竟每次能成功的人只是少数。

就这件事我和维吉尔之间没有任何的约定,连想都不敢去想我们两个人要一起冲破防卫到达自由的另一端这样的事,甚至也不想去想万一我们两个中没有一个人成功突破,接下来怎么办的事。事实上,如果有一天我们发现彼此身处隔离网的两端,我们可能连说一句再见的时间都没有。

人群一起往前冲,我俩手拉着手挤着走了几米,发现还是只能自顾自了。

那一天,没有一个人冲过去。

摩洛哥的警察早就收到了线报,他们加强了巡逻的警力,正不屑地等着我们来呢。我们阵营的人再怎么努力都甚至没办法靠近隔离网10米之内。警犬、吉普车,还有手持枪械早就准备好扫射的警察不遗余力地守着大门口。我们这群赤脚大军里最强壮的人,都把凝聚着愤怒的原本用来把铁网破出个缺口的大木头桩子扔掉了。他们用豪萨语,用伊博语,用各种各样的方言大声叫喊着咒骂民兵,最后却只得边往后退边吐痰表示不忿。

维吉尔就是他们中的一员,跟着其他人一起辱骂对方。

接下来我就看到3个警察掏出手枪开始射击,一下子20多发子弹就落地了,随之落地的还有5个人,当天那5个人就冷冷地躺在地上了。

维吉尔就是他们中的一员。

我想不通为什么。

为了杀鸡儆猴吗?为了少点伤亡,所以擒贼先擒王来避免更大规模的冲突吗?

为了赏金吗?维吉尔的人头真的那么值钱吗?

为了报仇吗？阿蒂尔一定没有死，他又回来找我了，就是他出于嫉妒才害了维吉尔。真的，吉，我知道这听起来太奇怪了，可我翻来覆去地想啊，为什么我要承受这样的磨难？一定是阿蒂尔的鬼魂一直在缠着我，他要我为自己还活着付出代价。

没有了我的保护神，我一回到村子，那些恶狼就闻信赶至，他们可真是恶向胆边生啊，一点不怕离火太近被燎到。他们的耐心只持续了几周的时间。这一次我没有拦着他们，就在他们群情激昂、按捺不住的时候，我掀起了自己的裙子，让他们明明白白地看清我的肚子。

我的大肚子。

维吉尔的骨血。

不出我所料，这下没有人敢碰我了。一个教长周五的时候会时不时地来 Gourougou 丛林，给我们一些他从附近清真礼堂里收到的穆斯林教徒捐的钱。正是因为接受这笔善款的条件就是接受古兰经的教义，这些丧心病狂的人才想起来他们得看上去还有点人性，有同情心，得照顾病人和弱者，以及怀孕的妇女。

有一个周五，就算心怀着对阿拉的敬畏，这帮不肖人士还是把我围拢起来，我只能请求教长把我带走了。我孕期的最后几个月是在一座卫生所度过的，这座卫生所邻近阿尔及利亚的前线。到头来我还是病倒了，毫无力气，这个孩子占据了我全部的能量。

我的孩子终于在乌季达出生了。

他有着黑色皮肤，个头也特别大，看起来焦躁但很有力，像大力士一样，能用双手就掐死人们扔到他摇篮里的蛇。

我很确定地知道，这个孩子一定天生神力，就像他那个从未谋面的父亲一样。

我给他起名叫阿尔法。

—— 53 ——
20 点 32 分

"船上有无线网吗？"

阿尔法的腰上别着一支托卡列夫 TT-33 型半自动手枪，他的手臂、拳头和厚实的背影足以让贾维尔不敢逞英雄。尽管在搭话，阿尔法的眼睛也一直紧紧地盯着他的目标。而这位被盯住的塞瓦斯托波尔号的驾驶员似乎也想明白了，这个让他把船驾离了航道的小巨人不会开枪打他，也不会把他扔到船下面去，起码暂时不会。想到这里，贾维尔的气色缓和了一点，看上去没那么慌乱了。

"无线网？有什么用？等你把这条渔船改造成个水上妓院，你就能下载点毛片了？跟在车里还闲不住的卡车司机一样吗？"

"电话呢，接通了吗？"

"今天就能把电话给你接到月球上去。咱们现在都快开到世界尽头了，离复活节岛成千上万里远了，你再也别想安静了。"

就这点来说，贾维尔倒没说错。阿尔法紧紧地攥着自己的手机，就好像他的手机比这艘船上的救生筏和浮标都更顶事似的。在今天，数以百万的移民流离失所，不知道自己明天睡在哪儿，更别提下个月要去哪儿，在哪个城市、哪个港口，不记得自己在哪儿和家人走散的，但这些人竟然都还有一个地址。

一个电子邮件的地址！这也是他们在这世界上存在的痕迹。

他抬起头看头顶的大熊星座、织女星座和仙女星座。

他们交错成一颗小星星，点缀着夜空。

阿尔法刷着手机上的通讯录，点了布拉札这个名字。

"喂，萨沃尼安？我是阿尔法。"

他把扬声器贴紧了自己的耳朵，却还是什么都听不清。他只能听到身边海浪产生的环境噪声，还有耳边传来的音乐和笑声，还有伴随着的尖叫声。

"萨沃尼安，你听得到我说话吗？"

"你等一下，我走远一点……"

阿尔法继续监视着贾维尔，给他比画手势让他把塞瓦斯托波尔号开慢点。这下子通话质量变好了点。

"我在路上了，萨沃尼安。一切都按照计划在进行。我们这会儿在穿越地中海，明天就能到对岸。一落地后，我需要你的朋友们帮忙。"

"阿尔法啊……（萨沃尼安故意半天没说话，阿尔法都以为他把电话挂了）战争结束了。"

"什么？"

"芭比拉、萨菲和凯凡都过来了，他们都找到个位子，昨天就上船了。搞不好你还能见到他们，他们几个明天一早就会到兰佩杜萨岛。"

"那又怎样？"

"一切都变了啊，阿尔法。现在我就计划去找他们，以后哪怕再艰难也要挺住。在我看来，大家迟早会发现芭比拉是世界上最温柔又最勤劳的护士，她一定会在本地大医院里发光发热。我还计划带着凯凡去圣查尔斯车站看火车，让他知道等他长大了，他会变成火车驾驶员。我的小萨菲也会在这里长大，等她长大了，她会是最漂亮的姑娘，马赛城任何一个光顾她美容沙龙的姑娘都会妒忌她的美貌。我还要带他们登上普罗旺斯附近的普华露山顶去看雪。我会拼了老命努力工作一整年，攒够钱带他们去迪士尼。而且我要和芭比拉再生个孩子，这个孩子可就是百分百的法国人啦，当然，我们的孙辈们更是纯纯的法国人，没有任何人能再取消他们的合法身份。我们一大家子还要在 7 月 14 日国庆节去看大阅兵和烟花。我们还会招待我们的法国朋友吃炸豇豆丸子和花生酱烧鸡肉。"

萨沃尼安听起来喝多了，他的话太多了。

"别丢下我一个人啊，萨沃尼安。这是战争，我们还得为兄弟们考虑考虑。"

"阿尔法，我就不参与了，抱歉啊。眼下我只能考虑到自己的家人，我得对他们负责。他们终于是自由身了，我得去好好地欢迎他们。经历了那么多事情，我们好不容易能团聚了，我可不想再干任何冒险的事，何况还是关监狱的风险。没有比和我家人团聚更重要的了。"

贾维尔握着舵柄笑得像个傻子。他已经彻底把船的发动机停了，塞瓦斯托波尔号的船灯在夜色下一闪一闪的，好像一辆抛锚在路边的看起来就很悲凉的车。

"萨沃尼安，我们在打仗，这场仗必须拿下。"阿尔法再一次说道。

他手机里贝宁人的身后传来一阵女性的歌声，一群人在齐声合唱，唱罢了还有人鼓掌。

"你说的再也不是我要打的仗了，阿尔法。幸福的男人没有谁会留恋战争的。"

—— **54** ——

20 点 54 分

大部分匆匆路过坐落在莫诺特街的高登咖啡馆酒店的男人都会忍不住又走回来。他们忍不住或悄悄地或直接地看过来，眼神鬼鬼祟祟又不怀好意，要是一群男子结伴而行的话，他们还会互相推搡打闹，发出更大的声响来吸引注意力。

邦比面对这些潜在的追求者的反应都是噘着嘴，脸上写满不屑一顾。她把超短裙下的双腿交叉夹紧，用背心挡住衬衣低低的领口。她迫不及待地等着亚那快点到，而对方今天的迟到让她觉得特别厌烦，她在心里问自己是不是真的有必要下功夫打扮自己，穿得比中午更性感。就算她现在穿的是阿拉伯的波卡罩袍，这位 VOGELZUG 协会的物流负责人都不会变得兴致盎然。她想起了亚那·谢阁兰那些拙劣的调情话术。

"第二次面试，整个话题走向就变得很……私密。"

真是个虚伪的怪物！

"我们之间应该不存在什么误会，我们也不会因为特殊关系就雇用您。"

这个可怜的小傻子一边宽慰着自己的良心，一边小心地防备着权力的滥用，一边还不断自我膨胀，想着她跟我睡觉就是因为她想要我，而不是因为她想要这份工作。邦比刚和谢琳娜发完短信，亚那就出现在她前面了。

他不是从她等待着的莫诺特街或者殉难者广场来的，而是从高登咖啡馆酒店的对面——伊牡·谢里夫黎巴嫩风味餐馆那边过来的。

"不好意思，我来晚了，美女。我点了一个什锦拼盘，略表歉意。伊牡·谢里夫黎巴嫩风味餐馆大厨做的菜是最值得细细品味的。"

邦比放下了心。说到底，亚那的迟到对她来说也不算坏事，再拖延一会儿，再尽力拖延一会儿，一直到晚上迟得不能再迟了，直到她也没办法再延期了才好，这样亚那就会没什么兴趣玩出花儿来，而是单刀直入地扑倒她。她必须把控两个人之间的节奏！既然是好吃的黎巴嫩风味餐馆，那就是说至少要上 15 道菜。她就喜欢这样的，而且会慢慢地舔干净盘子底的鹰嘴豆酱料和茄子抹酱。就这样慢慢吃到最后，天色也很晚了，她就会提议要对方送她回家。这简直是个完美的流程。

"太好了，亚那，"她一边说一边忽闪着眼睛，似乎在用眼皮给对方鼓掌，"您太好了。"

她站起来凝视着街对面的黎巴嫩餐馆，犹豫起一会儿怎么面对人行道上汹涌的人潮和大街上穿行的汽车，因为她实在很不适应今天穿的这身细高跟鞋和超短紧身裙的搭配。她猜测此刻亚那的目光一定顺着她的后背看到了她翘起的臀部，又顺着臀部看到她的大腿，他焦灼的目光紧紧贴着她的身体，贴得就好像那些顺着他脊柱往下滑的汗水似的。

赚到了！亚那·谢阁兰今晚就任由她选择去哪儿，只要不去红角酒店就行，那里现在太危险了。全世界红角酒店的连锁店的入口都应该被严格监控了，尽管无法相提并论吧，但红角酒店的安保程度应该做得比五角大楼还高。亚那肯定或多或少听说了弗朗索瓦·瓦里奥尼和让 - 鲁·库图瓦的谋杀案。

"您不过来吗？"

亚那牵住她的手，她在等着他主动过来扶着她过马路。出乎她意料的是，这位物流负责人却把她往高登咖啡馆酒店的门口拉。

"我们不是要去伊牡·谢里夫黎巴嫩风味餐馆吗？您刚才还点了菜呢！"

"是啊，我的娇花，但吃饭前我还在高登订了一个房间，行政套房，可以看到城市的全景。"

她拼命控制先不要把手从谢阁兰的手里愤怒地抽走。

"那拼盘怎么办？"邦比嘟哝着说。

她在说出这句话以后就意识到这个问题有多愚蠢，亚那早就算计好了一切。

"厨师长是我的朋友，他会安排好在 30 分钟内就把所有吃的送到房间里。这会儿，我相信香槟都已经放好了。"

邦比只好跟着他走。

把控相处的节奏？没有一件事是按照她的想法进行的，都有偏差……这会儿才刚入夜，不出几分钟的时间，她就会只身和亚那相处在一个房间里，没有任何预备方案告诉自己一会儿要怎么办。这一切都太容易了，也都发展得太快了。她还没有做好心理准备，或者说任何相关的准备都没做足。为了躲避警察不断收紧的老虎钳似的抓捕网，她眼下就要面对太多未知的风险了。

大理石石板下金色的背板上闪烁着罗马数字大写的九。

八，七，六，五，四。

电梯再有几秒钟就降到底楼了。

三，二，一。

然后再过不了几秒钟，电梯就会升到九楼，直达那间放着香槟的全景观景房。

就剩下几秒钟还可以再想想。

随机应变吧。

不管怎么说，谢阁兰又不会强奸她。

她也说不上冒风险。

亚那·谢阁兰更不用担心什么。

最差的情况无非是，她让这个禽兽活着走出来。

— 55 —
21 点 15 分

尤罗看着夜晚灯光下的雨，从看不到尽头的天空中落下来，在光的衬托下星星点点地闪耀，最终消失在堤岸边的混凝土里。

除了一束束光，别的东西他什么都看不清，比如三个戴着面罩的工人和他们的焊枪，他们架在台子上的钢筒，还有港口的吊臂。那些夜猫子的船坞爱好者可以在一周内的任意一天随意选择停泊的港口，周一钓钓鱼，周二玩点个人爱好，周三载载客，周四去军队找找活儿，而今天嘛，就卖点东西。在所有这些选项里，尤罗最喜欢的还是做买卖，和别人相比，只有他忍受得了提炼厂令人头痛的火烟和油、石油和天然气的刺鼻味道，可以去那附近走一走。今晚更是如此，他可不想浪费时间静静地听沙滩上小青年的玩笑声或者默默地看沙滩上那些纤细的泳装身影。他的注意力在他膝盖上的电脑上，他刚刚才把照片更换了，从原来的邦比 13 和法丽娜 95 照片换成了一座小岛的照片。

正是兰佩杜萨岛。

这座意大利属地小岛离突尼斯比离西西里还近一点。

他在进行图片搜索的时候，无意间，或者说天意使然地，输入了这个小岛名字的五个字。

兰佩杜萨岛。

他眼中的世界一下子翻天覆地地变化着。他看到了一个不断切换的世界悲喜剧幻灯片，里面都有土耳其蓝海水和黑色的皮肤，一面是破败的小小港湾和被随意堆在不断涨潮的沙滩上的古铜色的尸体，另一面是晒成古铜色皮肤的人站在船上远远地看着风景。都是些杂乱的场景，一个看起来像天堂的景象，另一个却是地狱。

他打算过一会儿再回到邦比 13 和法丽娜 95 的问题上来。从今天早上开始，自从知道了迪拜红角酒店发生了谋杀案，他所有的判断都不成立了。不论是跟肥皂剧一模一样的剧情，还是在那个叫沙漠行旅套房发现的血迹，所有证据都指向邦比·马尔，但同时从物理角度来说，她怎么可能瞬间移动到 5000 公里以外的地方去犯罪呢？

"耐心等待吧，就像裴塔尔说的那样，基因检测会说明一切的。"

尤罗终于不再盯着自己的屏幕，开始安下心来看来自真实世界的第一条消息。这条消息还是关于兰佩杜萨岛的，是一则鼓励欧洲人出国去外地旅游度假的广告，当然在他眼中，这个地方除了广告里描述的样子，还充满了各种悲剧的过往。

我们在兰佩杜萨岛找到了 95 家酒店。来看看我们为您提供的特殊优惠吧！——缤客网。

2013 年 10 月 3 日在兰佩杜萨岛发生了沉船事件。——维基百科。

来兰佩杜萨岛观光——低至 4.5 折。——背包客网。

兰佩杜萨岛，通往欧洲的死亡之门。——法国新闻电台。

从 2002 年起，一共有 3000 多人淹死在这片海水里，这个死亡数是泰坦尼克号遇难人数的两倍，并且是岛上人口数的一大半。

此刻在岸上，海风吹走了焊枪的星火，这火光持续亮了一小会儿就归于平静，简直比肥皂泡还短暂。在中学时期，尤罗的学校组织过一次出游，带着学生们去看了柏林的查理检查哨：那些试图穿墙从东柏林往西柏林去的疯子，在后来被视作英雄，勇敢的对抗者和应该被尊崇的人！而今天那些尝试翻越南北边境线、想到达同一片欧洲大陆享受同一种民主的人，最好的名声也不过是法外之徒，差一点的还被看成恐怖分子。

是因为人数太多了？还是穿越方式不同？还是因为皮肤不同或者宗教不同呢？

或者根本就是因为大家心中都有一杆不一样的秤？

他们的死亡其实是一种爱情的宣言。

尤罗用双手支撑着脑袋，这句话他在 VOGELZUG 协会的网站上读到过。

他们的死亡其实是一种爱情的宣言。

用来做配图的照片里显示的是海岸几千米内漂泊的小船上挤成堆的移民。

VOGELZUG 协会。

就是那个瓦里奥尼和库图瓦工作的位于布克港的机构。尤罗随机点开了这个提供了十几种语言版本的讨论移民现象的网站，站点里信息纷杂得像个迷宫，希望能侥幸搜索到手腕戴着一只颜色手镯、手中拿着一个贝壳的信息，他只想找到一点线索，任何线索。

但浏览了好半天，他还是一无所获。他在电脑上同时打开了两个窗口，决定再看看邦比13和法丽娜95的脸书页面，好好地再仔细对比着看一次。如果这个姑娘不是邦比·马尔本人，那她一定是故意给别人下套才这么做的。换句话说，她们一定在生活中就认识……

他口袋里的电话这时候振动起来。

一条短信。

裴塔尔。

尤罗犹豫着要不要点开看。他们之前在回宜必思酒店的路上闹了不愉快，当时尤罗一再坚持要把汝尔丹·布朗－马丁给召回来，裴塔尔不同意，而且立场鲜明地反对他的主意，两个人僵持不下。裴塔尔不想纠缠下去，随手把收音机的音量调大，这样他们的对话就没办法继续了。赫诺的歌声响彻四周，歌中唱着不是人类征服了海洋，而是海洋征服了人类。

只待风起……

他们的车沿着离艾格杜斯不远的沙滩开着。一群男孩子泡在海水里，裴塔尔满脸不屑地看着他们，脱口而出：

"这大海可真是够恶心的，那么多偷渡者都淹死在里面了。"

然后他们继续默不作声地往前开，经过了家乐福超市，张贴着杰克·斯帕罗船长势利小人样子海报的影城，星巴克咖啡馆还有红角酒店。那会儿应该是下午5点多了，十几辆车停在这家红色锥形房顶的酒店的停车场里，可以看出来，红角酒店的房间下午5点到7点比夜间入住率高。

尤罗注意到在这个点儿上，酒店门口连一个巡街的警察都没有。

"不然呢？"裴塔尔没好气地说，"难不成给全球每一家红角酒店门口都配一个执勤警察吗？保持警戒也是有上限的啊，小天才！"

"当然不可能每一家都有警察了，这我当然知道。但最起码布克港这家……"尤罗还是坚持地说。

"你想说什么？这家有什么不一样的？这里又没有死人！"

尤罗没有继续说下去，他把话吞下去了。头儿的逻辑让他无可辩驳。

有那么一瞬间，他觉得自己和裴塔尔·维里卡是在不同的平行宇宙办同样的差，对一样的案情提出了两种猜想，所以真相不是只有一个，可能每个人看到的情况都不一样。

他俩停顿了许久才又说话，就像是他们都有自己的路要走，之后再回到相同的话题上。两个人坐在穿越卡隆特运河大桥的藏红花车上，尤罗手握方向盘，而裴塔尔瘫坐在后排座位上，欣赏着马蒂格（位于法国罗讷河口省）水粉色的房子群落。

又过了好几个小时，裴塔尔给他发了条短信。大概又发过来什么新的荒谬消息了吧？

好奇心让他左右为难，尤罗还是打开了这条短信。手机屏幕上出现：

姑娘被抓了。

邦比，你的心上人。

她被下套抓住了。

—— 56 ——

21 点 17 分

自己……是个外星人，

多么孤单……

努拉连续唱了一个多小时歌。这次宜必思酒店餐厅的双层防火门敞开着，所有的客人都能听到她的歌声。努拉用自己低沉又迷人的嗓音再次演绎了贝宁歌坛女王安吉丽克·基卓的歌 *idje — idje, we we, batonga*。

她的歌里杂糅着多种语言和多种音乐风格，北美黑人唱的福音赞美诗和英语，贴身波扭舞和法语，雷鬼（牙买加的一种音乐）和丰族语，伦巴和班巴拉语，萨迦和米纳。努拉做了丰富多彩的音乐混搭，每首歌还加点即兴创作，把副歌演绎得分外经典。达流斯用非洲手鼓来把控节奏，维斯莱时不时穿插一些长段的吉他独奏，还有一群 30 多人组成的伴舞团围绕着努拉，她们时而风情万种地扭动着腰肢，时而拍手和着音乐，时而合唱，舞台的地板都跟着震颤起来。好一种幸福快乐的气氛。

年长的扎艾林与被演唱会的热闹唤醒的陌生人搭话，说自己的表兄弟们就快来了，她和这群从朱古来的表兄弟都 20 多年没见面了。维斯莱的第二把吉他的琴弦间放着一张他的未婚妻娜雅的照片。她和大家一起乘船来到欧洲，而且她本人是一位声艺绝佳的歌手，他就是为了她才去学了吉他演奏。努拉羡慕得都快妒忌了，但在他的劝说下，两个人还是合作了对唱歌曲，而且大获成功！在这个小小的贝宁帮里，穿着一身旧西装的达流斯可是唯一有合法身份的外国人，他马上就要迎来自己的舅舅拉米和舅妈法蒂玛了。

鲁本·里贝罗作为酒店方负责给宾客提供酒水，比如橙汁、苏打水、香槟，还有沙皇尼古拉的孙子基金会赞助的特别窖藏。说到这个赞助者也挺有意思，他因为执行过一次为世人所不齿的秘密任务后就被流放到埃佩尔奈了。萨沃尼安把手搭到这个酒店负责人的肩膀上，想把他拉到一个清静一点的地方敬个酒。

"谢谢啊，鲁本，感谢。"

"很开心为大家服务。话说回来，真替你高兴啊，再过几天，最多几周的时间，你们一家人就要团聚了。"

"你呢，兄弟，你的家人呢？"

里贝罗头一仰，一口气喝掉了手里的香槟。萨沃尼安的目光这时候却紧紧锁定在努拉身上，眼中只有她在袅娜地摆动着的肩膀，耳朵听到她反复吟唱：

流落的外星人……

"我没有家人……不过先别替我感到难过，单身一人是我的选择。我这个人就是一个不断向前滚动的石头，滚动的石头上是什么都不会长的。何况，我选择的方向和别人都不一样。"

说着，鲁本就往萨沃尼安和自己的杯子里再次倒满香槟。

"祝贺你们家人团聚，兄弟。你们虽然分开过，但现在又团聚了。我还是半大小子的时候就被家人送到萨拉曼卡一家寄宿学校去了，离家50多公里远，所以每年我也只能在圣诞节、复活节和放暑假的时候见到他们，一年就这三次。我那时候恨死他们了，感觉被自己的亲生父母逐出了家门。今天如果他们还在，我会十分感谢他们的。如果他们不这么做的话，我就会和我同辈的小孩一样，长大后继续待在那个小村子，养猪、生孩子，等我不在了，孩子长大成人后，就继续接替我养猪。我的兄弟们，你们也明白现在的世界就是一个大村子，所以你们也不要拘泥在某个地方，多出去看看，别错过地球上任何一朵花的美。等你们家人团聚的那天，将会像过节一般。"

他们说着这话又干了一杯。

"等我哪天得了龚古尔文学奖，我一定把今天喝掉的香槟酒钱补给你！"萨沃尼安说。

鲁本很严肃地看着他，摆摆手表示谢绝了这位贝宁兄弟的提议。

"你为了家人能来花了多少钱？"

"还行，不太多。"

"不太多是多少？"

"300万西非法郎。每个人不到5000欧元吧。"

鲁本听罢看了看舞池里舞动着的人群，这些男男女女的口袋里可能连10欧元都没有，银行账户的存款也不会超过100欧元。

"钱总是能凑出来的，有的时候一整个村子会搜集到这笔钱，再不行了还可以把自己押给经纪人当一辈子劳工。"萨沃尼安说。

"你呢？"

"借贷，30年分期。现在我上课能赚钱，以后还有点版税提成，加上芭比拉来了当护士的薪水，省着点花钱的话，我想用不了10年，这笔债就能还清了。然后我们就继续攒钱给凯凡留出学铁路驾驶的学费，还有将来给萨菲开美容沙龙的钱。有的人为了出来花的钱太多了，芭比拉、凯凡和萨菲只是绿色手环的身份，也一样出来了。"

鲁本转了一下因为惊讶而睁大的眼睛，他感到香槟酒有点上头了。努拉暂时休息一会儿，维斯莱和达流斯趁着空当分别用吉他和非洲手鼓再次掀起一个高潮。

"他们的系统把乘客分成三种颜色不同的手环组，划分标准就是看你付了多少钱。你知道参加那种全包的旅行团也会发手环，他们用的就是那样的手环，不可退换、不可造假，到达前必须随时戴在手腕上，过后只需要剪开扔掉。绿色的手环表示你付了 5000 欧元，蓝色的是 7000 欧元，红色的是 10000 欧元。"萨沃尼安解释道。

鲁本随手把酒杯放在他前面的柜台上，但是没放好，酒杯滚了几下就掉地上了。

"同样是从地中海那边过来的，为什么要花 10000 欧元那么多啊？"

"不同颜色的手环决定了你是和一群人挤着站还是能有个凳子坐，是紧贴着船上的器械还是能去客舱，有没有水喝，如果船满员了或者天气条件不够好，是等下一次机会还是保证当日出发。鲁本，你是不是觉得挺惊奇？（萨沃尼安也喝得有点多，此刻他说着说着就忍不住笑了。）我刚开始听到也觉得奇怪，后来我想通了，管他什么交通工具，世界不就是这么运行的吗？就好像坐飞机也分商务舱和经济舱一样。不同的分级就决定了别人把你当牲口似的赶着还是把你当皇帝般伺候着。就算是偷渡客也有等级之分啊，对吧？"

酒店管理员费力地弯下腰去收拾散落一地的杯子碎片。

"靠手环的颜色就可以区分乘客的等级。"他小声说道，"还真是个了不起的发明。"

"是啊！去美洲大陆的移民早在轮船上就分成了三六九等，有的人为了在水上城堡里继续享受奢华的生活而支付了一大笔费用，同时就有成百上千的人在富人们看不到的地方死掉，然后跟狗似的被丢弃成一堆。"

说着，萨沃尼安又伸手搭住了鲁本的肩膀，拉着他向即兴跳起舞的人群靠拢。努拉这时候已经换了曲风，开始唱起富拉语女歌手伊娜·莫加的流行金曲。

让我们……庆祝吧，

一路欢庆……

"我跟你说个秘密吧，"萨沃尼安把嘴凑到鲁本耳边说道，"如果让我选择蛇头，我不要手环，我只想要贝壳。"

"贝壳？"鲁本重复道。

"嗯，让乘客用贝壳来支付船票。"贝宁人小声说着。

他的眼睛此刻像努拉的眼睛一样闪烁着光芒。

"用那些稀有的贝壳来支付，有些贝壳特别少见。我打听到的行情是，一个稀有贝壳就能卖到100欧元。你算一下就知道，等于我为我的每个家人支付了150个贝壳。试想一下，乘客一路上要经过好几层中介和边境检查，我可不想让芭比拉、凯凡和萨菲把15000欧元就那么藏在衣服内兜里一路带过来。如果换成贝壳的话，在外行人看来就会一文不值，很安全。"萨沃尼安解释道。

"聪明啊，"鲁本赞叹地说，"简直太聪明啦。"

努拉唱得更有风情了，比之前还挑逗人。萨沃尼安的眼睛简直离不开了。

一路欢庆，噢噢噢！

一些穿着睡衣的客人围拢到防火门跟前，有一个母亲，一个父亲，还有两个孩子，都披头散发的，显然是睡到一半被声音吵醒了。招待给两个大人倒了杯宾治酒，给孩子们准备了果汁、炸鳕鱼丸和印度咖喱角。他们什么都没说就接了过来，一脸懵懂，就好像他们本来还在宜必思酒店睡得好好的，醒来后却到了新大陆似的。

鲁本让萨沃尼安稍候，自己去和担忧不已的女歌手说句话。

"唱吧,"他附耳说道,"唱足一整晚。美女,你的老对头今天晚上不会过来的。"

—— 57 ——
21 点 19 分

邦比推开高登咖啡馆行政套房的大门之前,她的第六感一直告诉她房间里有人在等着她,这让她一直犹豫到底要不要开门。就在这时,亚那熟门熟路地在背后推了她一把。

别无选择了。

进去吧。

房间里并没有人……但这间房之前的确进来过人,两个床头灯都打开了,照得墙上一片橘色的光,房间里还充斥着类似爵士乐的音乐,大床上撒满了玫瑰花瓣。就为了一个单纯的面试的话,亚那可真是下足了功夫!

浴室的灯一直开着,一看就是刻意的。浴室和卧房就隔着一扇有色玻璃门,浴室里按摩浴缸的水冒着热气,肯定是哪个酒店员工按照亚那的要求严格执行的,时间算得刚刚好,冒着按摩气泡的浴缸边还对称地摆着两个酒杯,旁边的高脚冰桶里插着一支香槟。

亚那顺手把他的公文包和帆布短袖上衣放在了门厅的小圆桌上,转身就来抱住她。邦比躲闪起来,一副不经世事的天真样子。

"我的天啊,亚那……我不知道在面试之前,还得考验我会不会游泳。"

邦比的大脑飞速思考着,想多争取一点时间,同时一直和对方保持着安全距离,让他没办法如愿把自己抱住。得想办法让亚那在摸到她之前去床上躺好,得想个办法束缚他,是用她包里的丝巾还是用他的腰带好呢？这个 VOGELZUG 协会的物流负责人该不会已经给自己做了一个必须逐字逐句执行的场景设计吧：在浴缸的水温变冷和香槟变温之前，两个人就要赤裸相见。

"您应该提前告诉我一声的，亚那，我好带一件泳衣啊！"

"不用那么麻烦，美女。"亚那说着，眼睛盯着她的胸部。亚那·谢阁兰毫不客气地在评估着她的身材，这种流氓一般庸俗的眼神和房间里刻意布置出来的浪漫气氛相比，简直差别太大了。这种一触即发的欲望让两个人的脸上一个春光无限，一个阴晴不定。

赶快占有她。

懒得再客套，亚那径直走进浴室就开始脱衣服，他探着身子去看按摩浴缸里面漂浮的温度计，一方面再检查一下温度是否合适，另一方面也暗示她春宵一刻值千金，不要再浪费时间犹犹豫豫。

这安排得过于完美了！这种浪漫的布置总是让邦比脑中警铃大作觉得有诈，她觉得她的第六感一定是对的。亚那·谢阁兰怎么那么着急脱掉衣服，而且平时简直是个话痨的人这会儿竟然连半个字都没说，他的样子怎么看怎么不自然。换成除了他的任何人，她都可能觉得别人只是害羞了，但他肯定不会……

"不过来吗？"

他把白色麻质衬衣挂在衣架上，光着上身发出邀请。尽管体态比较油腻，但多少还有那么点男性吸引力。他就是典型的生下来就属于帅哥，自我感觉良好到觉得年岁不会减少他们半分吸引力的人。越是这样的人，反而越对女性双标，喜欢找年纪越轻的女孩子。

邦比坐在床上，假装在玩血红色的玫瑰花瓣。

亚那是不是看穿她了？

就在前几天，VOGELZUG 协会的两个员工，或者说前员工被杀了，被一个女性杀了。亚那设法让邦比乖乖顺从的手段，在这几周来是越来越运用自如了，且不去管他和弗朗索瓦或者让－鲁这些人比算不算老手，假设她真的是来应聘一个正当岗位的，那么走到最后一环了，作为面试官，亚那理论上应该并不欣赏这样一个漂亮姑娘——一个这么简单就能带去酒店推倒在床的漂亮姑娘。

亚那这个人太阴险了。他在这些人里是最狡诈的。

他带着猎人玩弄猎物似的心情去追女孩。

你以为他就是喜欢小姑娘，其实他在研究她们。

我觉得他一直试图听我说的话音，一直在分析我的意图。

也许生活里他还监视过我。

这是中了埋伏啊！

算计好每一步，甚至迷惑对方。

一旦他决定出手了，就要一把收获芳心。

"你不过来吗？"亚那又问，"到这会儿了就不用假装害羞了吧。"

"如果一会儿服务员进来送拼盘怎么办？"

"临时穿件浴袍就行了。"

邦比站了起来。

争取点时间，再拖延一会儿。她预感到一会儿一切都会乱套的。她慢慢地解开衬衣的扣子，脱下来放在床上，又脱掉了高跟鞋，做做样子好让亚那不要起疑心。她光着脚向亚那走过去，内衣下是丰满的胸部，浑圆饱满，她解开了自己的头绳，让如同麦穗一样的头发落在泛着金光的肩膀上。

要占据主动地位，收起对方的怀疑。

她站在浴室里，和亚那也就相隔几厘米，就在这时有人敲门了。

"伊牡·谢里夫餐馆送餐。"一个带着穆斯林口音的人说道，"谢阁兰先生点的两份拼盘。"

"放到床上就行。"亚那提高了嗓门回答。

邦比听到房间的门打开了，又关上了。亚那听到动静就准备从浴室走出来。

这时她拉住了他。

本能反应地拉住了他。

这个场景简直没有一处像真的。刚才的开门关门声简直像戏里的桥段。

她把手放在亚那身上。

"别去。"她柔声说着,"我想让这个送餐的想象一下我们在浴室里的场面。"

亚那突然感到邦比的双乳贴着自己的身体,他一下子僵住了,真是惊喜啊!他开始解皮带。

现在一切都会加快进程,脱个衣服要不了几秒钟。

邦比用尽全身的力气去扯他的皮带头。缠绕在亚那腰身上的皮带一下子被扯下来了,早就解开了扣子的裤子一下子就掉到了小腿处。邦比整个人往后弹开,手里依然拽着他的皮带。被自己的裤子绊住双脚的亚那也跑不起来,于是在房子里大喊起来。

"她到啦!"

邦比突然走进客厅,看到一个男的在等她,警察的长相,身形比门口的衣柜还大,拳头里还攥着一根棍子。

果然是个陷阱,一个精心布置的陷阱,亚那可真是把她骗了。

配合设圈套的男人看到邦比后还是不由自主地停顿了一下,看着这个半裸着身体走向自己的芭比娃娃,他竟然乐得笑出来了,脑子里不禁想象着面对这样一个漂亮的洋娃娃似的姑娘,他可真想上去揽住她的腰,再紧紧地把她抱在自己的大花臂里,好好欣赏她花枝乱颤的样子。

就在他陷入幻想的时候,一个皮带扣猝不及防地砸到了他的太阳穴。邦比继续用皮带扣抽打,没有停手。硬汉警察倒在床上,手里的棍子顺势掉在了地毯上。邦比手扶在房间的门把手上,突然抬头发现门厅墙镜映射出的自己竟然这么裸露。来不及细想,她一把抓起自己的包，还有亚那刚才放在门口台子上的包和帆布短袖上衣，赶紧往酒店的走廊里跑。留下身后的男子举着棍子大喊"臭婊子"，还有那个终于迈着搞笑的企鹅步挪出浴室的亚那。

九，八，七，六，五，四，三，二，一。

邦比在电梯里套上帆布短袖上衣的时候，还是心跳不止。电梯打开后，她全速跑出了高登咖啡馆酒店的大堂，又沿着莫诺街一直跑到了殉难者广场。行人们纷纷扭过头看她。因为太着急，她根本来不及把上衣的扣子扣好，每跑一步她的胸部就要走光，而且她越是跑得急，她那条本来就很短的紧身包臀裙就顺着大腿往腰上跑。

一些蒙面的女性行人盯着她，还顺手赶快蒙上了身边孩子的眼睛。

她侧身从两个婴儿车之间挤过去，继续朝着科尼什大街跑。穆赞那珠宝店门口把守着的三个警察此刻也在犹豫，要不要放下手里的活儿去抓她。

她继续跑。

眼前全新的楼群以前可都是被轰炸过的废墟，可她不是来欣赏的，她的光脚都被水泥地磨破了，还得把亚那的包紧紧抱在怀里来遮蔽一下赤裸的身体。

要穿过一号街了，她还是这副慌张的模样。

"快让我过去啊！"

四个开车的姑娘被吓得一个急刹车，一个开着白色504车的姑娘立即开骂了，另一个开着法拉利458的姑娘也按响了喇叭。邦比顾不上停下，她正沿着科尼什宽敞的人行道逃命，右手边是大海，左手边是那些开车的姑娘。

几个慢跑的人和她擦身而过。四个坐在凳子上悠闲地喝着酒的大胡子男笑意盈盈地用眼神追随着她的步子。邦比在行人间穿梭着，一直跑，又累又慌张，还不停地留意身边开过去的车，强烈希望能拦住一辆空出租车，特别不希望警车出现在附近。

她又往前跑了三百多米才敢停下来，她实在喘不上气了。她脖子上挂着自己的包，汗水浸湿了亚那的皮包表面，而她的裙子已经跑到了腰上，白色内裤都露出来了。她小心翼翼地调整了一下裙子后，摘下了金色的假发，她自己的头发终于得见天日。尽管川流不息的车的反光刺得她眼睛疼，她还是把挡住眼睛的头发分开来，继续观察来车。她发现右手边百米左右的地方来了一辆黄白色的奔驰车。终于等到了！邦比冲到车道里拦住了这辆出租车。

出租车司机还来不及反应，她就已经钻进后排座位了。

"您会说法语吗？"

"会一点……"

"往前开。"

她眼睛盯着插在收音机旗子上的崖柏。

"去贝鲁特机场。"她说，"我要一刻钟之后就赶到那里！"

—— 58 ——

21 点 24 分

汝尔丹·布朗－马丁和阿涅丝·德·卡斯特罗在说话，后者是一个加泰罗尼亚裔的风情万种的寡妇，坐拥地中海沿海横跨巴塞罗那到比萨的十几套房产。他看着这么多空房源，想劝她把一大半房子拿出来租用，他好给那些有钱的难民入住。话未过半，他左边口袋里的手机响起巴伯的《阿达吉奥》。《阿达吉奥》这首曲子曾由莱纳德·伯恩斯坦监制，一度是纽约交响乐团的表演曲目。只有汝尔丹能够分辨出这个版本和经典版的区别，所以他把这首曲子设置成工作电话的铃声，手机放在他的左边口袋里。

他和宾客们打了声招呼后，暂时退出谈话。他忠心耿耿的手下和他一样，很清楚把这些一年里也住不了几周的房子砍个好租价的重要性。从合理分配资本的角度出发，让那些富有的难民租这样的公寓可远比每个月入不敷出预订爱彼迎上的房子要划算。

会客厅墙上的壁画描绘着卡丽萨城堡的风景图，尊贵的来宾们品尝着质量上佳的红酒，心情大好之下签出来的捐款支票金额就一个比一个高。他接到电话后就离开了这个华丽的大厅，走到了城堡通往花园的小道上，这才接听了电话。

电话是他的银行经理马克斯·奥利维耶打来的。

"马克斯·奥利维耶，我在开会呢。"

"很正式的会吗？"

"对，很正式的。但我现在一个人，你有事可以讲。"

"凯尼塔号出了点问题，原定的计划是今天晚上9点从赛伊迪耶海滩出发，船上载了35个红手环的，本来一切就绪了，结果发动机突然不转了。9年多了，那条船在地中海上势如猛兽，结果现在跟一头跑不动的骡子似的。"

"你现在在哪儿？"

"就在萨伊迪耶港。船长刚给我打完电话。"

"咱们还有备用船吗？"

"一艘船都没有！红手环们现在明显拉着脸。而且接下来几周还有雷暴天气的预警，就从今天晚上开始，海面已经很不平静了。"

"你让他们耐心等等吧，现在也没有别的办法。"

"汝尔丹，他们会到处败坏我们的名声的！你想想都知道他们会说啥！"

汝尔丹在想了。他明确知道的是这些人是横竖找不到他的麻烦的，正因为流言的内容越骇人听闻就越是没人信，所以这个VOGELZUG协会的主席才能一直靠做人口偷渡的生意赚钱。

"上一条船什么时候走的？"

"阿贝卡那号走了一个小时了，上面挤了 150 个人，挤得针都插不进去。我们就想着趁风暴还没来，赶紧多弄点人出去。"

汝尔丹对着一座喷泉而坐，面前是一尊美丽的女猎人黛安娜和她的三只母鹿的雕像。他一边看着雕像，一边静下心想想还有没有别的办法。

"阿贝卡那号上的 150 个人里，有多少个绿手环？"

"30 多个吧，我印象里。"

汝尔丹对自己这个管钱人的执行力还是挺满意的，这让他想起自己在城堡里面对那群宾客时的身份——行动力强的财政部部长。这些手下有能力，只要严格按照要求执行汝尔丹制定的铁律，一丝不苟、照章办事，他们就能领到丰厚的薪水。好比他们都清楚，每次发船搭载的乘客里，绿手环占的比重一定不大。

"好，你听好，立即联系阿贝卡那的船长，让他把船上那 30 多个绿手环的人都放到急救筏上去，立即掉头回萨伊迪耶海滩把滞留的乘客接上船。"

汝尔丹隔着电话也能感到马克斯·奥利维耶的犹豫不决。

"海上风浪太大了，那帮人在筏子上可能 10 分钟都挺不过去。"

汝尔丹陡然提高了声调。雕像黛安娜转过头，看着树冠，用手安抚其中一只小母鹿。

"那你有什么更好的办法吗？你觉得等船回到萨伊迪耶海滩了，有谁能保证那些低端户能老老实实下船，还一点不闹事？你觉得摩洛哥警察不会听到动静赶过来？在地中海上就让他们滚下去是最隐秘不过的了。咱们这么做又不是一次两次了。让船长随便编个理由，发动机坏了，海关巡逻警临检或者打架斗殴，都行，总之清理出来 30 多个人的位置。说到底，这些人不答应或者拖着不下去，蓝手环和红手环自己都会动手把这些人赶下去的。"

马克斯·奥利维耶深深地叹了一口气。汝尔丹不改想法。

"马克斯·奥利维耶,没有人逼着那些人坐我们的船。要是坐不上我们的船,他们自己都可能套个救生圈就敢横跨海洋。"

"行吧,汝尔丹,听你的。不用劝我什么。阿贝卡那号的船长是个老手了,他肯定会按你的要求办的。"

"绿手环的人自己很清楚所有的风险的,"汝尔丹觉得还是有必要强调一下,"每个人的选择得自己负责,咱们也冒了很大风险。如果他们真的命大,巡逻警会把他们带回到岸上。如果没这个命,那就当杀鸡儆猴了。剩下想来的人就会知道,还是多花点钱买票好。你安排好了给我说一声。"

"好的。"

马克斯·奥利维耶没有挂电话,就好像他还有事情没说完似的。他告诉自己一定不是因为那30多个马上就会被扔在地中海上点大的筏子上的人,不是因为他们死亡的概率远高于活下来的概率。地中海上每个月都会淹死十几个人,就算今天他不再负责船运调度,换了别人一样会这么做,那帮外行人只可能让渡海死亡率更高。

"马克斯·奥利维耶,你还有事吗?"

"还有昨天说过的那个小伙子,阿尔法·马尔,那个想卖掉享受五星级别横渡的人。"

"他怎么了?"

"从昨天到现在,一点消息都没有。"

"他妈的!我可告诉过你要把他盯紧点。赶紧找到他,最迟明天早上找到他!"

汝尔丹这回挂掉了电话。他忧心不已。

他差点忘记这个交换乘客的小插曲了。只要事情很快能摆平,这中间牵扯的差价,5000欧元的30倍,减掉2000个贝壳,都是可以睁一只眼闭一只眼的。他的注意力反倒在马尔这家人身上。母亲蕾丽不为所动，但她根本不是对手，因为他手里有她的黑料，而且明天一早还给她准备了个惊喜。至于邦比，从亚那·谢阁兰和裴塔尔·维里卡发来的短信看，已经逃不掉了。这倒不着急，就剩下这个小婊子搞出来的事情还没解决而已。

他又用余光看了一眼院子里的石头雕像，就把手机放到了左边口袋，朝着卡丽萨城堡灯火通明的宴客厅走去。那里有美酒，更有美人。

痛苦的一天

—— 59 ——
5 点 47 分

快回来！

尤罗刚睡了不到四个小时，就收到了裴塔尔的这条短信。没有任何解释，只有一条命令。

快回来！

不用说也看得出来很紧急。尤罗也慢慢开始适应了他上司的言简意赅。半个小时之后，他赶到了大部队的总部所在地。他胡子没刮，脸没洗，衣服也没穿好。在走廊里他还遇到了几个同事，跟他一样，看起来就像是经过了彻夜狂欢的派对动物第二天精神涣散的样子。

相比之下，裴塔尔简直精神多了。他脸上一副只有在重大场合才能见得到的笑容，迎接着自己的助理。

"不好意思把你给拽起来了啊，伙计。但我们这里有个消息。"

尤罗揉揉眼睛。裴塔尔把电脑屏幕转向这位助手，可是这位助手要么因为离得太远，要么因为还没睡醒，一个字都看不清。

"那个女杀手又杀人了。"裴塔尔宣布，"至少，她企图杀人。"

"谁？"尤罗谨慎地问。

"亚那·谢阁兰，VOGELZUG 协会的物流负责人。"

又是这个 VOGELZUG 协会……裴塔尔很享受这段尴尬的沉默。尤罗也不说话，就这么等着。裴塔尔于是继续说：

"亚那·谢阁兰在贝鲁特当差。他发现一个长得特别漂亮，而且，怎么说呢，太好接近的小姑娘联系了他。他很谨慎地把约会地点选在了一个他自己挑的地方，还叫上了 VOGELZUG 协会的安保主管一起来瓮中捉鳖。其实他早点通知我们一起行动会更好。他比瓦里奥尼和库图瓦幸运点，他活着出来了，但是那个姑娘跑了。"

"谢阁兰确定她的身份了吗？是邦比吗？邦比·马尔？"

裴塔尔一脸讽刺地咧开嘴大笑。可想而知的是，他根本没有把话一次说完，而是像猫捉老鼠似的逗他的助理，满足地第一次看到他的神经比自己还紧张。

"你在担心你的小女朋友吗？耐心点吧，这会儿黎巴嫩天也刚亮啊！等那边的警察醒了，问问就知道了。亚那·谢阁兰说他见到的姑娘有金色的头发，绿色的眼睛，深肤色，高个子……戴的是假发，戴眼镜，化了一点妆。邦比、法丽娜、娇花，或者不管这个姑娘现在给自己取了个什么名字才好，听上去都挺像的。是的，我知道，我也会在维基百科上搜索些简单的名字，那不就是小鹿邦比的臭鼬朋友的名字嘛！亚那·谢阁兰提供的描述非常符合你的女朋友，但也很像其他众多女孩子……"

尤罗听了之后实在不知道该怎么想，今天早上他还挺清醒的，但这会儿他的脑子嗡的一下就蒙了。屋子里飘散着浓浓的咖啡味，他依稀能听到煮咖啡的声音；他赶来的那会儿还看到利昂正修理咖啡机呢。别愣着了，尤罗告诉自己，别愣着了。

裴塔尔现在的兴奋状态是前所未见的，估计喝了好几升酒，一个简单的提问就让他的手下完全没了状态，这倒是让他感到很刺激。

"我说机灵鬼，在你花几个小时坚持各种打听 VOGELZUG 协会和布朗－马丁的时候，呵呵，你别介意啊，我看了你电脑的浏览记录，好好研究了一下这个姑娘……除了把她的比基尼照设成墙纸循环播放，我还是做了点正事的。结合昨天的情况还有蕾丽·马尔的说辞，以及后来那个蠢疯子鲁本·里贝罗说的话和他提供的一看就是作假的证人清单，直到前天晚上都没人能解释清楚为什么邦比·马尔会出现在迪拜。贝鲁特这个人还真是很靠谱啊，我们这些人从昨天早上就没有这位学生加兼职歌手的任何消息，换句话说，是从警察开始密切关注她的时候，我们的情报就中断了。"

裴塔尔这种玩世不恭的样子还真不是一天两天了，但今天尤罗说不上来为什么，就是特别讨厌他上司说话的这副样子。尽管脑中思绪万千，而且一会儿听到咖啡壶沸腾的声音，一会儿听到在音乐和新闻节目之间来回切换的广播电台，他还是努力试着集中注意力。

"今天早上应该就能收到基因检测报告了。"尤罗懒懒地说，"跟我们在迪拜红角酒店找到的杀人犯留下的血迹一对比，就能得出结论了。"

"我的天啊，你清醒点吧！现在的情况是，我们面对的是一个在逃的姑娘，一个杀害了两个正直父亲的姑娘，她还试图把第三个人的血管划破，现在这个姑娘还跑了。她肯定早就在贝鲁特坐上飞机走了，咱们的人正在核实昨天晚上出发的每一架航班的信息，掘地三尺也要把她找出来。现在没工夫等什么实验室的报告了，必须在她落地的时候就当场拿下。"

尤罗突然对这场自己从开始就参与的追踪行动感到不舒服。这根本是一次围捕，现在一切都进入收网阶段了，裴塔尔根本不用多想就本能地在他擅长的领域行动起来。没有人会去关心这个姑娘为什么和用什么办法杀掉了两个人，大家都只想着要避免一切重演，最终还是为了把姑娘解决掉，然后忘掉这个麻烦。

"我猜测，"裴塔尔沉静下来说，"肯定有个人在配合她的行动，这也是我需要你的意见的地方。"

尤罗只得再打起精神。

"从昨天晚上开始，我和利昂还有托尼就一直在加班。托尼之前有个晚上给我们展示了他做的邦比·马尔的社会关系调查。要知道最漂亮的羚羊都是成群结队出现的，现在我们知道有三个潜在的姑娘能和她搭配起来唱好双簧。"

笼罩在尤罗脑中的一团团迷雾终于散去了。他又一次觉得这个裴塔尔像是一个很能干的警察，而且比自己更实用主义，更充满了职业本能。当他花费了几个小时也没搞清楚这些无解的烧脑问题的时候，他的上司已经走到他前面了。

"第一个姑娘，咱们俩在宜必思酒店见过，她的名字叫努拉·本哈达，歌声堪比女神，漂亮的混血儿，身份合法，领着家政的工资。除了她和邦比的妈妈在同一家酒吧工作的这个交集值得考虑外，她目前没有露出什么马脚。"

尤罗心里想着，这都是已知信息了。

"第二个姑娘，是托尼给挖掘出来的。卡米拉·萨阿迪，邦比·马尔所在学校的好朋友，她就住在邦比妈妈家楼下的一个公寓里。两个姑娘在闹翻脸之前走得特别近。托尼说跟邦比相比，这个姑娘明显长得不如她。但你自己也清楚，把照片处理一下，在脸书上你想长什么样都行……根本不需要真的长成哈利·贝瑞那样也能勾引到红角酒店角落里一个结婚50年的男人。"

尤罗本能地觉得，这条路肯定走不通。

"第三个人选嘛，你肯定会更感兴趣的。在邦比·马尔走得近的人里面，我们发现了一个叫谢琳娜·莫尼耶的姑娘。两个人相差2岁，在马赛的伊萨多拉舞蹈中心练尊巴舞时认识的，两个热带姑娘的舞姿同样曼妙。尽管她们俩见面不太频繁，但两个人的关系保持得很好。谢琳娜·莫尼耶是个摩洛哥皇家航空的空姐。"

尤罗这下可被吓了一跳。她竟然有个当空姐的好姐妹！这不就是解除困住他的推理的重要一环吗？这个姑娘可是能帮她在全球任何地方拍照的。现在脸书上邦比13这个账号的秘密就解开了，还真是解开了个密码啊……

但现在还有个问题，尤罗此刻正在头脑风暴中，到底这个谢琳娜·莫尼耶是盗取了朋友身份的真正女杀手，还是她只是从犯？从他赶到这里直到现在，说个不停的裴塔尔终于暂停了。连咖啡壶都不再响了。

当利昂走进办公室的时候，电台里响起了一阵信息台的标志开场曲声。

"尤罗和裴塔尔，你俩要咖啡吗？刚煮好的！"

侦探好手弗洛雷斯没回答。现在帷幕被扯开了一个口子，可突然间，他身边的一切都变得模糊不清，好像裴塔尔半天也没起身去拿自己的杯子，好像电台里主持人在播报新闻，好像利昂在坚持什么。

尤罗和裴塔尔，你们点了两杯咖啡？好喽！

他终于把这段搅乱他记忆三天的回忆片段给剥离出来了。不是一个影像，不是一种感觉，而是一句话！一句最简单的话，听到过，筛选过，被随意放在大脑里某个不起眼的角落，这下被激发了。

邦比和阿尔法，你们的咖啡好了！

尤罗一下子就想到了这句话发生的地点，红角酒店旁边的星巴克咖啡，还想起了那个具体的日期和时间——三天前，在发现了弗朗索瓦·瓦里奥尼尸体的几分钟后。

他梦游一般麻木地接过了利昂递过来的烫杯子。

邦比和阿尔法。

这两个名字联系起来了。

仿佛再次身临其境，尤罗又回到了那个场景，他和邦比还有阿尔法·马尔坐在星巴克咖啡馆里，而不出百米的地方正是凶案发生地。

他的思绪又一次混乱起来。每次刚有证据证明邦比·马尔的清白，马上就有一个证据指向她就是凶手，简直就是在拼凑一个本来就很难的拼图，但图块之间就是无法严丝合缝。正因如此，他昨晚决定还是先不要追查到底哪个姑娘是真的杀手，而是先从VOGELZUG协会找找线索，毕竟这个公司就像章鱼的触手似的，出现在他们调查的每一个节点上。

尤罗停下思索，正当他决定先和上司讨论一下这个奇怪的巧合的时候，他发现房间里怎么没人说话了，只有电台里主持人播报完了足球赛成绩，预告了令人失望的就业率，又紧接着插播了地中海上有一起惨案。

距离摩洛哥几千公里处的舍法林群岛附近。

一艘载满了偷渡客的小船翻了。

绝望的求救信号被西班牙国境线护卫队收到了，但为时已晚。

救援人员在海里打捞起了大约15具遗体，此外还在船上发现了十几具尸体。

现在请听天气预报。

—— 60 ——
6点11分

蕾丽在阳台上点燃了一根烟。太阳悄无声息地升了起来，躲在海平线处厚厚的积云后面。一片灰色的烟笼罩在她鼻子附近，像一朵微型的污染云，并没有风把烟吹散。没有海浪也没有泡沫，只有一片冷冷的雾气，又潮湿又咸，大海看起来睡眼惺忪的样子。

从艾格杜斯这座第8层的公寓看出去，蕾丽注意到大楼下面有些影子在动，她发现这些影子里有一个是吉，竖着领子，帽子套得直到耳朵。

她盯着他的脚步，看到他穿过停车场走到了密史托拉大道上，在那里的 22 路公交车站台上已经有好几个人了。这个站台的车是从马蒂格出发前往菲格罗莱的，她自己一会儿也要搭。

也许有一天，他们会一起搭车，从同一张床上起来，接连钻进同一个浴室，在同一张桌子上吃早饭，一起关好门走楼梯，肩并肩地走向公交车站，静静地等车，吉在卡拉维勒站下车的时候他们会拥抱道别，而她继续坐五站。蕾丽总是带着一种忧伤的心情看着那些在公共交通站点或者学校停车场情意绵绵分开的家庭，知道他们在晚上再见的时候会更有爱。

也许有一天吧。但肯定不是今天早上。吉在凌晨 2 点不到的时候就下楼回自己的公寓了，她跟他说明了不能留宿，她还得送蒂安上学呢，他都理解了，他自己白天也还得上班呢。短暂的夜晚，长长的白天。

她看到吉搭乘的这辆 22 路公交车一口吞掉了他，十好几个上班的，两个推车以及几个中学生。然后车就消失了。

蕾丽迟到了，她还陷在早晨起来的麻木里，脑子也不转了。她又看了一下自己的手机，依然没有任何邦比的消息，依然没有任何阿尔法的消息。她还是早上起来第一时间就给两个孩子留了言，她真的太担心了。她又想起了汝尔丹·布朗 - 马丁的威胁，她的直觉告诉她，就算他手里掌握了一个像玩游戏般搭起来的帝国，她也不是一个能白白牺牲的小卒子。现在她应该相信谁呢？她把手探到口袋里，左手开始玩一张名片，是昨天她在警察局碰到的小警察给她的。这个小伙子起码看起来挺真诚的，像一个刚入职的老师，和他那些已经看透了变得惰怠的同事不一样，他身上有一股鲨鱼般的锐气。

她熄灭了烟。现在得抓紧时间了！在一个小时内她就得去宜必思酒店开工，她从未如此急着去上班，因为如果迟到了那简直是雪上加霜，因为光是听鲁本荒诞的讲述就会花掉她很长时间，更别提她还得听萨沃尼安以及所有秘密房间里的避难者说话。

她套上了一件放在客厅里一个椅子背上的背心。餐台上的电视机里，一个主持人在无声地播报新闻。电视打开了，却设置为静音，于是住在楼下的卡米拉正在播放的快乐电台的节目声，以及她本人时常被逗出的笑声竟然响彻了她楼上的这座公寓。蕾丽走上前准备关掉电视，一点也不在乎电视里那个记者，他身后的车流一动不动，看样子他应该在评论早晨的交通情况。电视上唯一还在动的是信息条，就像地球自转似的一直滚动个不停。蕾丽无意间看到了一条信息，趁着这条消息还没有被别的消息替换并消失在屏幕左侧，她抓紧地盯着每一个字。

地中海上发生新的海难。26 个贝宁偷渡者淹死在了摩洛哥海岸线附近。

其他的信息紧接着这条滚动播出来了，但此时世界仿佛已经不转了。

鲁本坐在宜必思酒店的早餐大厅里，就他自己，像是一个被忘记了的客人，被抛弃在那里，等待着被发现。

进门的时候，蕾丽看到了他空洞的眼神、红红的眼眶及颤抖的双手，这个酒店的管理人像是一下子老了 10 岁。努拉坐在他不远处的桌子边，整个人衰弱不堪，却紧紧抓着一部手机。

酒店里静悄悄的。几个客人耐心地等在前台结账，一会儿又转身离去，一句话都没说，就好像遇到了出殡的队伍似的，他们也礼貌地保持肃静，用脚尖走路。其他客人发现等了半天也不见鲁本和努拉起身，只好自己去拿羊角面包、袋装的麦片和杯装的意式咖啡，之后还不敢坐在原地吃东西，急忙空着肚子、手里抓满东西逃出餐厅，看样子是为自己这微不足道的小偷似的行为而深深地感到不好意思。

逐渐地，客人们都离开了。

蕾丽慢慢地走向鲁本。其实她脑中依然印刻着电视信息条滚动的样子。

地中海上发生新的海难。26 个贝宁偷渡者淹死在了摩洛哥海岸线附近。

来的路上，她就一直在劝自己，这条突发新闻一定和萨沃尼安、扎艾林及其他秘密房间的主客关系不大。贝宁有 1000 万的常住人口，数百万的难民，逃出去的人分散在欧洲的各个角落。为什么一定要想得那么糟？什么时候灾难注定变成现实了？是哪种病态的自大狂心理让人相信无论发生了什么，这里面一定有自己认识的人？

等到了酒店大门，没看见鲁本站在门口迎接客人时，她就懂了。蕾丽对着鲁本坐下。管理员看起来连说一个字的力气都没有了，她也并不想逼他说话。她看看身边，希望能见到萨沃尼安、扎艾林或者维斯莱的身影……努拉这时走了过来。她把手机放在桌子上，打开了信箱，点击了一个附有音频的文件。尽管手机有扬声器，那段音频的质量还是很不好，几乎什么都听不到，只有不断的噪声。人声太微弱了，像喘息声那么点大。每个字、每句话之间都有很长的空白，像人在念祷告经文似的，然而这段祈祷太晚了，毫无希望。

拉米……我是拉米……曾经是多博托塔镇的镇长……请把这条消息散出去……他们把我们集中到……一个军事医院……伊莎贝尔二世岛……我想……

载我们的船又掉头回去了……我们才刚上船没多久……阿贝卡那号就把我们扔下了……我们坚持了不到 5 分钟……浪太大了……电话还通……我们马上就联系了人……我们能看到海岸边……舍法林群岛，凯凡叫着……小伙子牢牢记得世界地图……一个西班牙军事基地……有希望……我们打电话……我们大声喊……有些人紧紧抓着船……有些人什么都没的抓……有些人抓着别人……海浪把我们冲得更散……

西班牙人说他们马上赶到……全力赶到……最快……快……快……他们一直重复这个字……他们听起来也很吃惊……他们一边把我们往护卫舰上拉一边数数……1……2……3……4……他们给我们一个号码牌……他们喊……几个？几个？他们用探测仪继续搜索附近的海洋……我是第5个……法蒂玛，我老婆，第8个……几个？几个？他们越喊越大声……35个，我回答……找到法蒂玛后他们又捞上来一个小男孩……第9个……最后一个……他们继续找了一个小时……然后放弃了……

他们在翻船的35个人里找到9个……我相信他们尽力了……我特别想对他们说声谢谢……他们救了我……还救了我老婆……但对您来说，可能没办法这么想了……他们又回去海上了……等大海平静了……太阳一出来就出发了……找遇难的人……有些已经不行了……白天看，海岸线特别近……也就1000米不到……我知道现在说这些细节很残忍……对不起……我话太多了……我想再补充点话……不得已了再说出死者名字……我们互相都认识……我们是一个地方来的……我们在一起等了3个月，就为了能出发……一个集体……请相信我，大家到最后一刻都紧紧抓着能抓的东西……一起……一个梦想……大海决定了我们不一样的命运……不是西班牙人……是大海。

音频文件已经彻底听不清了，变得一顿一跳的，每个字就好像从枪口射出来的子弹似的，只能听出有人在哭，只能听到有人讲西班牙语和丰族语。接下来一个女人的声音出现了，应该是法蒂玛的声音，平静又纤细。

朋友们，我亲爱的朋友们，希望有一天你们能原谅我做了死神的信使。

接着她一个一个地，满满地，念出了26个名字——死难者的名字。她很注意每个发音，极力避免着任何不应该的错听。

有好几次，蕾丽都听得心颤。每一次痛苦都更加深刻。

凯米尔和伊弗拉——扎艾林的两个堂亲。

娜雅——维斯莱的未婚妻。

芭比拉、凯凡和萨菲——萨沃尼安的妻子和两个孩子。

"他们在哪儿？"蕾丽轻声地问鲁本，"萨沃尼安、扎艾林、达流斯和维斯莱他们在哪儿？"

"我不知道。"

音频里法蒂玛继续又念了几个人的名字，就停下来了。整个音频也随着最后一个遇难者的名字戛然而止，连给法蒂玛说一句"愿上帝保佑你们"的时间都没有。只能随着她念的名字依稀听到几句西班牙语，应该是那些军人的。

1……2……3……4……

没人能知道他们在数幸存者还是遇难者的人数。

蕾丽把手机还给了努拉，这个姑娘的眼神从来没有像今天这么黑暗过。就在昨天，蕾丽还能从她的眼神里读到妒忌、欲望和气愤。现在她只能看到仇恨。

"唱出来吧。"蕾丽轻柔地说道，"唱出来吧，努拉。为他们唱。"

努拉犹豫了一下，起了一个几乎听不到的调，接着从她的双唇间吐露出了一段安抚的旋律，用的是一种蕾丽听不懂的语言，像一首温柔的摇篮曲。

这一刻好像持续了很久。

这一刻本可以持续很久。

努拉温柔的声音擦拭干净了鲁本的眼泪，几个后来的客人也停住脚步静静地听着。歌声正在施展魔法。

蕾丽的手机戳破了这团美丽的泡泡。

一阵刺耳的铃声响了起来，蕾丽冲过去拿手机。

是阿尔法还是邦比？或者是萨沃尼安吗？

努拉闭着眼睛刚唱了几分钟歌，睁开眼睛狠狠地盯着蕾丽。蕾丽此刻根本不在乎她的态度。手机上显示的是一串陌生的号码，她接通了。

"马尔女士吗？"一个女性用近乎发狂的声音叫着，"马尔女士，请您快点来！"

蕾丽在哪里听过这个声音，就是一下子想不起来。

"马尔女士，"那个声音继续说，"我是卡米拉，住在你家楼下的邻居。有人正在你家疯狂地砸东西。他们先用肩把门撞开了，我就跟上去看，一共有两个人，还带着武器。我……我也不敢报警，现在只能躲在自己家里……我觉得他们好像要走了……马尔女士，我好害怕……请快点来……我好害怕……"

卡米拉呼喊的声音大到鲁本全都听见了。

他此刻已经站起身了。

"我陪着您，蕾丽，走吧。"

等蕾丽和鲁本赶到艾格杜斯的时候，那两个闯入的男子已经离开了。整个居民区和平时一样，并没有更安静或更热闹，破败的住户信箱也一如往常，楼梯间也如平时一般乱七八糟的。

卡米拉就站在楼梯口等着他们。

"他们走了。他们在这里就待了不到 5 分钟吧。到底是他……"

她正想摆出一副要羞辱人的架势，就看见了鲁本并被他震慑到了。他穿着一件长西装外套，一顶黑色毛毡斯泰森帽，还和蕾丽一样，为了遮盖哭红的眼睛戴着墨镜。

卡米拉害怕了。刚走了两个砸场子的，清理场子的就来了。

"我可没进您家里，马尔女士。这我向您保证。他们把我堵在楼梯间，我看不到他们在干吗。"

蕾丽和鲁本没有说什么，抬腿上了一层楼梯，然后直接进了公寓。进门一瞬间，蕾丽就明白了这些人不是来偷东西的。再说了，真的小偷进来，除了电视和电脑还能偷什么？而不请自来的那些人压根没有动这两个家电。他们把其他东西都掀翻在地上，她的猫头鹰收藏品、书及眼镜都在地上，散落得到处都是，连床垫都被掀翻过来了，孩子们的衣服都被从箱子里拉出来了，混乱不堪……

"他们……我想他们应该什么都没偷。"

除了几个石膏做的猫头鹰摔碎了，大部分东西都没有摔坏。看样子闯门的人根本都懒得好好踩踏掉到地上的东西，整个公寓看起来像是经历了一场很强的过堂风而已。

"威胁我啊，"蕾丽说，"就是单纯要威胁我。"

她想起了布朗－马丁的要挟，她觉得他一定是今天这场打砸威胁的主使。就是为了让她害怕，就是为了让她知道他已经没有耐心了，如果邦比或者阿尔法联系她，她就必须向他报告这个情况。

向他报告。为什么不是直接报告给警察？

都成为同谋？

鲁本坐到沙发上，向她使了一个"你也过来坐下"的眼色。

"他们要找什么，蕾丽？"他用安抚的声音问道。

蕾丽感谢他没有信口瞎编一个发生在缅甸或者波利尼西亚的入室抢劫，只是听她说。

"我的孩子们。他们要找我的大孩子们。"

"他们都走了，蕾丽。结束了，他们都走了。"

蕾丽和他都很久没有说话。她捡起一只滚到她脚边的猫头鹰像，不知道为什么，这个玻璃做的猫头鹰竟然掉下来也没有破。

"他们会再来的。不会马上又来，但迟早会再来的。"

"为什么？"

蕾丽笑了，又捡起一只木头雕刻的猫头鹰，把它放在玻璃猫头鹰旁边。

"既然现在也没有急迫的事，鲁本，您想听我故事的结尾吗？"

蕾丽的故事

—— 最后一章 ——

阿尔法刚刚出生，而他的父亲——维吉尔就因为试图闯破梅利利亚的有刺铁网而被杀死了。我去欧洲的设想彻底失败了，我倒是听说了一些女性的故事，她们无论如何就是想带着自己的婴儿闯过去，最终不是在沙漠里就是在行进路上的时候，发现自己的孩子只剩下一具小小的尸体，最终都因为无法释怀而疯了。

我还是回到了塞古生活，我还是想见到邦比，我想带着阿尔法见见他的爷爷奶奶。我太累了啊，鲁本。我的两次出发上路都侥幸活了下来，我躲过了死亡，我还接近了欧洲。但我实在没有力气继续了，愿意回到出发地也需要很大的勇气啊！

回到塞古就意味着我失败了。无论我的父亲和母亲对我多么温柔，无论邦比的平辈小孩们多么热切地看着我，无论邻居怎么无休止地谈论我。

以前，我的父亲给我讲了太多的故事，太多童话，以至于我在教我的孩子们的时候，都会告诉他们，河流从前是海洋，海洋对面什么都没有，那些电台、书本、电视都是骗人的。您能理解吗，鲁本？显然您懂。我必须想办法给孩子们找更好的出路，而且得通过合法的途径实现，就像歌里唱的那样，带我飞，带我飞……

我觉得我那时候比其他姑娘都好看，也更聪明。我喜欢的是念书，这点很吸引一些男孩的注意，特别是那些大城市来的雄心勃勃的男孩，他们不会一直待在这里，他们会有成功的人生。我在2002年总统大选那年遇到了瓦伊尔。瓦伊尔在塞古负责为易卜拉欣·布巴卡尔·凯塔的政党活动，他总说易仆拉欣·布巴卡尔·凯塔会当上总统，他一边从军一边学习了律法，还动笔写了一篇论民主的论文。瓦伊尔出生于卡伊一户商人家庭，他家比我家富有多了。他戴着小小镜片的眼镜，穿着西装，口袋里总是装着哲学或者经济类的书。他称呼我为他的小公主，号称自己是萨特，我就是西蒙娜，当他是桑戈尔我就是克莱特，当他是曼德拉我就是维尼。

我乐此不疲。

后来他当选了塞古的市政顾问，他的主要时间都在巴马科。一开始他想当众议员，还想叫我带着女儿过去陪他，这样我也可以念书。他很爱邦比，她那会儿个子就已经很高了，再过三四年，我们就会给她注册进一家巴马科的女子中学读书。我们还计划在跑马场社区找房子住下来。

唯一的条件就是我不能带着阿尔法，那个惹事精和小霸王。瓦伊尔不怎么喜欢我的儿子，他认为这个孩子是我被强奸后生下来的。我越是解释并非如此，瓦伊尔就越是生气。他很不喜欢我提起和维吉尔的过往。因为就算瓦伊尔不过是个装腔作势的野心家，他还是有足够的智力发现在所有为我提供了保护的男子里，维吉尔是唯一让我付出真心的人。瓦伊尔可以让我爱慕崇拜，让我理性地和他在一起，但得不到我的激情。

当我怀孕的时候，瓦伊尔正好进入他写论文的第四年。我们在塞古和巴马科之间来回居住，我尽量多地去陪着他。当时我在乔里巴中心有份轻松的工作，分拣报纸。蒂安在 2006 年出生了，我们简直生活在蜜里。瓦伊尔的论文很快就要完成了，他很快就会在大学里工作，还会成为众议员，他的父母也会很快出钱让他能买下我们现在住的公寓。

很快，很快，很快，鲁本。我们俩在巴马科的未来生活都构筑在这两个字上。整个非洲就是一个由很快两个字构成的大陆。但非洲也好，别的地方也罢，男人们都很心急。突然有一天，瓦伊尔告诉我，他得到了一笔加拿大法语区组织的奖学金，资助他去魁北克完成自己的论文。这个机会是不可能拒绝的，因为就这么一次！瓦伊尔把我抱在怀里，尽管也就是去几个月的时间，他还是激动不已，他像一个航海家似的一直重复着，加拿大，加拿大。他说很快会接我过去的，很快。

我想我应该不用再告诉你结局了吧，鲁本。他到那里的前几周，我们每天都花几个小时在社交网络上交流，他想祖国，想邦比，也想他的宝宝小蒂蒂。他在那里很冷，他头昏眼花的，他在圣罗兰河前幻想着尼日尔的样子。接下来我们的交流就慢了下来，但瓦伊尔始终保持在线。我从他脸书页面发布的照片里追踪他的生活，追踪他朋友们的生活，有马里人，有魁北克的非洲裔，都是像他一样的学生。从照片里看，他不再觉得加拿大冷，他会在晚会上喝酒，还会彻夜去跳舞。

小蒂蒂说的第一句话，邦比上中学了，这些事他都不怎么感兴趣了。每天身边围绕的都是那群出现在他脸书照片里的人，瓦伊尔给自己建筑了一个新的家庭，同一群姑娘也总是出现。渐渐地，很快，只剩下一个总是出现的姑娘了，坐在他腿上，缠着他的脖子，她的名字叫格雷斯。她是个学习人类学的大学生，瓦伊尔没有在自己的页面贴出任何她的照片，但是她会在她的页面上贴出很多精心挑选过的照片。评论更让事情板上钉钉，瓦伊尔和格雷斯在一起了。

有天晚上，我迈出了那一步，向格雷斯提出了申请。

蕾丽·马尔想加你为好友。

她同意了。我明白了，她根本不知道我是谁，她可能根本不知道我这号人的存在。我突然想起来了，瓦伊尔在自己的页面里从来没有提过一句小蒂蒂的事。

当天晚上我就给格雷斯和瓦伊尔发了一条祝贺的消息，并且附上了一张我抱着蒂安的照片。他们两个人都没有回复我。我猜他们俩一定彻夜在讨论吧。格雷斯一定上演了一场妒忌大爆发的戏码，我想不到瓦伊尔在这样的情况下能说出什么为自己辩护的话，但看样子他还是成功了。第二天我就发现，自己被他们从好友列表里删除了。

在接下来的几周甚至几个月里，我还是会去他们的页面看。直到现在我偶尔还是会去看的，鲁本，我可能染上这么一个恶趣味了。他俩结婚了，住在蒙特利尔，他们还生了一个孩子，比蒂安小不到 2 岁，一切看上去都挺好的。如果有一天我再见到瓦伊尔，也许我还会谢谢他。你会觉得奇怪吗，鲁本？听我给您解释。

10 月的一个晚上，我上线了。那天是他们的儿子内森的生日，他是在万圣节的第二天出生的。这天他和自己的魁北克小朋友们一起庆祝了 3 岁生日，这些孩子一半是白人，一半是黑人，但看起来没有人在乎肤色的黑白，唯一要紧的是主题的橘色南瓜，小提灯，孩子们在凉亭里穿着装扮衣服，到处可见糖果，在麦当劳吃快餐，在罗德游乐园畅游。这对幸福的夫妇把这难忘的一天完整地记录成了一本相册。蒂安几个月前也过了生日，而且除了笑容没有什么额外的东西能给他，我的孩子想要妈妈多少笑容，我就给他多少。但这笑容背后的我感到无比羞愧。

我清楚地知道，有小蒂蒂、阿尔法和邦比，我就永远不可能以偷渡的方式去欧洲，必须终止这样的想法。但我还是想出了另外一个计划，我卖掉了一些阿蒂尔夺来的珠宝。我曾经发誓绝对不会碰这些被诅咒的战利品，我的家人，我的三个孩子和我的父母，我们全家去了摩洛哥的拉巴特。我们的一个远房亲戚在那里开了餐馆，正在招人手，我们也就凭借着正式的工作许可证安顿下来。摩洛哥当然不算欧洲了，但我们终于迈出了第一步。我妈妈的背有问题，而我爸爸有关节炎，他之前做陶工挣的钱真的不足以支付任何医疗费，我这才劝动了他们和我一起去拉巴特，我告诉他们那里遍地黄金，还有很好的药物，有医院，最重要的是打工能挣到钱。

我告诉他们的话也确实是真的。拉巴特的确满地黄金，只有其他部分都是我骗他们的，因为不想吓到他们，所以我没有告诉他们我真正的计划。其实呢，鲁本，我可以坦白地告诉你，我心里从来没有放弃过走出去，去欧洲，去法国，而且是以合法身份去！

亲戚的拉巴特餐馆开在乌达雅堡内，他们还在马拉喀什开了第二家餐馆，第三家在索维拉，最后一家在马赛。我再告诉您一个秘密吧，鲁本，我是整个西非做饭最差劲的厨师了，我妈妈为此失望不已。

人们常说失明的人的其他四种感官会格外发达。但我不是！我讨厌任何味道，我也没有耐心切菜或者花几个小时研磨香料，我没办法看带血的肉，不管那块肉是不是清真的我都觉得浑身难受，我宁可几年时间都自己一个人戴着耳机在晚上去打扫比足球场还大的超市，也不愿意在厨房闻到一点味道。尽管如此，我还是向在马赛的珍宝餐馆申请了工作。

他们不缺人，更不缺我这样的人。于是我告诉他们我可以自己补贴工资，说得再直白一点，鲁本，我不要他们的钱。我再一次把手伸向了那笔该死的财宝，然后给他们暗中打了15000欧元，以支付他们在为期一年的有限合同下应该支付给我的薪水。他们要做的就是给大使馆写一封信，告诉大使馆的人，在整个尼日尔以南都找不到做马力羊肉拌饭和塞内加尔特色鸡比我做得更好吃的人了，法国更是没有，他们想要招我，只想招聘我来为他们工作 12 个月。

我亲戚问我，12 个月以后怎么办？他们那时候没办法继续支付我的工资了，我的工作签证也会到期，我就必须回到摩洛哥，如果滞留的话身份就不合法了。

我告诉他，我会想办法的，我一定会想到办法的。

我清楚自己的权利。想要获得合法的身份是很简单的，我从罗讷河口省的政府说明书上反复看了很多次：在法国有满 3 年的居留，能提供 24 个月的工作证明，其中申请人在法国的最近 12 个月内要有连续 8 个月的工作证明。

我需要做的就是坚持 3 年，只要 3 年内不被抓住，这 3 年里我会一直工作并纳税，且证明我一直在支付房租。我知道这个计划听起来有点乌托邦化，鲁本，但这就是游戏的规则。没有合法身份的人就是这样，就像攒积分似的一点点收集，一点点充实自己的材料。

做这种苦差事，还真是不容易啊！

这 3 年里我忍受着各种羞辱，多次抓捕，遇到骗子，勒索，还被当作奴隶一样使唤。但一想到我其实一直在积累着居留的时间，一个月一个月地，一个季度一个季度地，我就好受一些。甚至有时候我还接受免费劳动，什么都不要，只为了一张证明工作的纸。我想这就是为什么国家权力机关没有深入抓我们这些无名小卒吧。和其他国民一样，我们纳税，我们消费，我们按照要求做一切该做的，但我们不会要求一点点的权利。

整整 3 年啊！

这 3 年里我没有见过一次我的孩子们。

私下里，我每天都是画着日子过的，鲁本。我一直在数着月数，一直数到 36 个月，我终于是个有正常身份的外国人了。

我合法了！

接下来的事就简单多了。通过家庭团聚的程序，我的孩子们都过来了。

合法地来了！

合法地，鲁本，您听到吗？合法地！

我不用再担心被抓住。我们赢了，没有用任何欺骗手段。

再也没有什么事，再也没有什么人能把我们一家分开了。

—— 61 ——
9 点 42 分

坐在靠着窗户的位子上，邦比把帆布短袖上衣裹得更紧了一点。这件上衣对她来说太大了，而且设计的用意也是敞着穿，无论她怎么尝试，卡其色的织布上衣总是会随着她的每个动作敞开来，为了社交礼貌和自己舒服，她只能再次很小心地裹好。她冷得直打战，难以忍受飞机上的空调，但这都好过心理的重压带来的恐惧。

她逃出去了！

很惊险，但逃出去了。她搭乘的早晨的飞机起飞了。虽然用的是假护照，但她不担心自己的材料，也不担心机票，谢琳娜都帮她处理好了。她之前一直躲在离贝鲁特机场不到两百米的摩洛哥皇家航空机组人员的专用酒店里。在酒店房间里，她订了机票之后就一直等飞机起飞，可惜她没办法换身衣服。直到飞机起飞了，她才停止打冷战。之前在机场里，有太多的镜头和监控设备，她没办法不被人看见上了飞机，也没办法躲过那些专门审核乘客的官员。

邦比把脸靠在舷窗上，飞机此刻飞过了一片无法辨识的岛屿，应该是希腊群岛吧。在她旁边的座位上，一个 1 岁半的婴儿站在他爸爸的腿上，蹦蹦跳跳的像个小傻瓜一样开心，还时不时用淘气的眼光看向邦比。婴儿的妈妈坐在这排第三个座椅上睡着了。

邦比的眼睛闭了一下。她终于成功争取到一点时间，但也只有一点时间。如果亚那·谢阁兰通知了警察，警察们能轻易地浏览监控的资料，一个个地看然后找到她，并找出她上了哪架飞机，就算她当初用的假护照登机也不会有影响。警察要做的就是等在目的地，而在这期间他们有大把的时间来筹划抓捕网。

是的，邦比越往下想，就越觉得事情显而易见：她的逃跑计划最大的问题就是一旦被抓住了，一切就都结束了。而把自己关在飞机这个密闭空间里是再错误不过的决定了！但她还能有什么其他选择呢？没有。现在只有好好利用她已经在倒计时的自由了。

她打开了前面的小桌板，从原来放在脚边的皮包里拿出一台手提电脑。那是亚那·谢阁兰的电脑，从高登咖啡馆酒店行政套房逃出来的时候她顺手拿走的。

她打开电脑的时候有点吃惊，这台电脑竟然没有密码保护。屏幕上显示了一个乱糟糟的桌面：几十个图标放得乱七八糟的，夹杂着一些文件的快捷途径。邦比首先打开的是那些表格文件。她浏览起了无尽头的图表，试图破译每行的名字、每列的地点和每个格子里的金额。每张表格都有一些一模一样的条目，条目之间只有标注的月份有区别。邦比身上起着鸡皮疙瘩，心里却感到一口热气在涌动。就算被警察抓了，她现在也有谈判的资本了：VOGELZUG 协会的秘密账户……虽然这还不是她想要的报复。

飞机舱窗外，一座比其他岛屿都大的小岛上的迷你港口和耸立的山峦若隐若现，云不时遮挡住人的视线。邦比判断到这是克里特岛。从天上看，这个小岛竟然有几分澳大利亚的气质。在她旁边，小婴儿正在自娱自乐地把沾满了他口水的奶嘴塞到他爸爸嘴里。

她一动不动地用几分钟分析了一下现在的局势。她的心又恢复了冷冷的感觉，她虽然继续翻看着写满了名字和数字的表格，但只是机械地翻页，甚至都没有看。亚那·谢阁兰就这么肩背着这台电脑到处走，连密码都没设置。她刚才在想什么呢？想着她能仅凭着找到的一个文件就扳倒 VOGELZUG 协会吗？这帮孙子可都是专业的啊！亚那·谢阁兰，那可是个比土狼还要狡猾多疑的人。嗯，这么说来，这台电脑里的东西根本就没有能对他们造成威胁的文件。起码，单靠她自己的水平是找不到的。

现在她还是一个人，和外界失去了联系，也没有网络，只能在这飞到 10000 米高空的飞机上老实地坐着。在飞机降落在跑道和警察来抓人这段时间里，她只有那么短暂的几分钟去寻求帮助。

打给谁呢？谢琳娜？阿尔法？还是妈妈？

邦比漫无目的地点击这桌面上的图标，特别是 PDF 和 JPEG 文档。她离开了谢阁兰电脑的主桌面去查看子文件夹，她优先点开的是创建时间最久的，想着从年代久远的文件里找找他忘记处理的信息。她忽然翻到了一张亚那·谢阁兰在 2011 年 10 月拍的照片，他手里举着一杯鸡尾酒，站在一个充满阳光的露台上，旁边是一个瘦削的男子，看上去虽然年纪大了，但越发英俊了，连灰色的头发都看起来很性感。

邦比一个激灵。她又把脑门靠向窗户，想让冰冷的窗户帮自己冷静一下。

汝尔丹·布朗 – 马丁。

年轻时候的他。

邦比从来没有见过 VOGELZUG 协会的大老板，但只要在谷歌图片搜索里输入他的名字，就能找到他的各种档案照了。谢琳娜觉得这个人很有男性魅力，这傻乎乎的谢琳娜……邦比额头上的汗珠印在圆形的玻璃上，留下一串湿湿的痕迹。她不禁担忧起阿尔法，她的弟弟正飘摇在她身下这片蓝色海洋的某处。这片在海上极难跨越的海洋，用飞机不到两个小时就能跨过去。隔着一个座位的地方，小婴儿盖着毯子在妈妈腿上睡着了，他爸爸一直握着他的手。

邦比继续翻看谢阁兰的文件夹档案，她已经确信亚那没有留下任何秘密的行踪，但还是忍不住好奇。这个浑蛋还真是个有条理的人啊！在看到公开的 2007 年和 2003 年相册的时候，她好几次发现了弗朗索瓦·瓦里奥尼的身影，或身着西装站在 VOGELZUG 协会的标志前，或打着领带坐在圆桌前，或穿着灯笼裤在非洲村落视察小茅屋。让－鲁却从来没出现过，是删除了吗？

她继续往更早前的相册翻阅，1994 年，一个名字出现了，在她的身体放松之前，一个镜像文档的简单名字却一下子似电击般击中了她的脖子。她的食指突然在回车键上僵住了。

阿蒂尔·翟利。

她的身子往前探，于是上衣又敞开了，胸部的曲线让人想起了春季的滑雪爱好者垂涎的无尽雪山，她自顾自地调整着蕾丝内衣。坐在她旁边的那位父亲正在轻抚着他太太的手，却不禁投来了鄙夷的眼光，她也懒得管。

阿蒂尔·翟利。

她很多次见到这个姓名了，尤其是名字，那是娜迪亚用圆圆的字刻下的字母，那本是传说中一种邪恶生物的名字，是童话里坏精灵的名字，是没有脸的怪物的名字。但阿蒂尔·翟利确实存在，他替 VOGELZUG 协会工作超过 20 年了。亚那·谢阁兰，还有像汝尔丹·布朗－马丁、弗朗索瓦·瓦里奥尼和让－鲁·库图瓦，以及其他那些在 1996 年就为这家公司工作的员工，都认识这个人。满脑门的汗珠顺着脖子一直流到胸口，汗珠在空调的作用下变成了冰冷的泪珠。邦比冷得直打战，手指始终悬在键盘上方几厘米的地方。一个没有脸的怪物，她在脑中重复着这句话。她和她妈妈一直都说不清阿蒂尔到底像个什么。

在点开相册之前，邦比最后一次转头看向窗外，飞机正在飞过突尼斯海岸，能依稀看到沿岸点缀着一串白色和黑色的房子。

然后她打开了文件夹。

—— 62 ——

9 点 44 分

蕾丽起来继续收拾彩色墨镜和她的猫头鹰像，有塑料的、布的、木头的、羊毛的、玻璃的，全部散落了一地。她按照自己的想法把它们又摆到一个架子上，这么做挺傻的，她知道。整座公寓如战后般一片狼藉，需要先打扫、分拣，然后丢弃和修补。

鲁本依旧坐在沙发床上。

"您先坐下吧，蕾丽。给我讲完故事。"

"没有后续了，鲁本，故事到这里就结束了。"

但她还是坐到了他旁边，宜必思酒店的管理员把一只手放在她的肩膀上，他把墨镜摘掉收到口袋里，眼睛里投射出无尽的悲伤，在听过那么多不平凡的故事后，他总是尽力掩饰情绪。今天早上，他却不想再抑制自己了，倒是想放任自己彻底拿下面具，卸掉铠甲和伪装。

鲁本轻轻用力让蕾丽离自己更近一点。她感觉到他的脸越来越近了，闻得到他带着烟味的呼吸和说不上来的香水味。

他的眼睛里尽显温柔。

"鲁本，不要这样。"

蕾丽有分寸地推着他。

"鲁本，不要这样。"她重复道。

她从上司疲惫的眼中看得出，他不会强迫她的，他是那种知道要把爱放在心里的男人。

"我刚和一个男人做爱了，鲁本。就在几个小时前，就在这个位置。"

"你爱他吗？"

这是他第一次用"你"来称呼她，在这样的时刻，他觉得换一种亲密的称呼是自然而然的。

"我也不知道……你会嫉妒吗？"

鲁本没有直接回答，或者说他用自己的方式，用一个问题来回答了。

"你以前爱过任何一个男人吗？"

"我不知道。"

酒店经理听到后更搂紧了她。

"我想一定有过的，蕾丽，你一定爱过。我说的不是维吉尔，阿尔法的父亲，那不过是富有激情的肉体关系，一段被徘徊的死亡火线追击给激发了的关系。我说的是阿蒂尔……你的救世主。你爱过他，很爱很爱，因为爱你才会对他言听计从。"

"是的，在杀他之前。"

鲁本笑了。

"证明了你对他爱得极端。"

他犹豫了一下才开口，眼神扫过被破坏的公寓，书掉了一地，床具皱成一团，各种纸张都折起了角，像是翅膀被折断的小鸟一样。

"你记得吗，蕾丽？你说过你把自己的记录本藏起来了，那本你口述、单身妈妈娜迪亚做记录的记录本。你说你就把它藏在这里了，藏在垫子下面。"

蕾丽觉得他突然说到这里有点奇怪，鲁本感觉到了，于是解释起来。

"你还没有检查这里。也许那些把你的公寓弄得一团糟的人就是在找这个？"

两个人都站了起来。

也许鲁本说的是对的呢？蕾丽把手探到垫子下面，摸索，摸索，不断摸索。

什么也没有。没有本子！

她紧张起来，把沙发垫掀了起来，检查沙发布，使劲把所有东西都抖到地上。

没有记录本。

蕾丽根本没时间想到底是谁偷走了她的记录本：在原本她放记录本的位置，沙发架上，她发现了一封信。她用指尖捏住信封，却站着不动。鲁本往后退了一步，这样的距离正好不会打破个人私密的空间，但如果想要隔着她的肩膀窥视到信的内容，这样的距离还是不够的。

信封上有个署名。

致蕾丽

吉

亲爱的蕾丽：

趁着你去洗澡了，我决定偷偷地给你写封信。在你走之前，我把信塞到了你的床下面。你一定会看到的。事情该来总会来的。说起来男人真的还不比一个物件可信。

谢谢你，蕾丽。

谢谢你张开双臂，谢谢你接受我的这副模样，特别是我今天这副模样。这说明你是一个善良的人，蕾丽，因为你能爱我后来的样子。就像人们谈论小行星似的，需要用心才能看见那种美。到今天有20多年了，我一直希望你能留意到我，年轻时候的我不像现在这样被岁月摧残过，比现在身轻最少25公斤，而且，年轻时候的我声音也很好听。

我从那时候就一直在等你了，蕾丽，那个勇敢又宿命般注定的你。然而遇见你之后的每个早晨，我变得更老了，更不堪了，这才是生活。

不要啊，蕾丽，不要啊……有的人老去却睿智，有的人老去却有钱，有的人老去却依然美丽，其他人则是在生活的路上，一点一点地，一滴一滴地，心里流淌的美好就好像看不见的水似的流掉了，只剩下一颗像石头一样硬的心。但这都不是我遇到的情况，我是一下子什么都失去了。

有天早晨，在我毫无防备的情况下，我就丧失了一切，被丢弃在路边。

是一个女人，蕾丽，这个女人偷走了我的人生。

我收留过这个女人，我救过这个女人，要是没有我，她早就在老鼠洞里死掉了。我爱过她，然而我爱的女人背叛了我。

你开始明白了吗，蕾丽？

我现在的嗓子不是因为厂房里的石棉烧的，它现在变得像一支一碰到金属弦就崩坏的弓子，那是因为有个女人往我的喉咙里插了一把刀。

你想起来了吗，蕾丽？

不是遇到危险、失业或者别的什么原因我才沦落到今天这个田地，是因为一个女人偷走了我好不容易积累的财富。

我真觉得我以前是瞎了眼了。

我知道，蕾丽，这封作为一夜激情后写的信实在有点太长了。但你能想象我内心已经构思了多长时间吗？你能想象为了找到你我花了多长时间吗？为了接近你呢？一切都得让你不知不觉。就连娜迪亚这个小贱货，过去20年了，也什么都没告诉我。直到被我打死了，她也没有吐露你的半个字。仅为这本记录本，我在 VOGELZUG 协会干不下去了，他们觉得我底子不干净。但也无所谓，我筹建了自己的公司，甚至有时候还帮他们干活。好的蛇头跟好的艺术家一样，总能找到活儿。

但内心里，我真的讨厌这一切。对我来说最重要的，蕾丽，你听到可能都会吃惊，是遵守一个赌注。在我接受你出卖自己身体的那一天，我就下了一个赌注，你还记得吗？你记得我是怎么告诉你的吗？"就当是为我做的。就当是为我们做的。"然后我还傻乎乎地告诉你："我希望有一天你能看到我的脸。我希望在你的眼中我是美丽的。"

我这么说是希望给你勇气，因为我自己十分害怕。我没有开玩笑，你知道吗？当我把你从阿格里真托的牢房里救出来的第一天晚上："只要你再次能看见，你就一定会离开我。"你不知道自己比我看到的美丽很多。我每天都被希望你能恢复视力和害怕你不再属于我这两种感情折磨。但更让我不安的是，蕾丽，我害怕你看到我后眼中充满失望、不屑，甚至是厌恶。如果这都不算爱情，那么这种感情叫什么呢？

正是因为不想丢掉你，我才一直把你介绍给其他男人，还不让你知道我们的财富。而你呢，你随便就相信那个叫娜迪亚的臭婊子的话，你就相信了别人对我的评价，阿蒂尔·翟利，一个可悲的秘密摆渡人，一个皮条客，一个怪物。我想这么多年来我在你眼里就是这样的形象——一个怪物。在这个房间，这张床上，你和我讲起过去的故事的时候，也是这么形容我的。你错了，知道吗？我没有反驳就接受了你叙述的故事，我觉得那就是一个微不足道的报复吧。

我唯一计较的报复是：

在你的眼中我是美丽的。

我赢了，蕾丽。我赢了自己下的赌注。在我们做爱前，我在你的眼睛里看到了。你第一次真正地看到了我，而且你真的爱你看到的这个男人，你对这个男人的爱足够让你把自己交给他。

这就是我的报复，蕾丽。我甜美的复仇，我骄傲的蕾丽，自由的蕾丽，不屈服的蕾丽，你把自己全心全意地交给了折磨你的人，你还很享受。

这就是极端的强奸。

我真想在你眼中看到死神小小的身影，在这张床上向你坦白我深藏的秘密，而不是在这里给你写信；以前我整晚整晚地在幻想这一刻，等你在我怀中得到高潮，我就告诉你一切，接着在凌晨，在我走之前，我就把你掐死，或者捅死。昨天晚上我突然改变计划了，因为我上楼的时候遇到了蒂安。看来你也有行动不够快的时候，或者我以前太相信你了。

于是我明白了，看到你儿子我就明白了，看到阿尔法我明白了，看到邦比我也明白了。我知道你的秘密了，我知道你把我的财富都花到了什么地方。

我放过你了，蕾丽。我一会儿把这封信放在床下面。我们很快还会再亲热一次，然后你就会赶我走。再过几个小时，你会在窗边或者阳台上边抽烟边监视我，你会用眼睛一路追随着我，同时你可能还会在心里想着如果我们在一起，生活会是怎样的。你会看着我登上公交车，想象着我接下来是不是会老老实实地去上班。

但你想不到我是去找回你从我这里偷走的东西。

想不到我会找你儿子拿回我的东西。

最后一次拥抱你。

阿蒂尔

这封信从蕾丽手里慢慢地滑落，在空中飘了几秒钟后，落在地板上。鲁本把她紧紧抱在怀里，没有任何杂念地抱在怀里。蕾丽浑身发抖。

"他到底指的什么，蕾丽？你儿子现在很危险啊！他变成什么样了，蕾丽？到底是什么秘密？"

这一刻，蕾丽知道她可以相信鲁本，她知道为了救蒂安，在接下来的几秒钟里她必须把一切都告诉他。

— 63 —

9 点 47 分

在阿尔法还没发现堤坝的时候，塞瓦斯托波尔镇的公鸡就已经在水泥岸上打鸣了。一重冷冷的雾笼罩着港口，只能看到堤坝尽头灯塔发出的微弱的信号光，从浓雾上冒出来的桅杆组成的森林和它们淡淡的影子，僵硬的旗子，还有紧闭着百叶窗、外墙暗淡的房子。

橙色的小船经受住了风浪，贾维尔用熟练的姿势下了锚，甚至都不需要他唯一的乘客搭把手。阿尔法睁大了眼睛，他也不敢相信他以平均超过 25 节的速度跨越了地中海。他整晚都在和海浪唱的摇篮曲以及小船的摇晃对抗，但是他还是偶尔打过盹，短暂地休息了一下，也许几秒钟，也许几分钟，他的托卡列夫 TT-33 型半自动手枪一度随着他的手臂来回摇摆。贾维尔没有搞幺蛾子，而是老实地开着船，毕竟，行程已经过了大半，掉头回去是毫无意义的。报警对他来说也只是徒增麻烦，何况有一个大老黑跟着，加上他声称有个西装革履的朋友会买下他这条船，谁都会选择不要节外生枝。

"终点站到了。"贾维尔说着，用仅剩的几颗牙齿吹起了模拟蒸汽机信号的口哨。

阿尔法呢，胳膊和手腕都被外套挡住了，继续盯着船长。当贾维尔把手伸到他面前的时候，阿尔法还以为这是海员帮别人忙的习惯性动作，下意识地，他以为这是要帮他从船上走到岸上去。直到贾维尔把一张纸塞到他手心里，他才明白过来。那是从日历上撕下来的一角，船长在上面写了自己的名字和手机号码。

"以后有要横渡的活儿记得叫我。你看到了，我可以一晚上不睡觉地开船，像个夜店的酒保似的坚守着自己的岗位。"

贾维尔朝着阿尔法眨了下眼睛，目送着这个年轻人消失在岸边。阿尔法走了几米远，又看了一次手里的纸，抬起手臂把纸团成一个小球，手指一弹就把纸球扔进港口的海水里了。他又走了几步，边走边把枪在腰带上别好。

在他前方，四个看不清脸的人影正从雾里走过来，这几个人站成一排，颇有西部片的感觉。在这一片安宁的环境里，除了人走路的脚步声，什么都听不到。

跟预想的一样，阿尔法准备好了。

年轻的马里人觉得有两种情况。

这四个身影要么是过来和他友好地握手，要么就是过来杀他的。

—— **64** ——

9 点 49 分

蕾丽站起身，握着鲁本的手让他跟着自己走，然后一起走进了孩子们住的房间。她回过头对着上司说，却没有意识到自己又用起了敬语。

"您看看，鲁本。"蕾丽边说边捡起蒂安被扔在地上的足球衣裤，指了指阿尔法比弟弟大了两个尺码的短袖，还有邦比的内衣。

她又指向一些应该属于阿尔法的旧篮球，卡在床下面的蒂安的玩具球、海报、书、音乐盘等，到处都是她的三个孩子挤在一个房间生活的痕迹。今天闯进家里的人只是掀翻了床，还有拉乱了衣柜。

"您看看啊，鲁本，您看看。一个家庭，一个团聚的美好家庭，合法地住在一起。谁不希望这就是故事的结局呢？"

她满眼泪水地看着鲁本。

"但偏偏这不是结局，甚至都不算开始。"

鲁本没说话，他意识到蕾丽接下来要说的话会是翻天覆地的。

"听我说，鲁本，您听好了。（蕾丽长长地停顿了一会儿）我的孩子从来没有在这里住过！"

她丢下了一件马赛俱乐部足球队的衣服，看着这间拥挤不堪的房间，视线一直转。

"这些都是在演戏，鲁本。床、玩具、衣服，全是骗人的。我一个人住在这儿，鲁本，一个人，您听到了吗？我从来没能把我的孩子接过来。我失败了，鲁本，您明白了吧？我彻底失败了！"

蕾丽一直挥动胳膊，在空气里推来推去的，好像在推开幽灵，那些在这个过于拥挤的房间里吵闹的孩子的幽灵。但这不过是个空房间。蕾丽的妆也花了，流着黑色的泪水。

"我一直在一个玻璃墙前挣扎着，看不见，也翻不过去。世界是这样的，鲁本，对我们这些不幸出生在地球那边的平凡人来说，世界竟是这样的。我们什么都可以看、可以听，我们身边有足够多的屏幕可以去了解外面的世界，还有寓言，有广播，有卫星。一切东西都有关联，一切都看起来近在咫尺，仿佛伸手就能碰到，就能拥有。但不是的，你手伸出去就会碰壁，你用嘴去亲吻，就会发现是一面透明的墙，没人听得到。虚幻却真实，最残酷的是没有家人的任何消息。我只有一个虚拟的家庭，我们可以保持联络，但是没办法在一起。世界就是一座玻璃宫殿，鲁本，宫殿的大门只向个别人打开，那些人甚至都不用自己动手推门，世界的门就像商场的自动

320

门一样打开了。其他人就只能隔着橱窗看，注定只能分散开去打猎、去乞讨。我已经 5 年没有抱过蒂安了，鲁本，5 年没有在我胸口感受他的心跳，5 年没有在他睡着的时候帮他盖被子，5 年没有被他从学校或者运动后带回家的一身热汗笼罩了。我离开的时候阿尔法才 12 岁，我最后一次打他耳光教训他的时候他才 12 岁，之后他想怎么胡闹就怎么胡闹了。我走之前他还比我低一个头，现在，他已经比我还高三个头了，我觉得最少三个头吧。只有邦比真的出来了，在去年她拿到一张学习签证，为期 1 年，只有 1 年。然后她又得回去了。您现在知道了，鲁本，您竭尽全力地帮过我，告诉警察们说她昨天晚上在宜必思酒店唱歌。（她把客厅里翻倒的桌子扶正，又整理着散落的盘子和餐具。）但邦比昨天晚上并没有在这里吃晚饭，其他时间也没有在这里，蒂安和阿尔法也没有在这里。我一个人生活，鲁本，像一只独自去外面给孩子们找食物的母狗，我走丢了，回不去了。我就一个人，这就是说，你肯定想到了，鲁本，邦比没有不在场证明。在迪拜红角酒店杀让 - 鲁·库图瓦和在拉巴特红角酒店杀弗朗索瓦·瓦里奥尼的杀手，没有任何不在场证明。"

—— 65 ——
9 点 51 分

空客 A320 正飞过太平洋。爱情山脉的山脊挡住了云，飞机上的乘客因此能很清楚地看见植被茂密的山尖，半山腰上的牧场及干溪边的果园。但邦比面对这气势恢宏的场面也不为所动。亚那·谢阁兰的电脑还在她腿上放着，她此刻目不转睛地看着阿蒂尔·翟利的照片。最后一次编辑 1994 年 4 月 19 日。看来这个文件真的被遗忘了。照片里只有一个优雅的男人站在苏塞的梅迪纳城墙上摆着姿势，根本没有牵连他人的迹象。

打开这个文档的一刻，邦比强忍住了喉咙里瞬间要冲出来的尖叫声。

她认识阿蒂尔！

他没有被妈妈捅死。阿蒂尔活下来了，阿蒂尔还找到了他们，阿蒂尔一直在徘徊。

在他们身边徘徊，在妈妈身边徘徊。

邦比凑到屏幕跟前，想看得更仔细些。跟 1994 年相比，阿蒂尔·翟利胖了，不再打扮自己了，他不再穿紧身牛仔裤和紫色麻质衬衫了，还是穿着很旧很垮的外套。他不再像照片里那样看上去虽然土气但特别有自信了，但她对自己的判断很有把握。她把他认出来了！当她在艾克斯－马赛大学学心理学的那一年里，她在艾格杜斯公寓的楼梯间里见过他很多次了。这个人就住在他们家楼下，一个行事如此隐秘的邻居，导致她都想不起来他的名字。叫梯耶里，还是叫亨利？这个人独身一人，除了嘲讽阿拉伯人、共产党化的市政府及奸商，他平时不怎么爱说话，周围的人都评价说这个人不坏，平庸但人不坏。

邦比闭上眼睛，想更好地回忆一下，想一想有没有在信箱上，或者放在楼梯口的包裹上他的名字。吉！他名字叫吉，她现在想起来了。吉·勒拉。这个下三烂的家伙竟然伪名老鼠的谐音！脑子倒是不笨……但是人太坏了。他要找什么？他打的什么坏主意？他在等待什么机会吗？

空乘小姐推着饮料车走在狭窄的过道上。乘客们频繁的动作让两个位子外睡在妈妈腿上的宝宝醒了。他爸爸一边接过宝宝，一边向微笑着的乘务员要了一杯可乐。

"我不需要什么，谢谢。"邦比小声地说。

她喉咙里突然犯起轻微的恶心，还好咽下去了。邦比想到自己的妈妈一个人在公寓的样子，而阿蒂尔·翟利就住在楼下，隔着 20 个台阶。她呢，无能为力，她还得在飞机上束手束脚地等半个多小时，得再过半个小时后才能警告妈妈，而这期间什么都有可能发生。尽管阿蒂尔打着吉·勒拉的名号已经在艾格杜斯公寓住了几个月，而且什么都没做，但她仍然有一种很不好的预感。

妈妈……一个人……她前天一起来就骗她妈妈说自己晚一点要和谢琳娜去肯德基吃饭，晚上很早就出门了，盘子里的食物都没碰，也根本没吃晚饭。而晚餐是母女俩仅存的相处时间，称得上一个神圣的仪式了。妈妈舍弃了一切，偏偏保留了这个普通家庭都拥有的幸福日常，就是想通过这样的方式对抗把他们这个家拆得分崩离析的力量吧。晚餐相当于他们在世界里的一个定点，有了它，他们一家就可以像世界上任何一个家庭一样，经过一整天的奔跑，各自经历了不同的情感变化，晚餐的时候能聚在一起，互相倾诉白天的事。无论一个家庭白天的时候分隔在一个城市的不同街道里，在大都会的不同角落，甚至在地球的不同地方，到了晚上大家都像是聚在一起共同编织一个舒适安全的茧。

19 点 30 分吃晚饭！

不论邦比跟着谢琳娜去世界哪里旅行了，不论阿尔法流连在摩洛哥的什么角落，不论玛海姆奶奶给住在拉巴特的奥林匹斯城的蒂安准备了什么样的菜，只要 19 点 30 分一到，每个人都会用手机联网，打开摄像头，用通信软件的会议模式通话。每天都有这么一次，大家聊一个小时，可以什么都聊，也可以什么都不聊，就是为了一起吃饭。

错过吃饭，就是杀死妈妈。

到 20 点 15 分和 20 点 30 分之间，也不着急，大家可以起身，收拾桌子，下线。只有蒂安还会在，小蒂蒂会把电脑抱到自己房间里，放在床头柜上，这样就可以听妈妈给他讲故事了，要长长的故事。经常故事还没讲完，蒂安就睡着了，于是玛海姆奶奶或者穆萨爷爷就会进来关掉电脑，帮他盖好被子。

一只小手拽着邦比的上衣。小宝宝不耐烦了，他爸爸赶紧道歉。眼看着宝宝就要把他的饮料打翻，他只好一口气喝光了可乐。这是个小女孩还是小男孩？邦比一下子也分不出来。小婴儿穿着苹果绿色的连体服，圆圆的小脸，大大的黑眼睛，一脑袋刺猬般的头发，还有穿透人心的无辜笑容。邦比扭过脸去，她感到胃酸再次袭来，像一把虎钳似的，使她无法呼吸。

妈妈，一个人，在布克港的艾格杜斯。阿蒂尔，这个折磨狂，这个刽子手，这个黑天使偏偏活下来了，追踪还找到了她。

接下来怎么办？

邦比所知道的阿蒂尔·翟利都是妈妈描述的样子，都是那本红色记录本里描述的样子。阿蒂尔·翟利是在找这本记录本吗？他就是为了方便偷走记录本才住在他们家楼下的吗？到时候只需要找一个什么狗屁理由就能进他们家随便翻了？

可惜啊，老鼠，邦比在心里咬牙切齿，谁让你动作不够快呢？

邦比用左手抓着上衣防止走光，然后弯下腰去，摸索她脚边的包，从里面抽出一个鲜红色的本子。旁边的小宝宝显然对这样的颜色很感兴趣，注意力一下子从爸爸的小桌板上放着的史酷比系列儿童书上转移了。

一年前的一个晚上，邦比想在妈妈狭小的公寓里藏一点自己的东西，结果偶然间在沙发垫下面发现了这本记录本。妈妈那时候晚上要去法国大众银行外省分行工作，邦比就捧着记录本看了个通宵，直到天蒙蒙亮。在这之前她只知道妈妈生活的一些片段，都是穆萨爷爷偶尔告诉她的。她知道妈妈年轻的时候在马里失明了的事，但这件事很久远了，像一个传说似的只剩下一些彩色的斑驳线索，比如妈妈收藏的眼镜，比如她收藏的猫头鹰。

读过这本记录本后，她的认知被颠覆了。邦比终于明白了为什么从她小时候开始，妈妈一直这么易怒，这本记录本解释了一切。以前她感觉心情像有个东西堵住了下水管似的，排水不利导致屋子里全都是腐臭味，却找不到臭味的来源；找到这本记录本读了以后，她把它藏好了，因为她的思路全通了，原本被厌恶之气封住的情感阀门打开了。

机长的声音吓了她一跳。空客飞机将开始执行在拉巴特机场的降落。拉巴特，邦比在心中默念。一切开始的地方。

摩洛哥首都的轮廓逐渐清晰，她的思绪不可抑制地飘向了这座城市，城市里白色的街道她走过无数次，西式居民区她流连过。少女时期她就深深地被这里吸引，现在凭借记忆就能穿梭在一家家商业中心之间，酒吧、餐馆、酒店之间。景象在她脑海中停了下来，眼前出现了拉巴特的红角酒店，熟练地和酒店的监控设备玩捉迷藏，悄然进入山鲁佐德房间，看了一眼弗朗索瓦·瓦里奥尼的尸体，赶紧走出房间，跑着下楼梯，喘着粗气在旁边的星巴克停了下来。她就是在那里遇到了一个新人警察，也是在那里和阿尔法会合，保证对对方忠诚，还把两块乌木做的三角形叠放在一起，合并成一颗黑色的星星。

他们兄妹二人就是在那里互相保证要坚持到最后，不论发生什么。

这条路邦比只走了一半。邦比失败了。

亚那·谢阁兰活着出来了。阿蒂尔·翟利也还是个自由身。

拉巴特，邦比重复着，声音很小，每个字都分开来念，拉——巴——特。

一切都是在这里开始的。那么一切也理应在这里结束吧？

如果警察已经在10000米之下等着她，那她就毫无悬念地输了。

—— 66 ——
9 点 53 分

贝鲁特出发前往拉巴特的飞机正点到达，停泊在 B 站的第 14 号口岸。

在这座国际机场，30 多名警员严阵以待，肩上扛着枪，双目圆睁着好像在等着从显示屏上看到不好的消息：飞机延误，人质被劫持，空客返回巴马科、迪拜或马赛。

尤罗看着自己全副武装的同事，心里想这个阵仗真是太夸张了。在连轴转查看了机场监控后，尽管她是以假身份办理的登机，黎巴嫩警方还是明确了两点：邦比·马尔只身一人登机，且没有武器。但摩洛哥警方还是不敢掉以轻心，安排了几十个警察来围堵一个 21 岁的小姑娘！

尤罗站在比较靠后的地方，更靠近免税店。裴塔尔在和摩洛哥警方的一个警长说话。他一直特别热衷于这样的交流，给本地警员上上课，起码让他们都听自己的指挥；虽然不得不和当地警方合作，他也喜欢让摩洛哥的这帮同事清楚地感觉到，谁的科技手段更先进，谁手里掌握着机密的信息库，谁有更厉害的科研实验室。

说到底，尤罗想，这也是他明面上的本职工作。

国土安全专员。

简称国安专员。他自己则不过是国安助理，国土安全专员助理。

法国驻摩洛哥国土安全局在拉巴特一共有 3 个人，指挥官裴塔尔·维里卡、警官尤罗·弗洛雷斯、警官利昂·埃尔法西，还有 3 个分别驻扎在丹吉尔、卡萨布兰卡和马拉喀什的公务员。

据尤罗所知，他供职的这个国际机构是在 2000 年年底成立的，是一种类似普通警察和宪兵队的混合体，在全世界 100 多个大使馆里驻扎着总数几百人的国安局员工。他们的职务是处理威胁法国安全的隐患：恐怖袭击，网络犯罪，任何属性的非法运输，毒品，武器，当然了，还有地下偷渡问题。除了以上这些已经让人压力很大的责任范畴外，作为国土部部长，还得保护分散在世界各地的法国人的安全。弗朗索瓦的凶杀案一下子涉及了 3 个拉巴特国安分局的工作范畴：法国公民，在摩洛哥首都中心地带被杀，且他从事的职业涉嫌跨地中海的偷渡网络。

所以核心词就是，合作。跟世界范围内的其他国安分局合作，迪拜、贝鲁特，当然最重要的是和当地权力机关合作。裴塔尔也不得不服从规则，哪怕是最小限度的，不论在他眼中的拉巴特警察是不是薪水很低，是不是工作懒散，是不是侦查手段几乎低能……而且，不论本地警力多么令人头痛，他都得负责想办法把事情做好。

在机场里，旅客们发现了不合常规的警力集结，都有点担心，觉得是不是发生了行刺等重大威胁。一些警员在宽慰群众，裴塔尔也在缓解紧张的氛围，他几次大笑，还拍了拍摩洛哥同事的背。

尤罗在远处观察着情况变化。世界众多机场的免税店都太像了，他的视线一时间竟然迷失在了免税店的镜子群里。

每当他想到这次行动，就被这样的想法困扰。一样的位置，一样的店，全世界机场都有，完全可以相互置换。小店的品牌没有国界和国籍的限制，星巴克、欧舒丹、红角酒店等，甚至飞机上播放的电影，电台里播放的歌曲，球迷们追捧的足球队，穿着巴萨联合国运动衫的南撒哈拉小孩，支持曼彻斯特或者马赛球队的摩洛哥男子，都互相没有区别……

尤罗想倒回去审视一下本次已经持续了 3 天的抓捕行动。他最多只有半个小时了，因为他们马上就要开始抓捕刚下飞机的邦比·马尔，而他此刻深深觉得他们的方案放错了重点。

他在脑中快速地过了一下最初的场面，拉巴特的红角酒店，还有那家他进的星巴克，他就是在那里遇到的邦比和阿尔法·马尔。

随后他又不情愿地想起了位于拉巴特北部的橙树居民区，阿尔法就是在巴斯德大道和约雷斯大道交汇口被自己拿下的。这些商店，连有些街道的名字竟然都如此国际化，起码法国殖民时期的那些旧街道，名字就和国外一样。他继续沉浸在回忆里，想起了和瓦克宁教授的首次见面，瓦克宁教授是阿维森纳医院的血液病专家。这是一家拉巴特大学的附属医院，以伊斯兰历史上最有名的穆斯林医生的名字命名。很快，这位教授就转到了埃尔伊斯兰中心，一个距离拉巴特几千米远的高门槛的教授法语的学校，和法国南部最大的马赛清真寺同名。抓捕行动在昨天突然加快了节奏，因为裴塔尔和托尼·弗雷迪亚尼，布克港警署的总指挥，一致决定要质询蕾丽·马尔。利昂处理好了行政手续和物流问题，今天一大早他们就坐上了拉巴特到马赛的直达航班，全程不到两个半小时，就这么跳跃时空般出现在宜必思酒店，听完了鲁本·里贝罗情感饱满的陈述，傍晚又坐飞机回来了。当天晚上他一边思考着行动，一边在壮阔的拉巴特—塞拉的海事港口闲逛，而前夜他边走边思考的地方是在国有花园附属动物园的大红鹤池塘前，类似的情景还发生在第一天晚上，他在1月11号与3月2号街之间游荡了半天，最终坐在了塞拉的沙滩上。后来他才知道，这些街道名字里的日期分别选自1944年摩洛哥独立宣言的日子和1956年保护国（法国是摩洛哥的保护国）制度终止的日子，总之都是法定假日。利昂当初向裴塔尔解释摩洛哥从来不是法国的殖民地的时候，专门提过这些细节，保护国制度，单纯指两国达成的保护和被保护协议，是一种合作关系。

一点一点地，警察们在尤罗前方摆好了阵形。进行抓捕的时间越来越近了，大家越来越兴奋。他们会不会因为害怕邦比·马尔从他们原本计划好的路线逃脱，而把抓捕的起始点一直提前到停机坪去呢？

328

尤罗越想越觉得本次行动怪异连连。他已经重建了蕾丽·马尔的人生轨迹，她自己先到了布克港的敏感地区，她的孩子们——阿尔法和蒂安留在了摩洛哥，她的女儿邦比则往返于这两地之间。裴塔尔和摩洛哥警方谈到这个连环杀人案，三起精心策划的杀人案，由一位有三重身份的女捕猎者精心策划的杀人案，尽管第三次杀人失败。

但是，尤罗还是忍不住觉得事情完全不是这个样子：虽然用自己的手段，马尔一家人所做的不过是自卫，他们对抗的是一个比他们强大的危险对象，组织结构更加精密，所以更加难以被察觉和被揭发。他手里没有证据，而且每次他在裴塔尔面前提起这个想法，他的上司就开始冷嘲热讽地说邦比漂亮的眼睛让这个浪漫心泛滥的菜鸟小警察变成了骑士，还有她妈妈蕾丽漂亮的眼睛，蕾丽以勇敢、吃苦耐劳，却整天穿得花里胡哨的母亲形象出现。所有这些事情都让尤罗当着上司面的时候，只能在心里默默地咒骂他。

他忽然想起来在布克港的警察局过道里，他把自己的名片交给蕾丽·马尔的场景。

"您如果有什么需要帮忙的，请给我打电话。"

这个提议真的可怜又滑稽，无非减轻了自己良心的愧疚感。说到底他又能帮上什么忙呢？

—— 67 ——
9 点 58 分

蕾丽去阳台上抽烟了。她从没有在白天就抽这么多的烟，何况天亮了才不过几个小时。艾格杜斯对面的大海又恢复了平静。在远处，靠近罗讷河畔圣路易港的吊车附近，一艘集装箱船正在缓缓驶过，仿佛已经被沉重的货物压垮了，身后留下一串像雨后爬出来冒险的多疑蜗牛一样的黏液痕迹。

鲁本走到阳台上陪着她。虽然天气不算冷，他还是穿上了长西装外套，并戴上了帽子。蕾丽想着鲁本一定是打算离开布克港了，他就是一个这样的人，当他没有新的故事可以讲时，就会出发去一个新的地方。鲁本的眼睛几乎不可察觉地追随着缓慢移动的集装箱船。

"为什么？"他轻声问，"为什么需要做样子呢，蕾丽？"

从浴巾，到儿童短裤，到阳台晾衣绳上挂着的运动袜。

"因为我不符合要求。就这么简单，鲁本。"

她慢慢地狠吸了一口烟。

"如果想要把我的孩子们接过来，我必须换到一座大一点的公寓住，要求的是平均每个人10平方米，也就是说我得换到一座至少40平方米的公寓去，这是法律规定的。我挣的钱必须至少符合最低工资标准，住的地方也得够大。3年了，从我的身份合法之后，我就一直朝这个方向努力。开始的时候，我以为这些不过是字面要求。"

蕾丽焦虑地笑了笑。鲁本却一直看着那艘载满了各种彩色集装箱的货运船。

"但我还是不符合要求啊，鲁本。单身，工资微薄。低租金住房办公室的人都只给我推荐单间，或者最多一室。他们说，您得理解啊，马尔女士，两室、三室、四室都是给一个家庭准备的。现实的规定就是这么蠢，鲁本。没有孩子们，我就没办法申请到更大的房子。但没有更大的房子，我的孩子们就不能来。（她又厌倦地笑了笑）发明这套制度的家伙，真是个聪明人啊！一套推来推去的魔术，就像永远没有尽头的莫比乌斯环。工作人员能把我这样的乞求者绕得团团转，去1号窗口，去2号窗口，去3号窗口，中介公司，市政府，省政府，法国移民与融入办事处，每一处都有各自要求的条款，也都被自己需要吻合的条条框框限制着。"

蕾丽长长地叹了一口气。她脸上的皱纹让她看起来劳累不堪又疲惫厌倦，但她的眼睛里还闪着火花。

"3个月前，当我在填写福斯不动产这家中介的新表格的时候，我想到了一个主意，一个特别简单的主意。（她停顿了一下）假装我的孩子们已经在这里了。"

鲁本的眼睛终于不再继续盯着集装箱船看了，他看向蕾丽，眨动的双眼躲在帽檐的影子里，他斜眼望去，羞涩的太阳终于揭开了挡在自己面前的薄雾。蕾丽在头上架着蝴蝶翅膀形状的太阳镜，镜身有黄色也有黑色，但她并没有把墨镜取下来戴在眼睛上。

"法律要求，想要孩子过来，我就必须住在够大的房子里，那么如果我的孩子们都已经过来了，他们凭什么拒绝给我提供更宽敞的住所呢？我提前几个月就准备迎接他们了，后来我把公寓布置得就像我的孩子们已经住在这里一样，窗口也晾满了孩子的衣服，我还敞开着大门公放说唱或者电子乐，跟我所有的头儿都聊了我需要留出照顾孩子的时间，我还拍了很多照片，展示的都是我家拥挤不堪的样子。一切都是为了给福斯不动产看，我把能做的都做了，就是想吸引负责我申请文件后续情况的职员，帕特里斯还是帕特里克我也记不清了，他的注意……我觉得他已经相信我了，他应该已经把我的申请件放在了优先处理的文件堆最上面，这样一来我调换住所的申请会很快得到批复的，我不用再等3年了，也许3个月就可以了。只要敢吹牛就行，鲁本。帕特里斯有什么必要非得写信给法国移民与融入办事处或者省政府去核实我的孩子们是否真的来到法国呢？1号窗口和2号窗口的工作人员不会互通有无的，所以每次我才乖乖在每个窗口前排队。我已经能聪明地不在检查人员面前露出马脚了，偶尔福斯不动产或者市政府的人会来。他们可不是来打扫卫生的，鲁本，他们是来审查的，但他们从来都懒得爬楼梯上到我家来。"

她的眼睛好像又被刺痛了似的，变得模糊不清，然后两行晶莹的泪水自行流下来。太阳此时终于逃出了云朵的遮蔽，蕾丽把墨镜从头顶拿下来戴到了眼睛上。

"这个计划是很完美的，鲁本。再过几周，帕特里斯就会告诉我他帮我搞定了一个三室的公寓，我就能签字、搬家，再也没有人能把我从那座公寓里赶走。市政府的人员再按门铃来我家视察的时候，我只需要把门打开等着，这一次，他总应该会在家庭团聚的条件评估栏写上'符合条件'这几个字。"

蕾丽把手放在阳台的护栏上。鲁本把手放在她手上。

"别用这种语气，蕾丽，如果计划是完美的，那就不用说可能，而是说肯定。我觉得一定能行。"

蕾丽突然转身，她拿掉了墨镜，双眼哭得通红，陶瓷玻璃制墨镜后的双眼此刻像烧红的炭。

"什么一定能行啊，鲁本？您能告诉我吗？连续两天了，我一点没有收到邦比和阿尔法的信。我接连一个小时打电话给我爸爸妈妈，也是没有音信。我只能一直等啊，只能给您讲讲我的生活，但实际我心里……"

她回到房间里，看着那封令她恐惧的阿蒂尔的信，信还在客厅的桌子上摆着。

你会看着我登上公交车，想象着我接下来是不是会老老实实地去上班。

但你想不到我是去找回你从我这里偷走的东西。

想不到我会找你儿子拿回我的东西。

鲁本把一只手搭在她的肩膀上。

"蒂安在哪儿？"他问。

"和我父母在一起，拉巴特的奥林匹斯城。我现在联系不上他们，而且我只知道爸妈的电话。每天我们都通话，他们把一切都照顾好了，自从我走了，就是他们帮我一直带蒂安……现在他们……现在没人接电话啊！现在那里是周六，早上 10 点，竟然没有人接电话。"

鲁本想用手的温度安抚一下蕾丽因情绪激动而颤抖的手。

"你有什么理由要担心呢？你的儿子一定很安全。他在地中海的另一侧，而且……"

蕾丽猛地退后几步。她的脑袋摇来摇去，墨镜的腿先挂在头发里，然后掉下来飞到天上，蝴蝶状的墨镜因为太沉了，一下子就掉在 8 层楼下摔碎了。蕾丽无心在意墨镜的事。太阳射出光芒，照耀在未能掀起波浪的大海上，照在小汽车的顶棚和垃圾桶的盖子上，也可能回来将她关在黑暗的牢房里。蕾丽挑战着太阳，盯着自己目光能及的大海的最远处。

"您知道当然不是这样！"她喊道，"阿蒂尔·翟利今天天刚亮就离开艾格杜斯了。他肯定是去赶马赛到拉巴特的直达飞机了。现在，他很可能已经到了。他马上就会找到他们的，鲁本。他一定会找到他们，而我却束手无策。"

—— 68 ——
10 点 04 分

空客飞机降落的过程中机身有些晃动，但邦比不以为意，注意力还集中在红色的记录本上。这本记录本她已经读过几十次了，她记得描述妈妈和每个陌生人见面的场景，她无法忽略这些男人做的事，他们心理的每个变化，每个他们不敢承认的秘密的断层，他们每个人怯懦的表现。

小婴儿好像也想看这本记录本。凭着他 18 个月大的力气，他扯着邦比的上衣想要她给自己讲故事，哪怕故事书里没有一张图画。

小婴儿很喜欢她。

孩子爸爸也挺喜欢，特别喜欢看到她上衣滑落到肩膀下，因为姑娘的上衣里面什么都没穿，只有一件纯白色的三角内衣，皮肤哑光顺滑。

孩子妈妈就不怎么喜欢她了。

"别打扰这位女士了，乖乖女。"

原来是个女孩子啊，邦比一边拉紧上衣一边想。这么小就喜欢读书！小宝宝低声埋怨着，却只是换了只手。她爸爸躲到杂志后面，并没有继续管。邦比想，一会儿这对夫妇就会看到她在机场大厅被武装的警察围起来，控制在地上，戴上手铐然后带走，他们应该会觉得很后怕。他们会知道坐在他们旁边的是一个女杀手，他们的宝宝还一直摸这个连环杀人犯……

警察们一定会在到达口岸等着她的，她可以肯定，是她自己羊入虎口，选择了坐上来拉巴特的飞机。

空客继续缓慢地降落。最开始陪着谢琳娜一起飞的那几次，她在每次起飞和降落的时候耳朵都疼得受不了，直想用头去撞小桌板。但再后来，邦比根本没感觉了，因为她的耳膜适应了。最恶劣的疼痛都能让人变得习惯，一开始会抱怨，后来就接受了，最后会忘记疼痛。在她小时候，每次摔倒了或者感冒了，妈妈就会问她疼不疼，邦比总是回答："想的时候才疼。"真的！对小孩子来说，如果头疼或者愈合得不好的伤疤疼，只需要打开一本书就会什么都忘记了。

但放在她腿上的这个本子却是一下子揭开了所有伤疤的疼。她觉得甚至这些字都会说话，以一种妈妈混合着她自己的声音在她脑中大声呼喊出记录里的内容。

> 有一个人声音很轻柔，他喜欢说话，他更喜欢听自己说话。
>
> 他的太太名字叫索莱娜。他们有一个 1 岁多的小女儿，梅兰妮。
>
> 他左胸上有一个逗号状的疤痕。

这本记录本也是她的出生记录本，或者说得准确一点，她被孕育的记录册。

强奸！

多次强奸。每一天都被多次强奸，而且长达数月，一直到妈妈怀孕才停下来，不，妈妈怀孕了也没停。因为这本记录本记录得详细又隐秘，可以判断出这里面的某一个男人就是她的生父。

弗朗索瓦，让－鲁，亚那。

这些禽兽里有一个就是她的爸爸。她看过这本册子的全部内容，但还是没办法适应里面记录下来的痛苦，也没有办法接受，更加不可能忘记。如此的出身让她感到恶心，为了释放内心的痛苦，经过深思熟虑，她终于想到了一套分为三步的复仇计划。

找到这些男人。

让他们承认自己的兽行。

让他们付出代价。

可爱的宝宝突然哭了，她用胖乎乎的小手盖住了自己的耳朵，显然她还没有学会承受痛苦。妈妈绝望地抱着摇晃她，而爸爸则牵着她的手。小宝宝啊，你会学会的，邦比在心中想，等你长大了就能学会的，你就能学会默默承受痛苦，你就会知道痛苦唯一的解药，就是复仇。

在看过记录本差不多一年后，邦比把记录本的复印件发给了阿尔法。她的兄弟立即发现了妈妈接过的所有客人都和 VOGELZUG 协会有关系。她的皮条客——阿蒂尔——在此之前就供职于这家机构。这家机构在外有不错的声誉，旗下有好几百个员工，更有成千上万的地中海附近区域的志愿者。但也有些像腐烂苹果一样的人利用机构强大的保护力给自己谋油水，阿蒂尔·翟利就是这样的人，他的一些朋友也和他沆瀣一气，想着不劳而获，想着坑害利用。他们共同编织了一张巨大的非法运输网，背靠着外交、法律、警察等各个部长，组织构成无法控制地愈加错综复杂。官方对他们采取的是睁一只眼闭一只眼的策略。谁会费功夫去调查几具被抛弃在沙漠的难民尸体呢？谁会去调查几个在树林里发现的被杀的避难者，或者淹死在地中海的呢？死掉的都是没有证件、没有身份的人，如同马格里布偷渡客，烧毁一切，任何可以追踪的痕迹都不留下。完美的犯罪是存在的，阿尔法咬牙切齿地想，不需要精心谋划的计划，把那些隐藏身份的男人全都杀死就可以了。

有一天晚上，邦比和阿尔法在奥林匹斯城郑重发誓。

她发誓捍卫母亲的尊严。

他发誓捍卫兄弟们的尊严。

他们把各自项链的吊坠叠放在一起，两个乌木的三角形就变成了象征他们复仇计划的黑色星星，和摩洛哥国旗上一样的星星。

他们要一直把这个标志戴在脖子上，哪怕死亡。在这件事情上他们也有分歧，邦比认为这是复仇，而阿尔法不喜欢这个字眼，他认为这是为了正义。杀人越货的那些人互相借力，凭借着组织的力量让自己变成触手极长的章鱼，要杀掉这样的怪物，必须直接取其首级，否则断掉的触手还会再生。这样的大计需要两个人配合，两个没有人在乎的无名小卒，像《魔戒》里联手对抗索伦的佛罗多和山姆。

邦比负责引开视线……而阿尔法负责敲碎那帮人的脑袋。

透过机舱窗户，邦比欣赏着大西洋的海岸线。空客飞机沿着勃莱格莱河的河湾飞行，在拉巴特和塞拉这两座比邻的城市之间蛇形而过。从空中看，她经常去散步的巨大沙滩像一个硕大的儿童玩沙池，紧邻着拉鲁墓地。她微微闭了一下眼睛，当初自己不知道姓名和外貌体征，还是几乎不费力地就找到了弗朗索瓦、让－鲁及亚那。妈妈在记录本里详细记录了他们的个人习惯、家庭和爱好。妈妈在记录本里大篇幅着重讲述了他们的心理，这对邦比给他们设圈套起到了重大作用。她有针对性地设计了三个虚拟身份——放荡不羁的校园活跃分子邦比13，害羞的少女妈妈法丽娜95，决心十足的实习生娇花。

转移注意力其实是阿尔法的计划。阿尔法给她准备了所有假证件。作为闺密，摩洛哥皇家航空的空姐谢琳娜帮她解决了机票问题，更帮她在世界各地拍照并上传到脸书页面，当然，一点后期修图是必需的。谢琳娜从来不问自己不该知道的，邦比只求她帮忙找到自己的爸爸，从选中的照片里找出要找的那个人。

她从来没当着好朋友的面透露自己可能要杀死那些人。

从什么时候开始她的内心萌生出要他们死的想法呢？从什么时候开始这些猪猡的行为让她恶心到必须杀光他们才能好受点呢？读记录本的时候她发现，妈妈竟然还期待他们中有一个人能帮她、爱她、救她！每个男人都抛弃了她！没有一个人，甚至让－鲁都没有想任何办法把阿蒂尔控制的这头小小的失明长颈鹿救出去。他们一心惦记的只有继续侵占她的身体，反正她不可能指认他们，他们完全不用担心会被惩处。

他们应该完全不会去想，竟然有朝一日会死在邦比手里吧？当弗朗索瓦·瓦里奥尼意图在索维拉古堡酒店人迹罕至的小道上强奸她的时候肯定想不到吧？当瓦里奥尼在请她吃饭后就带她去拉巴特的红角酒店的时候想不到吧？当他拥抱她，当他抚摸她，当他用下体摩挲她的时候更不会去想了。而实际上她不过跟他女儿年纪相仿，她有一定概率是他女儿，甚至她真的就是他女儿。

也许邦比是本能之下杀人的呢？当她通过在瓦里奥尼胳膊上取血并确定他不是亲生父亲的时候，当她看着一注血一直流到这个没穿衣服、蒙着眼睛、戴着手铐的男人的手腕处的时候，她想到的是这个禽兽会继续强奸妇女，继续眼看着移民们乞求，而他不过是章鱼的一只触手，就算她割掉了也还会长出来。那还客气什么？

引开注意，是阿尔法这么告诉她的。她的弟弟没有失望。

她前一天晚上杀了弗朗索瓦·瓦里奥尼后躲进了夜色里。那晚过后，她心里希望让－鲁·库图瓦就是自己的生父，因为她想放过这个人。直到在加尼耶餐馆出口的昏暗街道上，他把她堵在砖墙上。

她想起这个人也一样背叛了母亲的期望。

她毫不犹豫地刺到他出血。

他也不是她爸爸。

那么他也不配活着，不管他是不是已经脱离章鱼组织很久了。

想了想，邦比摸了一下口袋。血型测试仪还在，这套设备能在 6 分钟内完成取血并测定出血型组。去见亚那·谢阁兰的时候她也带着这套东西，只是没时间拿出来用。亚那有可能是她生父吗？他很有吸引力，反应敏捷，意志力坚定还狡诈。肯定不是，内心有个声音一直告诉她肯定不是，起码不比另外两个更有可能。

透过窗户可以一眼看到标志性的红色石头的哈斯桑塔，随着飞机降落的轨迹看，它就像一个中世纪的身材高大的护卫，而脚下的墓地就是它的瞭望台。再过几分钟，空客就会往塔的北面靠拢。小宝宝终于停止了哭泣，双眼蒙眬地嘬着奶嘴，她爸爸把绅士月刊放在一边，开始收拾史酷比系列儿童书。

警察们就在地面等待着，而且是严阵以待。

如果她没有能够按照自己的想法完成任务，至少她做到了引开注意力，至少她的牺牲可以让阿尔法从这张普天大网的网眼里通过。她侧身去掏随身带着的布包的一个内兜，完全不理会邻座投来的欲望眼光，也不在乎邻座太太愤怒的眼神。邦比把头往后仰，露出了颀长的脖子，也露出了脖子上挂着的，吊在胸口处的皮绳乌木三角吊坠项链。

这是准备好战斗的姿态。

空客飞机在口岸处盘旋后进入了跑道。邦比立即拿出手机，还是没有4G网络，但她终于连上了一个无线网！现在顾不上遵守提醒旅客飞行全程禁止使用电子设备的安全提示了，她用手指按下了电话簿里的第一个人。

妈妈。

好像连第一个提示音都没有响起，妈妈就接通了电话。

"邦比是你吗？"

—= 69 =—
10 点 05 分

四个身影沿着堤坝走过来了，阿尔法停下来，等那些影子走过来。港口上升起了浓浓的雾，仿佛海底有一团火，沸腾了海水，烤熟了小船和大船，掀起的浓密水汽顺着堤岸向前，却被口岸边的砖砌厂房拦住了去路。

阿尔法的双腿在发抖，他劝自己说没什么可怕的，这只是人坐了一天一夜的船后的正常反应。这是他第一次穿着篮球鞋站在非洲以外的土地上。他觉得不是他在动，而是法国在他脚下颤抖！

他观察着浓雾的尽头，运河的入口处，心中勾勒起布克港的轮廊。白石头堆砌的厚厚城堡墙壁让他想起了拉巴特的乌达雅堡，后者建在勃莱格莱山谷的河口处，能远远监控到海洋的情况；他还想起了梅迪纳上面相对没那么壮观的丹吉尔城堡，24 小时前他就是从那里登上了塞瓦斯托波尔号。

那四个身影也停了下来，站在离他几米远的地方，身形被太阳升起前的最后一片云雾包裹住，好像裹在蚕蛹里的昆虫。

是警察吗？还是银行家或者管钱的人派来的打手？

塞瓦斯托波尔号这一路上不可能没人看到，行踪已经暴露了。他走在河岸不平坦的石头路上，像是迷信一般，手扶住了卡在腰间的托卡列夫手枪的枪托。四个男人从雾中现身了，他们不带一丝微笑，不做任何友善的动作，不说一句话。

冷漠得像块石头。沉默得像死人。白得像丧表。

阿尔法放开枪托，来者对此毫无反应，这让他立即松了一口气。他伸出胳膊，走上前，拥抱住那四个身影里体形最壮的人。

"谢谢你们过来，兄弟。"

萨沃尼安不说话。阿尔法转向其他三人，和每个人都静静地拥抱了一会儿。扎艾林是个充满哲理的农艺师，维斯莱是个吉他手，达流斯是个非洲鼓鼓手。看来萨沃尼安终于成功劝服了另外三个秘密组织成员，提前两天从摩洛哥到了法国。

起码他们没有选择任由命运决定人生。阿尔法在靠岸布克港几分钟前收到了一条短信，短信里他被告知了摩洛哥海岸线略远处发生的翻船惨剧，解释了蛇头们把小艇里的一船人就这么丢在大海上，还附上了遇难者的名字。芭比拉、凯凡、萨菲、凯米尔、伊弗拉、娜雅……当萨沃尼安和他的朋友们收到消息的那天晚上，这些人的尸体可能已经漂浮在地中海某处了，而他们原本正在为欢迎家人的到来而高兴地载歌载舞。

"幸福的男人不会想着打仗的。"萨沃尼安在挂电话前如是说。

今天一早，他就来了。

沉默的拥抱显得如此有压迫感，强大又痛苦。阿尔法想说一些安慰的话，却一直没有打破沉默。安慰是多么微不足道啊，但无论如何还是应该表达自己对兄弟的支持。他正想开口，就被扎艾林打断了。

"是萨沃尼安说服我来的。维斯莱和达流斯也是。我们抓紧行动吧。以后会有我们能好好哭一场的时候。今天，我们得拯救其他不幸的人。"

他们走向了复兴港的餐馆酒吧一条街，随着他们离堤坝更远，浓雾也趋近消散。路过广场的时候，几个常客抬起头，看着他们一行人走过，然后又把脸埋在报纸后面，喝起了杯子里的饮料。

阿尔法和他的四个伙伴停在了帕潘街的斜对面，他们面前耸立着几栋别墅，一个比一个阔气，海景的视角越好，房子的围栏就越多，护墙就越高。别墅区一直延伸到卡马格。

阿尔法拿出手机搜索起来，以确定往哪边走。妈妈又给他打电话了，从昨天起每隔 15 分钟她就会打过来一次。她就住在离这里几步路远的地方，就在这片好像瞭望台似的耸立在海边的楼房中某扇窗户的后面。她在他还不到 12 岁的时候就来到这里了，那时候他的年纪和小蒂蒂现在差不多大，住在那座她保证会接他们来住的公寓里，这话她说了太多次，也说了太久。就在一周前，她又一次保证道："我想到了一个主意，肯定能解决问题，再过几周我就会帮你们申请好签证。"

他把手机收进口袋里，他不希望妈妈知道他从这里走过。竟然离得这么近，而他可能再也不会回来。

他不是为她来的，不是只为她来的。他必须得遵守自己之前许下的承诺。他又看了一次高楼群的房顶，然后慢慢地从口袋里拿出一个项链，一个简单的皮链，上面挂着一个乌木做的三角形吊坠。

他把项链戴在脖子上。

这是准备好战斗的姿态。

"出发。"

所有人看向他，等待着他迈出一步就跟上。

"你们都准备好了吗？"

四个贝宁人点头。

"你们都有枪吗？"阿尔法继续问。

大家沉默了一阵，扎艾林回答说：

"我去，阿尔法，我跟你走。但我两手空空，两脚空空，心也空空的，什么都不带。那些伤害我们最深的人手上没有沾血，身上不沾灰，手里也没有握过枪。他们就应该这么毁灭。我们没必要脏了自己的手。"

阿尔法不想表现出自己的担忧。扎艾林和另外三个疯子到底懂不懂他们马上要面临的危险，阿尔法需要的是铁了心的男人，是战士，不是被生活的痛苦打倒的跛子，不是被复仇冲昏了头脑却手无寸铁就敢打架的人。汝尔丹·布朗－马丁的拉拉维拉别墅门口就有两个带枪的守卫，他们日夜轮班，都是专业人士，都配枪，而且杀人不眨眼。

他们一共 5 个人，但真的行动起来其他人都不顶用。扎艾林和达流斯都年纪太大，维斯莱身体太弱，只有萨沃尼安能帮上忙，也许能帮上点忙吧。

阿尔法看着他。

"你呢，萨沃尼安？你怎么想？"

贝宁人的眼中闪现出巨大的痛苦，整个人像深不见底的空洞，就像他的生命再也不属于他了。

"不幸的男人必须打仗，阿尔法，我就是这么想的。这样其他人才能平安活地下去。"

—— 70 ——
10 点 07 分

"邦比是你吗？邦比你在哪儿？"

蕾丽在电话里呼喊着。一个听起来很远很闷的声音回答道：

"我现在时间不多了，妈妈……现在不方便大声说话……我在飞机上……"

"飞机？什么飞机？"

"我快下飞机了，妈妈。我刚刚落地拉巴特。"

蕾丽一下子哭出了声，又很快克制住自己。

拉巴特？她没听错吧？

她的眼睛忽然亮了起来。鲁本站在她身边，一直在试图读出她为何不安，为何又舒了口气。

"邦比，你在那儿简直是个奇迹啊！等你一出关，就往前冲，冲回奥林匹斯城的家里。小蒂蒂有危险，你得……"

"妈妈听我说！你有危险，是你！"

这次轮到邦比大喊了，整个飞机上的人可能都听到了。蕾丽于是听邦比说，在短短的时间里她的女儿就告诉她，自己发现了红色记录本，并且从一张照片里认出了阿蒂尔·翟利……她的邻居……吉……

"我都知道了。"蕾丽直接打断她，"这些我都知道。但阿蒂尔·翟利已经不在这里了。他现在……不要浪费时间了，邦比，你现在得赶在他前面找到小蒂蒂！"

"恐怕不可能了，妈妈。他们不会让我出去的。我在海关就会被拦下来，根本走不出机场。"

蕾丽的手紧紧抓着阳台扶手，鲁本却还是扶着她，因为他觉得她可能随时会倒下来。

"跟他们解释一下吧！让他们派辆车去橙树小区，就几公里远。"

"他们不会听我说的，妈妈。我……我被当作杀人犯……在被追查……他们会把我抓走的。想自证清白可能得花好几个小时。"

她的女儿愈加压低了声音，几乎变成了耳语，也许是有空姐走过来了或者有临近的乘客抱怨了吧。蕾丽趁着这空当赶紧从口袋里拿出了一张名片。这是她的最后一张底牌了。

"那你联系这个警察吧，只联系这个人，用好你剩下的这几分钟。他叫尤罗·弗洛雷斯，我马上把他的电话和邮件发给你，把你知道的毫无保留地告诉他。"

"我们真的能相信这个人吗？"

"我们别无选择，邦比。我们根本没有第二条路了！"

飞机剧烈的晃动让邦比没办法继续提问了，还好安全带卡住了她的肚子，否则她整个人都会被甩到前面去。飞机终于落地了！妈妈也挂断了电话。

一个空乘走到过道里，示意乘客们在飞机滑行过程中继续保持坐姿。

不能听这些话浪费时间了！

邦比解开了安全带，把亚那·谢阁兰的电脑再次放到腿上。电脑上信号满格，说明此时 4G 信号特别好。她打开自己邮箱的第一时间，就看到了妈妈给她发过来的那个警察的电子邮件地址。在狂躁地输入 juloflores@gmail.com 后，她就不停地把所有照片、短信、图标都放到附件里，同时注意避免发送内容过大的文件。她点击了发送后大骂了一句，因为邮件竟然没有发送出去！一个对话框出现："您确定要发送没有标题的邮件吗？"像是发疯了一般，她在标题栏输入了三个字母。

SOS

点击发送。这次，成功了。

她重新开始，随机发掘电脑里的文件，碰到照片她都要看一看，想把照片里有瓦里奥尼、谢阁兰、汝尔丹·布朗－马丁、翟利和其他人的都选出来。在众多她叫不上名字的人里，她会选那些看上去就像权贵和警察的人的照片。

下载，上传，发送。

SOS

SOS

SOS

…………

飞机完全停下来了，这一下，所有乘客都站了起来。连小宝宝都站起来了，她被妈妈抱在胳膊里，看着其他人纷纷让道。爸爸在后面紧跟着。邦比自己一个人。

还需要几秒钟。

最后一个下飞机吧。

SOS

SOS

…………

制造假象转移注意力，阿尔法这么告诉过她。把所有情报都发出去，妈妈这么告诉过她。

她悉数照做。

虽然她也不知道这样做的目的是什么。

— 71 —
10 点 10 分

蒂安刚从面包店回来，沿着巴斯德大街的橄榄树间来回奔跑，模仿着带球和过人的动作。穆萨爷爷答应他了，如果他午饭吃得快，就和他一起下地狱去疯，陪他找玩具，找那个印有摩洛哥 2015 的球，因为昨天他试着闭着眼睛罚点球的时候把他的心爱之物踢到黑洞洞里去了。

蒂安在院子里停下来，跑得气喘吁吁的。他靠着橙树的树干，抬起头看着自己的小屋和连接着小屋与 3 楼窗户的电线。当天气特别好的时候，他会坐在自己的小屋里面慢慢嚼着麦片，望着对面的爷爷奶奶。但今天早上他没有，厨房的窗户一直关闭着，再说如果他想把球找回来下午好好玩的话，他就不能吃饭太慢。

蒂安把波塞冬公寓的大门推得咔啦响，然后一口气跑上了 3 楼。他的纪录是 7.08 秒……几乎每个月他都会努力打破自己的纪录，但玛海姆奶奶说那是因为他在长大，所以这不奇怪。

手指尖刚碰到公寓的大门，他就赶快按下了手腕上手表的计时器。9.02 秒，蒂安苦笑了一下，然后想到这次自己可是带着面包和爷爷的报纸上的楼，而创纪录的那个周日他可是两手空空的。他觉得自己的纪录应该根据每天的情况另行计算，比如当天上的课，他书包的重量，甚至还可以设置一个障碍分类，比如蒙着眼睛。说干就干啊，空想也不行。他坐在餐桌前一口气吞掉了玉米片，想立即拉着穆萨爷爷的袖子让穆萨爷爷和自己去黑洞里找球。他转动手腕推开门。

"是我！"

没有声音，连玛海姆奶奶总在看的电视节目怀旧摩洛哥的声音都没有。他顺着过道又往前走了一米，发现他的爷爷奶奶都坐在沙发上呢。他们可从不这样啊！起码他俩不会一起坐着。奶奶不常走路，要走也都是靠拐杖，而且她只有吃饭的时候才会走两步，而现在……电视都是关着的。发生什么事了……

"快跑，小蒂蒂！"

穆萨爷爷喊他走，一下子终止了他正在想的问题。蒂安看到客厅里有一个男人的身影在动，他在疯狂地打爷爷的耳光。老人的嘴里喷出一股血，蒂安彻底愣住了，他认出了这个打他爷爷的男人。

弗雷迪。

这个男人前天晚上来看过妈妈，之后还睡下了，他还抱过妈妈，操着一口难听的嗓音。这个人自称吉，但蒂安给他起名叫弗雷迪。弗雷迪手里拿着一把长长的刀，好像带着钢爪子的手套一样。

爷爷咳嗽后吐了一口血，却又铆足力气再一次喊起来。

"快跑啊，孩子！"

蒂安犹豫了。公寓的门就在他身后敞开着，他只要跑就可以了，论下楼梯，他一定会比这个肥胖的怪兽要快得多。何况弗雷迪根本没有作势往他的方向抓人，正一心一意地抓着奶奶灰色的辫子来拧她的脑袋，再把刀架在她的脖子上。

"跑……快跑……"爷爷拼命挤出几个字。

长长的闪着寒光的刀的刀尖已经捅破了奶奶脖子上的皮肤。

"不！"蒂安喊着。

他笔直地向前冲去，犹如一头公羊！他不准弗雷迪伤害自己的爷爷奶奶。蒂安还没有像阿尔法那么壮，但他够快，而且他……

凭着一股他这个体形的人不应该有的灵活，弗雷迪松开了奶奶，绕到沙发另一边，一把就擒住了蒂安。弗雷迪放任他在空中蹬了一会儿腿，然后松手让他摔在地毯上，仿佛随手把一件破外套扔在地上似的。蒂安感到脚踝处剧烈地疼痛。弗雷迪轻轻地关上了公寓的大门，走回来站在沙发背后，他前面就是奶奶坐的位置。他抚摸着她灰白头发编织成的辫子，然后用自己严重损毁的嗓子跟爷爷和蒂安说话。

"你是比我跑得快，孩子。你爷爷甚至能跑得和他20岁时差不多快。但你们两个中随便谁想试试我的脾气，我就会在你们亲爱的玛海姆脖子上试试我这把漂亮的柏柏尔刀。对了，你俩知道这把刀是谁送给我的吗？"

他停顿了一下就转身对着蒂安。

"你妈妈！从某种程度上来说，这是她离开的时候送我的礼物。我一直把这把刀当作宝贝珍藏至今。"

他用手摸了摸脖子，好像他的胡子下掩盖着一道深深的疤痕，就是那道疤痕让他的声音变得好像蛇在吐芯子。

"我花了很久才找到你们。这世界上姓马尔的人有成百上千万……好在我在警察局还认识几个好朋友。我先在你妈妈家里看到了你，在屏幕里看到的，然后你的好哥哥阿尔法又不偏不倚在这里被盯上，我只要接近他就行了。说到现在我还没有自我介绍，我是你妈妈的老朋友了，阿蒂尔，阿蒂尔·翟利。也是她的新朋友，吉。你应该知道的，我和她的关系很亲密。"

蒂安一边揉着自己的脚踝，一边在印着几何图案的橙色地毯上爬行。他想离这个人远一点，一块菱形图案接着另一块菱形图案地爬，尽量离这个人远几厘米。弗雷迪，或者阿蒂尔，或者怪物吉——怪物都有好几个称呼，每个名号都跟一段噩梦有联系——看着他穿着球星阿卜德尔阿乔兹·巴拉达的运动衣，蒂安心中最神圣的运动衣。

"你喜欢马赛俱乐部吗，小蒂蒂？告诉我，我能叫你小蒂蒂吗？"

蒂安缩成一团，而弗雷迪靠得更近了。

"我们会成为好朋友的，你知道吗？我和你一样，也是他们的球迷。你喜欢马赛俱乐部是因为你妈妈就住在马赛的海边，对吗？只要听到这个名字你就会开始幻想，停不下来，韦洛德罗姆球场……你妈妈跟你保证了很多次你去了就能看到吧。我懂你的心情，（他从头到脚细致地描述了球场，然后投来恐怖的一笑）但说真的，小蒂蒂，你真的觉得巴拉达踢得好吗？"

蒂安不回答。这件运动衣对他来说太大了，他能把蜷曲的膝盖和腿，还有球鞋都套在衣服里，外面什么都不露。

"或者你喜欢他只是因为他是唯一一个穿马赛队球衣和摩洛哥队球衣的人？"

弗雷迪蹲下来，想和蒂安保持同一个视线高度。他把手搭在蒂安的肩膀上，不时向后看两眼，好持续监视爷爷和奶奶。

"其实，你不用怕我的。我跟你说了，我是你妈妈的朋友，一个老朋友。昨晚我还和她在一起呢。（他转过头去看着爷爷奶奶，冲他们露出吸血鬼一般的笑脸）她很想抱抱你的，紧紧地抱着你。我想你现在应该什么都明白了吧，小蒂蒂？她为了不让你难过，就跟你说了一些谎话，比如她会很快接你过去，比如她很快会真的把你抱在怀里，她跟你这么说就是为了让你少受点罪。你也这么想吧，小蒂蒂，你也不想让她受罪吧？"

蒂安摇了摇头。

不……不想……

弗雷迪的声音突然变快，竟然显得很愉快。

"你看看，你就懂得要讨你妈妈的欢心。我们给她发个照片吧，一张自拍，咱们两个一起拍，好吧？"

他扭着身子把手机从口袋里掏出来，然后走了几步绕到蒂安背后。这样就不耽误他同时监视坐在沙发上的爷爷奶奶了。穆萨爷爷做出要反抗的姿势，他坐直了身子，抬起手表示威胁。

"您如果敢……"

"没事的，穆萨。别担心。"

弗雷迪伸出左手把手机放在他和蒂安前面，调整好镜头，确保他们俩的脸都被拍进去了。一开始他还有点担心他们背后的窗户里照进来的光会让画面看不清，但慢慢地，他的右手就举着刀顺着蒂安的肚子，滑过蒂安的胸口，停在了蒂安脖子的位置。他最终把刀刃对准了这个男孩的脖子。

蒂安努力控制自己不发抖，想把腿伸直，把背挺直，但他的心脏好像停止了向血管输血，他的双手、双臂和脸简直和他穿的白色运动衣一样白。爷爷紧紧咬住出血的双唇，却一动不能动，仿佛他正坐在一颗地雷上，最微小的动作变化都会引发最具灾难性的后果。奶奶哭个不停，用眼神乞求着阿蒂尔·翟利。

"好了。"弗雷迪再一次调整了一下手机屏幕的位置，确保两个人的脸都能被拍摄进去，当然，还有他们的脖子和刀。"你妈妈看到我们两个在一起一定会倍感惊喜的，照片里有她忠诚的朋友和她宠爱的儿子，还有这把漂亮的不知道能唤起多少回忆的匕首。"

他又等了好几秒的时间，左胳膊伸得直直的，右胳膊则蟒蛇一般绕在蒂安的脖子上，刀锋直逼孩子的颈静脉，丝毫不留情面。

蒂安睁着双眼，仔细看着屏幕里这个紧贴着自己的怪物，脖子上刀刃冰冷的触感像是一条银项链。他相信弗雷迪会在按下快门的那一刻就把刀扎进自己的脖子里，这样从照片里看他还活着，但脖子上已经鲜血喷涌。这个怪物会第一时间把照片发给妈妈的。所有坏人都是这样。

弗雷迪又等了一会儿，就按下了快门拍照。马上，他就把刀从孩子的脖子上拿开了。他忙着双手按动键盘，肯定是在编辑发送他的杰作。

"好嘞，发送成功……你妈妈一定会喜欢的！"

玛海姆奶奶哭得更伤心了，穆萨爷爷只能把她抱在怀里。蒂安的心脏跳个不停，好像因为之前心跳得超级缓慢都快要感觉不到了，现在一瞬间心脏就疯狂跳动，好弥补之前漏掉的跳动。

"说到你妈妈，"弗雷迪一边起身一边说道，"她有一个从我这里借走了 20 年的包，一个黑色阿迪达斯的包，我必须找回来。这次我来有一部分原因就是找包，我想你们肯定知道她把我的包收到哪儿了。"

没有人说话。阿蒂尔在橙色地毯上踱步，步子很重，拍打着地面。

"说吧,说吧,漂亮的蕾丽不可能把东西扔掉的,这里又不是奢靡的凡尔赛宫。一个阿迪达斯包……还给我,我就当你们是朋友,走了。"

蒂安看着爷爷,爷爷移开了视线,不去看房间里的任何一个地方,好像他害怕因为自己盯着某个方向看就会暴露线索似的,他不看任何一面墙,也不看壁橱的门。弗雷迪转着圈,越来越焦躁。

"咱们得讲道理。我只是来拿回原本属于我的东西。"

弗雷迪继续绕着屋子转,只是转的圈越来越小,越来越靠近玛海姆奶奶,好像一只猛禽马上就要抓自己的猎物了。他手里始终拿着刀,蒂安还注意到他的手指在刀柄上不安地敲动,好像随时准备好了要发动攻击。

"说不说,说不说?"

可能他会紧贴着奶奶的身边一拳打过去,把刀扎在沙发的海绵里,也可能他会……

"我再问你们最后一次。"

弗雷迪的大拇指和食指不再动了,紧紧握住了刀柄。

"我……我知道。我知道你说的东西在哪儿!"

蒂安几乎是喊着说的这句话。爷爷想站起来阻止,但弗雷迪用胳膊朝他生猛地一推,立即转身看着小男孩。

"我知道妈妈的宝藏藏在哪儿。"

弗雷迪的眼睛一下子亮了起来,这个小子知道阿迪达斯的包里有钱!那他一定真的知道包在哪儿。

"包……包不在这里。"蒂安嘟哝着说:

弗雷迪皱着眉头,手紧握着刀,暗示自己决不接受任何想引开他注意力的手段。蒂安紧接着快速地说。

"包……在下面……在地下……在地狱里。"

10 点 12 分

透过机场的落地窗，尤罗看着一群人把空客飞机围了起来，把飞机逼停在停机口 50 多米开外的地方。他们围成了一个完整的圈，并一点点收紧。第一批乘客下来了，一个接一个地被带到机场轨道上搜查、审问；乘客们倒没有被这突然围拢的警力吓到，心里虽然也害怕，但更多的是放心。

裴塔尔站在离他几米远的地方，手里握着手机，焦躁不安，鼻子都快贴到落地窗上了，看起来像是被惩罚了似的。当地警方不让他随队靠近飞机，他只能留在这里等着摩洛哥警方抓邦比·马尔，然后以国土安全局和摩洛哥警方联名对她提起审讯。

尤罗确认了一下自己身边没有别人，确认了没有警员能透过他的肩膀看到他手里的东西，这才再一次看起了他手里平板电脑的屏幕，把已经收到有 3 分钟的信息里的附件一批接着一批打开看。

bambymaal@hotmail.com

SOS

这个姑娘，现在被困在停在跑道上的飞机里，飞机还被 30 多个警察包围了，却给他发来了呼救的信号！竟然是给他，负责抓捕她的团队中的一员。这个超自然般的求救说明了什么呢？

说明了倒计时已经开始？说明了有人想抓住这个姑娘，好让她闭嘴，于是她想方设法地把她知道的秘密发出来？

尤罗的耳朵始终留意着任何一点动静，一只眼睛看着屏幕，一只眼睛盯着大厅里的情况。他打开了下载好的第一批文件：数不清的数据表格，从表格中行和列的名称里可以总结出，这些全都是亚那·谢阁兰电脑里的东西。贝鲁特警方已经明确告知他们，邦比是带着 VOGELZUG 协会的物流负责人的电脑和帆布上衣逃走的。

尤罗继续点开不同文件夹里的表格，却看不懂这一串串数字代表的意思。是普通账户的流水还是数字炸弹？他完全不知道。现在他没有时间也没有能力核查这些东西，而且眼下最要紧的是：邦比把这些东西发给他，是因为这里面包含了更复杂的信息。他一下子想通了这层意义。

弗洛雷斯助理决定多看看附件里的照片。他随后点开了一些，照片以幻灯片的方式播放起来，而亚那·谢阁兰出现在了几乎每一张照片里。亚那陪着弗朗索瓦·瓦里奥尼在非洲，在马赛，在拉巴特；亚那和其他他不认识但是在 VOGELZUG 协会网站上见到过的人在一起；亚那和汝尔丹·布朗－马丁一起出现在会议室的讲台上，一起站在难民营地的入口。没什么让人吃惊的内容，也没什么让人尴尬的内容。

尤罗·弗洛雷斯继续翻看了好一会儿文件夹，觉得可能找不到任何有价值的信息了。邦比，来不及思考，把手头有的一切都发送过来了，像一个被围困在沙滩角落的逃难者，只能寄希望于靠一把把沙子活下去。再看几张照片，他就要关上文件去找裴塔尔会合。他计划把所有文件都保存好，再直接发给发号施令的审判官，反正他是这么……

尤罗一下子定住了。他目不转睛地看着一张氛围友好的照片。

照片里出现了一辆停在沙漠里的吉普车，一共四个乘客，都浑身冒着汗，从车上下来对着一个不具名的摄影师摆姿势。尤罗认出来了这几个人，他们要么在喝水，要么传递着这水瓶，从右到左分别是亚那·谢阁兰、汝尔丹·布朗－马丁、一个看起来像本·金斯利的秃子……还有裴塔尔·维里卡！

本能地，尤罗抬起头。他的上司正在审视最后一批从飞机上下来的乘客。还是不见邦比·马尔的身影！警察们开始顺着云梯上飞机，从机身前部和尾部的两架梯子一起上。这姑娘肯定被困在里面了。

尤罗尽力控制住自己激动的情绪。最后的照片揭示了他从调查一开始就怀疑过的事情：裴塔尔认识 VOGELZUG 协会里级别最高的那些成员！当然，现在的证据不足以证明他和他们同流合污做非法买卖，但这张照片至少说明了他的头儿在这件事上绝不是中立的。往好了说，他在两头获利。他选择了保护他的朋友们，或者说他的同盟们，所以他既不含糊，也不深入调查。

他揉了揉太阳穴，暖和了一下双手，最后一次粗略地看一遍他收到的 5 条信息。

SOS

SOS

没有谁能替尤罗做决定，他计划越过他的上司，把这些东西交给审判长马德林。他们俩可以一起仔细地查证里面的数据。当然这些都不可能阻止邦比·马尔被抓捕，被指控双重谋杀，而且鉴于她是有计划地行动的，她提交的证据也不足以为减刑辩护，但至少她知道自己不会白白被抓而多少有点欣慰吧。

SOS

SOS

SOS

他还能为这个姑娘做点什么呢？

飞机周围已经没有人影了，看起来就好像飞机被遗弃在了跑道上。所有剩下的警察都上了飞机。邦比有没有试着藏起来呢？他甚至希望这个姑娘会变出个魔术，消失在一道烟里，缩起身子藏在椅子下面，或者乔装打扮成别的乘客离开。他差点都这么相信了，直到他看到在云梯高处，飞机后半部机身的舱门口，一个警察出来了，又一个警察出来了，然后一小队警察包围着邦比·马尔出来了，她已经被戴上了手铐。

一切都落定了。

尤罗等了几秒钟，他有点被打击到了，说不出话甚至有点吃惊，

354

因为那 30 多个警察就这么轻易地找到了要找的人。但很快，他恢复了精神，准备到裴塔尔的位置会合。

就在此刻，他的裤子口袋里响起了音乐声。一个简短的声音，说明他收到了一封新的邮件。

是那个被困住的女复仇者发来的海上漂流瓶般的消息吗？

他低头去看，发现是 leilimaal@gmail.com 发来的消息，想着看来是邦比给自己发了一封诀别信……直到他发现自己看错了来信者的名字。

Leilimaal@gmail.com

这封没有标题的信里只有一个附件，在他还没点击下载之前就显示了出来。

尤罗瞬间觉得脊柱如同被冰锥扎着。他发现了一个令人眩目的、恐怖片般的景象。镜头对焦在一个孩子身上，他双眼暴出，明显被对准自己脖子的刀尖吓得不轻。而恐吓他的人站在身后，春风满面地笑着。

是低俗恶作剧吗？尤罗用最快的速度分析照片里的每个细节。他认出了窗户后面的橙树，树后面的赭石色建筑外墙。那么照片一定是在奥林匹斯城拍的。这个地方在拉巴特北部城区，而他前天就是在那里质询了阿尔法·马尔。

照片里这个 10 岁的男孩只可能是他的弟弟了……蒂安。

他有点认不出举着刀的男人是谁，但他一定在哪儿看过。就在几分钟前，在那堆老照片里，他更年轻、更瘦，没有胡子，身边站着亚那·谢阁兰和汝尔丹·布朗－马丁。

在照片附件的前面，蕾丽·马尔写了 9 个字。

我儿子被劫持
救救他

—— 73 ——
10 点 26 分

弗雷迪花了很长时间用长长的绷带缠住了爷爷奶奶的嘴，把他们的手和脚捆在一起，然后把绳子缠在暖气管道上。他套上了皮衣，一只胳膊没有伸到袖子里去，因为他一直握着刀。蒂安坐在客厅的椅子上，一直按摩着脚踝，他这么做也是为了让自己能把注意力集中到目前所有问题里的最细微之处。弗雷迪弯下身靠近他。

"我们现在就去地下看看。如果在路上遇到了住在这里的其他人，而你跟他们说话，我就捅死你。如果你想着在楼梯里跑掉，调皮的孩子，那我就回楼上好好照顾你爷爷奶奶。你都听明白了？"

他们在波塞冬公寓从家里往下走的 3 层楼梯里没有遇见任何人。到了楼梯口，蒂安用手指着一个白色的铁门，上面拴着生锈的铁链，铁门上还有一个民间艺术爱好者用红色喷漆涂鸦的和门一样宽的字眼：地狱之门。

弗雷迪从口袋里掏出了一串他从穆萨爷爷家的门廊里拿出的钥匙，然后照着蒂安说的，他把第 29 号钥匙插到锁眼里，接着推动了那扇沉重的门。

"走前面。"

蒂安从来没有到过地狱下面，因为爷爷从来不让他下去，这里是非法买卖者的巢穴，也是贩毒和吸毒者的老巢。当他们一起把身体探到这张黑色大嘴里面想找到球的时候，爷爷跟他说的话他还记得。这下面的通道有几千米深，里面有每家住户的地窖，有停车位，还有各种管道和阴沟。

他按下了定时开关，灯亮了。根据蒂安的目测，每 2 米就有一个灯泡，照亮着一段笔直又狭窄的楼梯，他小心翼翼地把脚踩到楼梯的第一级上。他一直设想着妈妈的宝藏就藏在这里，在这地狱的某个地方。

　　装着宝物的盒子是不是就是弗雷迪要找的阿迪达斯包呢？怎么才能在这几千米深的过道里找到呢？他肯定会有很长一段时间摆脱不掉弗雷迪了。如果他真的奇迹般找到了，可能下场更惨，因为弗雷迪到时候就不再需要他了，而会用一把刀刺穿自己的心脏，再上楼用同样的方式对付爷爷奶奶。

　　"你在密谋什么呢？"弗雷迪操着刺耳的声音问，"快点走。"

　　蒂安感到刀尖已经戳到了自己背上，轻轻地，像猫在挠。他告诉自己要保持镇静，就像阿尔法告诉过他的那样。

　　要像在罚点球那样，先放空自己，不要着急，慢慢调整好呼吸。

　　爷爷跟他讲过自己的爷爷的宝藏的故事，但是那些装着贝壳的罐子已经不值钱了，弗雷迪也在找它们吗？当蒂安缠着爷爷问宝藏是不是真的还在的时候，爷爷跟他好像还说过什么，但他没怎么听懂。那些话他不应该忘记的，因为那好像是很重要的话。但到底是什么呢？

　　"赶紧走，小浑蛋。"

　　蒂安于是又下了一级台阶。

　　阿尔法教过他，要静悄悄地走路。再往前跳两步，不再多走了。要看向错误的方向迷惑对方。

　　"我……我好害怕。"蒂安结结巴巴地说，"我看到了，有老鼠……还有注射器，爷爷说过的。还有……还有尸体。"

　　蒂安一边说着一边闭着眼睛，想适应适应。他闭着眼睛小心地探着往下走了一级台阶。弗雷迪看到他这副模样，喷笑出来，笑声在水泥楼梯间回荡着。还剩十好几级台阶就到地下了，弗雷迪的笑声猛然停住了，蒂安再一次感受到了背上尖锐的刀锋。

　　"行了，小机灵鬼，现在，快……"

　　他还没说完这句话，灯光计时器就到时间了，楼梯一下子淹没在黑暗里。蒂安立即往前走，一只脚，一级台阶，另一只脚，另一级台阶，一下子就和站着没动的弗雷迪之间拉开了 1 米以上的距离，弗雷迪的咒骂声完全掩盖住了脚步声。

妈妈，赐予我力量吧，蒂安在心里祈祷着，借给我你猫头鹰一般的眼睛。再走一步，再上一级台阶，拉开几乎 2 米的距离。

他听到弗雷迪沉重的脚步声在探索着往回走，想赶快走回到计时器边小小的红色指示灯那里。

得快点了，蒂安从口袋里掏出一个手帕，把手帕包在手上，握好拳头，沿着墙看到了一个更深的阴影就立刻敲了起来。包在手上的手帕缓冲了一部分玻璃碎裂带来的疼痛感，但他成功地让安在墙上的灯泡爆掉了。

再往前走，蒂安告诉自己。他一边走，一边打碎每一个路过的照明灯。他可是训练过的，能在黑暗里看见东西。至少，他比弗雷迪强。

他在打碎下一个灯泡的前一秒不到，弗雷迪按了灯光计时器。这个怪物只虚晃地看到了站在楼梯底端的身影，然后发现台阶的最后几级又陷入了黑暗，他气得大叫。蒂安却听到地狱的大门响了。

这下，他突然很担心爷爷奶奶。你如果想着逃跑，我就去找他们，弗雷迪这么威胁过。除非他对自己的财宝——他的阿迪达斯包看得特别重，蒂安打赌，他就是回来找包的，而且他确信蒂安已经是困在迷宫中的老鼠，他只需要回楼上去，随便找个能照明的东西再下来，就能活捉住蒂安。

蒂安用自己最快的速度沿着过道摸索着往前走，他的手顺着墙壁摸，感到墙冰冷、潮湿，甚至有点黏，直到找到了连接着照明灯的电线。他的脚踝还是很疼，手指尖感到了电流的刺痒，但他必须继续往前走，走啊，走啊，一路上打破所有的照明灯。

尽管在这个地道里，他所处的条件并不比在石头洞穴里好，一样找不到更多的手绢来包住手。

弗雷迪是这么想的。

他会找到能照明的东西，然后再下来，把小家伙堵在地道里。

—— 74 ——
10 点 31 分

"我有话跟你说，裴塔尔。"

这位指挥官正在盯着拉巴特警察和他们团团围住的邦比·马尔一起走下空客的云梯。这等警力配得上好莱坞明星了，或者至少是阿特拉斯工作室的摩洛哥女明星。

瓦尔扎扎特城。死……

"快点说。"维里卡回答道，"当这个姑娘的脚踏进机场，我就要接手了。我可不喜欢让这些戴着头盔的小胡子把功劳抢走，他们只是在国安局做了全部工作后把她拦下来而已。"

"换个地方说，头儿。就咱们俩……"

裴塔尔孤疑地看了看大厅，第一批警察就在 30 米外的地方。

"求你了，头儿，就 1 分钟。这……这关乎生死。"

尤罗看向他们对面的卫生间。警方已经把 B 大厅的 10 号到 16 号口清场，清洁工也被赶了出去。裴塔尔又看了一眼警察和他们围住的犯人，这才让步：

"行吧，小子，我跟着你。但我希望你不要再次试图为你的情人求情。现在，我想她的案情已经确定了。如果你想跟她求婚，估计得等最少 30 年吧。"

但他还是跟着尤罗一起去了卫生间里。尤罗把卫生间的门关好，裴塔尔则走向小便池。

"不管咋说，我现在在这儿了……说吧，你有什么紧急情况要跟我说的？"

维里卡警长开始解裤子的扣子，注意力都在自己的裤子拉链上，不经意地听着他的助理要说的话。

"我说，你在等什么呢？"裴塔尔问道。

他回过头去，眼睛被吓得呆住了，而扶着私处的双手本能地举了起来。

因为尤罗正用西格绍尔手枪指着他。

"你……你干吗？"

"对不住了，头儿，我不觉得您是个浑蛋，我相信您在这扯淡的环境下竭尽全力地公正办事了。"

"我听不懂你在说啥，浑蛋玩意儿。把枪放下，然后……"

"我想您也不想自寻烦恼，而且为了坐到现在的位置，您将不会深入追究任何关于难民的事。"

裴塔尔放下胳膊，拉上了裤子拉链，朝着助理迈出了坚定的一步。

"你的这些玩笑，开够了吧。"

"站住，头儿。站住，不然我就朝您的膝盖开枪了。"

维里卡警长站住了。他从助理的目光里看到了决意。这个蠢蛋对他的决定深信不疑。

"你想怎么办？"

"随机应变……去救那些还可以救的人。情况紧急，但我信不过您。我起码得让马尔一家的连续遭遇不要以悲剧收场，起码我得去救他们家兄弟姐妹里最无辜的那个。头儿，现在我得拿走您的武器，再拿走手铐把您和水管道铐在一起。别逞英雄，您和英雄差太多了。我只需要领先5分钟，然后您爱叫就叫，皇家警察的小伙子们反正会来救您。"

"你会被炒鱿鱼的，小子。为什么……为什么你要这么做？"

尤罗直盯着头儿的眼睛，然后告诉了他一句绝对的真理。

"有时候，人得选择站在哪一边。"

不到 3 分钟，尤罗走到了 B 厅。

空无一人。

助理紧张地看了一眼外面的路。

空无一人。

他全速冲刺，四级四级地冲上电动扶梯，顺着运送行李的运输带跑，运输带上没有一件行李，也一动不动。前方第一个出口前面的岗哨里有一个海关官员，平静地看着他，自己一动不动，好像经过一阵纷乱后在细细品味这个地方难得的清静。

"姑娘呢？我说。贝鲁特航班上的那个姑娘，她在哪儿？"

海关官员耸耸肩，用事不关己的声音说道：

"他们把她带上车了。有车一直等在 2 号出口，这会儿他们肯定早走了。她估计被带到拉巴特中心警察局去了吧。"

尤罗没和海关官员说谢谢就往出口跑。他在大厅里狂奔，翻过了那些警示人们绕路的警戒带，然后毫不减速地滑过打了蜡的地板，用最小的转弯半径绕过最后一个弯。透过 2 号出口的落地窗，他看到几个警察的身影，闪烁的警车炫闪灯，还有远处的公交车和出租车。

趁他们还没出发，得快点跑过去！他跑得太快了，自动门都来不及打开，他不得不在最后关头急停下来，否则整个人都会撞上去的。他趁着这短暂的停顿调整了一下呼吸，大街上的热浪交织着机场里的空调冷气，一下子向他袭来。

出口前停着一辆深色玻璃的警用厢式车，但无法确认邦比是不是坐在里面。尤罗走到一个年轻的摩洛哥士官面前，他一脸不屑，衣服上镶着饰带，斜戴的帽子挡住了眉毛，像个长颈鹿似的从帽舌下看人。

"尤罗·弗洛雷斯，我是国安局的国土安全专员助理。"

皇家警察的士官看着这个年轻的警察，这个人穿着敞开又皱巴巴的衬衣，满身大汗，顶着乱糟糟的头发，士官很怀疑他。但人行道上其他的摩洛哥警察都确认了他的身份，他们都认识他。

"我有法国内务部部长的命令，"尤罗镇定地说，"现在要审问嫌疑人。"

打着手势，长颈鹿队长告诉他厢式车马上要开了，言下之意是尤罗必须等轮到他时才能审问。法国并没有什么特权，他才代表了本国的法律，现在早就不是保护国机制的时期了。长颈鹿小兄弟单单用了一个手势和不屑的表情就说明了这么多话。

"是维里卡警长让我来的……"

他上司的名字引得对方紧张起来。谢谢你啊，裴塔尔。他在让人乖乖听话方面真的天赋异禀……这些人甚至都不自知。

"他……（尤罗顺着眼前的情况想办法，脑子里一片空白，只知道他如果想争取一丝机会，那就必须下很大的赌注，绝大的赌注）他们在社交网络上发现了一些线索……在马赛的，一次刺杀……这……（一个字一个字往外蹦地说话，还真是可信啊）这是欧洲国境和海岸线守卫组织代表大会的第一天，28个欧洲部长，还有很多非洲人……你个浑蛋，他们在8小时内就要举行仪式了，这个姑娘是关键一环。"

长颈鹿警官扭动着脖子，好舒缓一下颈椎，好像帽子的硬边硌得人发疼似的。他还在拖延，但尤罗知道自己已经赢了。他要做的无非是让他和车里的姑娘说上几句话。但如果，警官拒绝的话……

那位警官打开了厢式车的门。

"请吧……上车。"

这次，轮到尤罗表现出一脸不屑了。真是谢谢了啊，裴塔尔！他上下打量着旁边十几个摩洛哥警察，好像他们每个人都藏着一个说不清的伊斯兰党兄弟似的，然后用眼睛盯着长颈鹿。

"无论她跟我说什么都是机密，我不用跟您细说。"

他边说边在食指上转动车钥匙，他自己的雷诺塞弗龙车就停在百米开外。长颈鹿最后又犹豫起来，但尤罗并不着急催促他，哪怕再担心在机场大厅里看到裴塔尔，或者不巧哪个摩洛哥海关听到了呼救声。长颈鹿警长最终还是用手指推了推帽子，表示同意，随后就指示4名警察押送着厢式车里的嫌疑人去国安局成员的雷诺车里。

"您是谁？"

"助理尤罗·弗洛雷斯。不要抬起头，跟我说话的时候要装作很不情愿的样子，回答问题的时候要简短，其他人都在看我们。"

"您这是玩哪般？"

邦比·马尔坐在乘客位上，帆布短袖上衣包裹着褐色肌肤，一头长发乱糟糟的，但始终美得诱人。她的眼睛冷淡黑亮，仿佛冷却的岩浆，眼神不断地在愤怒和绝望中切换，脸上笼罩着一层看不尽的愁苦。

尤罗觉得她本人比照片里还要美，就为了这短暂的面对面，他甚至愿意被国家警察局开除，被特殊法庭审判定罪，再被带到行刑队面前。

"您的小弟弟遇到危险了，就在奥林匹斯城，您得配合我。"

邦比一下子根本无法接受，虽然快哭了，但她还是用杀人般的眼神看着他。而他则悄悄地把车窗摇下来，把车钥匙插进钥匙孔里。

"您说话得轻柔一点，像导航里那样，告诉我橙树居民区怎么走，然后带我去您外祖父母的公寓。"

"他们没有在看了。"邦比轻声说道，"开车吧，往前开到头，右转！"

萨夫兰尼车发动了，那十几名站在过道上的警察根本没来得及反应。尤罗把油门一脚踩到底，邦比瞬间被甩到后面，上衣一下子敞开了。

"看路啊,笨蛋!"邦比尖叫着。

她的声音完全不再温柔。尤罗现在顾不上自己是不是疯了,也不管旁边这个姑娘可是背着两条人命的杀人犯。他猛地右转。

"往左,下个路口往右,这样最快,他们就跟不上了。"

尤罗老实照做。他开车的时候就算旁边坐的是裴塔尔,跟他说话的方式都比她有礼貌。

"给我一把枪!"

"什么?"

尤罗在哈桑二世大街的尽头看到一片海,看样子他们应该会在3分钟内赶到奥林匹斯城。他开着车猛地向右掉头,还用四分之一的时间欣赏了一下他身边这位保持战斗状态的女乘客。他已经彻底地、不可救药地、疯狂地爱上了这个姑娘。

她继续没说完的话。

"和您一样,帅小伙,我也能看穿您的衬衣。您有两把枪,给我一把!"

—— 75 ——

10 点 37 分

蒂安把手小心翼翼地包裹在手帕里,打碎了所有过道里的灯。一个接一个地,地狱墙上所有的灯都被打碎了。他的手破了,在出血,但他不在乎。身处黑暗中的地道,他没办法看清楚原来白色的手帕是不是已经被染成了深色,但他能感觉到一股黏黏的潮湿浸润着手帕。

不要紧,他不觉得疼。借着寻找微弱的灰度变化,他细心地继续往黑暗深处走去。他的眼睛已经适应了，毕竟他已经练习了这么久。他能更清晰地分辨出单间地窖紧锁的门的门框，还有长长的走道尽头的分岔路。他往前走得越来越快，却没有目的。

他是在原地打转。

就在弗雷迪转身上楼、把门关好后，蒂安就找到了掉到过道中间的他那个印有摩洛哥非洲国家杯 2015 字样的球。蒂安没有把球带走，而是放在原地当标记，然后继续往前寻找另外的东西。他查找了所有的过道，过道弯弯曲曲的，他把右手边和左手边都检查过了，而且尽量没有漏掉一个过道……却还是再次回到了足球的位置。

这验证了他可怕的猜想，他真的是在原地打转！地下通道只有一个出口。

这次，他拿上了自己心爱的足球。

他站在第一条长过道，也就是连接着楼梯的过道尽头，发现有光射过来。

弗雷迪！

蒂安赶快贴着墙站好，在黑暗中，弗雷迪没办法看到他，但蒂安能够看清楚那个带着刀的怪物手中的火把，正是爷爷晚上放在阳台好引开蚊子的火把里的一个。火把的光就打在距离他的脸几厘米的地方，就像中世纪的电影里面演的那样，在折磨犯人之前，刽子手们会到牢房里抓人。弗雷迪小心地看清了前方的情况后才慢慢往前走。他应该已经想好了要怎么办，他很清楚蒂安没有地方可以躲，所以就算他的猎物能跑得和他一样快，还是会被他抓住的。

不论最终有没有找到自己的钱。

地狱里所有的铁栅栏都上了锁，蒂安已经检查了好几次这个过道，他拉过每扇门的把手，也推过每扇门，却不见门动过半分。

根本没有包的影子啊！

眼看着火把靠近了，他轻手轻脚地走到别的地方。隔着很远他就能看到弗雷迪手里的光，于是总能和这个怪物保持着一个过道的距离，这就是他现在的优势。

但这样能持续多久？如果弗雷迪走得很快呢？如果弗雷迪仔细听他的脚步声呢？如果他停下来换了一条道，两个人相遇了呢？那不是完蛋了吗？！

蒂安用一只胳膊把球抱好，但这么做有什么用呢？蒂安转身走进一条再次陷入黑暗的过道里，走啊走，十分害怕看到火把的光突然出现在自己面前，或者一只手突然搭在自己的肩膀上，所以尽量不发出一点声音。

一声叫喊让他吓了一跳。声音是从他右手边的墙壁里传来的，也可能是从头顶传来的？如蒂安所说，这八成是猫头鹰的叫声。

他往前走去，突然，直直地摔了下去。

为了避免摔个脸着地，他在最后时刻把球丢开了，球往前滚了几米。幸亏柔软的地面吸收了撞击，他才忍住没有叫。现在他觉得自己陷入了完全的寂静里。他的脚好像踢到了什么东西，仿佛有人拉了条绳索一样，他起身蹲着，拍拍身上的土，一下子明白了。

那是树根！

他顺着树根细细摸索，同时不断分析从指尖传来的信息，树根一直延伸，爬满了过道，然后顺着墙往上爬，直通天花板。蒂安想起来自己刚刚好像听到了猫头鹰的叫声。

橙树！肯定是橙树！地狱贯穿了奥林匹斯城的中庭地下，当时的人们一定是绕着树建造的地窖，随着时间的流逝，有些树根就往上长了。蒂安记得奥林匹斯城中庭的每个角落，他知道在地面上，树干和水泥地之间没有缝隙，只有一些很小很小的排水口。但也许树在地下挤出来了一个坑呢？就好像水藏在山洞里一样，这个小坑刚好能让他藏身呢？

他继续爬行着，然后发现在树根之间有些墙砖松动了，所以在墙根那儿有可以藏起来的地方，不仅从过道上看不见，大小还正好够他挤进去！蒂安爬了过去，在过道的两头没有发现火把的光，他继续爬，直到彻底钻进了又长又狭小的缝隙里。这会儿他终于觉得后怕了，但也头一次觉得自己现在安全了。他的心脏，一点点地，跳得不再那么快了。他的思绪也好像清晰多了，尽管如蝴蝶扑扇的翅膀似的，他脑子里还有太多纷乱的事情。

弗雷迪可能会忽略藏身洞而从它旁边走过去吧？他自己要不是被树根绊倒也不会留意到的。那么他就有机会逃掉了？也许……正在他胡思乱想的时候，穆萨爷爷的声音突然在他脑中炸开来，就好像在大扫除的时候找到一张很旧的纸似的。

现在他想起来爷爷说的每个字了，想起来他本不该忘记的话："你会找到财宝的，真正的财宝……就藏在我们的根里。"

爷爷会不会是特意用了这个词呢？根。可能他不想孙子这么小就背负这么沉重的秘密吧，才故意用了一个双关的说法。重要时刻来临的时候他自然会懂，也只有在必要时他才会懂。

蒂安在黑暗中摸索着，在他面前的裂缝开始变小，仅留下了能伸进去一条胳膊的空间。他伸手去摸，一直往里探，直到他的肩膀被锋利的砖的边沿划破。他的心猛然跳了一下，一下就跳到了嗓子眼，同时脑袋也猛地磕到了洞顶。

他的手指碰到了一个东西！

冷冷的，软软的，是个包啊！皮的或者塑料的包。

用最慢的速度和最轻的声音，他试着把包往回拉。包很重，还卡住了，就好像它被放在这里很多年没有动过了似的。一毫米一毫米地，蒂安终于把包抽出来了。他一边用双手拿好，一边尽量把身体转到侧面。他的背和侧身都被蹭到了，巴拉达的运动衣也被尖锐的砖头边沿撕裂了，但他还是像一只保护自己偷来的骨头的小狗一样，就想把包抱在怀里。

包的口是封着的。

蒂安犹豫了很久，尽量不动声响地把腿再缩进来一点，确保从过道里不会有人发现自己。

弗雷迪像消失了一般……

轻轻地，蒂安按下了他手腕上手表的小小按钮。微弱的光照在藏身之处，他想把表盘贴得离包近一点，好看清什么。他把这点光一厘米一厘米地凑近包，终于看清楚了三片被横向切开的蓝色叶子。不用说，他认识这个标志，他在自己的球衣上见过——阿迪达斯！

单单从这个包的分量来看，这里面可能放了好几百枚金币。

蒂安静下来听听响动，短暂的几秒钟也变得很长很长，然后才试着拉开包的拉链。

包能打开，而且一点声音都没有发出，然而他觉得自己此刻的心跳声恐怕都要响彻洞里了，因为他觉得自己的心跳剧烈得和婴儿做心电测试时一样。现在需要做的是慢慢来，他小心翼翼地拉着拉链，直到包彻底敞开了口。蒂安舒了一口气，第一步顺利完成。

他把脑袋和手表一起探到包里面，让手表的微光帮他看清楚包里的宝藏。光很弱，只能照到几厘米的地方，所以没办法一次性看清楚包里装的东西。蒂安想到了当海盗们撬开一口棺材的时候，总是用手托起金币，让金币从指缝间如雨般落下，那么他就可以把手伸进包里，好好掂量一下战利品里都有什么。但这响声太大了，会很危险，所以他改了主意。

萤火虫般的光一点点照在包里的东西上，有金链子，有戒指，有手链，有钻石饰品，还有看起来就很值钱的珠宝饰品，有手表，有银质的笔，有皮夹。蒂安把手往这包闪着光的财宝里继续摸，他顺着光又看到了金色的眼镜，衣服的扣子，看起来很像非洲护身符一样的象牙制品，打火机，还有其他零碎的小玩意儿。

蒂安的心又忽然提起来了。他看到了一些金牙！这让他想起了奥巴蒂雅夫人给他们在历史课上讲过的内容，在讲到最后一次世界大战的时候，她说纳粹在用假淋雨真毒杀的方式杀害犹太人、吉卜赛人和残疾人之前，会搜刮他们身上任何一点有价值的东西，还装腔作势地声称会还给他们的。

蒂安端详着这些宝贝，觉得很着迷，但也很恶心。这些财宝也是从临死的人身上抢来的吗？是因为这样，所以妈妈的财宝才被诅咒了吗？他本想在这个黑黑的洞里继续好好研究一下。

突然，蒂安的心愿好像在上天的某个地方被听到了似的，所有财宝都亮了起来。

一下子，在蒂安躲起来的这个洞里，几百件财宝闪耀起同样的光。

随即，蒂安就感到背后有热气，一股炙热的气，仿佛有人在他脚边点了火，而他躲在这里就像进了烤箱似的，地狱里所有的火苗全被点燃了。

—— 76 ——

10 点 38 分

"给我好好解释一下，维里卡。"

汝尔丹·布朗－马丁还没听到裴塔尔的理由，就已经后悔自己现在身在距离法国驻拉巴特国安局 2000 公里的地方。这会儿如果能一拳打在这个警察脸上，该有多舒畅，这个蠢货肯定大气不敢出地吃了这一拳，咬紧双唇，然后平静地道歉。

"好好给我说说这次行动吧，警长。亚那·谢阁兰把那姑娘套住了，我把她放在盘子上端给您了，您发动了 30 名警察去拉巴特机场的跑道上堵，但还是没能抓住她？"

"可我想不到我的副……"

"给我听好了，维里卡，"布朗－马丁打断他，"我做好我的工作，也尊重合作方。我对非法市场的监管比欧洲国境和海岸线守卫组织或者大使馆还要好。我想您也知道，我帮您处理了很多麻烦，相应地，我只要求不要有人来找我的事！行吗？别忘了，维里卡，没有我出力，您的职位就是空谈。如果您还想要这份工作，就把姑娘找回来。不管用什么手段，都要快点找到她，这样我们才能好好收拾马尔一家，您明白吗？您去处理孩子们的事，我就会去管他们的妈妈，这一点都不复杂吧？难办吗，警长，难办吗？"

"不难。"裴塔尔·维里卡承认。

汝尔丹·布朗－马丁挂掉了电话。今天早晨他需要平静，需要安宁。欧洲国境和海岸线守卫组织的研讨会今晚就要召开了，他需要静下心来调整好自己的讲稿，需要好好准备当着 50 多个国家部长和首脑的讲话。他现在没时间浪费在后勤问题上，没时间浪费在凭空冒出来的想帮他扫除隐患的阿蒂尔·翟利身上，也没时间浪费在所有人都议论插嘴的一小撮淹死的贝宁人身上。这么多年的经验告诉他，刚刚发现的尸体不过是一般人表达人道主义同情这道大菜里最主要的食材而已。

他光着脚走在铺设于露台的柚木板上，木板已经被晒得发热了。这些问题等他早上在游泳池里完成千米游泳的时候再想都来得及，但无论如何，从今往后他必须把马尔一家连根斩断。他又往前迈了一步，然后拿起闭路电话。

"伊普拉和巴斯图，我有事找你们，上来吧。"

两个亲信等在洒满阳光的彩绘玻璃前，身前是游泳池，身后是折叠椅，他们一动不动，双臂抱住自己健硕的躯干，一副耐心又机敏的救生员的表情。布朗 – 马丁确认了一下萨菲图没有在附近收拾早餐桌，然后朝着亲信走了几步。他站在落地窗旁边，用眼神示意了一下对海而立的几座高楼。

"我允许你们去散个步。几分钟后回来就行。再突击去一趟艾格杜斯公寓 H9 号楼 8 层，这一次，可不是把屋子搞乱这么简单了。"

他又朝着他们走了一步，看着伊普拉和巴斯图毫无变化的眼神，调整了一下浴袍的腰带，再次确定周围没有别人，吹了一声口哨。

"杀了她！"

—— 77 ——
10 点 41 分

阿尔法是不相信奇迹的，也不信什么护身符，或者说不相信任何通常都是欺骗盲从傻瓜的迷信说法。但不妨碍他在脖子上戴乌木三角吊坠，想起邦比的时候就不由自主地去摸吊坠，仿佛这个信物能把两个人联系在一起，他们就能集结两个人的力量。

一群人站在帕潘街和冈贝塔街的十字路口的公交站上等了好几分钟，一直监视着拉拉维拉别墅的大门口。

阿尔法一直相信力气要和脑力结合才行。正是凭着聪明的大脑，他才在摩洛哥实现了自己计划里的第一步。他熟悉当地每个地方，监控着警方的出勤，监控着蛇头和非法运输网络，可以说他每一步都了然于胸。但在这里，法国，他只能相信自己的直觉。

他想过直接去按拉拉维拉别墅的门铃，杀门卫一个措手不及，放倒他们，然后进屋。但真正站在了别墅门口，他就发现事情绝没有他想象中那么简单。萨沃尼安、扎艾林及其他的人都没有武器。别墅周围装满了监控摄像头，而且守门的人也不是能被轻易吓到的。他原本的闯入计划瞬间终结。跑了这么远，这么辛苦横渡都白费了。

但偏偏奇迹发生了！

他们监控着别墅没多久，阿尔法就看到大门打开了……而且没有关！随后两个守卫出来了。他们静静地步行，看起来像是要去买包烟或者去草坪上释放一下刚才喝多了的啤酒。他们看着这两个人一直走到了加布里尔－佩里街转角，那不就是艾格杜斯公寓的方向吗？难道他们是顺着海边去慢跑了？或是去地中海捞个人头？又或者只是去和一个犯轻罪的人接头？

就是现在！阿尔法立即行动起来。他朝着4个贝宁人挥了挥手，所有人都紧贴着墙，朝外墙大门鱼贯而入，没有发出什么脚步声。监控摄像头肯定已经拍到他们了，但守卫已经脱离了岗位，没有人在看监视器了。阿尔法静静地推开了别墅的门，但是刚进到屋里，一个女士就从对面房间走了出来，她穿着围裙，戴着厨师帽，手里拿着抹布。

阿尔法第一时间反应过来，他冲上去，用大手捂住了她的嘴，防止她叫出声，然后没有使用任何暴力，只是在她耳边悄悄说：

"嘘……我们是客人。"

萨菲图显然还是吓到了，惊慌的眼睛一直打量着这5个闯入者，他们放松又不说话，而且有着和自己一样的肤色。

"我们是朋友，"阿尔法想说得具体些，"很久以前认识的朋友。你的主人在哪儿？"

萨菲图不吭声。阿尔法用非洲方言再次问她：

"你的主人在哪儿？"

虽然她看起来还是被吓得说不出话，但她也纳闷这个人竟然会说方言，于是不经意地看了看这些陌生人，又看了看露台。阿尔法慢慢地松开了手，萨菲图则低下头看到了他别在腰上的手枪。

"我们想给他一个惊喜。你不会破坏给汝尔丹的快乐吧？"

然后，静悄悄地，这5个男人准备上台阶。

—— 78 ——
10 点 44 分

蒂安先感到有人钳住了他的脚腕，然后他的肚子、胳膊、腿蹭在砖沿上，皮都磨破了，他疼得大叫。他试着抓住点什么东西，却只能抓到洞里的灰尘和沉重的包，他无法抗拒那股要把他从洞里拽出来的力量。来不及反应，他就被拖到了过道光秃秃的水泥地上。

地狱好像着火了！火苗沿着灰色的墙壁往上爬，扯出了一道道越来越长的影子。弗雷迪的影子是最长的，他把火把卡在管道和墙之间，火苗就在地道里燃烧着，连温度都从冰冷变得温和，和地窖里其他地方形成明显对比。

弗雷迪用一只手就把蒂安推到一面墙上，另一只手则抢夺他双手抓着的黑色阿迪达斯包。

"你这小子真是够狡猾的，小蒂蒂。我相信你可真是做对了。"

他边说边观察了一下橙树根部墙上的裂缝。

"要不是你忘了自己的球，我恐怕还不会停下来。"

印着摩洛哥2015的球就在他们几米远的地方，蒂安害怕地看了一眼，然后抬起头看着弗雷迪。

"我可不是小偷啊，你知道，我只是回来拿你妈妈从我这里借走的东西。（他掂了掂包）我说，这包跟过去差不多重啊，看来她没用里面的东西。"

蒂安想站起来，弗雷迪一只脚踩在了他的胸前，把他顶在墙上不能动弹。

"一直以来我都觉得，你妈妈最多把包里的钱花了，但不会动别的东西，她一直都有点迷信。（他打开包检查了里面的东西，然后一脸坏笑）你也看了包里面，是不是啊，小好奇鬼？那你一定懂我为什么一定要找回这包财宝吧？不是为了钱，尽管我用了好几年时间才存满了这个存钱罐，但我不是为了钱，而是为了这些财宝原本的幽灵主人。这些看不见的幽灵消失很久了，永远不会有人来指正我的任何罪行了，连他们的灰都早已被沙漠里的风吹得烟消云散了。你有一天会懂的，孩子，一个物件可比一个活人还能说话……一枚戒指、一条项链、一件首饰在过了许多年以后还能说话，要么跟送礼物的老公说话，要么跟收礼物的老婆说话。物品是杀不死的，你明白吗？我们只能把它藏起来，或者卖掉，卖到离发现它们的地方很远之外的某处。"

弗雷迪随手把包扔在地上，过道里发出一声沉闷的响声，四周升起了闪着点点微光的灰尘。他转向蒂安，这个怪物手里还握着刀。

"但你也一样，小蒂蒂，你会和别人说的吧？现在你身上没有任何有价值的东西能让我想留作纪念的，没有什么东西会讲关于你的故事。"

弗雷迪举着刀刺透了烟雾。蒂安以为怪物会朝着烟云乱刺，像个追逐萤火虫的疯子。但他弯下身只是为了把刀扎进印着摩洛哥2015字样的球里。蒂安的心爱之物一下子就瘪了，发出蛇吐芯子的咝咝声，瘪得像个气球。

蒂安的愤怒值瞬间爆表，但他没有劲。他猛地一蹦，想跑到过道尽头的楼梯上，他想象自己的速度更快，出去后一定要报复。

弗雷迪的手却一把抓住了蒂安的腰，他预料到了这个孩子会如此反应，而且如同抓住一个刚会走路的幼儿一样，轻而易举地拦住了蒂安。

弗雷迪抬起有劲的胳膊搂住了他的身体，夹在自己的胸口前，这让他几乎不能呼吸。蒂安能感到怪物喷在自己脸上的气息里混合着汗水和酒精，还看到弗雷迪右手里握着的闪着寒光的刀。

"抱歉啦小蒂蒂，我不想让你活着讲故事。再说了，我和你妈妈说好了，我一定要想办法让她体验到我承受的痛苦。结束她的生命没什么意思，不论对她，还是对我……但杀了她的儿子……"

刀冲着他的喉咙来了，蒂安不再挣扎，他明白这个怪物比自己强壮太多了。火把的光照亮了整个刀刃。

"把刀放下！"

尘雾终于完全散尽了，在走廊尽头的楼梯下方，一个身影用枪指着阿蒂尔，背后唯一的光来自打开的公寓通往地窖的大门。

一个警察，阿蒂尔想。

"把刀放下！"这个身影重复道。

这个人的声音在抖，胳膊也在抖。一个不到 30 岁、从来没有开过枪的家伙，阿蒂尔分析着。他能有多准呢？

阿蒂尔·翟利并没有松开死死握着刀柄的手，而是把刀朝着蒂安颈静脉的位置推近，刀尖下已经开始流血。

"您如果敢开枪，"阿蒂尔喊着，"我就杀了他。现在把你手里的枪踢到我这里来。"

这个警察犹豫了……很好！警察不会做出任何可能波及这个孩子性命的事，所以他手里有一个 10 岁的人质，就等于有一个生命保险。

"我可没什么会输的。"阿蒂尔坚持说，"如果你不把枪给我弄过来，我就杀了这个孩子。反正他也不是第一个我……"

阿蒂尔表现出不耐烦的样子，他脸上扭曲的表情简直就是一副施虐狂的样子，在火光的映衬下和撒旦如出一辙。

"好吧，好吧。"年轻的警察无奈地说。

他弯下身，举着手表示配合，然后把枪扔向了阿蒂尔的方向。

不够远。

手枪停在了距离警察15米远，可是距离翟利20米远的地方。

挺会玩啊，阿蒂尔一边把握着刀的手捏得咯吱响，一边在心里想。这个年轻警察还要诡计！他肯定认为如果两个人都扑向手枪，自己会比较快，何况这里还有孩子这么个负担。这个菜鸟牛仔恐怕忘记了最重要的事——手枪可不是唯一能连续射击的武器。

阿蒂尔打定了主意，他先制造混乱，趁人不备发动攻击，把刀捅进孩子的胸口，然后立即用同一把沾着血的刀去捅看起来力气也不小的警察。满打满算也就几米远，他不可能失手。

阿蒂尔深呼吸着。从紧紧压制着孩子的胳膊感觉，小孩子已经僵住了。杀了他，不用再继续折磨他了。

阿蒂尔松开了胳膊，就好像让蒂安逃生似的，让他往旁边挪了一步，同时用大腿掩藏住了握紧的刀；突然间，阿蒂尔扭动身躯，迅猛地抬起手，用劈开炙热空气的速度朝着孩子的心脏扎过去。

一声枪声响彻过道。回声敲击着地狱的墙壁。

在子弹穿透他的肺部的一瞬间，阿蒂尔的下意识反应还是观察掉在地上的手枪，搞不懂警察用了什么魔法开的枪。在他倒在地上的瞬间，他发现警察身后还有一个影子，一个瘦削女性的影子，如此冷酷，不为所动，信念坚定，这让他产生了一种被自己的影子杀死的错觉。

"小蒂蒂！"

"邦比！"

小男孩冲向自己姐姐的怀抱，尤罗·弗洛雷斯助理却坐在第一级台阶上，失魂落魄，放下心来，充满自豪又惊讶不已，他没办法在这纷乱的奇怪情绪里整理出头绪。他肯定会被警局除名的。他赶

过来救了一个 10 岁小孩的命。他成了杀人犯的帮凶，这是这个姑娘
3 天里杀的第 3 个人。而他本应该把这个姑娘带去审判。

他从口袋里拿出手机。

"拉巴特警察局吗？帮我接一个警察，随便哪个。"

邦比·马尔转过身来。他在她含着泪水的眼里看不到任何责怪，
任何恐惧，任何懊悔。相反，从这双他第一次从监控摄像头拍到的
照片中就被迷住的眼睛里，他看到了答案。从这双通常满含着对抗
的眼睛里，他看到了纯粹的谢意。

邦比·马尔在蒂安额头上深深地吻了很久，小心地帮蒂安坐在
台阶的另外一级上，然后朝他走来。电话里，警察们用阿拉伯语
说着什么，尤罗却把电话从耳边拿开了。

"求求您，"邦比说，"我会跟着您走。我保证不会跑掉，但是我
求您了，给我几分钟的时间。"

她停顿了好久，才补充说道：

"准确来说，6 分钟。"

—— 79 ——

10 点 50 分

杀了她，老板这么交代了。起码这次，指示很明确。

伊普拉和巴斯图在街角停了一会儿，抽根烟，也顺便观察一下
艾格杜斯居民区周边的情况。他们观察到居民区里有个别低着头走
路的居民，楼房之间没有监控摄像头，大楼入口没有密码，没有能
当证人的人，连非法贩子和躲在楼梯间的偷窥者都没有，只有铁卷
帘紧闭的商户，几辆看起来被丢弃在停车场的车，还有很多没有堆
放东西的阳台，就算翻进去都不会被人知道。这是一个开放的，但

少有人烟的小区，入户，杀人，撤离，做什么都不会被发现。

伊普拉用自己的烟给巴斯图的烟点火。不用多找，他们一起看向 H9 号楼，这栋楼的 60 多个阳台上，堆积着桌椅、自行车、滑板、帘子和植物，唯有一户有人。正是蕾丽。她隔着护栏在看海，简直就像一个透过铁窗望着天的犯人。

伊普拉更喜欢把这幅景象理解成一个等待被行刑的犯人。蕾丽·马尔身边站着一个没见过的戴着帽子的人，看上去年纪不小了，高大但瘦削，像是个听人忏悔的牧师，他们最不喜欢杀这种人。但谁让他倒霉？

伊普拉和巴斯图又抽了三四口烟，把烟头踩灭，然后迈着统一的步子往 H9 号楼走。

跟他们一样，蕾丽也在抽烟。

最后一根烟，要命的一根烟。

— 80 —

10 点 51 分

汝尔丹·布朗 – 马丁没听到有人进来。

虽然萨菲图说了，她的主人跟每天早上一样，现在正一个人待在别墅 6 楼的巨型天台上，阿尔法、萨沃尼安、扎艾林、维斯莱和达流斯还是不信，他们蹑手蹑脚地爬上了拉拉维拉别墅的楼梯。

就连他们推开玻璃门的时候，汝尔丹·布朗 – 马丁也完全没有反应。在铺设了木板的开放式凉亭里，汝尔丹·布朗 – 马丁唯一能听到的声音是按摩浴缸传来的喷气泡泡声，而他本人在按摩浴缸旁边的大游泳池里游泳。

协会主席这会儿正在来回地自由泳呢。

五个人走得更近了，这下布朗－马丁不可能还看不见，但他还是继续游完了一圈才靠在泳池边上，摘掉了游泳眼镜，完美地掩饰了自己的惊讶。

"阿尔法·马尔？我还以为您在摩洛哥呢。您做得真不错啊，佩服。背着我横跨了地中海，坐的估计是塞瓦斯托波尔号吧，您八成还是用我的钱租的这艘小艇。而我这几天满脑子都是您姐姐的事情。佩服啊，我从来没想过您这么狡猾。"

然后，好像这番称赞就够让他们滚蛋了似的，布朗－马丁又把游泳眼镜戴好，往反方向开始游。萨沃尼安把手放在阿尔法的肩膀上。

"你先退后吧，兄弟。"

四个贝宁兄弟一句话都没说，静静地走到了自己的位置站着，把泳池的四边围了起来。布朗－马丁想从扶手那里上去，拿放在折叠椅上的浴袍穿。他刚握住扶手想借力迈出泳池，萨沃尼安一句话没有说，上来就踩他的手。布朗－马丁疼得直叫。

"您有病吧！您想干吗？"

他环视四周，四个高大的黑色人影站得笔直，他们组成了一个完美的菱形，把布朗－马丁逼在他双脚够不到地的泳池里。主席先生往另一边游，他刚把手放到池边，一个穿着破烂老球鞋的非洲人就走过来，一脸不屑地看着他，抬起脚准备往下踩，再次把他逼回水里。

有病啊！布朗－马丁心想。他每天早上都会游泳半个小时，在他面前玩这套把戏，用不了多久他们就会放弃的。他在原地踩了一会儿水，然后往另外一个方向游，那边只有一个最年轻的人守着，那人满头鬈发，眼神迷离，看着像一个苦兮兮的搞艺术的。跟另外两个人一样，那人也不让他靠近泳池边。

尽管布朗－马丁尽量不显露内心的活动，他也不由得心里充满了问号。伊普拉和巴斯图还要多久才会回来？他是肯定不愿意卑躬屈膝地求这些家伙拉他一把的，再说了他们也肯定不会答应。他的胳膊和腿渐渐地乏力，他意识到自己通常在每次折返的时候都会借助一下泳池壁，而从来没有像现在这样被困在泳池里面来回游。

人能这样在水里坚持多久不被淹死？一个小时？两个小时？或者很短时间？他已经游了20多分钟，觉得自己有必要找个东西依靠一下，或者一只脚够着地站着，或者手扶着什么。他挨个看了看四个非洲人，又看了看阿尔法这个小伙子，他们让他退到后面去，就好像觉得他年纪太小了还不能参与谋杀似的。这个推论让他担心起来。布朗－马丁不再划水，他艰难地把头探在水面上和他们说话。

"你们到底，想要什么？"

没有一个人回答他。更甚的是，除非他往泳池边靠拢，否则这四个非洲人压根都不看他，他们喜欢从露台上眺望地中海，好像在找什么幽灵。

"随便你们吧。"布朗－马丁喘着气说。

最终，这五个闯入者的寡言反倒让他放下心来。他们起码不打算对自己行凶，就这么一直等着。等什么呢？正当他觉得自己实在太累了的时候，布朗－马丁看到一块救生板。在泳池正中间漂浮着一个巨大的充气海岛，不就是三天前给他孙子们庆祝生日的时候买给孩子们玩的那个小海盗的珍宝岛吗？

汝尔丹也没有力气多等一秒，在没有任何辅助的情况下在水里保持平衡已经变得越来越困难。他冲着那四个黑人救生员轻蔑地一笑，然后摆动胳膊准备抓住充气岛的海岸边。有了这个塑料小岛，他能安心地跟这些人耗上几个小时，直到他们走开……或者直到伊普拉和巴斯图回来收拾他们！

但布朗－马丁双手扑了个空，小岛只是他的幻觉，一个到不了的海岸，一个虚无的海岸。他现在才想起来，生日会上的那帮小子把糖串的扦子当鱼叉用，寻找宝藏的活动演变成了玩具屠杀，工作人员不得不在活动开始 20 分钟后把他们都驱散到别的地方。

布朗 – 马丁挺住了，他起码还保留着一口气。既然小岛能漂浮在水面上，说明它是有陆地的，是可以接纳他、托住他的，哪怕只是短暂的一下，他不敢奢求。

小岛在他的体重压力下直接沉到水里，一点支撑都没有给他。但汝尔丹的手并没有放开，还在试着去抓已经没气了的椰子树和软绵绵的海滩，但他只在这张塑料垫的折缝里摸到了几个闪光的小东西，手握住一秒后又打开。原来是被 6 岁的海盗们忘记了的珍宝岛的金币，现在都被泡成了一股顺着指缝流出的软泥，又黏又臭。

汝尔丹·布朗 – 马丁又坚持了几分钟，然后开始觉得时间这个概念变得很奇怪。一方面他得尽力保持身体平衡更久一点，另一方面他得尽量保持脑袋在水面上久一点，这道致命的水平线已经超过了他的脖子，超过了他的下巴，而且越来越多次地超过了他的嘴。

他越来越没有力气了，而且低体温症开始发作，让他的四肢越来越僵硬。他几十次尝试游到泳池边伸手扶住岸，但每一次，一只脚，一双鞋，就会踩他的手指。

布朗 – 马丁又哭又叫地求饶，心里盼着伊普拉和巴斯图回来，盼着萨菲图上楼，盼着他的电话响起来，盼着乔弗雷或者其他几个儿子有人能来。他不由得想到了艾格杜斯公寓——巴斯图和伊普拉为什么搞这么久？又想起自己在地中海海边度过的童年，想起自己躺在妈妈的怀里在坎内比大街上走来走去，想起欧洲国境和海岸线守卫组织的会议，想到今晚。他决不会轻易满足这些人，他要等到这五个家伙里至少一个人开口说话，辱骂他也好，诅咒他也罢，甚至感谢他，为什么不呢？多亏了他，成千上万的非洲人现在在欧洲生活，在这里生孩子，生有色的欧洲人，要是没有他，就不可能有这些混血后代。

用尽大腿和腰的力气，他最后一次竭尽全力把身体探出水面，抻长了脖子想看看露台之外，却只能看到地中海的一角。汝尔丹觉得他这样的死法还是很富有诗意的。那些真正的开拓者，那些发现了新大陆的移民的麦哲伦之流，都是淹死的。

在这之后，他的脑子就不再思考了。

很平静。

太累了，他任由自己被淹没。

—— 81 ——

10 点 53 分

4 分钟过去了。

邦比把头靠在这位年轻警察的肩膀上，安静地等着。他把一只手伸进她的帆布短袖上衣里，贴着她的皮肤，搂住她的腰。她没有拒绝，因为她清楚，这可能是自己未来很多年内唯一一次能体会到的温柔触摸了，她会变老，她会一辈子被关在监狱里，今天她的这副令男人垂涎的身体也会变得干瘪不堪。

现在就他们两个人，一起坐在地狱台阶的最后一级上。蒂安上楼去给穆萨爷爷和玛海姆奶奶松绑了，他自己也需要被好好心疼一番。邦比推着他走，不要留在这里，说与阿蒂尔这具浸泡在自己血液里的尸体待在一起恶心。

5 分钟过去了。

这一刻很温和，很完美。这个警察人很温柔，她可能会爱上他。也许他会时常来探视一下她，直到他用自己的温柔网捕捉到一个热情又自由的姑娘。尤罗的手指很热，他的触摸似乎能稳住她的心跳，预料到她心跳的变化并安抚她。她甚至能这样睡着，依偎着他，安全感十足。

6 分钟了。

保持着姿势没有动，连头都没有抬起来，邦比轻柔地，毫不着急地抬起手查看血型测试仪的结果。她之前用吸水棉蘸取了从阿蒂尔·翟利胸口流出来的血，然后放在一个测试盒的血型检测药丸上。

AB +

十分之九的可能性。

也就是说，这个死在她面前的男人有九成的可能性是她的生父。

就是这个她刚刚杀死的男人。

她紧紧地依偎在尤罗怀里，他的体温环抱着她，她感到自己放空了，宛如处子，自由了。

她的追踪结束了。

—— 82 ——
10 点 57 分

在靠近艾格杜斯公寓的地方，挤在停车场的车之间，伊普拉和巴斯图在盯着 8 楼的第 3 个阳台——蕾丽家的阳台。没人了，只胡乱放着几件衣服。

他们完成了自己的工作，没人能挑出点毛病。他们都是按照指示做的。

杀了她。

他们不多问，只是严格执行命令的士兵。

巴斯图咬破了嘴。伊普拉则不安地踢着停车场地上的小石块。两个人都没有说话。

一进 H9 号楼，他们就发现楼梯口挤满了警察。这能怪他们吗？

他们俩因为手持西格绍尔手枪这条罪名被当场逮捕。老板如果知道了肯定会大发雷霆的，但他们进了警察堆里，除了把所持枪械扔到地上，举起手来，放松手腕，方便警察上手铐以外，还能有别的办法吗？他们可被围住了啊！

上警车被押送走之前，伊普拉和巴斯图偷偷地看了一眼复兴港上方，拉拉维拉别墅的方向。老板起码会认他们一个好——他们什么都没有招！

两个人一致觉得比任务失败更可怕的是，老板肯定恨死他们招供了一切……然后警察们就会降临到他家。

警长托尼·弗雷迪亚尼让人开车带着他去布克港警察局，车刚发动他就拿起了手机。

3秒钟后手机信号就跨过了地中海，裴塔尔在收到信号后2秒就接起了电话。

"维里卡？我是弗雷迪亚尼。谢谢你啊老战友。骑兵队准点到达了！但下一次，你能不能多给我们打一点提前量？"

"您别抱怨了。要说起来，我十分不愿意和你讲话。"

托尼·弗雷迪亚尼笑了出来。

"我可不信，裴塔尔。我就见过你一次，但我觉得你不是偷渡的鸟，而是狩猎的鹰。老朋友，你为什么突然改变主意了？"

裴塔尔不回答。托尼·弗雷迪亚尼在眼前如过电影一般回忆起来他们见面的情形，就在昨晚，在布克港警察局，两个人一起审查了蕾丽·马尔。那是一个个子不算高的真女人，一个散发着性感能量的肉球，和旧港那帮人形成明显的对比。

"因为蕾丽漂亮的双眼？"托尼问道。

"根本不是！你知道吗，我比我的助理还要蠢？"

指挥官弗雷迪亚尼笑得更放肆了，但很快就恢复了平静。

"你真是铤而走险了，同志。为了说服我派出整个大队，你竟然

384

声称自己有汝尔丹·布朗-马丁的直接信息。法国警察纪律检查组肯定会问你是如何打通这个渠道的。我们花了多少年都没扳倒这个臭虫！"

在地球另一侧，摩洛哥某处阳光普照的地方，裴塔尔·维里卡许久没有说话。他眼前重现了自己被铐在卫生间，而尤罗这个疯子跑出去的样子。尤罗在机场横冲直撞，就为了抢走这个地球上最漂亮的姑娘去拯救她弟弟的命。妈的，他多想这个人是自己！然后他的思绪转到了娜黛日身上，他那满头白发的女理发师。今晚，他想带她去瓦塔佳餐馆吃饭，那里有拉巴特最好吃的塔吉锅。他要把一切都说给她听，然后在她眼里看到崇拜的眼光，哪怕就这一次。

"裴塔尔，你还在吗？说吧，你为什么改主意要救这个洋娃娃了？"

一阵沉默。然后裴塔尔抛出了一句至理名言：

"有时候，要懂得选择阵营。"

—= 83 =—
19 点 30 分

几个晚上之后。

蕾丽独自一人对着黑暗的屏幕吃晚饭，一个蓝色的对话框突然闪了起来。

您有一条新消息。

她有点惊讶，点开了这条提示。

Patrick-pellegrin@yahoo.fr

她皱着眉头，更加好奇了，这个发信人她完全不认识啊！她不认识任何叫帕特里克的人……发错了？她点开了信息，动作机械得和撕开一封不是署名给自己的信封一样，完全不去看地址。

亲爱的蕾丽：

我用私人邮件给您写信，因为我不想等到明天早上再通知您这个好消息。我成功了！我累得够呛，暂且不和您啰唆这其中的细枝末节，但您的材料是第一位的。

您新住房的申请已经被批下来了！在艾格杜斯，D7 号楼，五室，78 平方米，朝海，但是在 4 楼，所以您看不到海的全景，真抱歉。这套房现在就可以入住。我看了一下小区结构图，搬家的话，您需要走整整 250 米，下 8 层楼再上 4 层。

我真为您高兴，蕾丽。为您的大家庭高兴。明天一早我会用福斯不动产的邮箱给您发去正式文件。

真诚地拥抱您。

帕特里克

残酷又讽刺的巧合让蕾丽笑了。

现在就可以入住。

帕特里克啊，其实还可以再等等。

根据律师的说法，邦比面临着 20 年到无期的刑罚。阿蒂尔·翟利的死亡还可以申辩为正当防卫，但前两个死亡案件里给两个受害人下药的行为让她很难申辩无罪。

尽管阿尔法被指控谋杀了汝尔丹·布朗 - 马丁，他还是会早点出狱。VOGELZUG 协会的丑闻占据《普罗旺斯报》的头条有一周了，在商务和民权律师之间掀起了大战，但这些都不能改变在被引渡前，阿尔法对法国的所有认知仅限于鲍麦特的柏油路这一点。

蒂安被送去了寄养家庭，在穆罕默迪耶，距离拉巴特有 70 公里。穆萨爷爷和玛海姆奶奶也不知道什么时候能把他接回来。一切还算好，虽然不让他们用任何社交平台联系，但他们还是可以说说话。医生们想要延长心理检查的时间，而且，坚决不同意孩子离开摩洛哥。家庭团聚的行政手续是如此停滞不前，摩洛哥和法国的法律部门短期内不会处理他们家这样复杂的情况。可能要再等上好几个月吧。但就连平时很乐观的鲁本都预测说，可能要等好几年。

鲁本有时会给她打电话。雅高集团的首席执行官签署他的辞退信的前几个小时，他递交了布克港宜必思酒店的辞呈。鲁本此刻在安达曼群岛海域的尼科巴群岛中的某个岛上。在这个靠近泰国海的印度属小岛上，居民都不穿衣服，连把手机绑在肩带上都不行。

蕾丽面前的屏幕又黑了。

她一个人吃着晚饭，默默地等。当她想要给自己再倒一杯茶的时候，屏幕上又显示了一条信息。

Patrick-pellegrin@yahoo.fr

又是他……

亲爱的蕾丽：

您可能会觉得我有点急切，甚至有点不正派，但在给您发送出第一条消息之后，我突然想再给您写一封信。

嗯，请允许我直白地说，有件事我很早就想做了，但我一直不敢和您说。现在，我鼓足勇气，随您处置。蕾丽，您愿意和我一起庆祝一下这个好消息吗？如果可以……今晚怎么样？我想请您吃晚餐，或者简单地喝杯酒？

蕾丽念了好几次福斯不动产职员写的带有羞怯的信，每个字都看起来很真诚，如同帕特里克本人一样看上去那样和善、诚实、迷人，而且他可能真的还是单身。她站起身来想着，同时面对着大海点燃了一根烟，慢悠悠地抽了起来。海浪冲击着堤坝，差一点都要拍到楼脚下了。在铺设着连通地中海—罗讷的管道上方，一片禁止进入的区域里，有几个小伙子在游泳。不远处有几条船。远处，蜿蜒的云朵似乎在模拟着大山的样子玩。

蕾丽靠在阳台上很长时间。此刻，她觉得这座海滨城市的男人们每天所想的事情愚蠢不堪，这些男人一直以来都在想这件事，未来也会一直想同一件事。

没有跨越不了的大海。

这是所有假想里最有欺骗性的了！

蕾丽灭了烟，转身回到桌旁。她面前有盘子、被子和餐巾纸，但她只有一个人。她盯着暗淡的屏幕看了一会儿，决定写一封回信给他。

亲爱的帕特里克：

十分感谢，但我没有时间。今晚不行，以后所有晚上恐怕都不行。我得和孩子们一起吃晚饭，他们都需要我。我想您一定会理解。我心中所剩下的爱意不多了，我得省着点，都花在孩子们身上。

请允许我温柔地拥抱您。

蕾丽

她点击了发送。这条信息会一直传递到某个没有国籍之分的平行世界吧。随后，她面前的屏幕再次变得暗淡。

致
谢

特此鸣谢皮埃尔·佩雷特的那首醉人的歌曲《丽莉》,他的歌带给我写就这本小说的灵感,也让我的女主角有了自己的名字。

On la trouvait plutôt jolie by Michel Bussi

© Michel Bussi et Presses de la Cité, 2017

Simplified Chinese edition arranged through Dakai Agency Limited

著作权合同登记号：图字 18-2022-027

图书在版编目（CIP）数据

原以为她很美 /（法）米歇尔·普西
（Michel Bussi）著；张平译 . -- 长沙：湖南文艺出版
社，2022.7
ISBN 978-7-5726-0692-2

Ⅰ.①原… Ⅱ.①米…②张… Ⅲ.①长篇小说—法
国—现代 Ⅳ. ① I565.45

中国版本图书馆 CIP 数据核字（2022）第 081336 号

上架建议：畅销·外国文学

YUAN YIWEI TA HEN MEI
原以为她很美

著　 者：[法]米歇尔·普西（Michel Bussi）
译　 者：张　平
出 版 人：曾赛丰
责任编辑：匡杨乐
监　 制：邢越超
策划编辑：郭妙霞
版权支持：辛　艳　张雪珂
营销支持：文刀刀　周　茜
封面设计：梁秋晨
版式设计：李　洁
内文排版：百朗文化
出　 版：湖南文艺出版社
　　　　（长沙市雨花区东二环一段 508 号　邮编：410014）
网　 址：www.hnwy.net
印　 刷：三河市百盛印装有限公司
经　 销：新华书店
开　 本：880mm × 1270mm　1/32
字　 数：325 千字
印　 张：12.5
版　 次：2022 年 7 月第 1 版
印　 次：2022 年 7 月第 1 次印刷
书　 号：ISBN 978-7-5726-0692-2
定　 价：49.80 元

若有质量问题，请致电质量监督电话：010-59096394
团购电话：010-59320018